케이트 휴스에게 바친다.

# 제로섬

조이스
캐럴
오츠
소설

# Zero-Sum

이은선
옮김

하빌리스

**일러두기**

† 이 책을 번역 출간하면서 조이스 캐럴 오츠의 작가적 의도와 메시지를 정확히 전달하고자 원문의 문체적 특성을 최대한 따르고자 했습니다. 저자가 의도적으로 반복하는 괄호, 줄표 같은 문장부호와 이탤릭체 사용 또한 편집 과정에서 원문의 것을 최대한 반영했습니다.

# 차례

# I

제
로
섬

# 1

K는 초대를 받았다. 하지만 간신히였다.

# 2

이제 그만! 더는 못 견디겠다.

화기애애한 자리에서 빠져나와 초대받은 집으로 들어가는데, 호수 위편의 눈부신 야외에 있다가 어두컴컴한 실내로 들어간 터라 앞이 보이지 않아서 더듬거린다.

그녀는 투명 인간이라 눈에 띄지 않을 것이다.

(아주 가끔, 머뭇머뭇) 말을 할 때조차 목소리가 거의 들리지 않으니 번뜩이는 언월도처럼 명랑한 수다가 이어지는 자리에서 그녀의

부재를 아쉬워할 사람은 없겠지.

화장실을 찾으러 들어왔다는 핑계가 가장 그럴듯하겠다. 상처 입은 가슴에는 혼자만의 공간이 필요하다.

물론: 교수의 아내에게 그냥 화장실이 어디냐고 물어볼 수도 있겠지만 숫기라고는 전혀 없는 그녀가, 숫기라고는 전혀 없어서 뚱해 보이는 그녀가 대화 중간에 끼어들어 *자신에게* 이목을 집중시킬 일은 절대 없을 것이다.

게다가: 한 시간 좀 전에 이 자리에 도착한 뒤로 M 교수와 "안녕하세요!" 말고는 단 한마디도 서로 나눈 적이 없으니 그에게 물어볼 수도 없다.

단어를 너무나 중요하게 여기는 M 교수 앞에서 '화장실'이라는 천박한 단어를 입에 담는 건 그저—있을 수—없는—일이라…….

그래서 이렇게 낯선 집 안에 들어와 의족을 단 사람처럼 비틀거리고 있다.

어두컴컴한 실내에서 야생 동물처럼 눈을 깜빡이고 있다.

뾰족한 천장 아래에 낡은 소파, 빼곡한 책꽂이, 벽난로가 놓인 널찍한 방을 지나면 식당 겸 주방이 나오는데, 길쭉한 테이블의 두툼한 목재 상판 위에 프라이팬, 주방용품, 잡지와 책 같은 인쇄물이 어수선하게 널브러져 있다. 그녀는 그걸 빤히 쳐다보며 경악한다. 저명한 철학가의 사적인 삶의 단서가 여기에 있다. 책과 가재도구가 한데 뒤섞인 아주 일상적인 모습에서 풍기는 불편한 친밀감. 벽난로 옆쪽의 우둘투둘한 널빤지 바닥 위로 《미국 철학 저널》 과월호가 1.8미터 정도 줄줄이 불안하게 이어진다. 그 근처에 아주 지저분한 여자용 운동화 한 짝이 굴러다닌다.

생양파의 아린 냄새, 역겨울 정도로 달큰한 와인 냄새.

치밀어 오르는 구역질에 대비해 마음의 준비를 한다.

그가 어떻게 이런 식으로 그녀를 실망시킬 수 있을까! 그는 그런 줄 절대 모를 것이다.

주방 너머에 문이 있기에 그녀는 화장실이겠거니 생각하며 손을 내밀어 문고리를 잡고 돌려서 열었다가 놀라고 당황한다. 거긴 화장실도 아니고 심지어 방도 아니고 그냥 수납장이다. 통조림, 시리얼 상자, 젤리와 잼, 타바스코소스……. 그녀는 얼른 문을 닫는다. *지금 뭐 하는 거야!*

더듬더듬 복도를 따라 걷는다. 보석 같은 호수 위에 자리 잡은 T자 모양의 통나무집은 등 뒤 언덕에 바짝 붙어 있어서 소나무 가지가 복도 끝에 달린 창문 위로 가느다랗고 섬세한 그림자를 드리운다.

그는 이 집을 오두막이라고 한다. 그녀가 지금까지 본 오두막 중에 이렇게 넓은 집은 없다.

그래서 화기 난다. *그에게* 화가 난다. 비웃는 사람들 앞에서 창피를 주려고 그녀를 호수로 초대하다니.

지금쯤은 화상실이 나와야 하는데 못 보고 지나친 모양이다. 열려 있는 문 앞을 뻔뻔하게 지나며 안을 흘끗 들여다보니 방충망이 달린 베란다가 보인다. (좀 더 오래됐고 좀 더 낡은) 집 뒤편이라 호수 위쪽 테라스에서는 보이지 않을 테니 그녀는 실눈을 뜨며 안으로 들어가지만, 당황스럽게도 어떤 사람이 꽃무늬 쿠션이 놓인 등나무 의자에 앉아서 책을 읽고 있다.

"안녕!" K는 이 집 딸인가 싶은 여자아이가 *그녀를 보았기에* 잽싸게 선수를 친다.

여자아이는 냉랭한 눈빛으로 그녀를 응시한다. 짜증 난 표정이, 수면 위에서 어른거리는 그림자처럼 그녀의 조그맣고 창백한 얼굴 위로 떠오른다.

자세히 들여다보면 어딘지 모르게 이상한 얼굴이다. 묘하게 비대칭이다. 왼쪽 눈은 뻣뻣하게 한곳을 응시하고 오른쪽 눈은 좀 더 기민하고 초롱초롱하다. 유난히 짙은 눈썹은 콧잔등 위에서 거의 맞닿았고 얇은 입술은 굳게 다물었다.

열두 살이나 열세 살 때의 K를 빼다 박은 여자아이다.


3


한 학기의 마무리를 자축하는 자리에 초대합니다. 참석 여부를 알려주세요. 감사합니다!

K는 오리온 호수에 자리 잡은 M 교수의 집에서 열린 파티에 간신히 초대받았다는 사실을 어떻게 알까?

뭐― 그녀도 모른다. 100퍼센트 확실하게는.

하지만 같은 세미나 수업을 듣는 다른 학생들, 그러니까 M 교수의 총아들은 그녀보다 며칠 먼저 초대를 받았다고 (강력하게) 의심할 만한 근거가 있었다. 그렇지 않고서야 그들이 세미나실과 교실 밖 복도에서 뭐라고 말을 하고, 웅얼웅얼 답을 하고, 조심스럽게 미소를 지을 이유가 없었다(그녀가 아무리 휴대전화만 뚫어지게 쳐다보아도 옆에 있으니 조심스러워하거나 의식하는 눈치였다). 그녀의 추측이 맞는다면 세미나 수업을 듣는 열다섯 명 전원은 아니더라도 적어도 몇 명은 전주에 초대를 받았다는 뜻이니 화요일 오전 10시 28분에 이메일을 받은 그녀는 뒤늦게 초대를 받았다고 결론을 내릴 수 있다.

물론 이제 와 생각해 보면 그녀는 초대를 받은 다음에서야 M 교수의 총아로 꼽히는 그 몇 명이 전주 금요일에 무슨 대화를 나누었는지 알 수 있었다.

그 당시에는 전혀 몰랐다. 심지어 감조차 잡지 못했다.

그리고 부인할 수 없는 사실 하나: 학기 말 쫑파티 초대장은 이메일로 배부됐고 다른 학생들도 마찬가지였을 테니 (그녀의 머리가 쉴 새 없이 돌아간다) 하루나 이틀이나 사흘 늦게 전달된 것이 우체국의 책임은 아니라는 것. 그녀의 초대장은 나중에/따로, 기계적으로, 그러니까 개인적인 감정 없이 발송됐다. 수신인란에 그녀의 이름이 적혀 있긴 했지만.

좀 더 분명히 하자면: 수신인란에 *S. L. 캐럴*이라고 적혀 있긴 했지만.

메일을 보낸 사람은 분명 M 교수가 아니었다. 그의 조교가 M 교수의 이름으로 초대장을 발송한 거였다.

부끄럽게도: 그녀는, *S. L. 캐럴*은 남들보다 며칠 뒤에 발송된 게 분명한 초대를, 그 치욕스러운 초대를 거절하기는커녕 두 팔 벌려 환영했다. 그보다 더 심각하게는 그녀의 것이 아닌 남의 말투로, 아무것도 모르는 사람처럼 명랑하게, 상처를 받아 마땅하고 정당한데도 불구하고 전혀 티를 내지 않고, 곧바로 답장을 썼다.

**초대해 주셔서 정말 감사합니다. 꼭 참석할게요!**

하지만 고민 끝에 느낌표를 없애고 흥분을 조금 덜어내기로 했다.

**초대해 주셔서 정말 감사합니다. 되도록 참석하도록 할게요.**

그러고는 다시 한번 고민 끝에 지저분하고 조리 없는 표현을 좀 더 깔끔하게 수정하기로 했다.

**초대해 주셔서 정말 감사합니다. 되도록 참석할게요.**

4

왜냐하면 K는 항상 물러서기에.

왜냐하면 K는 *버티는* 경우가 거의 없기에.

M 교수의 (누가 봐도 조숙한) 딸은 모르는 사람이 자기를 보며 바보처럼 웃는다고 해서 물러서지 않는다. 어쩌면 뇌에서는 상대방의 미소를 보고 미소로 반응하려고 하지만 그런 신경 세포가 작동하지 않도록 본능적으로 참고 있을지 모른다.

그녀는 자신이 그런 저항의 달인이 된 줄 알았다. (섣부르게) 오리온 호수를 찾아오는 바람에 방어막이 흔들려버렸다.

대학교에서 11킬로미터. 그러니까 (K처럼) 차가 없는 사람들은 차를 얻어타야 한다는 뜻이었다.

강요된 어울림. 화기애애한 분위기. 그들은 K의 라이벌. 할 수 있다면 그녀의 목을 물어뜯을 사람들.

K는 필연적으로 겉돈다.

그녀 *(혼자)* 겉돈다.

항상 이런 식이다. 한번 겉돌기 시작하면 다시는 돌아올 수 없다. 한번 *밖*으로 나가면 연속성이 끊긴다.

당연한 결론: 안에 있는 사람들은 자기들이 안에 있는 줄 모른다. 그들은 *밖*이 어떤 건지 모른다.

*밖*에 있어 본 사람들만 그게 어떤 건지 안다. 안에 있으면 아무것도 모르는 채 다 같이 안에서 고개를 수그리고 풀을 뜯는 동물이 되지만, *밖*에 있으면 뇌가 예리한 언월도처럼 벼려진다.


# 5


*아! 그만하자.*

문 앞에서는 몰랐는데, 이제야 보니 아이의 왼쪽 다리에 알루미늄 보조기가 채워져 있다.

왼쪽 다리가 가늘긴 해도 정상적으로 보이는 오른쪽 다리보다 눈에 띄게 얇은 건 아니다.

아주 조심스럽게 움직이는 가늘고 호리호리한 몸에도 얼굴의 비대칭이 그대로 구현되어 있다니. *(이제야 보니)* 얼굴이 표정을 비축하듯 몸은 기운을 비축하고 있다.

당장 그 아이와 연대감을 느낀다. *나하고 비슷해. 나하고 비슷해.* K의 다리에 보조기는 없지만 *(보이지 않는)* 보조기가 그녀의 온몸을 감싸고 있다.

그녀는 그 보조기 안에 갇혀 지냈고, 그 보조기 때문에 제대로 성장하지 못했다.

M 교수의 딸을 향한 연민이 아니라 그녀 *자신*을 향한 연민이다.

"네가 이름을 알려주면 나도 내 이름을 알려줄게."

K의 영혼은 기껏해야 열두 살, 열세 살이다. 영혼을 제한 나머지는 모두 가짜다.

아이는 놀라서 웃음을 터뜨린다. 속을 알 수 없는, 주저하는 눈빛이다. 하지만 K가 기대하는 표정으로 기다리고 있는 걸 보고 그녀는 어깨를 으쓱하며 말한다. "허서."

"허서! 예쁜 이름이네."

아이는 격하게 고개를 젓는다.

"*아니야.* 나는 그 이름 싫어."

"하지만 흔치 않은 이름인걸. '허서'. 나는 지금껏 '허서'는 한 번도 만난 적 없어."

"당연히 그렇겠지! 아무도 쓰지 않는 이름이니까."

"네 가족 중에 어떤 분에게 물려받은 이름이야?"

"응. 외증조할머니. 아니면 외고조할머니일지도. 투스카로라(북아메리카 원주민의 한 종족-옮긴이) 후손이셨대."

아이는 자기가 손님을 웃게 만든 걸 보고 웃는다. 이제는 불청객에게 그렇게 짜증을 부리지 않고 살짝 마음을 풀지만, 자기는 자기 조상이나 거기에 대한 어머니의 자부심에 전혀 감흥이 없고 그저 당황스러울 뿐임을 K가 알아주길 바란다.

"언니는 이름이 뭔데?"

북아메리카 원주민이 언급돼서 그런지, 어디에선가 깃털 하나가 바람에 날려온다. "케스트럴."

"케스트럴." 아이는 의심스러워하는 투로 그 이름을 다시 중얼 거린다. "그거 무슨 새 아니야? 매?"

K는 영어로 케스트럴은 맹금의 한 종을 지칭하기 위해 조합된 단어에 불과하지만, 그녀의 아버지 쪽 성이기도 하다고 정확하게, 심지어 현학적으로 설명한다.

아이는 입술을 실룩이며 미소를 짓는다. 그녀가 자기를 놀리는 건 아닌지 의심한다.

"하지만 언니 이름은 뭔데?"

"케스트럴."

"말도 안 돼. 그럼 케스트럴 케스트럴이라고?"

"아니, 그냥 케스트럴이야, 허서. 이 세상에 나는 한 명뿐이야."

그들은 같이 웃음을 터뜨린다. 흥겨움이 전기처럼 둘 사이를 오 간다.

그 무렵 K는 방충망이 달린 베란다 안으로 들어섰다. 초대받은 건 아니지만 초대를 받지 않은 것도 아니었다.

6

게임 이론은 삶의 한 모델이다, 삶이 게임 이론의 한 모델이 아 닌 이상.

게임 이론 중 *제로섬* 게임에서는 승자와 패자가 있고, 전리품은 승자가 독식하고 패자에게는 아무것도 주어지지 않는다.

그리고 거래에서 발생한 이익/부의 합이 제로다.

가장 날것의 경제학, 다윈주의가 표방하는 자연 선택이다. 약자는 길가에 쓰러지고 강자는 죽은 자들의 시신 위로 마차를 굴리며 지나간다. 포로는 없다, 협상도 없다. 홉스식 세계, 힘이 곧 정의인 폭정이다.

물론 비(非) 제로섬 게임일 가능성도 존재한다.

이론상으로 모든 지식은 *제로섬이 아닌* 상황을 전제한다. 한 사람이 지식을 습득한다고 해서 다른 사람이 습득한 지식이 공제되지는 않으니까. 한 사람이 '문화'에 대한 안목을 키운다고 해서 다른 사람의 안목이 공제되지는 않으니까.

K는 '사랑'이라는 그 기분 좋고 매혹적인 단어를 기억이 닿는 먼 옛날부터 들어왔지만 그게 뭔지는 제대로 알지 못한다. 가장 순수한 형태의 사랑이—(그토록 형태가 없는 것의 순수한 결정체가 존재할지 모르겠지만)—*비 제로섬* 게임의 전형이다. 둘이 똑같이 사랑할 수 있다면 그들의 사랑은 절반이 아니라 두 배가 된다고 하지 않는가. 어느 플레이어도 '승리'를 거두지 않고 어느 플레이어도 '패배'에 직면하지 않으며 잃는 게 아무것도 없다. 이론상으로는.

하지만 K가 보기에 현실상에서는 '사랑'이야말로 *제로섬* 게임의 전형이다.

K는 이 게임을 하는 법을 전혀 모르기에 멀찌감치 피해 다닌다. 믿지 않으면 다칠 일도 없다. 타인이 그녀의 몸에 손을 대는 것조차 상상이 되지 않는다.

뚫고 들어오는 건— 안 될 말씀.

M 교수가 그녀를 알아보아야 함에도 알아보지 못하면 정말이지

창피하고 마음이 상하고 실망스럽지만, 그녀가 M 교수를 사랑하는 건 아니다(그렇다고 확신한다!).

미국에서 가장 손꼽히는 박사 과정, 실력이 떨어지는 학생들은 끊임없이 걸러질 위기에 처할 만큼 경쟁이 치열한 그곳에서 M 교수는 첫 시간에 한 학기 동안 *비 제로섬* 모델을 시도해 보겠다고 선포하는 것으로 세미나 수업을 시작했다. 자신은 '학점'에 관심이 없고 학기 말에 모든 학생에게 얼마든지 같은 학점을 줄 수 있다고 말이다.

"내가 제안하고 싶은 건 이거야. 경쟁을 배제하기 위해, 그리고 경쟁에 수반된다는 '부정적인 시각'을 배제하기 위해 모두 같은 학점을 받는 데 동의하면 어떻겠느냐는 것. 철학 탐구의 근본적인 이유가 즐거움인데, 부정적인 시각은 그 즐거움을 훼손한단 말이지."

충격으로 정적이 흘렀다. 여기저기서 불안한 미소를 지었다. 당황한 표정으로 미간을 찌푸리고 길쭉한 오크 테이블을 이리저리 흘끗거렸다.

테이블에 앉은 모든 이가 핀두둥과 같은 고민으로 전전긍긍했다. 죄수의 딜레마를 변형한 제안인가? 장난인가? 농담인가?

고통스러운 침묵이 이어지다가 막판에 한 사람이 손을 들어 모두 어떤 학점을 받게 되느냐고 물었다.

"A 마이너스."

*A 마이너스라니!* 어색한 웃음, 희미한 미소. M 교수는 모두를 동등하게 바라보는 부처처럼 자애롭게 무지했다.

각자 생각했다. *하지만 나는 — 나는 A 마이너스 아니야. 나는 A야.*

그리고 그들 속에 체구가 워낙 작아서 쉽게 눈에 띄지 않는 K가 깊은 두 눈 가득 음울한 습기를 머금고 미간을 찌푸린 채 앉아 있었다. 자기 몸을 꼼짝 못 하게 붙들어 빠르게 쿵쾅거리는 심장을 가라앉히기라도 하려는 듯 좁고 납작한 가슴 위로 단단히 팔짱을 끼고서.

나는 아니야. 나는 아니야. 나는 너희들과 같은 부류가 아니야.

M 교수는 그들의 표정을 보고 익명 투표로 결정해도 된다고 했다. 비밀 투표로!

"다들 부담 없이 원하는 쪽으로 투표하도록. 심지어 투표를 하지 않아도 좋아. 이번 세미나 주제가 '심리철학'이지만 당연히 우리의 진정한 주제는 복수형으로 *심리*들과 *철학*들이니까. 그럼 내가 투표용지를 나누어주겠네." 그는 열띤 유치원 교사처럼 조심스럽게 백지를 정사각형으로 접어서 찢고, 각자 한 장씩 가지도록 나누어주고, 마음 졸이는 어린아이처럼 아무도 보지 못하게 가리고서 투표를 하게 했다.

K는 떨리는 손으로 또박또박 '반대'라고 적고 투표용지를 접었다.

"고맙네! 이제 투표 결과를 확인해 볼까?"

그는 (열다섯 장의) 투표용지를 전부 수거하고 한데 모아서 미간을 찌푸린 채 하나씩 펼쳐보았다.

"흠, 만장일치로— '반대'로군."

테이블 여기저기서 어색한 웃음이 터져 나왔다. 안도, 흥분. 하지만 두려움도 있었다.

"그러니까 '비 제로섬'을 거부한단 말이지. 좀 더 좋은 학점을 받기 위해 보장된 학점이라는 안전장치를 거부한단 말이지. 자네들 가운데 일부는 오늘의 결정을 후회하게 되겠지만 그래도 의미 있는 결정이야. '사회주의'라는 안전한 항구를 거부하는 것—미래를 '운명'에 맡기는 것—말고는 자네들이 뭘 할 수 있겠나."

K는 어마어마하게 안도했다. 모두가 같은 학점을 받는다면 그녀의 학점이 무슨 쓸모가 있겠는가. 그녀는 그 누구와도 같은 학점을 받고 싶지 않았다. 거기에는 아무 메리트가 없었다.

그뿐 아니라 A 마이너스라는 학점도 거의 메리트가 없었다.

"하지만 내 세미나 수업은 '제로섬'이 아니야. 나는 한 사람에게 승리를, 다른 사람들에게 패배를 부여하지 않아. 그건 내 원칙이 아니야. 나는 받을 만하다면 모두에게 A를 줄 용의도 있다네. 가능성은 작지만, 불가능한 일은 아니지. 내가 학점에 무심한 건—'서열'을 경멸하는 건—교수로서 내 책무에 지장을 주지 않아. 미래는 온전히 자네들 앞에 펼쳐져 있네. 자네들 능력껏 그걸 만들어보도록."

나중에 수업이 끝났을 때 누군가가 M 교수에게 지금까지 투표 결과가 달랐던 적이 있느냐고 물었다. 그는 웃으며 말했다. 아니. 한 번도 없었다네.

모두 만장일치였나요?

음. 항상.

"그래도 나는 계속 놀라운 순간을 기다리고 있지."

K는 충만한 황홀을 느끼며 교실에서 빠져나왔다. 그건 타는 듯한 두려움과도 비슷한 감정이었다. 그녀는 M에게 놀라운 순간을 선물할 작정이었다.

그녀가 좀 더 가까이 다가가자 보이지 않던 것이 보인다. 등나무 의자 옆 널빤지 바닥에 알루미늄 목발이 한 개 놓여 있다. 그리고 여자아이의 왼쪽 (맨)다리, 왼쪽 (맨)발이 어찌나 하얀지 은늘리는 빛의 레이스 아래에서 반짝이는 것처럼 보일 정도다.

다발성 경화증 환자라기에는 너무 어린 나이인데. K는 충격을 가라앉히며 생각한다. 분명 소아마비는 아닐 것이다. 선천적 장애인가? 희귀한 신경계 질환인가?

그렇다. K는 충격을 받았지만, 만족스럽기도 하다. 그녀가 맨 처음 느낀 감정은 시기, 질투였다. 이 (문제 있는) 여자아이가 *그의* 딸이지 않은가.

*그러니 그가 나를 사랑한들 항상 나보다 이 아이를 더 사랑하겠지.*

아내는— 아닐지 몰라도. 딸은 당연하지.

M에게 가족이 있다는 사실을 받아들이기가 힘들다. 아내에 이어 이제는 딸—여느 평범한 사람처럼 가족이라니.

아내의 자궁에서 태어난 딸이라니. 너무 진부하잖아!

(결국에는) M도 성을 추구하고 감각에 좌우되는 생물학적인 존재라니. 교수님의 탁월한 언어 구사, 메스처럼 예리한 논리에서는 생물학적인 존재의 느낌이 전혀 없건만.

위대한 남자의 평범한 측면. 니체라면 이렇게 말할 것이다. 인간적인, 너무나 인간적인.

K는 바보 같지만 상처받고 배신당한 기분이 드는 것을 어쩔 수

가 없다. 독신으로 유명했던 철학자들도 있지만—스피노자, 칸트, 쇼펜하우어, 키르케고르, 니체—현대 미국 철학자에게 독신을 기대하는 건 순진한 발상이다.

그래도 K는 실망한다. 아주 살짝.

K는 허서에게 무슨 책을 읽고 있느냐고 묻고, 허서가 페이퍼백 표지를 보여주자 놀란다. 오웰의 《1984》다.

"네가 읽기에는 조금 '음울'하지 않아? 그러니까— 우울하다거나……." 그녀는 허서보다 훨씬 나이를 먹은 뒤에서야 오웰을 읽었다. 분명하다.

허서는 어린애 크기의 조그만 이를 드러내며 오만하게 웃는다.

무식한 어른이나 할 법한 질문이다. 알 만한 K가 왜 그랬을까.

"나는 '우울한' 거 좋아! 그래야 진짜라는 걸 알 수 있으니까."

"정말? 너희 부모님은 어떻게 생각하시는데?"

"《1984》는 학교 추천 도서 목록에 있는 책이야. 원하는 책을 읽고 500단어짜리 감상문을 써서 제출하면 AP 영어 과목에서 추가 점수를 받을 수 있어. 《동물농장》이랑 《파리대왕》도 이미 읽었는 걸……."

"너 지금 몇 학년인데?"

"9학년."

9학년이라니! K는 그 아이가 7학년 아니면 8학년이겠거니 했다. 그런데 허서가 보기보다 나이가 많은 모양이다.

열네 살이라고? 신체적인 질병 때문에 성장이 저해된 것이다.

나이에 비해 체구가 작다. 뼈대가 가냘프다. 두 눈은 섬뜩한 비대칭이다.

K는 이 아이가 월경을 시작했을지 궁금해한다. 아마 아닐 것이다.

그녀는 열여섯 살이 되어서야 월경을 시작했고, 잊고 싶은 일종의 트라우마였다. 이후로 이른바 달거리가 달마다 찾아오는 게 아니라 드문드문 찾아왔다. 잘 챙겨 먹지 않아서 살이 빠지면 월경이 끊기는데, 그러면 더 좋다.

허서는 누가 봐도 저체중이다. K처럼 뼈가 가늘고 쇄골이 튀어나왔다. 그리고 눈가에 드리워진 저 선망 어린 그늘을 보면…… 허서도 그 나이 때 K처럼 월경이라는 발상 자체를 끔찍하게 여길 것이다.

육체의 지배를 받는 것. 여성의 육체. 이 얼마나 치욕적인가!

허서는 인정한다. "《1984》를 읽으면 좀 무섭긴 해. 우리 세상이 어떤 식으로 그런 세상으로 바뀔 수 있는지 알겠으니까— '빅 브라더가 당신을 지켜보고 있다.' 온 사방에 보안 카메라가 달렸고 서로서로 신고하잖아. 나는 그게 제일 슬퍼— 아무도 믿을 수 없는 거."

"믿을 수 있는 사람이야 항상 있기 마련이지." K는 열정을 실어서 씩씩하게 외친다. 청소년이 그렇게 우울한 발언을 하면 이런 식으로 반응해야 알맞지 않을까 싶다.

허서는 조심스럽게 "디스토피아"라고 발음한다. 단언컨대 K는 허서 나이 때 '디스토피아'가 무슨 뜻인지 전혀 몰랐다.

"네가 읽는 책을 가지고 부모님이랑 토론도 하고 그래?"

"아빠하고는 절대. 엄마하고는 가끔. 엄마는 좀 바빠서 가만히 앉아서 책을 끝까지 읽을 시간이 없긴 해. 그래도 조지 오웰이 누군지 알아. 그러니까— 어떤 작가인지 말이야. '예언자'라는 걸."

"하지만 오웰이 진짜로 예언을 한 건 아니잖아? 1984년이 지난

지도 수십 년이지만 우리가 지금— 오세아니아 맞지? 거기서 살고 있지는 않잖아. 공공장소에는 카메라가 달려 있을지 몰라도 사적인 공간에는 아니고……." K는 이게 사실이 아닐지 모른다는 건 안다. 하지만 희망을 주고 싶다. 철학 교수의 딸이 짓는, 금세 사라지는 그 수줍고 황홀한 미소를 다시 보고 싶은 마음이 간절하다.

허서가 말한다. "소설에 안면 인식 비슷한 게 나오잖아. 윈스턴 스미스가 퇴근해서 텔레비전 모니터에 접속해야 할 때. 오웰이 이 작품을 썼을 때는 컴퓨터도 나오기 전이었는데 마치 컴퓨터가 윈스턴 스미스를 스캔하는 것 같아."

K는 허서에게 아버지하고는 왜 읽은 책을 두고 토론을 하지 않느냐고 묻는다. 허서는 어깨를 으쓱하더니 아버지는 《1984》나 《동물농장》 같은 책에 관심이 없다고 말한다.

"아빠는 '디스토피아 소설'을 읽는 데 시간을 쓰지 않을 거야. 아빠에게는 그게 판타지일 뿐이니까. 아빠는 판타지를 경멸해. '가짜' 세계는커녕 진짜 세계에 쓸 시간도 없다면서. 역사에도 별로 관심이 없어. 전에 한 번 벌어졌던 일이 똑같이 반복될 리 없는데 뭐하러 역사 공부를 하느냐며. 언어, 논리, 수학 공부는 다르대. 그건 '진짜'라." 허서는 K에게 같이 웃자고 청하기라도 하는 듯 빈정거린다. "아빠는 조지 오웰 작품을 한 권도 읽은 적 없을걸? 아빠 기준에서는 '몽상가'니까. 전에 아빠가 처음부터 끝까지 읽은 소설이 한 권도 없다고 말하는 걸 들은 것 같기도 해."

"진짜? 못 믿겠는데." K는 반발하지만 실은 믿어진다.

그녀도 억지로라면 모를까, 소설이나 대부분의 비소설을 잘 읽지 못한다. 너무나 부정확하고, 사람들이 대부분 서로를 속이고 조종하기 위해 아무렇게나 쓰는 일상적인 언어, 언어의 본질, 그 자체를 신뢰할 수 없기 때문이다. 경험 자체가 아니라 경험으로부터 얻은 무언가를 오롯이 말과 부호만으로 지면 위에 '재구성'한 것은 뭐가 됐든, 그녀에게는 무의미하게 느껴진다.

K는 허서에게 아버지가 어떤 일을 하는지 아느냐고 묻는다. '심리철학'―'해체'―'의미론'…….

"아빠가 가끔 설명을 시도할 때가 있지만 우리가 못 알아들어. 아빠는 우리를 이해시키려고 시도하는데 우리가 이해하지 못한다는 데 짜증을 내고, 그래서 차라리 아무것도 안 하느니만 못해. 단순 진술이라는 게 있다. '비가 그쳤다', '테베 사람들은 모두 거짓말쟁이다.' '저기 뭐가 있지?' 하지만 그 안에 담긴 뜻은 네가 생각하는 것과 전혀 다르다. 어떤 진술은 모두 선험적이고 또 어떤 진술은 아니다. 경험적인 진술도 있지만― 그건 고차원이라고 볼 수 없다. 아빠가 전에는 학술지에 기고한 논문을 보여주었는데 요즘은 안 그래. 포기했나 봐. 아빠는 주로 우리와 같이 식사는 하지만 말은 많이 하지 않는 사람이라고 보면 돼."

K는 충격을 받는다. M 교수의 딸이 이런 말을 하다니 이 얼마나 어마어마하게 무지하고 어마어마하게 슬픈 사실인가…….

아버지에게 걸맞지 않은 딸. 그녀라면 전혀 달랐을 텐데.

"아버지가 네가 어렸을 때부터 자기가 어떤 일을 하는지 설명한 적 있어? 언어에 대해서? 문장에 대해서? 단어를 유심히 살피는 것에 대해서? 어렸을 때 들었으면 좀 더 쉬웠을 가능성이 큰데. 나는 그랬으면 좀 더 쉬웠을 것 같거든."

"좀 더 '쉬웠을' 거라니? 뭐가?" 허서는 미심쩍어하는 표정으로

K를 쳐다본다.

"아버지의 사고방식을 이해하는 거. 네가 어렸을 때라면 말이야."

"내가 아빠의 '사고방식'에 관심을 두어야 하는 이유가 뭔데? 엄마는 물론이고 그런 사람이 거의 아무도 없는걸."

K의 놀란 표정을 보고 허서는 아버지의 가족 중에서도 그가 어떤 일을 하는지 아는 사람이 없다고 덧붙인다. (그녀가 보기에는) 다들 그를 존경하지만, 예를 들면 공학자 대하듯 진지하게 대하지는 않는다는 것이다. 그의 형제 중에 화학 공학자가 있다.

"아빠는 내가 아홉 살이나 열 살이 돼서 대화가 통하게 됐을 때까지 나라는 존재를 알아차리지도 못했을걸? 누가 그러는데 아빠는 어린애들은 로봇이나 다름없다고 생각한대."

"너희 아버지는 그런 말을 한 적 없어! 단순한 비유였는데 사람들이 오해한 거지."

"그거 아니라 어린애들이 *진짜* 로봇일 수도 있지."

"〈심신 문제〉라고 너희 아버지가 데카르트를 주제로 쓴 논문이 있거든. 거기서 너희 아버지가 펼친 주장을 사람들이 완전히 오해하고 엉뚱하게 인용했어. 실제 어린애나 심지어 로봇하고도 아무 상관 없는 주장인데. 심지어 데카르트의 신소가 주제도 아니야. 처음부터 끝까지 문법의 해체에 대해서 이야기하지."

허서는 K가 무슨 소리를 하는지 전혀 알아듣지 못하고 그녀를 멍하니 바라본다.

"아무튼 어린애가 아니라 동물이었고, 로봇이 아니라 기계로 간주했어."

K는 허서의 관심이 점점 사라져가는 것을 알아차린다. 그녀 자

신을 그 아버지, 그러니까 나이 많은 세대와 한데 묶는 건 패착이 될 것이다.

K는 허서에게 종강 파티, 그것도 호숫가의 이런 아름다운 곳으로 학생들을 초대하다니 그녀의 아버지가 얼마나 마음이 넓은지 모른다고 말한다. 지금까지 K에게 이런 교수님은 없었나.

K는 허서에게 왜 파티에 참석하지 않았느냐고 묻는다. 분명히 초대를 받았을 것 아닌가.

허서는 눈을 부라리며 어깨를 으쓱한다. *응. 당연하지, 그래서 뭐?* 이렇게 말하는 듯하다.

"너희 어머니가 근사한 뷔페를 차려주셨고……."

*근사한 뷔페.* 그녀는 이 유치한 단어를 들으며 경멸을 느낀다. 이 아이의 비위를 맞추려고 이렇게나, 이렇게나 열심히 노력하다니!

생각한다: 남들의 귀가 우리를 더럽혀. 우리는 누군가가 들어주길 바라며 말을 하지.

말이 우리를 더럽혀. 말이 우리를 대변해.

K가 이런 자리를 피하는 이유가 그거다. 사람들을 피하는 이유가. 그녀와 별개로, 전혀 아무 상관 없이 존재하며 그녀를 위협하고 어찌할 바를 모르게 하는 사람들을 통제할 수 없기 때문이다…….

허서가 심드렁하게 대꾸한다. "가끔 내가 나가서 그들을 만날 때도 있어. 아빠가 가르치는 '대학원생들' 말이야. 하지만 오늘은 내키지 않더라고."

너무나 무심하고 오만한 말투다. 허서는 건방지고 버릇없는 것이지만 그녀로 산다는 건 얼마나 엄청난 행복인가.

W. V. 퀸의 제자이자 도널드 데이비슨의 동료 겸 라이벌인 위대

한 M 교수가 허서에게는 같이 식사하는 *사람*에 불과하다.

M 교수의 대학원생들에게는 오늘 이 자리가 평생 기억에 남을 순간이지만 버릇없는 그의 딸에게는 어찌어찌 피할 수 있었던 재미없는 시간 낭비로 간주된다.

"나는 여기 이 호수 옆에서 혼자 시간을 보낼 때가 많아. 사람들이랑 노상 대화를 나눌 필요가 없어서. 나는 학교 싫어! 너무 *시끄러워*. 아빠도 비슷해. 아빠도 혼자 있는 걸 더 좋아해. 1년에 한 번씩 학생들을 전부 여기로 초대하는 건 아빠가 하버드 시절부터 이어온 전통이야. 아빠를 가르친 철학과 교수님들도 *차를 마시자*고 불렀대. 하지만 아빠가 그걸 좋아하지는 않아, 싫어하지. 대학원생들이 다 가고 나면 아빠는 녹초가 돼. 서재에 들어가서 문을 닫고 뒷정리는 엄마한테 맡겨. 우리는 내일 아침이 돼야 아빠를 다시 볼 수 있어."

K는 마음의 상처를 입고 웃음을 터뜨린다. "우리를 싫어하시는 거야― 아니면 우리가 여기 이 집에 있는 걸 싫어하시는 거야? 하지만 교수님이 우리를 초대하셨는데."

허서는 어깨를 으쓱한다. "모르겠는데. '우리'가 누구야? 아빠는 언니네를 한 명도 기억하지 못할 거야. 아빠가 하는 일, 사람들에게 하는 말이 나중에는 모두 지워져 버리거든. 아빠에게는 진짜가 아니라서. '말하는 건' 아빠에게 아무것도 아니야, 쓰는 것만 중요하지. 문서로 남은 것도 아빠가 쓰는 글의 아주 작은 일부분밖에 안 돼, 대부분 쓰고 버리니까. 아빠가 서재에 들어가서 문을 닫으면― 그게 진짜야."

K는 고민해야 한다. 우리가 누구일까? K는 어느 우리에도 포함되지 않는다.

경쟁자들로 이루어진 대학원 세미나 수업은 우리가 아니다. 당연하다!

K는 허서에게 그럴 만도 하다고 말한다. 그녀는 이해한다. 두말하면 잔소리다. 그녀의 아버지는 계속 일 생각을 해야 할 테고, 자기 일을 문제가 끊이지 않는 뫼비우스의 띠에 비유했으니 다른 모든 건 신경을 분산시키는 요소일 것이다.

허서는 '뫼비우스'의 띠가 뭐냐고 묻는다. K는 설명한다. "기본적으로 끝이 없는 걸 말해. 영원히 계속되는 거."

허서는 그게 바로 아빠라고 말한다.

그들은 한순간 아빠를 떠올리는 딸이자 자매의 심정으로 하나가 된다. 서글픈 미소를 짓는다.

어쩌면 이 순간이야말로 나름대로 완벽한 순간일지 모른다. 불완전한 수많은 것들 속에서.

이제, 그만 나가야겠다. K는 생각한다. 조만간. 지금.

K는 어색해서 인사를 잘 못하고 자리에서 일어나는 건 더 잘 못한다.

그녀가 허서를 만난 건 순전히 운이었지만 세상에 우연은 없는 것도 사실이긴 하다. 벌어진 모든 일은 항상 필연이다.

K는 그녀가 테라스에서 슬그머니 빠져나오는 것을 허서의 어머니가 보았을지 모른다고 생각하며 불안해한다. 허서의 어머니가 그녀를 따라 집 안으로 들어왔을지 모른다. 그녀는 모르는 사람이 자기 집을 이리저리 돌아다니는 걸 좋아하지 않을 것이다. 모르는 사람이 (장애가 있는) 딸에게 이런 식으로 접근하는 걸 좋아하지 않을 것이다.

M 교수의 모든 손님 중에서 K는 M 부인의 얼굴을 똑바로 바라보지 못했고, 감사의 미소를 짓지 못했고, 인사를 간신히 중얼거리고 악수를 피한, 속을 알 수 없는 손님이다.

*예의가 없네!* 그들은 그녀를 두고 이렇게 수군거린다.

*눈치 없고, 겉돌고. 자폐아 같고.*

*쟤는 자기가 우리보다 더 잘났다고 생각할까? 아니면 못났다고 생각할까?*

K는 판석이 깔린 테라스로 돌아갈 생각을 하니 끔찍하다. 그녀를 훑는 모르는 사람들의 눈빛, 그물처럼 그녀의 위로 던져진 공동의 시선…… 그리고 그가 있다 한들 그는 그녀를 전혀 알아차리지 못할 것이다.

방충망이 달린 베란다에 남는 편이 훨씬 좋다. 그녀는 여기에 잘 어울린다. 허서를 생각하면 잘 어울리는 것 이상이다.

이 아이가 얼마나 K와 비슷한지 놀랄 정도다. M의 이 딸이. 어린아이의 얼굴 아래에 감추어져 있는 처절한 어른의 갈망. 아무도 입 맞춰 주지 않을 얇고 창백한 입술.

*내가 입 맞춰줄게! 나를 믿어.*

*하지만 안 돼.*

이제 K는 나가야 한다. 빌어먹을 화장실을 찾아야 한다. 집 안에 들어온 핑계가 그거였지 않은가. 허서에게 돌이킬 수 없는, 용서받을 수 없는 짓을 저지를까 봐 두렵다. 여기에는 말릴 사람이 아무도 없다.

*당장 나가. 당장!*

하지만 허서가 K에게 진지하게 묻는다. "아빠는 좋은 선생님이야?"

K는 순간 아무 대답도 하지 못하고 어이없어하며 그녀를 빤히 쳐다본다.

"'좋은 선생님'이냐니— 그건 아인슈타인이 좋은 선생님이었느냐고 묻는 거랑 같아."

"그게 무슨 말이야? 아인슈타인이 좋은 선생님이었어?"

K는 웃음을 터뜨린다. 귀엽고 순진한 질문을 비웃는 게 아니라 황당해서다.

"아인슈타인이 '좋은 선생님'이었는지 궁금해하는 사람은 없어! 그건 아인슈타인의 가장 중요하지 않은 부분이거든."


## 8


탁월하고 아주 어린 조기 졸업생. 좋은 생각은 아니었고 부모님의 생각 그리고 선생님들의 생각이었지만 '원래' 학년에 그냥 남게 됐다면 뚱하니 무료한 나날을 보냈을 테니 반대하는 건 무의미했다.

그래서, 아주 어렸다. '조숙한' '영재'였다. 고등학교와 대학교 내내. 그런데 갑자기 이제 더는 아주 어린 나이가 아니게 됐다. 스무 살, 대학원 1학년생.

'심리철학의 문제'라는 세미나 수업은 엄청난 공포다. V. �의 제자이자 공동 연구자이자 비평가로 유명한 M 교수가 가르치는 그 수업은.

K는 그 수업에 등록한 열다섯 명의 학생 중에서 자신이 가장 탁

월하다고 확신하지만, 모두 K보다 나이가 많고 개중 몇 명은 2학년 아니면 3학년생이고 탁월함의 조건은 어떤 행동이 아니라 본질이다. 그것도 하나의 행동이 아니라 K 자신이 남들 앞에서 수행하는 일련의 행동이다.

마치 돌아가는 팽이와 같다. 팽이가 어느 방향으로 돌지, 정확히 어떤 식으로 쓰러질지 미리 가늠하는 건 불가능하다. 광란의 회전이 멈출 때까지.

우주는 온갖 미세한 부분들까지 결정되어 있지만, 사전에 예측할 수 있는 건 아무것도 없다.

뇌세포가 몇 개 되지 않는 가장 원초적인 편형동물의 움직임도. (알려진) 우주에서 가장 복잡한 장치라 할 수 있는 인간의 뇌의 궤적도.

"S. L. 캐럴." M 교수는 세 번째 세미나 수업 시간에 희미한 미소를 머금고 궁금해하는 표정으로 테이블 좌우를 두리번거리며 이 이름을 불렀다. *S. L. 캐럴*이 누구인지 누가 봐도 모르는 눈치지만 그 전주에 이 학생이 제출한 보고서가 워낙 인상적이었기에— "자네가 쓴 보고서를 낭독해 주겠나? 고맙네!"

그들은 매주 읽은 책을 비평하는 짧은 보고서를 작성했다. 이 주에는 수제가 W. V. 퀸의 '빈 이름 이론'이었다. 이런 비평 보고서는 점수가 매겨지지 않았고 낭독되는 경우도 많지 않았다. 왜냐하면 M의 세미나는 소크라테스식 문답처럼 진행됐다. 소크라테스의 역할을 맡은 M은 도발적이고 장난기가 다분하고, 예측 불가능하며 요구가 많고 사람 진을 빼며, 절대 잔인하지는 않지만 가끔 냉소적이고, 성적이 안 좋은 학생들을 알뜰히 챙겼기에 다들 그의 비판보다 *따뜻한* 말을 두려워했다.

K는 M이 그녀의 이름을 불렀을 때 심장이 어떤 식으로 한참 동안 멈추었는지 잊지 못할 것이다. *그가 나를 따로 지목했어! 조금 전에 실제로.* 이 사실을 깨닫게 됐을 때 그녀의 존재 자체가 어떤 식으로 심령체처럼 몸에서 분리돼, 황홀감과 구분되지 않는 순수한 충격으로 전율했는지 잊지 못할 것이다.

K는 어떤 자리에 가든 그 안에서 가장 영향력 있는 인물—그녀보다 나이가 많은 남자일 가능성이 크다—이 그녀를 첨예하게 의식한다는 사실을 전부터 알고 있었다.

'S. L. 캐릴'이 양옆에 앉은 좀 더 덩치 큰 학생들에 가려서 잘 보이지도 않고 그냥 지나치기에 십상인 어린아이 체구의 인물이라는 걸 보고 M은 놀라거나 실망한 기색을 드러내지 않았다. 다른 학생들의 경우에는 처음에 좀 더 인상적이었고 전에도 세미나 수업을 들은 적 있기에 구면이었지만 M에게 S. L. 캐릴은 이 수업을 처음 듣는, 모르는 학생이었다.

'빈 이름'에 대해서 쓴 보고서는 짧고 간결했다. K가 어린 여자아이 같은 목소리, 떨리는 목소리, 불안한 목소리, 거의 들리지 않는 목소리로 5분도 안 되는 시간 동안 속사포처럼 그걸 낭독하는 동안 M은 미간을 찌푸리고 눈을 감고 놀라우리만치 열심히 고개를 끄덕이며 귀를 기울였다. 수업 시간에 인자한 부처처럼 무표정하게 길쭉한 오크 테이블 상석에 앉아 있던 평소 M의 모습과 달랐다.

하지만 잠시 후에 그는 눈을 뜨고 처음으로 예리하게 K를 쳐다보았다.

"흠. 그건 예상치 못했던 관점이었네, 적어도 나로서는."

그녀가 교수님을 기쁘게 한 것 같았다. 턱에 각이 졌고, 턱살이 늘어졌고, 부드러워 보이고 통통한 입술을 주름이 감싸고 있는 그의 커다란 얼굴 위로 홍조 비슷한 것이 번졌다. 그들 사이에서 이해와 공감의 눈빛이 오갔다.

잠시 정적이 흐른 뒤 다른 학생들이 머뭇머뭇 K에게 질문을 했다. 그들은 그녀의 보고서를—아마도—제대로 이해하지 못했다. 교수의 반응을 보고 마지못해 공격에 나선 것이었다. 이제 그 누구라도 실수하면 치명타가 될 수 있었다. 그들은 시기, 질투를 드러낼 생각도 없었다. K는 모든 수사와 감정 표현을 배제한 채 딱 부러지는 간결한 단어로 답변하며, 아무도 모르는 어마어마한 희열과 평화가 온몸으로 번지는 것을 느꼈다.

생각했다. 내 평생 이렇게 완벽한 순간은 없을 거야.

그녀의 삶이, 앞으로의 삶이 주마등처럼 지나갔다. 그녀는 3년의 박사 과정을 밟는 동안 M의 세미나 수업을 매 학기 신청할 것이다. 모든 부분에서 M의 지도를 받아 가며 논문을 쓸 것이다. 그 과에서 모두가 탐내는 박사 후 연구원으로 뽑힐 수도 있을지 모른다. M이 W. V. 권의 제자였듯 그녀가 M의 세자가 될 것이나. 그 남사를 생각하면 숨이 막혀서 기절할 것 같았다. 그를 감히 똑바로 바라보지도 못하고 곁눈질만 할 수 있었다. 면접을 보는 자리에서 M은 철학의 기쁨이 종교에서 말하는 은총과 비슷하다고 했다. "자격 없는 우리에게 주어진 것이라는 점에서, 요청하지 않았는데도 주어진 것이라는 점에서 말이지."

K는 그런 기쁨을 자주 느끼지 못했지만, 세미나 수업 시간에 M 교수가 수많은 세월 동안 결핍에 시달린 그녀에게 미소를 지으며 온전히 집중해 주는 순간에는 느낄 수 있었다.

현실로 이루어졌어. 결정됐어.

내 모든 인생이.

동굴 같은 대학원 도서관에서 K는 아는 사람이 별로 없는 철학 학술지에 실린 M의 초창기 논문을 검색했다. 그 논문들이 모두 M의 저서에 실린 건 아니었다. 놀랍게도 젊은 시절의 M은 학술지의 권위를 고려하지 않고 아무 데나 마구잡이로 논문을 기고했다. 나중에 그것이 얼마나 귀한 원고가 될지 20대에는 몰랐던 모양이다. 트리에스테, 타이완, 텔아비브, 부에노스아이레스, 위니페그에서 출간된, 아무도 알아주지 않는 철학/언어학 학술지— M은 참석한 학회에서 만난 편집자가 있으면 자기 논문을 대가 없이 마구 내주었다. 주머니에서 금화를 흘리고 다니는 사람처럼.

그녀는 훨씬 더 좁게, 훨씬 더 몰입하며 살아왔다. 앞으로는 스승에게 넉넉한 마음씨를 배워야겠다.

M이 언어의 내재적인 '불안정성'과 '표류'라는 굵직한 이론을 발전시켜 나가는 동안 초창기 저술 내의 요소들이 어떤 식으로 파헤쳐지거나 버려졌는지가 흥미진진하게 그녀의 눈앞에서 드러났다. M은 30대 초반에 노선을 완전히 바꾸었는데, 신기하게도 동시대 인물 중에서 좀 더 나이가 많았던 도널드 데이비슨에게 영향을 받은 결과였다. M은 각주에서 그의 공을 인정하긴 했지만, 최소한의 예의를 차리는 선이었다. (나중에 발표한 글에서도 데이비슨을 가끔 비판적으로 인용할 뿐, 그의 초창기 논문을 인용하지는 않았다.) K는 논리실증주의 분야의 오래된 논문, 잊힌 듯한 논문을 발견하고 호기심을 느

껐다. M은 그 사상을 잊어버렸거나 저버렸는지 2, 3년 동안 비트겐슈타인의 《철학 탐구》를 주제로 논문을 출간하고 그걸로 끝이었다. 40대 중반에 이르러 대표작을 출간했을 무렵에는 이 초창기 이론과의 모든 연결 고리가 사라졌다. 하지만 K가 내린 결론에 따르면 M은 탁월한 역량에도 불구하고 잘못된 길을 선택했다. 그가 기존에 '언어의 한계'와 관련해 비트겐슈타인과 반대편에서 전개한 논리가 기본적으로 견고했다.

K는 이 초창기 이론을 계속 연구하면 어떨까 생각하며 흥분을 달랬다. 그녀와 M이 연관된 주제들을 가지고 공동으로 연구를 진행할 수 있을지 몰랐다. S. L. 캐럴이라는 수제자는 M에게 엄청난 도움이 될 것이었다. 그가 책으로 출간되길 원하면 그녀가 여러 학술지에 발표된 그의 논문을 취합할 수 있었다. 그걸 편집하고 교열할 수 있었다. 참고문헌 목록을 작성하고 각주를 준비하고 색인을 정리하는 지겨운 일들을 전담할 수 있었다. 그들의 이름은 한데 묶일 것이다. 그들의 이름은 아직 쓰이지 않은 책등에 나란히 적힐 것이다.

선배 철학자가 후배 철학자를 논문의 공동 저자로 올리는 건 관행이다. 이때 후배 철학자의 이름이 선배 철학자의 앞에 기재되는 것이 원칙이다. 하지만 업계 사람들은 누가 제자고 누가 스승인지 모두 안다.

나중에는 K가 (아마도) (분명) M의 유고를 관리하게 될 것이다. 앞으로 수십 년 뒤에. M은 존경하는 스승 W. V. 퀸처럼, 버트런드 러셀처럼 90대 중반까지 살 것이다. 그녀는 스승보다 오래 살아서 필요한 경우 그를 돌볼 수 있도록 만전을 기할 것이다.

하지만 얼마 후에 분위기가 이상해졌다.

*왜, 어쩌다?*—K는 절대 알 수 없었다.

그녀는 여전히 탁월했고 오히려 전보다 자신감이 충만했다. 수업 시간에 적극적으로 참여하고 M의 도발적인 질문에 답했다. 한번은 다른 학생들은 알 가능성이 작고 심지어 M 교수조차 (어쩌면) 잊었을 수 있는 그의 예전 견해를 과감하게 언급한 적도 있었다. 그녀는 데이비슨과 퀸을 인용했다. 몸은, 그 안에 깃든 의식의 관점에서 보았을 때 '추상적인 대상'일까? 우리는 우리의 육체를 선험적으로 이해할 수 있을까? 그녀는 비트겐슈타인을 인용했다. 우리는 언어를 초월한 지식을 소유할 수 있을까? '지식'이라는 것이 존재할까 아니면 단지 '아는 것'에 불과할까? 그녀는 나지막이 더듬더듬 말했다. 하지만 얼마나 대담한 질문인지는 M만 알아차릴 수 있을 것이었다. 그는 다시 한번 얘기해달라고 하더니 마치 못 들은 사람처럼, 믿기지 않는다는 듯이 광택이 거의 죽은 테이블 저쪽 끝에서 그녀를 빤히 쳐다보기만 했다. 눈가에 주름이 잡혔다가 다정했던 눈빛이 점점 해석할 수 없는 무표정한 눈빛으로 바뀌었다. 그는 입가를 실룩였지만, 말은 한마디도 하지 않았다. 어색한 정적 속에서 모두가 침묵을 지켰다. 바위를 스치듯 흐르는 물처럼 그 순간이 지나갔다.

하지만 서서히 변화가 일어났다. 이후 몇 주 동안 M은 K에게 매주 제출하는 서평 보고서를 다시는 낭독해달라고 하지 않았다. M의 시선은 오크 테이블 이쪽, 저쪽을 가차 없이 움직였지만, 그의 눈에 K는 *보이지 않는* 것 같았다. 그녀가 용기를 내서 토론에 가세해도 그는 그녀의 이야기가 끝날 때까지 점잖게 기다리기만 할 뿐 코멘트는 한마디도 달지 않았다.

서서히 움직이는 지구의 지각판처럼 감지할 수 없는 속도였다.

대륙의 표류, 언어의 표류. 영원할 수 없는 단어의 의미의 표류.

나중에 K는 정신세계 중에서 가장 신비롭다고 주장할 수도 있을 만한 이 측면을 연구할 것이다. 표류라는 측면을.


## 11


제로섬 게임에서는 다른 사람들의 행동이 변수다. 그것이 다른 사람들과 더불어 살아가야 하는 삶의 비극이다.

'다른 사람들'이란: '내가 아닌' 모든 사람.


## 12


가장 유명한 다다이스트 중 한 명이 자신에게 자살하고 싶은 마음이 있다는 사실을 깨달았다.

하지만 '사인'이 자살로 밝혀지는 건 원치 않았다.

그는 다다이즘 퍼포먼스 삼아 사형집행인이 주관하는 인신 공양 의식을 제안했다.

(잠재적으로) 제물이 될 수 있다는 (그럴 가능성이 있다는) 데 동의한 열두의 동료 다다이스트를 한자리에 모았다.

하지만 사형집행인은 누가 맡아야 할까? 그들은 한 명씩 거부했다.

파 무아(나는 아니라는 뜻의 프랑스어–옮긴이).

파 무아.

파 무아.

파 무아.

파 무아.

파 무아.

파 무아.

파 무아.

파 무아.

파 무아.

파 무아.

파 무아.

이렇게 해서 다다이스트들은 실망감을 안고 (전과 다름없이) 삶을 살아 나갔다.

## 13

그녀는 알았다. 학기 말에 최종 학점을 받기 전부터 알았다. A 마이너스라는 것을.

그 침몰하는 느낌, 모래가 무너지는 느낌. 인간이 밟고 있는 것은 모래이기에.

A 마이너스라는 사형 선고. 철학에서는 탁월하든지 탁월하지 않든지 둘 중 하나이기에.

아리스토텔레스라면 이런 식으로 풀어서 설명했을지 모른다.

A 학점은 철학에 미래를 걸기에 필요하지만 충분한 지표는 아니다.

A 마이너스 학점은 철학에 미래가 없다는 지표다.

사실, 문제는 학점 자체가 아니었다. 그녀를 이류로 간주한 M 교수의 평가가 절망적이었다.

*저에게 벌을 주시는 거로군요. 제가 너무 주제 넘었죠.*

*용서해 주세요!*

그녀의 뼛속, 얼음처럼 차가운 라듐 골수. 떨려서 이가 캐스터네츠처럼 한심하게 딱딱거린다.

언어관 맨 꼭대기 층에 있는 교수의 방으로 찾아간다. 계단으로 걸어 올라갔더니 현기증이 난다. (엘리베이터는 교직원 전용이다.) 문이 빼꼼 열려 있는 걸 보면 M이 책상 앞에 부처처럼 평온하게 앉아 있다는 뜻이지만 감히 그 문을 두드리지 못한다.

묵직한 오크 문에 달린 간유리 창에 (살짝 희미해진) 검은색으로 M의 성과 이름이 위풍당당하게 적혀 있다.

그녀는 알았다. 그가 안다는 것을. 그가 그녀에게 어떤 충격을 안겼는지.

그는 S. L. 캐럴이 그에게 특별하다는 것도, 세미나 수업에서 가장 탁월한 학생일 뿐 아니라 다른 방면, 좀 더 사적인 방면에서 특별하다는 것도 알았다. 어떻게 모를 수가 있겠는가.

그녀는 너무 참담해서 아무 말도 하지 못하고 허둥지둥 세미나 수업 교실에서 빠져나왔다. 그 마지막 수업 시간에 그가 어떤 식으로 그녀의 상심한 시선을 피했던가. 상처받은 그녀의 표정을. 다른 학생들— 그들도 알았을까? 그녀는 견딜 수가 없었다. 그중 몇 명은 그녀보다 높은 학점을 받았을 게 분명했다. 몇 명은 웃으며 훌륭한 학점을 만끽하고 있었다. 굴욕감을 달래며 후퇴하는, 어린아이처럼 자그마한 K 쪽은 흘끗 쳐다보지도 않았다.

찰나 같은 한 시간 동안 M의 총아였던 그녀. 헬륨 풍선처럼 숲속으로 솟구쳐 올랐다가 조만간 바람이 빠져서 내려올 운명.

하지만 당신은 내가 당신을 사랑한다는 걸, 당신이 내 심장에 비수를 꽂았다는 걸 알잖아요.

나를 용서해 줄 수 없나요?

언어관 꼭대기 층까지 계단을 올라간다. 심장이 갈비뼈를 두드린다. 눈은 눈물 때문에 따끔거린다. 너무 추워서 온몸이 벌벌 떨린다. 계단 꼭대기에 다다르자 M의 교수실 문 앞에서 얼어붙는다.

M은 그녀를 봤을 것이다. 지금은 아닐지 몰라도 전에. 세미나 교실 앞 복도에서. 계단에서, 통로에서. 멀리서, 해 질 녘에. 고개를 떨구고 망연자실하게 언어관을 빠져나온다. 핏기가 가신 창백한 얼굴. 몽유병 환자 같은 걸음걸이. 망치로 머리를 맞고 통로를 따라 도축장으로 이동하는데 쓰러지지 않으려고 기를 쓰며 머뭇머뭇, 비틀비틀 계속 걸어가는 가축.

아니면 그가 보지 못했을 수도 있었다. 그가 보았을 이유가 없지 않은가.

그는 자신으로 인해 가슴에 커다란 구멍이 뚫린 젊은 여자를 의식하지 않았다. 어금니 사이에 깊숙이 끼어 있던 눈곱만한 음식 찌꺼기를 얇은 이쑤시개로 빼낼 때처럼 아무 생각이 없었다.


# 14


유령 같은 형체가 교수실의 간유리 창 위로 검게 드리워진다. 하지만 문을 열고 보니— 아무도 없다.

그러니까, 한 사람도 없다. M이 긴 복도를 아무리 살펴도 그의 교수실 앞에 있을 법한 범주에 속하는 *사람* 중에서는 단 한 *사람*도 보이지 않는다.


# 15


"어서 와요! 이름이—?"

마침내 교수실 안으로 들어선다. 며칠이 지났는데도 무서워 이가 계속 떨린다.

그는 그녀를 알아보지 못하는 눈치다.

*무슨 소리야, 당연히 알아보지.*

거대한 책상을 마주 보고, 시트가 반질반질하게 닳은 묵직한 의자에 앉는다. K가 느끼기에는, 멀리서 지켜보는 M이 느끼기에도 그렇듯, 이 아가씨는 의자에 비해 체구가 너무 작아서 가는 다리가 인형처럼 허공에서 대롱거린다.

그녀는 자기 이름을 밝힌다. 무안해하며 조그맣게.

너무 가볍다. 그녀는 뼈가 너무 가벼워서 거의 둥실둥실 떠다니는 느낌이다.

말을 꺼내 보려 하지만 처음에는 잘되지 않는다. 그녀의 눈은 충혈된 구멍 안으로 움푹 들어간 상처다.

그는 에우리피데스(고대 아테네의 비극 시인-옮긴이)에 대해 생각하고 있었다. 메데이아(에우리피데스가 쓴 〈메데이아〉의 주인공. 콜키스의 공주로 아버지와 나라를 배신하고 황금 양털을 구하러 온 이아손을 돕는다-옮긴이)의 눈부신 광기, 특히 여성의 복수심에 대해 생각하고 있었다. 머리가 셀뿐 아니라 지난 시절을 향해 그물을 뒤로 던지기 시작하는 60대 초반이라 나이에 대해 생각하고 있었다. 오래되고 오래된 이야기지만 뿜어져 나오는 피는 항상 새롭다.

K가 자기 이름을 밝히자 M은 기억해낸다. 아, 그렇다. S. L. 캐럴. 세미나 수업에서는 서로 성을 불렀다. 이름이나 별명은 쓰지 않았다. '이름'—'호칭'—이라는 부대조건에는 젠더라는 산만하고 불필요한 쟁점을 불러일으키는 문제가 있다. 누누이 강조했다시피 M이 생각하기에 각 개인의 이름은 실제 인물과 항상 대응하지는 않는다. 그와 같은 '호칭'의 임의적인 속성은 비논리적이지만 "그다지 재미가 없는 비논리"다.

M은 끙하는 조그만 소리와 함께 'S. L. 캐럴'이라는 이름을 기억하는 티를 낸다.

"그래, 맞아, 캐럴."

다정하게 격려의 미소를 짓는다. 그 무거운 가면 같은 얼굴은 아무 감정 없이 무표정하다. K는 어색한 상담 시간이, 그녀에게는 너무나 중요한 이 시간이 저명한 교수에게는 시냇물을 따라 빠르게 흘러내려 가는 부러진 코르크 조각만큼의 의미는 아니길 바란다.

K가 더듬더듬 쏟아내던 말이 마침내 바닥을 드러내자 M이 아버지 같은 투로 말한다. "하지만 내가 보기에는 자네의 전제에 오류가 있어. A 마이너스라는 학점은 문제 될 게 전혀 없잖은가. 전적으로 훌륭한 학점이고, 자네도 알 테지만 사실상 전적으로 중요하지 않은 문제지."

물에 빠져 허우적대는 소녀처럼 절박하게 생각한다. *하지만 저에게는 그렇지 않아요! 전혀요.*

특이할지 몰라도 성적에 대해서는 설명하지 않는 것이 M의 원칙이다. 그는 등급을 매겨야 한다는 데 분개하고, 자신은 *회계사도 가게 점원도 아니라는* 사실을 강조한다. 그는 철학 담론에 등급을 매겨야 한다는 데 동의하지 않는다. 그는 노력, 성실, 선한 의도를 존중하지만, 이 중 어떤 것도 진리의 철저한 추구와는 상관이 없다는 걸 안다. 그는 이렇게 말한다. "우리 중에서 가장 걸출한 위인도 모차르트처럼 극빈자의 묘지에 묻힐 수 있지. 천재와 그에 대한 세간의 반응은 아무 연관성이 없고 연관성을 기내해서도 안 돼."

괴팍한 교수가 많기로 유명한 철학과에서 M은 가장 괴팍한 축에 끼지도 않는다. 하지만 그는 학생의 '등급'을 매겨야 한다면 부연 설명하지 않는 것이 그의 특권이라고 말한다. 기민하고 비교적 명석한 학생이라면 세미나 수업 때 그가 한 평가와 다른 학생들이 한 말을 통해 자기가 왜 그 학점을 받았는지 알 수 있을 것이다.

"설명은 천박하지 않나. 지적인 추론이 훨씬 낫지."

K는 애원하지는 않는 투로 이렇게 말한다. "교수님, 다시 읽어봐 주실 수는⋯⋯."

"미안하지만 그럴 순 없네."

"……만에 하나라도 혹시……."

"아니."

하지만 아쉬워하는 듯한 다정한 투다. 연민이 어린 그의 커다란 옅은 회색 눈에는 희미한 빨간색 핏줄이 그물처럼 포진해 있고, 시선은 K가 아니라 그녀의 바로 위쪽 뒤편에서 어른거리는 심령체 같은 형상에 고정되어 있다. 오래전 어느 해부터 그런 형상이 연거푸 등장하기 시작했는데, 팔림프세스트(원래 글을 지우고 그 위에 새로 쓴 고문서―옮긴이)처럼 서로 겹쳐질수록 간청과 애원과 실망이 점점 옅어진다.

정말이지 M은 '젠더'를 절대 구분하지 않는다. 그게 무슨 쓸데없는 단어인지 모르겠다. 여성, 남성, 불분명― 각 개인은 하나의 유형이 아니라 독자적인 존재다. M은 성차별주의자가 아니고 성에 관심이 없다. *관심이 없는 정도가 아니라 무관심 그 자체*라고 해도 무방할 것이다.

탁월하지만 이 자도 이카로스처럼 너무 태양 가까이 날아갔다. 현명하다기보다 영리한 S. L. 캐럴, 그녀를 판단하는 위치에 있는 사람의 아킬레스건을 간파한 자, 흠모로 정신을 못 차리다 보니 상대의 아량, 결과가 어떻게 되든 진리를 추구하겠다는 그의 사명의 진정성을 당연시하게 된 자. 그는 이 자의 이후 보고서를 대충 훑어보며 불안을 느꼈다. 그녀(*그가 기억하기로 그녀가 캐럴이었다*)가 그에게서 떨어져 나간 일부, 그의 혈관을 타고 그의 심장과 폐와 뇌를 향해 죽음의 질주를 하는 혈전과도 다를 바 없는 존재라는 생각이 들었다. 미숙하고 무모하며 신세를 많이 진 사람들을 배신한 그의 가장 원초적인 자아. 더는 인정받지 못하는, 혐오의 대상이 된 그 원초적인 자아. 그렇기에 몇 주 동안 다른 학생들의 보고서를 대충 훑어볼 때처럼 S. L. 캐럴의 보고서도 대충 훑어보았다. 번쩍하는 불꽃과 등장할 확률이 0에 수렴하는 엄청난 불길을 기다리되 부처처럼 눈을 게슴츠레 뜨고 뇌는 가동하지 않았다.

정적이 에테르처럼 그들 위로 내려앉았다.

이제 K는 그만 일어나야 한다. (아주 어색했던) 상담 시간이 끝났다.

들릴락 말락 하게, 간신히 더듬더듬. "알겠습니다. 감사합니다, 교수님."

"*내가 감사하지.*"

우아하다. 신사다. 빈정거리는 기미라고는 전혀 없다.

하지만 K는 기운이 없어서 너무 큰 의자 안에서 한참 동안 움직이지 못한다. 어떻게 하면 기운을 끌어낼 수 있을까. 무릎에서 힘이 풀리고 뇌에서 핏기가 가신다. 애걸복걸하기 직전이다. *제발 도와주세요, 교수님. 저를 버리지 말아 주세요.*

기대한 책싱에 기대아 자리에서 일어날 수 있다. 그녀의 호흡은 얕고 날카롭다. 눈에는 그렁그렁 눈물이 맺혔다.

"캐럴 양, 괜찮은가?" M은 놀라며 회전의자에서 육중한 몸을 벌떡 일으킨다.

K는 그렇다고, 괜찮다고 하지만 계속 어지럽고 멍하다. 나가려고 몸을 돌리다 발을 헛디뎌 하마터면 넘어질 뻔하자, M이 얼른 어설프게 그녀의 팔을 잡는다. 그가 심하게 동요한 상태라는 것을 K는 느낄 수 있다.

괜찮다고 교수를 안심시킨다. 두말하면 잔소리다! 그는 의도했던 것보다 세게 그녀의 팔꿈치 바로 위를 잡고 있던 손을 놓는다. 그녀는 위에서 내려다보는 남자에게 시선을 두지 않는다. 다시는 그의 얼굴을 똑바로 바라보지 않을 것이다. 다시는 그를 붙잡고 애걸복걸하지 않을 것이다.

이제 교수실에서 나온다. 조금은 당당하게. 내장이 적출된 사람처럼 팔짱을 낀 두 팔로 배를 감싸고, 허리를 똑바로 펴고, 고개를 꼿꼿하게 들고, 뒤는 한 번도 쳐다보지 않고 철수한다.


## 16


*한 학기의 마무리를 자축하는 자리에 초대합니다. 참석 여부를 알려주세요. 감사합니다!*

K는 지금까지 교수의 집으로 초대받은 적이 없었다. 누구의 집이든 초대받은 적이 거의 없었다.

줄곧 오해의 소지가 없는 신호를 보내왔다. 사람들과 어울리기 싫어하는 성격이라고.

K를 묘사하는 단어들은 모두 부정적이다. 사람들과 어울리기 싫어하고, 무성애자이며, 의존적이고, 불가지론자이며, 월경을 하지 않는다.

아무튼 M 교수에게 초대받았다는 데서 느낄 수 있었을 법한 (가능성이 작긴 하지만) 기쁨은 모두 사라져 버렸다. 사후에, 뒤늦게 받은 초대라는 걸 알기 때문이다. 다른 학생들은 먼저 초대받은 것이 분명하다.

그뿐만 아니라: 초대에 응하면 K는 같은 세미나 수업을 듣는 다른 학생에게 차를 얻어타고 가야 한다.

차가 있는 경쟁자 중 한 명에게. 고맙게도 그가 한 학기 내내 말 한마디 건 적 없고 미소도 눈빛도 교환한 적 없는 K에게 먼저 말을 꺼내주었다.

이제 그에게 중얼중얼 말한다. 응, 고마워. 좋아.

잠들 줄 모르는 그녀의 머리는 계속 빙글빙글 요동치고 있음에도.

따져본다: A 마이너스라는 학점이 K가 생각하는 것처럼 불공평하고 부당한 평가라면 K가 더는 반발하지 않고 받아들일 경우 K는 자기 자신에게 불공평하고 부당하게 처신하는 셈이 되고 그녀의 삶에 불균형이 야기된다. 하지만 안타깝게도 K는 그게 뭔지 모르겠지만 세미나 수업이라는 좀 더 넓은 관점에서 보았을 때 A 마이너스라는 학점이 공정하고 합당한 평가라면 불공평하고 부당한 처사라는 주장은 성립하지 않고 그녀는 학점에 만족하거나 심지어 고마워해야 한다.

하지만 *세로섬*의 관점에서는, K가 응징에 나서 *교수가* (실은) 그녀를 배신해 부당한 학점을 부여한 것으로 밝혀지면 그녀는 정당하게 대처한 셈이 될 것이다. 하지만 응징에 나섰는데 교수가 (사실) 그녀를 배신한 게 아니라 더도 덜도 말고 딱 알맞은 학점을 부여한 것으로 밝혀지면 *그녀는 부당하게 대처한 셈이 될 것이다.*

만약 K가 응징에 나서지 못했는데 교수가 (실은) 그녀를 배신한 거라면 그녀는 부당하게 대처한 셈이 될 테고, 그녀에게는 이런 부당함을 응징할 기회가 (아마) 두 번 다시 주어지지 않을 것이다. 하지만 그녀가 응징에 나서지 못했는데 교수가 (사실) 그녀를 배신하지 않은 것으로 밝혀지면 그녀는 부당하게 대처한 셈이 될 것이다.

왜냐하면 그녀가 응징에 나서 교수가 (직업적인 면에서나 사적인 면에서나 어찌어찌) 파멸하게 되었는데, 그가 그녀를 배신한 것으로 밝혀지면 K의 복수로 그의 배신은 무효가 될 것이다. 하지만 만약 K가 복수를 감행하고 교수가 (직업적인 면에서나 사적인 면에서나 어찌어찌) 파멸하게 되었는데, 그가 그녀를 배신하지 않은 것으로 밝혀지면 그녀의 복수로 교수뿐 아니라 그녀로서는 측정할 수 없는 수준으로 그녀 *자신*까지 파멸에 이르게 될 것이다.

뜬눈으로 누워 있는데 어지럽게 요동치는 생각들. 얕지만 물살이 사나운 산속 시냇물이 반짝반짝 햇빛을 머금고, 새하얀 물거품을 일으키고, 라듐처럼 번뜩이며, 뾰족한 바위 위를 쉴 새 없이 콸콸 흐른다.


17


"너희 아버지는 당연히 '좋은' 선생님이지, 허서! 그냥 '좋은' 게 아니라 훨씬 더 좋은."

K는 교수의 딸을 안심시키는 데서 희열을 느낀다. 귀엽고 순진한 허서가 *그녀에게* 유명한 자기 아버지에 대한 평가를 묻다니 감동적이다.

"아빠가 웃긴 적 있어? 한 번이라도?"

"웃긴 적 있느냐고?" K는 고민해 본다. 어이없는 질문이지만 허서는 이제 겨우 열네 살이다.

K는 철학에서 *재미*라는 게 뭘지 전혀 모르겠다. 웃음은 일종의

정신적인 결점 아닌가? 세미나 수업에서 폭소가 터지면 진지한 토론을 재개할 수 있도록 다들 그 폭소가 잦아들길 진득하게 기다린다.

M은 가끔 미소를 짓지만, 폭소를 터뜨리는 경우는 거의 없다. K는 M이 농담을 시도한 적 있는지조차 기억이 나지 않는다.

"뭐— 가끔. 아주 미묘한 유머 감각의 소유자야. 사람들 대부분은 이해하지 못하는. 집에서는 잘 웃기시니?"

"응! 웃기려고 노력하는 편이야. 예를 들면 뭘 떨어뜨린다거나 텔레비전 리모컨 같은 물건의 작동법을 모른다든지 하는 식으로. 아빠가 냉동실에서 꺼낸 얼음 틀을 다시 집어넣지 못하거나 식기세척기를 엄마도 고칠 수 없을 만큼 이상하게 설정해 놓거나 하는 실수를 저지르는 건 의도된 게 아니야."

허서는 키득거린다. 딸이다. 좌충우돌하는 아빠를 사랑하는 딸이다. 텔레비전에서나 볼 법한 가족이다! 바로 그 순간 K는 예리한 증오의 칼날이 그녀의 심장을 도려내는 것을 느낀다. 그녀는 말한다.

"너희 아버지는 자기가 어떤 식으로 생각하는지 관찰을 허락하는 방식으로 우리를 '가르'치셔. 그분은 언어, 특히 문장 구조를 분석하지. 해부하는 것처럼. 해부가 뭔지 알지?" K가 (가상의) 시신을 절단하고 해체하는 흉내를 내자 허서는 움찔하고 폭소를 터뜨리며 당연하지, 라고 한다. "너희 아버지가 가르치는 건 사실 *생각하는 법*이야."

허서는 《1984》의 책장을 덮어놓았다. 지금은 그 책을 읽을 생각이 없는 것이다.

"너희 아버지가 '좋은' 선생님이냐고 물었지, 허서? 사실 그분은 탁월한 선생님이야. 그뿐 아니라 탁월한 책도 여러 권 쓰셨지. 게임

이론의 여러 측면을 체계화한 걸로 유명하셔."

"그게 '게임' 같은 거야? 비디오 게임이나 카드 게임? 아빠가 전에 테니스를 배우려고 한 적은 있지만⋯⋯."

"아니, 그보다는 경쟁 계산법에 좀 더 가까워. 우리가 이번 학기에 한 건 선험적 명제와 경험적 명제 분석이야. 그리고 분석 명제와 종합 명제도. 분석 명제는 기본적으로 동의어 반복이야. '한 다스는 열두 개다.' 종합 명제는 그보다 복잡해. 사실상 분석 명제를 제외한 모든 거라고 보면 돼. 실제 인간의 뇌를 연구하는 건 심리철학에서 새로운 시도지. '생각은 어디일까?' '생각은 언제일까?' '누가 생각하는 걸까?' M 교수님은 '감각의 증거'와 '과학적인 방법'을 연구하고 계셔. 이건 선험적이 아니라 경험적 연구지. 유전학. '손상된 유전자', '신경학적인 결함'."

등나무 의자 위에서 허서가 뻣뻣해진다. 갑자기 괴로워하는 심각한 표정으로 바뀐다.

"⋯⋯ 선천성과 후천성. 우생학과 안락사. '안락사'가 뭔지 알아? 엑스레이를 찍었는데 태아가 기형인 것으로 밝혀지면 유산해도 될까? 부모에게 '장애아'의 목숨을 끊을 권리가 있을까? 그 아이는 태어나지 않는 편이 더 나을까? 장애아는 세 사람에게 악영향을 미칠 수 있어. 아이, 엄마, 아빠. '최대 다수 최대 행복'이라는 공리주의의 기본 원칙에 따르면 태아 상태일 때 유산해 고통을 피하는 것이 윤리적으로 타당하겠지. 신경학적인 결함을 안고 태어난 사람 중 일부는 태어나지 않는 편이 나았겠다고 생각할 수도 있고. 철학계에서 점점 영향력이 커져가는 관점이 하나 있는데 '반(反)출생주의'야. 아이를 낳는 것에 반대하는 거지. 너희 아버지는 이런 윤리적인 문제를 용감하게 연구하고 계셔. 그걸 주제로 논란의 여지가 많은 논문도 몇 편 쓰셨고."

이 중에서 진실에 가까운 말은 하나도 없다. M의 논문은 난해하기로 유명하고, 난해하지 않더라도 통속적으로 *경험적인* 분야에는 무관심하다.

허서는 계속 아무 말도 하지 않는다. 굳게 다문 얇은 입술에 핏기가 없다.

K는 엿듣는 사람이 있을까 봐 걱정하는 것처럼 언성을 낮춘다. "너희 아버지는 내가 지금까지 만난 사람 중에서 제일 놀라운 분이야, 허서. 그분은 관습을 거부하셔. 그러니 질투가 나서 그분을 무너뜨리려는 사람들이 당연히 있을 수밖에. 전혀 근거 없는 소문이 돌기도 하고. 왜냐하면 너희 아버지는 '특출난 인재'—특별히 '아끼는' 학생—를 골라서 그 몇 명하고만 친밀한 관계를 맺거든. 그분은 노골적인 엘리트주의자야. 애정을 노골적으로 드러낼 때도 있고, 사람을 놀라게 할 때도 있어. 멍이 생길 정도로 세게 붙잡아놓고는 '*너 때문에 내가 놀랐잖니.*' 이런 농담을 하는 식으로."

허서는 겁에 질린 불안한 눈빛으로 K를 빤히 쳐다본다. 《1984》가 베란다 바닥으로 떨어신다.

"그분이 너한테도 가끔 손을 댔을 거야. 너는 기억하지 못하겠지만. 그런 걸 '기억상실'이라고 하지."

"그게 무슨 말이야— '기억상실'이라니?"

"인간의 머리는 너무 많은 현실을 감당하지 못하거든. 현실에 맞지 않으면 잊어버려."

허서는 눈을 빠르게 깜빡이며 K를 응시한다. 힘없이 말한다. "언니가 하는 말 하나도 안 믿어. 거짓말이지? 다 지어낸 말이지?"

"아냐. 거짓말 아니라는 거 너도 알잖아."

"전부— 가짜야……. 아빠는 언니가 한 그런 말 한 적 없어."

"뭐, 네가 직접 여쭤봐. '케스트럴'한테 들었다고 하고 어떤 표정을 지으시는지 지켜봐. 그럼 필요한 모든 정보를 알 수 있을 테니까."

K는 흥분을 달래며 멍하니 방충망이 달린 베란다를 나선다. 허서의 표정은 죽을 때까지 잊지 못할 것이다.

*자! 내가 해냈어, 내가 일격을 날렸어.*


## 18


*길을 잃은 것처럼 그 자리에 가만히 서 있자.*

40분 뒤에 교수의 아내는 집 뒤쪽 복도에 혼자 서 있는 사람을 보고 화들짝 놀란다. 이름이 기억나지 않는 남편의 손님이 길을 잃은 것처럼 멍한 눈빛으로 거기 가만히 서 있다가 M 부인을 보더니, 죄를 지은 어린애처럼 화장실을 찾는 중이었다고 했나 아니면 화장실을 찾았다고 했나, 아무튼 이런 변명을 따따부따 늘어놓다가 이제는 M 부인에게 도와드릴까요? 테이블 치우는 거 도와드릴까요? 하고는 M 부인이 대답할 겨를도 없이 테라스에서 접시를 날라오고, 남은 음식을 모아서 음식물 처리기에 넣고, 신난 얼굴로 개수대에 물을 받는다. M 부인이 고맙지만 그럴 필요 없다고, 점심 식사가 끝나서 손님들이 가고 있다고, 걸려 있던 태양이 자리를 이동해 하늘이 얼룩덜룩하고 멀리서 본 조약돌 해변처럼 빛이 바랬다고, 평소에는 평온하고 반짝이는 유리처럼 잔잔하던 오리온 호수가 조그맣고 삐죽빼죽한 파도로 덮였다고 해도 들리지 않는지, (흥분한 하얀 얼굴의) 그 아가씨는 가기 싫어하며 피크닉테이블(사실 피크닉테이블 두 개를 붙여서 테라스에 설치했다)에서 다 쓴 플라스틱 접시와 플라스틱 식사 도구와 컵, 종이 냅킨, 알록달록한 종이 식탁보 치우는 걸 돕겠다고, 30년 동안 닦은 적 없어서 끈적끈적한 리놀륨 바닥까지 무릎을 꿇고 닦아가며 주방 치우는 걸 돕겠다고 고집을 부린다(나중에 M 부인은 친구들에게 이날의 사건을 재미있는 일화로 소개할 것이다). 결국 M 부인이 단호하게 그만하라고, 됐다고, 친구들이 하나둘씩 가고 있으니 같이 돌아가라고 하자 그 아가씨는 상처를 받은 애원하는 말투로 자기는 친구가 없다고, 좀 있다 가게 해달라고 한다. M 부인은 정말 *미안하지만*, 점심 식사는 끝났고 마지막 차가 시내로 출발하려 하고 있으니 그만 가달라고 한다. 그러자 결국 그 아가씨는 총살형을 앞둔 사람처럼 멍한 눈빛으로 미소를 지으며 부인의 말대로 하는 수밖에 없는데, 어찌니 천천히 비틀비틀 다른 학생들이 있는 진입로 쪽으로 걸어가는지 M 부인이 그들에게 외쳐야 한다. *아직 출발하지 말아요! 태울 사람 한 명 남았으니까.*

끈적끈적 아저씨

학교가 파하면 우리는 듣기 시작했다. 델라웨어강 강가의 오래된 공장 마을에서 밤중에 벌어지는 어떤 사건들에 대해서.

남자 (어른)들을 위한 *깜짝 파티*였다.

돈을 내면 동유럽, 아시아, 중앙아메리카에서 건너온 여자아이들을 살 수 있었다. 이들의 나이는 열 살에서 열여섯 살 사이였다. 아니면 여섯 살에서 열여섯 실일 수도 있있다. 그들은 밤에 차로 실려 왔다. 그중 일부는 그전에 (썩은 내가 진동하는) 원양선 짐칸에 실려 왔다. 그런 다음 (썩은 내가 진동하는) 가축 운반차 짐칸으로 옮겨졌다. 납치된 걸까? 아니면 부모 또는 홀어머니 또는 주립 보육원이 노예로 판 걸까? 그들은 영어를 할 줄 몰랐다. 그들이 어느 나라 언어를 쓰는지, 그 언어가 얼마나 아름다운지, 그 언어가 얼마나 슬픈지, 그 언어로 *사랑*은 뭐라고 하는지, *비탄*은 뭐라고 하는지, *상실*은 뭐라고 하는지 우리는 알 수 없었다. 그들의 언어를 쓰거나 쓰지 않는 남자들에 이끌려 (썩은 내가 진동하는) 짐칸에 몸을 실은 여자아이들은 조그맣게 속삭이고 몸서리치고 끙끙대고 눈물 흘리고 서로의 품 안에서, 하지만 우리가 알지 못하는 언어로 흐느꼈다.

우리처럼 보드라웠을 그들의 피부는 까칠해졌다. 우리처럼 풍성했을 머리칼은 떡이 져서 연골처럼 뭉쳤다. 이가 머리칼 사이를 날쌔게 움직이며 피를 빨아먹었다. 그들의 눈은— 아, 속눈썹이 길고 예뻤던 그들의 눈은 실핏줄이 터졌음에도, 기나긴 어둠의 품에 안겨 있다가 환한 햇빛을 마주하자 시각 장애인처럼 비틀거리고 앞을 더듬었음에도 얼마나 반짝였는지 모른다.

말을 잘 듣지 않으면 그들에게 고문—"온몸을 토막 내는"—이 가해질 거라고 했다. 말을 잘 듣지 않으면 두 번 다시 보지 못할 (그들도 그렇다는 걸 알았다) 가족이 죽임을 당할 거라고 했다.

(통역이 있었을까? 아마 통역이 있었을 것이다.)

(모든 예술을 통틀어 가장 섬세한 예술이 통역이다. 하지만 이들의 경우에는 통역이 조잡하고 잔인했을 것이다.)

*어린이 성노예*(그들이 그렇게 불렸다)들은 대부분 동유럽에서 납치돼 배를 타고 서쪽으로 이송됐다. 그보다 수가 적은 아시아 출신들은 가장 어린 축에 속했다(가장 체구가 작기도 해서 더러는 이제 막 걷기 시작한 아이들만 했다는 소문도 있었다). 미국의 남쪽 국경에서 국경 수비대가 체포해 가족과 분리돼 가시철조망으로 에워싸인 막사 같은 수용소에 갇혀 있거나 특수한 경우 국토 안보 방위국에 인계되었다가 창문 없는 승합차를 타고 미국의 오지로 이송된 여자아이들도 있었다.

미국 남쪽 국경에서 체포된 *성노예*들은 동유럽이나 아시아 출신들과 상당히 달랐다. 그들의 가족은 그들을 자발적으로 포기하거나 매매한 게 아니라 강제로 빼앗긴 것이었다. 그들이 국경 지대에서 미국의 심장부로 이송되면 합법적이든 뭐든 위치를 파악할 방법이 없긴 했지만 그래도 그들을 잊을 가능성이 작았다.

우리가 듣기로 성노예 불법 매매는 짭짤한 사업이었다. 국경 수비대를 감독하는 지역 공무원이나, 법령에 따라 (합법적으로) 가족을 분리하고 깜짝 파티 네트워크를 통해 북미 전역으로 여자아이들을 이송할 수 있었던 경찰들은 현금을 제법 두둑하게 챙겼다.

소문에 따르면 그런 깜짝 파티가 우리 마을에서 몇 킬로미터 안 되는 곳에서 열렸다고 한다. 밤중에 우리가 깨끗한 이불을 덮고 깔끔한 침대에서 자는 동안 우리 또래 (아니면 더 어린) 어린이 성노예들은 델라웨어강 강가에 자리 잡은 우리 마을 외곽의 모텔에서 구역질 나는 *성행위*를 견뎌야 했다.

어느 모텔이었을까? 우리는 알 것 같았다. 둥그스름한 리버 로드에 데이스 인, 7달러 모텔, 리버뷰 모터 코트, 홀리데이 캐빈스가 있었다. 방치된 이런 돼지우리 중 몇 군데는 더는 손님을 받지 않고 (깜짝 파티를 겨냥한) 단기 임대로만 운영했다.

*밤중에.* 우리가 알기로는 그랬다.

우리를 몸서리치게 하고 혐오감에 이를 갈게 한 소문. 우리를 몸서리치게 하고 두 손에 얼굴을 묻게 한 소문. 우리를 혐오감에 흐느끼고 미친 듯이 웃게 한 소문. 우리를 베개에 대고 *비명*을 지르게 한 소문.

유독성 폐기물로 흙이 오염된 발밑의 녹아버린 땅처럼 부글대며 들끓던 소문. 그 진원지가 어딘지 아무리 찾아도—정확하게는—알 수 없었다.

하지만 그것이 존재한다는 것을 온몸의 모든 세포로 느낀다.

우리 뱃속에 풀처럼 들러붙은 소문. 없어지지 않을 소문. 우리를 자극하고 뒷덜미 털을 솟게 만드는 소문.

그런 동요 속에서— ~~끈적끈적 아저씨~~가 등장했다.

우리는 학교 구내식당에서 고개를 숙이고 너풀거리는 긴 머리를 한데 모았다. 뜨겁고 축축한 손바닥으로 끈적끈적한 테이블을 내리치며 울분을 터뜨렸다. *토 나올 것 같아! 변태들!* 감정을 억누르고 격한 표현을 삼켰다.

우리 중 한 명이, 가장 나이가 많지는 않지만 가장 분개했고, 얼마 전에 아버지에게 온 가족이 버림당한 ("아빠는 그걸 다르게 표현할 방법이 있었을 거라고 확신해.") 친구가 볼펜을 집더니 공책에 그림을 그리기 시작했다.

*돼지들! 먹을 때도 할 말 없어.*

*고추가 잘려도 할 말 없어.*

그리고는 배꼽을 잡고 미친 듯이 웃었다. '여성'스럽지도 '소녀' 답지도 않게 천박하게 껄껄대며 웃었다. 구내식당의 다른 모든 테이블은 희미해지고 구석 자리의 우리 테이블만 사방을 환하게 비추며 공중으로 부양했다. 우리가 제일 인기 있고 제일 똑똑했고, 자기들이 원하는 모습이 아니라 이런 모습이라고 우리를 미워하는 사람들이 있거나 말거나 *개뿔* 안중에도 없었다.

우리 중 한 명이 볼펜을 들고 *끈적끈적 아저씨*라는 나선형 장치를 뚝딱, 그렸다. 나머지 친구들은 고개를 숙이고 감탄하며 그 그림을 빤히 쳐다보았다.

끈적끈적 아저씨는 어디에서 나왔을까? 볼펜 끝에서? 우리 친구의 손끝에서?

뼈대가 가는 손, 속살이 보이도록 물어뜯은 손톱. 하지만 솜씨 있고 틀림없는 예술가의 손.

*짜잔!— 끈적끈적 아저씨야.*

여러 시간/여러 날 동안 힘을 모아서 갈고 닦은 끝에 탄생시킨 기발한 창조물—*끈적끈적 아저씨.*

재료 선택. (학교에 뭘 입고 뭘 신고 갈지 말고는) 중요한 결정을 하는 데 익숙지 않은 여자아이들이었기에 쉽지 않은 도전 과제였다.

우리 목적에 부합하는 가장 현실적인 선택은 무엇일까? 우리는 고민했다.

아무리 두툼해도 종이는 탈락이었다. 아무리 두툼해도 판지는 탈락이었다. 합판이어도 나무는 탈락이었다. 안 될 말씀이었다.

탄성이 있고 구부러지는 소재라야 했다. 포로들이 몸부림치면 그들과 함께 '몸부림'치되 쪼개지거나 깨지지 말아야 했다. *딱딱한 소재는 피해야 했다.*

좀 더 나이가 많은 여자에게 물어보면 도움이 될지 몰랐다. 여선생님이나. 한 친구의 어머니나⋯⋯.

*아니야! 우리끼리 하는 편이 나아.*

*끈적끈적 아저씨에 대해 아는 사람이 적을수록 좋아.*

우리는 이런저런 것들(더는 쓰지 않는 잊힌 것들)이 보관돼 있는 집 지하실과 다락을 몰래 뒤졌다. 돈이 부족해서 비싼 재료는 살 수 없었지만, 스케치 속의 *끈적끈적 아저씨*에게 딱 맞는 재료도 찾을 수가 없었다.

바람 부는 가을의 어느 날, 우리는 방과 후에 자전거를 타고 4.8 킬로미터 떨어진 쓰레기 매립지로 향했다. 처음부터 거의 끝까지 맞바람이 불어서 속도를 낼 수가 없었지만, 마지막 10분 동안은 바람에 머리칼을 나부끼며 발키리처럼 페달을 밟고 서서 내리막길을 멋지게 질주했다.

당신들이나 그들 중 한 명이 우리를 봤을 수도 있다. 가능성이 있는 얘기다. 우리는 그렇게 생각하고 싶다!

자전거를 타고 시골 고속도로 갓길을 한 줄로 달리는 일곱 명의 여자아이들을 보고 당신들이나 그들은 얼마나 넋을 잃었을까. 페달을 밟고 절묘하게 균형을 잡아가며 내리막길을 활강하는 우리를 보고.

심하게 넋을 잃어서 하마터면 핸들을 돌려 우리를 뒤따라왔을지도…….

안 돼. 그러지 마. 미국인이고 백인이고 가족이 있고 어쩌면 친척이거나 친구의 딸일 수도 있는 여자애들이야, 건드리면 안 돼. 저 아이들은.

놀라워라, 쓰레기 매립지여! 넓디넓은 땅에 버려진 물건과 쓰레기뿐 아니라 입을 만해 보이는 옷, 가구, 주방용품이 널렸고 봉지가 찢어져서 쏟아져 나온 쓰레기로 악취가 진동했다. 우리가 코를 잡고 매립지 주변을 밟고 다니자 쓰레기를 뒤지던 새들이 넓은 날개를 퍼덕이며 날아올랐다. 터키 콘도르였나? (우리는 녀석들의 시뻘건 눈과 살을 찢어발기기 좋게 생긴 갈고리 모양의 잔인한 부리를 보고 몸을 움츠렸다.) 콘도르보다 작고 잽싸지만, 우리 눈에는 충분히 커 보이는 까마귀들도 쓰레기 매립지의 침입자들을 향해 깍깍대며 울부짖었다.

화난 새들이 우리를 내쫓으려 했다. 그래도 우리는 조심스럽게 버텼다.

그 1차 수색 작전은 갑작스럽게 내린 비와 바람 때문에 실패로 돌아갔다. 우리는 얼른 후퇴했다.

2차 수색 작전은 해 질 녘까지 이어져 손전등이 필요했지만, *끈적끈적 아저씨*의 영혼이 우리를 축복해 주었는지, (자투리) 비닐 장판이 섞인 새로운 쓰레기 더미를 발견할 수 있었다.

심하게 색이 변한 비닐 장판이 모두 여섯 장인데, 온전한 건 하나도 없었다. 하지만 비닐 장판이 최소 그만큼은 있어야 했다.

뻣뻣한 비닐 장판을 자전거에 싣고 함께 작업할 수 있는 비밀 공간으로 옮기기가 만만치 않았지만― 그래도 우리는 해냈다.


이 무렵 *끈적끈적 아저씨*의 원래 스케치는 건축 도면에 쓰이는 그 얇지만 질긴 종이로 확대돼서 옮겨졌다. (그 종이는 우리 중에서 건축가 아버지를 둔 친구가 자기 집 작업실에서 슬쩍했다.) 이 무렵 우리는 필요한 장비―초상력 스테이플 건("그게 없어져도 모를" 한 친구 아버지의 목공 작업실에서 빌렸다―"아빠는 요즘 집에 있어도 차고에 거의 나가지 않아.")―를 입수한 상태였다.

파리를 잡는 거대한 끈끈이 테이프를 만드는 것이 우리의 계획이었다. 모양은― 아, 그걸 뭐라고 부르더라―

뫼비우스.

뫼-비우스. 끝없이 무한하게 빙글빙글 이어지는 고리, 나선…….

하지만 아니었다. *끈적끈적 아저씨*는 무한하지 않았다. 비닐 장판을 스테이플러로 찍어 오랜 시간을 들여서 완성했을 무렵 *끈적끈*

적 아저씨의 길이는 7미터였다. 유한했다.

우리 중에서 수학을 잘하는 또는 다른 친구들보다 좀 더 잘하는 친구가 말하길 엄밀히 말하면 우리가 비닐 장판으로 만든 건 뫼비우스의 띠가 아니라 가짜—뫼비우스의 띠—라고 했다. 3차원 모형은 뫼비우스 띠가 아니라는 것이었다. 진짜 뫼비우스의 띠는 길이와 넓이는 있지만, 두께는 없는 2차원 곡면이라고 했다. *한쪽 면만 있어.*

우리가 *끈적끈적 아저씨*라고 이름을 지어 붙인 이 가짜 뫼비우스의 띠는 3차원이라는 것만 다를 뿐, 그 2차원짜리와 똑같았다.

그 띠를 반만 꼬아도 충분할지, 이 (한 줄짜리) 띠의 양쪽 끝을 스테이플로 고정할 수 있을지 불안했다. 설계상의 이 결정적인 요소를 해결하지 않으면 *끈적끈적 아저씨*는 구현될 수 없었다.

듣기에는 쉽게 느껴질지 몰라도 쉽지 않았다. *끈적끈적 아저씨*를 3차원으로 창조하는 데에는 엄청난 수고가 투여됐다.

하지만 이건 시작에 불과했다. 이보다 더한 수고가 기다리고 있었다.


(아니. 우리는 끈적끈적 아저씨가 어떤 이유에서 또는 어디에서 탄생했는지 따지지 않았다. 끈적끈적 아저씨가 밤의 어둠 속에서 어찌어찌 생겨나 빛나는 영혼처럼 우리 안에 깃들어 있었다고 굳게 믿었다. 우리는 배고플 때 느껴지는 식욕만큼 강렬하게 정의 구현의 욕구를 느끼는 나이였다.)

(우리 부모님들은 어디 있었느냐고? 우리 부모님들은 예전 그 자리에 있었다. 우리 삶 속에 있었지만, 우리를 인식하지 못했다.)

(우리 부모님들은 몰랐느냐고? *의심스러워하지 않았느냐고?*)

(서로의 집에서 숙제 하고 저녁 먹고 자고 온다고 그들을 속이는 건 식은 죽 먹기였다.)

(*우리 부모님들이 실존 인물은 맞냐고?*)

(사실 우리로서는 부모님보다 *끈적끈적 아저씨*가 훨씬 실존 인물처럼 느껴졌다.)

(부모보다 *더 비현실적인 존재는 없다.* '부모'는 완전체로 내 앞에 등장한 일종의 복면 인간이지만 사실 상식적으로 곰곰이 생각해 보면 이 '부모'는 기본적으로 나에게 타인이고, 어떤 인간의 삶 속에 삽입된 괄호에 불과하다. 내가 '태어나기' 훨씬 전부터 살았고, 그 세월 동안에는 내가 어떤 존재가 될지, 심지어 내가 존재하리라는 사실조차 전혀 알지 못했다가 내가 '태어나자' 정해지지 않은 기간 동안 나에게 배정된 '부모'를 자처한 사람. 이 '부모'는 내 삶의 전반에 걸쳐 존재할 수도 있다. 또는 때가 되면 이 '부모'는 사라지고, 내가 얼떨결에 홀린 듯이 '부모'를 자처하고 나서 복면 인간으로 아이 앞에 등장하겠다고 다짐하게 될 수도 있다.)

(아니, 우리는 냉소적이지 않았다! 우리는 이상주의자였다. 우리는 만난 적도 없고 사실상 만날 일도 없는 *어린이 성노예 자매*들을 보호하는 것이 우리의 사명임을 한 번도 의심한 적이 없었다. 초현실적인 존재로 우리와 항상 함께했고 우리 안에 영혼처럼, 신처럼 넓게 퍼져 있던 *끈적끈적 아저씨*를 의심한 적도 없었다.)


야밤을 틈타 몰래, 은밀하게. 강가의 버려진 무인지대에서.

셔터가 내려진 공장, 작업장. 잡석이 흩뿌려진 공터, 수십 년 전에 건물이 철거돼 석조 토대만 밤하늘을 향해 입을 떡 벌리고 있는 부지. 기우뚱한 울타리에 걸린 빛바랜 팻말— 출입 금지 위험.

바로 옆은 세찬 강물. 비가 내린 뒤라 수위가 높고, 흙탕물이었고 물살에 실려 이리저리 떠내려가는 부유물이 꼭 살아 있는 생명체 같았다.

도로에서 잡초로 덮인 비탈을 내려가면 덤불과 키 작은 나무에 가려져 보이지 않는 무너진 벽돌담이 있었다. 널빤지로 입구를 막은 공장 중에 수십 년 전에 여성용 장갑을 만들던 곳이 있었고…… 조금 낑낑댄 끝에 억지로 문을 열고 안으로 들어가 보니— 우리가 꿈꾸던 공간이 있었다!

일부가 주저앉은 1층의 어두컴컴한 곳에 *끈적끈적 아저씨*를 (수직으로) 설치했다. 썩은 마룻장을 밟아서 지하실로 추락하지 않게 조심하고 손전등으로 비춰가며 해 질 녘을 지나 밤까지 작업했다. 손전등 불빛이 위를, 깨진 유리창 쪽을 비추지 않게 주의했다. 리버 로드를 지나가던 운전자가 고개를 들었다가 불빛을 보고 방치된 공장에서 무슨 일인가 할 수 있었다.

우리는 숨이 찼고 청바지와 맨투맨 아래로 땀이 고이기 시작했다. 지금까지 살면서 이렇게 어렵고 위험한 일에 대비가 될 만한 경험을 쌓은 적이 없었다. 그 뫼비우스의 띠가 지하실까지 거치적거리는 데 없이 일직선으로 늘어질 수 있게 *끈적끈적 아저씨*를 천장의 튼튼한 서까래에 단단히 매다는 일. 우리는 *끈적끈적 아저씨* 위로 서툴지만 꼼꼼하게 풀칠하는 동안 불상사가 벌어지지 않게 모두 장갑을 꼈다. 그 풀은 철물점에서 제일 강력하다는 접착제였다.

시멘트 접착제라는 것을 비롯해 다른 일반적인 접착제도 있었고 에폭시 본드도 있었다. 플라스틱, 나무, 금속, 인간의 피부를 딱 붙일 수 있을 만큼 강력하다고 했다.

우리는 이런 식으로 여러 날 밤 동안 함께 작업해 거대한 (그리고 기발한) 파리 끈끈이 모양의 *끈적끈적 아저씨*를 만들었다.

그런 다음 강변에 자리 잡은 우리의 조그만 마을 외곽에서 깜짝 파티가 열린다는 소문을 퍼뜨렸다.

그 소문이 산불처럼 인터넷을 타고 번졌다. 하룻낮, 하룻밤.그리고 다시 하룻낮이 지나 이제 해 질 녘.

깜짝 파티가 기다린다는 기대감. 어린이 성노예들이 기다린다는 기대감. 손님 하나가 무너진 돌담 사이 통로로 들어서 머뭇머뭇 비탈길을 내려왔다. 돌무더기를 밟고 비틀거릴지언정 목표를 이루겠다는 굳은 다짐을 하며. *저기요? —저기요? 저기요—*

짧은 반바지, 짧은 치마, 몸에 딱 달라붙는 청바지를 입은 어린 여자아이들의 사진, 잡지에서 오린 그 사진들이 감질나게 그를 맞이했다. 우리보다 어려서 열 살에서 열두 살이었고, 화장을 야하게 했고, 긴 생머리(대개 금발이었다)는 어깨 너머로 늘어뜨렸다.

우리는 사신과 한데 섞여 있었다. 가로로 뻣뻣하게 뻗은 수염이 달린 고양이 가면을 썼다. 굽이 높은 부츠를 신었다.

살아 있는 아이들의 키득거림. *네! 맞게 찾아오셨어요, 손님!*

남자들이 보고 눈을 시뻘겋게 번뜩거렸다.

그들은 한 명씩 왔다. 서로의 프라이버시를 존중했다. 그들은 다른 사람의 신원을 파악하고 싶어 하지도 자신의 신원을 밝히고 싶어 하지도 않았다(아마 그랬을 것이다). 다들 아주 용의주도했다! 전혀 무모하지 않았다. 최대한 멀찌감치 조심스럽게 차를 댔다. 모두 이런 식의 눈 가리고 아웅에 경험이 있었고 (지금까지는) 저지른 죄의 대가를 치른 적이 한 번도 없었다.

우리는 신이 났다. 기대감에 전율이 일었다. 상기된 표정을 지으며 버려진 어두컴컴한 공장 안으로 들어선 첫 손님들이 안내를 받으며 문지방을 넘어 계단을 하나 내려가자마자 ("거기 갈라진 틈이 있는데 조심하세요.")—불현듯 추락해—놀라서 비명을 지르다— 몇 초 만에 *끈적끈적 아저씨*에게 들러붙었다.

머리칼과 손과 몸이 *끈적끈적 아저씨*에 붙들린 채 버둥거렸다. 처음에는 당황하며—*이게 뭐야? 이게 도대체*—필사적으로 *끈적끈적 아저씨*를 밀어내보지만 그럴수록 점점 더 단단히 들러붙을 따름이었다.

*이- 이게 뭐야? 어떻게 이럴 수 있지?* 짐승 같은 그들은 거대한 끈끈이에 매달려 파리가 날개 치듯 두 팔을 휘젓지만 그럴수록 점점 더 빠르게, 좀 더 단단히 들러붙을 따름이었다.

그들은 살려달라고 울부짖었다. 온몸을 비틀고 몸부림치며.

첫 손님들은 중년의 남자들로 모르는 얼굴이었는데, 잠시 후 낯익은 얼굴이 등장했다. 겁에 질려서 일그러졌지만— 어딘지 모르게 낯이 익었다. 읍내 아니면 어딘가에서 본 사람인 것 같은데— 이름은 알지 못했다. 그런데—셋째 날 밤에—*페리 선생님이!* 우리는 충격을 받았다. 망연자실했다. 우리 고등학교에서 운전자 교육과 남학생 체육을 가르치고 여학생 육상부 코치를 맡은 선생님이라 처음에는 우리 모두 할 말을 잃었다.

하지만 정신을 차렸다. 멀찌감치 거리를 유지했다. 흥분이 극에 달했고 우리가 유발한 사태의 끔찍함으로 전율했다. 당연히 페리 선생님을 불쌍하게 여기지는 않았다. 그가 바보처럼 *끈적끈적 아*

저씨에 그야말로 거꾸로 들러붙어서 발길질하고 두 팔을 휘두르는데, 얼굴로 피가 쏠렸고 눈은 정말이지 구멍에서 튀어나올 듯했다.

*도와주세요! 도와주세요!* 하지만 도움은 기대할 수 없었다.

다음 날 밤에 찾아온 첫 손님 역시 우리가 아는 사람이었고 한층 충격적이었다. 맥크리리 씨였던 것이다.

아, 이건 끔찍했다. 우리가 아주 잘 안다고 생각했던 세시 아버지인데…….

고양이 가면 뒤에서 세시가 아주 잠잠해졌다. 그녀의 숨소리가 들렸고 뛰는 심장의 고통이 느껴졌다.

우리는 부끄러움에 괴로워하며 밤의 어둠 속으로 멀어지는 세시를 모르는 척, 쳐다보지 않았다.

하지만 맥크리리 씨는 문지방을 넘어 깜짝 파티장으로 발을 들이는 순간 돌이킬 수 없게 되었다.

애처롭게 비명을 지르며 애걸복걸했다. *도와줘요! 나 좀 도와줘요! 이게 도대체— 안 돼…….*

우리는 요란하게 비웃었다. 아빠가 거친 손으로 간지럼을 태우기라도 한 것처럼 배꼽을 잡고 웃었다. 신나게 깔깔댔다. 그러고 보니 몇 년 선에 맥크리리 씨가 실제로 우리 갈비뼈를 간질였고 우리는 꿈틀거리며 빠져나와 아무한테도 말을 하지 않았던 게 생각났다.

다음 날 밤에 또다시 충격적인 인물이 등장했으니 신문에 사진이 자주 실리는 우리 마을 시의원 스타인하우어 씨였다…….

그가 길길이 날뛰며 어찌나 세게 몸부림치고 욕을 하며 우리를 향해 달려들려고 했던지 거의 완력으로 *끈적끈적 아저씨*에게서 벗어날 뻔했다. 하지만 초강력 접착제가 끝까지 위력을 발휘했고 결국 그는 날갯짓을 포기한 파리처럼 속수무책으로 매달려 자신의 운명을 받아들였다.

다음 번 충격은 도라의 삼촌이 왔다는 사실이었고…….

그 외에도 충격적인 인물이 여럿 있었다. 누군가의 '아빠'……
삼촌, 사촌. 이웃. 선생님(사회 선생님, 남학생 농구부 코치).

우리 마을은 작은 마을이었다. 우리는 손님 또는 포로가 아는 사람일 수도 있다는 걸 예상해야 했지만 그래도 잘 아는 남자, 예를 들면 가족의 일원을 만나게 될 줄은 몰랐다. 그런 남자가 성도착범일 줄은 몰랐다.

가면을 쓴 얼굴 위로 뜨거운 눈물이 줄줄 흘렀다.

슬픔의 눈물, 분노의 눈물이었다. 치욕의 눈물이었다.

하지만: 이 성도착범들에게 여기 와서 어린이 성노예들과 하룻밤을 보내라고 강요한 사람은 없었다.

세시가 우리 곁으로 돌아왔다. 왜냐하면 세시는 이해했다. 그녀의 집안에 커다란 구멍이 뚫렸다. 페리 씨의 행방을 아무도 몰랐다. (다른 가족들과 함께 슬퍼한 세시는 예외였지만.) 페리 씨의 차는 강에서 1.5킬로미터 멀리 떨어진 예전 차량사업소 주차장에서 발견됐고 문은 잠겨 있었다.

우리 마을에 더는 기차가 서지 않았기에 차량사업소는 운영이 중단됐다. 하지만 근처에 버스 정거장이 있었기에 다들 페리 씨가 버스를 타고 사라졌나 보다 했다. 그가 이 마을을 떠났을 법한 시각에 그와 인상착의가 비슷한 남자가 버스에 탑승하는 것을 아무도 본 기억이 없다고 했지만.

사라진 모든 손님 또는 포로의 뒤에 (그럴듯한) 서사가 남고, 하나같이 '부정행위'의 결과가 아니라 자기가 원해서 떠난 것으로 여겨진다는 데 우리 모두 놀랐다.

남들이 철석같이 믿는 것 혹은 믿고 싶어 하는 것이 착각이라는 사실을 아는 데서, 그 착각을 바로잡아줄 생각이 눈곱만큼도 없는 데서 오는 어떤 달콤함.

자비를 베풀지 않는 것도 우리에게는 달콤했다.

여자들은 나이를 막론하고 항상 사랑과 용서와 자비를 베푸는 존재로 인식된다. 하지만 *끈적끈적 아저씨*가 그건 손해 보는 제로섬 게임이라고 가르쳐주었다. 그것이 우리 여자들의 고질적인 실수였다고.


우리는 휴대전화로 생포한 변태들의 사진을 찍었다. 그들이 분노하고 고통스러워하며 울부짖는 소리를 녹음했다. 그들이 애원하는 소리도.

우리끼리 공유하기 위해서였다. 증거는 몇 시간 안에 모두 삭제했다. 우리가 들킬 위험을 감수할 만큼 어리석지는 않았다.

흥분으로 점철된 이 며칠 밤의 기억 중 가장 선명하게 남은 건 우리가 가면을 쓰고 굽이 높은 부츠를 신고 문 닫은 오래된 공장의 서까래를 따라 으스대며 당당하게 걸은 거였다. 진짜 고양이처럼 걸음걸이에서 자신감이 넘쳤다.

가면을 쓰고 있으니 비닐 끈끈이에 들러붙은 한심한 포로들을 안심하고 내려다볼 수 있었다. 그들이 몸을 흔들 때마다 끈끈이가 서툰 댄서처럼 이리저리 움찔거리는 것을 보며 우리는 깔깔대고 웃었다. 포로들이 미친 듯이 탈출을 시도하자 살갗이 뜯어져 생살에서 스며 나온 피가 뚝뚝 떨어졌다. 그래도 그 죽음의 접착제에 단단히 들러붙은 다른 부분은 *끈적끈적 아저씨*에게서 떼어낼 수 없었다.

다른 부분은 모두 떼어냈지만, 머리가 남아서 머리칼로 매달려 있느라 끔찍하게 아파하던 한 명인가 두 명의 포로가 가장 불쌍했다.

힘없이 울고 징징대고 훌쩍이고 중얼거렸다. *도와줘요! 나 좀 꺼내줘요! 돈을 줄게요…….*

우리가 버둥거리는 그의 손이 닿지 않을 만큼 거리를 두고 그 앞을 지나가자 그가 애원했다.

우리 중 한 명이 이렇게 말했다. *저 인간을 고통에서 해방시켜야 하지 않을까…….*

그러자 다른 한 명이 잘못 알아듣고 이렇게 말했다. *안 돼! 이 변태들에게 자비는 없어.*

몇몇 포로들은 이성을 잃고 미쳐 날뛰었다. 입에 거품을 물고 경련을 일으켰다. 또 몇 명은 심장마비와 뇌졸중을 일으켜 날갯짓을 멈춘 거대한 파리처럼 축 늘어졌다. 어느 포로가 *끈적끈적 아저씨*의 품 안에서 탈출하려고 열을 내다 몸이 꽈배기처럼 꼬여서 목 졸려 죽는 코미디가 벌어지기도 했다.

두말하면 잔소리겠지만 포로들은 모두 바지에 실례했다. 그것이 그 변태들의 가장 혐오스러운 측면은 아니었지만, 우리의 예민한 후각을 자극하는 혐오스러운 사태이기는 했다.

하지만 우리는 그들의 오물을 치우려는 생각조차 하지 않았다. 그들의 배설물이 떨어져 있는 장갑 공장의 지저분한 지하실 바닥에 쓰레기가 추가된들 상관없었다.

시간이 지날수록 우리는 노련해졌다. 더 잔인해졌다고 할 수도 있겠다.

*끈적끈적 아저씨*에 매달려 몸부림치고 흐느끼게 된 남자들의 정체에 놀라고 충격을 받을수록 놀라고 충격을 받는 강도가 줄었다.

한 변태가 내게 말을 걸었다. 거의 말을 할 수가 없을 만큼 넋이 나간 상태로 고개를 숙였고, 십자가에 달린 것처럼 팔다리가 삐딱했고, 밀가루 반죽처럼 창백한 얼굴이 눈물로 번들거리던 변태였다. 좀 도와주세요, 간절히 부탁할게요…… 나 나쁜 사람 아니에요, 가족도 있고 딸들도 있어요…… 너무 아파요! 아, 제발…….

나는 겁에 질렸다. *내가 누구인지 아나 봐!* 하지만 그는 내 이름을 말하지 않았다.

그는 고양이 가면만 볼 수 있었다. 가면에 뚫린 구멍 사이로 내 눈만 볼 수 있었다. 나를 볼 수는 없었다.

나는 부들부들 떨며 사리를 옮겼다. 그의 간청이 들리지 않는 곳으로 자리를 옮겼다.

얼마 지나지 않아 우리는 *끈적끈적 아저씨*에 들러붙은 포로 겸 변태들이 몇 명이나 되는지 더는 파악하지 못했다. 그들을 구경하고 숫자를 세고 휴대전화로 사진을 찍고 그들의 절규를 녹음하는 재미도 점점 희미해지기 시작했다.

성공은 배를 불리는 것과 같다. 허기가 가시면 속이 불편해진다.

그래서 몇 주 뒤에 우리는 인터넷에 띄웠던 깜짝 파티 홍보를 전부 내리기로 했다. 우리의 '가상' 아이디가 사라졌다. 채팅방에서 싹

튼 우정이 갑작스럽게 막을 내렸다. 찾아왔다가 발을 헛디뎌 *끈적끈적 아저씨* 위로 떨어지는 손님 수가 점점 줄다가 어느 날 밤에는 아예 한 명도 오지 않았다.

그래서 우리가 안도했는지 실망했는지는 잘 모르겠다. 하지만 이건 좋은 소식이었다— 당연히.

*인근에 살던 성도착범들이 이제 전부 끈적끈적 아저씨의 포로가 됐으니 아무도 해칠 수 없어.*

우리는 이렇게 생각하고 싶었다. 그 일대에서 '사라지는' 남자들이 있다 보니 변태들이 몸을 사리고 깜짝 파티를 자제하는 거라고 생각하고 싶지는 않았다.

우리는 아직 살아 있거나 죽은 것처럼 보이지 않는 포로들을 어떻게 하면 좋을지 의논했다. 처음에는 그들의 분노와 공포와 고통의 절규 때문에 들통이 나지 않을까 걱정이 됐는데 장갑 공장은 시내에서 충분히 멀었다. 아무도 그 소리를 듣지 못했다. 바로 옆에서 콸콸 흐르는 강물도 있다 보니 대부분의 소리가 거기에 묻혔다.

우리는 포로들에게 먹을 것은커녕 물 한 잔 준 적 없었다. 냉혈한이라서가 아니라 신중하고 현명했기 때문이었다. 절박한 이들에게 너무 가까이 다가갔다가는 그들의 절망에 갇히게 된다. 특히 우리는 *끈적끈적 아저씨*를 아주 살짝이라도 건드리고 싶지 않았다. 그러면 치명적이라는 것을 알았다.

공장에 그대로 방치하면 포로들은—결국—탈수와 굶주림으로 죽을 텐데, 그들의 타락상과 사악한 심성을 고려하면 (비교적) 고통 없는 죽음이었다. 시간이 지나면 청소부들이 썩은 그들의 시신을 먹어 치울 것이다. 터키 콘도르, 설치류. 벌레. 시간이 지나면 그들의 해골이 어두컴컴한 지하실로 떨어질 것이다. 공동묘지 안에서 유골이 한데 합쳐질 것이다.

마지막 날 저녁에 다시 찾아가 보니 모든 포로가 죽어 있었다! 그들의 몸이 거대한 끈끈이에 축 늘어진 채 매달려 있었고 뭔지 모를 시커먼 자국—피인가?—이 그들의 몸에 길게 묻어 있었다. 어둠 속에서 느리고 둔탁하게 뭔가가 뚝뚝 떨어지는 소리가 들렸다.

누군가가 몰래 들어와 포로들의 멱을 딴 것이었다!

우리 중 한 명일 수밖에 없었다. 하지만 누구였을까?

알 수 없었다. 적어도 나는 알 수 없었다.

누구였는지 몰라도 마음이 약해진 모양이었다. 변태들의 멱을 딴 건 자비로운 배려였다. 대량 살육은커녕 예리한 고기 칼을 휘두르는 데에도 익숙하지 않은 사람으로선 엄청난 수고였다.

우리는 공장에서 얼른 빠져나왔고 다시는 거길 찾지 않았다.

우리에게 *끈적끈적 아저씨* 사진은 없다. 심지어 학교 구내식당에서 영감에 휩싸여 신들린 듯 그려놓은 원안도 없다.

*끈적끈적 아저씨*와 연관 있는 모든 증거는 파기됐다.

우리는 모두 친구로 남았다. 그러니까 *지금까지* 그렇다. 우리의 연결 고리는 *끈적끈적 아서씨*나. 그의 이름을 입에 올리거나 이메일이나 문자에서 언급한 적은 없지만.

우리는 모두 대학교에 진학했고 성실하게 학교생활을 했다. *끈적끈적 아저씨* 이후에 철이 들어서 부모님이나 선생님의 다그침이 없어도 알아서 하는 학생이 되었다.

결국에는 방치된 장갑 공장이 철거될 테고 지하실에서 해골 무덤이 발견되겠지만— 아직은 감감무소식이다.

강가의 그 버려진 건물은 출입 금지 위험 팻말이 달렸고 반쯤 무너진 울타리 뒤편에 여태 남아 있다.

우리는 대부분 1년에 몇 번씩 고향에 내려간다. 전부터 말을 잘 듣는 효녀였고 지금도 달라진 건 거의 없다. 어렸을 때 쓰던 방에 자려고 누우면 장롱을 꼭 한 개 이상 널어놓는다. 우리 중 일부는 짚이 잠든 남편 곁에 초롱초롱 뜬눈으로 누워서 희미해져 버린 *끈적끈적 아저씨* 시절에 대한 갈망을 달랜다. 하지만 가만히 귀를 기울이면 멀리서 바람에 실려 온 희미한 절규가 들린다. *도와줘요! 제발 도와줘요……*.

슬픔이 깃든 아름다운 선율, 낯선 언어로 이루어진 가슴 절절한 애원을 들으며 잠이 드는 것만큼 달콤한 순간은 없다. 바람, 마구 소용돌이치는 강물, 저주받은 자들의 절규.

상
사
병

모르는 남자가 살해하겠다는 협박 메시지를 자기 휴대전화 음성 사서함에 남겼다고, E_가 내게 말한다. 남자는 실제로 *살해*라는 단어를 썼다.

E_는 카페에서 만난 지 몇 분 만에 소곤소곤 이 말을 전한다. 떨리는 목소리에서 자부심으로 인한 *전율*이 감지되는 것 같다.

*살해라니!*— 이건 충격이다.

어제저녁에 E_가 당장 만나줄 수 있느냐고 했을 때 이런 이야기를 듣게 될 줄은 몰랐다.

내가 황당해하는 표정을 짓고 있었는지 E_가 누군지 모르겠다고, 자기를 살해하겠다고 협박하는 사람이 누군지 모르겠다고 얼른 덧붙인다. 내 첫 번째 질문이 "그 남자가 누구인데?"일 게 뻔하기 때문이다.

전혀 모르겠어! E_는 나를 설득할 필요를 느꼈는지 같은 말을 반복했다. E_처럼 똑똑한 여자가 자기를 죽이고 싶어 할 만큼 또는 그런 협박을 할 만큼 자기에게 관심 있는 사람의 정체를 '전혀' 모르 겠다니 미심쩍기는 하다.

물론 나는 이런 말을 하지는 않는다. 아직은. E_가 불안하고 심란해 보이기에 그녀가 당했다는 협박에 대해 꼬치꼬치 캐묻지도 않는다.

E_가 원하는 건 공감이다. 비밀을 털어놓을 수 있는, 사이가 가깝지 않은 사람이다.

그러니까 아주 가깝지는 않은 사이.

끔찍해라. 나는 말한다. 너무— 충격적이네…….

그녀의 손 위에 내 손을 얹고 위로한다. 내 (크고 따뜻한) 손으로 그녀의 (작고 차가운) 손을 잡거나 그러지는 않는다. 쓸데없이 질질 끌지 않아도 되는 중립적인 위로만 전한다.

……그랬다니 내가 다 속상하다, E_. 무서웠겠어…….

E_는 뜻밖의 발언으로 종종 나를 놀라게 하지만, 나와 아무 상관 없고 우리의 (복잡하게 얽힌) 과거와 아무 연관 없는 이런 이야기는 처음이다.

나는 예약해 놓은 카페테라스 테이블로 걸어오는 E_를 보자마자 이상한 낌새를 알아차렸다. 커다랗고 시커먼 선글라스로 눈을 가렸고, 누가 앞에 있으면 '환하게 빛나는' 얼굴은 뻣뻣하고 무표정했다. 심지어 태평하게 웃는 여주인을 따라 테이블의 미로를 헤치며 오는 동안 약이나 술에 취한 사람처럼 희한하게 경계하며 걸었다.

그리고 스타일리시한 이세이 미야케 옷이 남의 옷을 빌려 입은 것처럼 헐렁했다. 크림색 플리츠 톱은 펄럭이는 소매의 길이가 서로 달랐고 같은 색의 미니 플리츠 스커트는 단이 삐죽삐죽했다.

이 사람이 E_가 맞나? 얼굴에 핏기가 하나도 없었다. 입술은 너무 빨겠고 미소는 희미하고 힘이 없었다.

이건 평소에 우리가 하던 인사가 아니었다. 조심스러운 인사였다.

내가 테이블에 부딪혀가며 어색하게 자리에서 일어나자 E_가 내 쪽으로 기우뚱하게 몸을 숙이더니 똑같이 어색하게 (차가운) 입술로 내 뺨을 스치고 지나갔다.

어서 와, 잘 지냈지?

잘 지냈지……?

불길한 생각이 뱀장어처럼 스르륵, 내게 떠올랐다. 우리 둘 사이에 뭔지 모를 중요한 일이 벌어졌어, 뭔가가 달라졌어.

그게 뭔지는 알 수가 없었다. 상대가 E_라면 아주 많은 일이 부재중에 가능했다.

전에는 우리 둘이 안 보고 지나가는 날이 거의 없었는데, 이번에는 거의 5개월 만에 만났다. 내 삶의 엄청난 변동에 나도 어느 정도 적응한 상태다.

(솔직히 그동안 먼발치에서 E_를 우연히 본 적이 몇 번 있지만, 손을 흔들거나 알은체하지 않았다. 사실 E_ 쪽에서 나를 보기 전에 멀리 내뺐다.)

지난 3월에 내가 장황하지도 답장을 보내야 할 것처럼 삭막하지도 않은, 별 의미 없이 가볍고 허물없는 이메일을 보냈을 때 E_는 답장하지 않았다.

(나는 그때 다시는 E_에게 이메일을 보내지 않기로 원칙을 세웠다. 우리의 관계가 제로섬 게임이라면 확실한 패배라는 굴욕적인 상황에 놓이고 싶지 않은데, E_에게 두 번 다시 이메일을 보내지 않으면 내가 맨 처음 보낸 이메일을 E_가 받지 못했거나 날마다 쏟아져 들어오는 이메일의 홍수 속에 묻혀 놓쳐버

렸을지 모른다는, 그랬을 가능성이 크다는 설명으로 나를 위안할 수 있다. 하지만 다시 이메일을 보냈는데 이번에도 감감무소식이면 E_가 일부러 답장하지 않았다는 뜻이 될 것이다.)

(이런 식의 황당하리만치 쪼잔한 제로섬 게임에 걸린 대가는 돈이 아니라 자존심이다. 너무 많이 걸었다가 잃으면—나이를 먹으면서 영리해진 사람들은 게임을 피하는 법을 터득한다.)

나는 당연히 E_에게 충격적인 소식을 들어서 진심으로 속상하다고 말한다. 그리고 진심으로 걱정이 된다고.

나 말고 다른 사람에게도 이야기한 적 있느냐고 묻는다. 경찰에 신고했는지도.

*아니. 그리고 다시 아니.* E_의 대답은 격하다.

가족한테는 절대 이야기하지 않았다고, E_는 말한다(하지만 왜 *절대* 이야기하지 않았을까? 이해가 되지 않는다). 경찰에는 신고했다. 딱 한 번.

물론 심지어 그들을 학대한 전적이 있는 남자일지라도 여자가 남자에게 협박을 낭했다고 신고하면 경찰에서 관심을 보이지 않을 가능성이 크다는 건, 협박당했다고 신고해 봐야 겁을 주려는 의도의 괴롭힘으로 여겨질 뿐이라는 건 나도 알았다.

지금까지 E_가 받은 메시지는 대여섯 개였다(여섯 번째 메시지도 협박인지는 알 수 없었고 일곱 번째 메시지도 있었을지 모르지만, 이제는 모르는 번호가 남긴 메시지는 전부 듣지도 않고 삭제하는 중이다). 세 번째 메시지가 녹음됐을 때 그녀는 경찰에 연락해 여경을 바꿔달라고 했지만, 5분 혹은 그보다 더 오래 수화기를 붙들고 있다가 통화 가능한 여경이 없다는 (퉁명스러운) 대답을 들었다. 전화를 받은 (남자) 경관은 E_에게 질문도 거의 하지 않았고 메시지의 내용을 듣는 데에도 별로 관심이 없는 눈치였다. E_는 가망이 없음을 깨닫고 화가 나서 전화를 끊었다.

경찰서에서 다시 전화하거나 심지어 집으로 불쑥 찾아올까 봐 (그녀의 말로는) 하루 밤낮을 걱정했지만, 당연히 그런 일은 없었고, 누구도 일말의 관심조차 보이지 않았고, 그래서 그녀는 더 화가 났다.

그들은 아는 사람이냐고 묻는다고 한다. 누구인지, 누가 협박 메시지를 남기는지 그녀가 알 거라고 확신한다. 이게 무슨 바보 같은 장난 아니면 추파라도 되는 듯이. 협박당하는 사람의 잘못이라도 되는 듯이.

당하는 사람 잘못이지. 그들의 말투에서 이런 태도가 느껴진다.

E_는 씁쓸하게 웃음을 터뜨린다. 전에는 E_가 씁쓸한 웃음과 눈곱만큼이라도 비슷한 걸 터뜨리는 소리를 들어본 적 없다는 생각이 내 머릿속을 스치고 지나간다.

그렇다. 당하는 사람 잘못이다. 그 사람이 미모의 여성일 경우에는 더욱 그렇다.

나는 가볍게 이렇게 말한다. 비난하는 투가 아니라 공감하는 투로. 왜냐하면 맞는 말이다. E_는 미모의 여성이고 여태껏 미모의 보호막 안에서 살아왔다. 그러니 아무 생각 없이 내민 손바닥 위에 얹힌 값비싼 보석처럼 E_의 미모가 엉뚱한 관심을 유도하는 거라고 탓하고 싶은 유혹이 생긴다.

내가 이 말을 하자 E_는 두 손에 얼굴을 묻는다. 나는 순간 그녀가 울음을 터뜨리는 건 아닌가 하는 생각을 한다.

하지만 아니다, E_는 평정심을 되찾는다. 내가 심한 말을 했거나 뺨이라도 한 대 때린 것처럼 그녀의 핏기없는 얼굴이 얼룩덜룩하다.

나를 예쁘다고 생각하는 사람은 없어. E_가 조용히 말한다.

그러더니 머뭇거린다. *당신만 빼*고라고 덧붙이려는 것이다.

이 말을 듣고 나는 아무 대꾸도 하지 않는다. 나는 감정적으로 흥분했을 때는 말, 특히 내가 하는 말을 믿지 않는다. 잘못 내뱉은 말은 주워 담을 수도, 취소할 수도 없다.

E_는 경찰로 화제를 돌린다. 그녀가 마음껏 화를 내고 분노할 수 있는 안전한 화제다. 그녀가 얼마나 바보가 된 기분이었는지, 그들에게 연락하다니 그녀가 얼마나 바보 같았는지, 뭘 기대했던 건지. 이 지역 경찰들은 성추행, 성폭행 수사도 할까 말까인데. 그들은 평화로운 시위대, '흑인들의 삶도 소중하다' 운동, 재산권을 침해하는 범죄에는 과도하게 반응하면서 여성들을 상대로 한 범죄나 자동응답기에 남겨진 메시지에는 신경 쓸 시간이 없다. E_는 넌더리가 나서 메시지를 지워버렸다고 한다.

*지워버렸다고? 그럼 이제 증거가 없잖아…….*

못마땅하고 실망스러운 마음에 내 목소리가 날카로워진다. 하지만 E_에게 짜증을 내지 말아야 한다. 겁에 질려서 판단이 흐려져 있지 않은가.

하지만 E_가 얼마나 사람을 열받게 할 때도 있는지! 이제 기억이 난다.

E_는 너무 더럽고 음란한 메시지라 아무도 듣지 않았으면 했다고 변명조로 말한다.

그녀는 911에 신고할까 고민도 했지만 *사실상 응급 상황이 아*

니었고 *사실상 누군가가 집 안에서 그녀를 죽이려고 한 것도 아니* 었다. 경찰차가 요란하게 사이렌을 울리며 그녀의 집 앞 진입로로 출동하는 사태만큼은 피하고 싶었기에…….

E_는 말끝을 흐린다. 자기 집, 사는 곳 얘기를 꺼내려니 어색했기 때문인데, E_도 알다시피 나는 그 집을 본 적도 거기에 들어간 적도 없었다.

(사실 나는 E_가 어디 사는지 안다. 주소를 외웠다. 하지만 E_는 내가 안다는 걸 모른다.)

나는 이 어색한 분위기에서 벗어나기 위해 가장 마지막으로 메시지를 받은 게 언제였느냐고 묻고 E_는 바로 어제라고 대답한다.

오후 늦게 집에 들어가 보니 남겨져 있었다. 지금까지 정체불명의 범인은 그 시각에 집에 아무도 없을 가능성이 크다는 걸 아는 사람처럼 항상 주중 오후 3시에서 6시 사이에 메시지를 남겨왔고 어제도 마찬가지였다.

의기양양한 말투였고 변조된 음성이었어. E_는 이렇게 말하며 몸서리친다. 분명 남자야. 어린애는 아니고 어른.

전혀 모르는 목소리야? 나는 이렇게 물어봐야만 할 것 같다.

응! 절대.

E_는 전화 통화를 할 때 음성을 변조하는 장치가 있느냐고 묻는다.

나는 아마 있을 거라고 말한다. 이제는 일반인도 인터넷으로 온갖 감시 장치와 스파이웨어를 입수할 수 있다고. 하지만 내가 아는 특정 제품은 없다고.

나는 *당신이라면* 알 줄 알았어. 새로운 기술에 워낙 빠삭하니까.

E_는 묘한 미소를 지으며 나무라는 투로 이렇게 말한다. 다른 때 같으면 추파로 느껴졌음 직한 뉘앙스를 희미하게 풍긴다. 마치 내가 어쩌다 보니 그녀보다 '새로운' 기술에 대해 더 많이 알고 있는 것을 나무라는 투다.

21세기 미국에서 스물다섯 살이 넘은 성인은 '새로운' 것에 지속적으로 맞닥뜨리고 당황해야 하는 운명이다. E_와 나는 둘 다 스물다섯 살보다 훨씬 나이가 많다.

하지만 사실 추파는 아니었을지 몰라도 일부러 경박하게 말을 흘린 것이기는 했고, E_가 자기 같은 사람은 범접할 수 없는 (그렇게 생각하는 것처럼 굴었다) 남성들의 영역으로 간주하며 이른바 신기술 습득력을 가지고 나를 실제로 놀렸던 때가 어렴풋이 떠오르는 순간이기는 하다.

나는 도움이 필요하면 언제든 달려올 사람이 있다는 걸 알기에 신기술을 파악할 필요성을 느끼지 못하는 사람에 비해 '빠삭한' 것처럼 보일 따름이라고 단언한다.

E_는 웃음을 터뜨린다. 이건 간접적인 아부다.

우리가 주고받는 대화는 대부분 아부다. 적어도 내가 받아들이기에는 그렇다.

그때 마침 주문한 술이 나온다. 이 술에 반색하는 E_를 보니 매우 기쁘다.


전화번호를 왜 바꾸지 않았어? 나는 E_에게 묻는다.

나무라는 게 아니다. 꾸짖는 게 아니다. 누가 봐도 타당한 질문이다.

E_는 그럴듯한 대답을 생각해내려는 듯 힘없이 미소를 지으며 테이블을 응시한다.

그러더니 설명한다. 남자가 메시지를 남긴 곳은 유선 전화, 그러니까 집 전화라고. 당연히 '비공개된' 번호라고.

E_의 휴대전화가 아니니 그녀만 쓰는 전화가 아니냐.

왠지 모르게 이 대답이 내게는 엉뚱하게 들린다. 핀트에 맞지 않는 것 같다.

덫에 붙들린 새처럼 E_의 따뜻한 심장 박동이 내 손으로 느껴진다. 이걸 이용하지는 않을 것이다.

나는 도움이 필요하면 당연히 돕겠다고 E_에게 장담한다. 현실적으로 가능한 모든 방법으로 돕겠다고. 하지만 우리가 암묵적으로 동의하는 사실이 있다면 E_의 생활 환경이 달라졌기에 그런 제안이 불필요하다는 것이다.

그리고 컴퓨터 때문에 도움이 필요하다면 내가 당연히 도와줄 것이다.

이 말에 E_는 아무 대답도 하지 못할 만큼 감동받은 눈치다. 고마워하는 표정, 기뻐하는 표정이 언뜻 비친다.

이제 거의 10년으로 접어든 우리의 우정이 가장 뜨거웠던 시기에는 E_의 컴퓨터, 프린터, 아이패드, 휴대전화에 문제가 생겼을 때 내가 종종 도와주었다. 물론이다!

우리가 동거한 적은 없다는 게 (우울한) 사실이긴 하다. 하지만 나는 E_의 아파트(그녀는 그때 에드워드풍의 아름답고 고풍스러운 저택을 다세대로 개조한 건물의 꼭대기 층에서 살았다)에서 종종 자고 왔다.

밤은 하늘이 밝아지는 데서 끝나는 것이 아니라 하늘이 밝기 전에 새들이 처음으로 조심스럽게 지저귀는 데서 끝나는데, 그때 새소리는 *지저귐*이라기보다 질문에 가깝다.

우리가 사는 북동부의 이 지역에서는 맨 처음 일어나 이렇게 묻는 새가 홍관조다.

다른 데서는 아침을 깨우는 새가 바닷새일 공산이 크다.

E_는 그렇다고, 살해 협박범이 그녀가 알거나 예전에 알고 지냈던 사람일 수밖에 없을 거라고 인정한다. (아마도) 과거의 지인 아니면 일을 하다가 알게 된 사람. (아니면 이렇게 생각하기는 싫지만) 남편과 연관이 있는 사람······.

이런 식으로 E_는 이제 H_의 존재를 인정한다. 바로 직전까지만 해도 H_라는 사람이 존재한다는 암시조차 없었건만.

그를 남편이라고 칭한다. 내가 H_라는 남자를 모르기라도 하는 것처럼.

E_는 비밀스럽게 속삭이는 동안 나를 제대로 쳐다보지 않는다. 나도 그녀를 쳐다보지 않는다.

(얽히고설킨) 관계에서는 지켜야 하는 원칙이 있다. 집게손가락으로 상대방의 눈동자를 찌르지 않는다. 이런 수준의 원칙일지라도 아무튼 *지켜야* 한다.

(하지만 이런 게 있다는 사실을 인정할 수 있을까? 감히 그럴 수 있을까?)

(말할 수 없는 영역은 존중해야 한다. 아무. 말하지. 말. 것.)

그래도 E_가 자기 남편 H_를 H_가 아니라 *남편*이라고 부르는 건 나로서는 일종의 기만, 불협화음처럼 느껴진다. 우리 둘 다 H_가 그녀의 남편이 되기 전부터 H_와 아는 사이였으니 말이다. E_가 이 사실을 (분명) 알고 있음에도 이런 식으로 말을 한다는 건 일종의 잔혹 행위이자 도발일 수밖에 없다.

(남녀 간의 도발은 모두 본질적으로 섹스와 연관이 있을까? 성적인 의도와?)

나는 이런 교착상태가 당황스럽지만, 신사답게 모르는 척하기로 한다.

E_가 보기에는 내가 상처를 받기는커녕 짜증도 나지 않은 것처럼 느껴지게 하자.

잡생각을 떨치려는 듯 고개를 흔든다. 그녀 생각을 떨치려는 듯.

E_가 희미하게 미안해하는 기미를 풍기며 말을 잇는 동안 나는 아는 사람이 있길 기대라도 하는 듯 (웅성웅성, 와글와글하는) 카페 안을 평범하고 자상하며 건조한 눈빛으로 둘러본다. 하지만 이 경우에는 아는 사람을 찾는 게 아니다.

어쩌면 미래의 살인범이 '의기양양하게' 우리를 지켜보고 있을지 모른다.

분명 우리를 첨예하게 의식하고 있을 것이다. 커플로(?). (하지만 이 미지의 인물은 E_에게 남편이 있다는 것과 남편이 누군지 알 것이다.)

그는 차를 몰고 온 E_의 뒤를 밟았을 것이다. 여기 이 카페까지.

(영화에서처럼. '스릴러' 영화에서처럼. 그런 영화, 그 옛날 멜로드라마, 예를 들어 히치콕의 고전 작품 같은 데서는 눈치 없는 관객이라도 음악의 분위기에 따라 긴장감, 위험, 로맨스, 공포를 감지할 수 있다.)

(이런 영화에서 매혹적인 여자 주인공은 이해할 수 없을 만큼 무모하고 순진무구하게 행동하는 반면 남자 주인공은 책임감 있고 타당하게 행동한다. 보호적으로.)

어젯밤 11시에 E_는 전화해 오늘 낮 1시에 만나서 점심을 같이 먹자면서 중립지대로서 이 카페를 제안했다. 라오콘(트로이의 제사장. 그리스군의 목마 계략을 알아차린 죄로 아테나가 보낸 바다뱀에 휘감겨 죽는다-옮긴이)과 그 섬뜩한 뱀을 연상시키는 (얽히고설킨) 우리의 관계상 이 도시에 조심스럽게 선을 그어놓은 그녀의 영역과 나의 영역이 있기라도 한 것처럼.

어떻게 보면 맞는 말일지도 모른다. 그리고 우리가 자주 찾은 식당, 미술관, 커피숍, 이런 카페가 있긴 하다. 하지만 적어도 이론상으로는 우리를 알 만한 사람이 없는 동네의 언덕 비탈에 자리 잡은 이 카페는 처음 오는 곳이다.

카페 손님 중에 '정체불명'의 협박범은 없는 듯하다. 전부 평범해 보인다. 물론 내가 모든 손님의 얼굴을 뜯어볼 수는 없고, 빤히 쳐다보다가 눈이 마주치는 사태는 피하고 싶다.

근처에서 어슬렁거리고 있던 우리 담당 웨이터가 두리번거리는 나를 보고 점심 주문을 받으러 온다. 그는 아까 우리 테이블 쪽으로 다가왔다가 한 번이 아니라 두 번 은밀하게 퇴짜를 맞은 전적이 있다.

E_는 내가 예상한 바로 그 메뉴를 주문하지만 나는 (일부러) E_의 예상에서 벗어나 오늘의 스페셜 메뉴를 주문하며 슬그머니 미소를 짓는다.

E_도 미소를 짓는다. 당황한 미소다. 나더러 왜 그런 메뉴를 주문했느냐고 물으려다가 우리 인생의 이렇게 미묘한 시점에 그런 질문을 하면 전처럼 친밀한 사이처럼 들릴까 봐 머뭇거린다.

나는 아까부터 E_에게 만나자고 한 이유가 뭔지, 몇 달 동안 연락을 끊었다가 내게 비밀을 털어놓은 이유가 뭔지 묻고 싶었다. 그 몇 달간의 침묵이 내게는 천둥과도 같았다.

하지만 물론 자존심상 그런 질문은 차마 할 수가 없다.

상사병은 재미없는 단어고 이보다 더 재미없을 수 없는 상황이다. 상사병에는 존엄이 없다.

치자나무 냄새처럼 속이 메슥거릴 정도로 들큼하다. 핫 크로스번 위에 발린 낭의저럼 혀를 상타하는 설낭 쏙셕이다.

E_는 내가 자기를 얼마나 좋아하는지 안다. 내 애정은 흔들리거나 닳아 없어질 리 없다는 것도 안다. E_는 180도 달라질지 모르지만 몇 주, 몇 달, 심지어 몇 년이 지나도 나는 변함없을 것이다.

부당하고 불공평하다. 상사병은.

하지만 사실: 사랑이 시소라면 한쪽으로 기운 시소다. 한쪽은 올라가 있고 다른 쪽은 내려와 있다.

사랑에서는 한쪽이 더 사랑하고 다른 한쪽은 덜 사랑한다. 의심이나 반론의 여지가 없지만 거의 아무도 인정하지 않는 사실이다.

그래도 나는 비꼬기도 하고 심지어 빈정거리기도 한다. E_를 연약한 날개가 달린 나비처럼 대하지 않는다. 경찰에서 의심하는 것도 일리가 있다고, 그녀를 죽이고 싶어 할 만큼 관심이 있는 사람이 누가 있을지 그녀 말고는 아무도 모를 테니 그럴 만하지 않으냐고 묻는다. 그리고 살인 사건이 벌어지면 배우자나 헤어진 배우자, 애인이나 헤어진 애인이 첫 번째 용의자 아닌가? 텔레비전에서 보았을 테니 그걸 모르는 사람은 없다. E_도 분명히 알 것이다.

하지만 E_는 정말 모른다고 같은 말만 반복한다. 밤마다 그런 짓을 저지를 만한 사람을 찾는답시고 그야말로 지금까지 만난 모든 남자를 우울하게 한 명씩 떠올리며 이 사람을 지목했다가 버리고, 다른 사람을 지목했다가 그 사람일 리 없다는 사실을 깨닫느라 잠을 설친다고 한다.

E_가 말하길 그들, 그러니까 경찰에서 맨 처음 한 질문이 애인일 *가능성이 있을까요? 헤어진 애인?*이었다고 한다. E_는 아주 조심스럽게 말한다. 나는 *그럴 리 없다*고 대답했어.

정적이 흐른다. 나는 아무 대꾸도 하지 않고, 미간을 찌푸리지도 움찔하며 미소를 짓지도 않는다.

잔뜩 비꼬는 투로 이렇게 외치지도 않는다. *어휴, 고마워!*

E_는 그녀는 이 남자를 (정말) 모르지만, 이 남자는 그녀를 알거나 어딘가에서 보고 꽂혀서 아무도 모를 이유로 집착하게 됐을지 모른다고 말한다.

*이유는 아무도 모르지만, 이유는 핑계에 불과할 거야.*

*운명처럼 느껴지는 생뚱맞은 집착에 대한 변명.*

와인 잔을 드는 E_의 손이 떨린다. 보고 있기 괴롭다. 솔직히 나는 심란해하며 내가 필요한 또는 내가 필요한 것 같은 분위기를 풍기는 E_를 보고 흡족해서 일말의 전율을 느꼈다. 하지만 처음에 느꼈던 이런 감정은 금세 사라지고 이제는 나까지 덩달아 불안해지고 걱정이 된다.

E_에게 내가 어떻게 도와주면 좋겠느냐고 묻는다. (E_가 내게 연락한 이유가 있지 않을까?)

E_는 어색하게 웃음을 터뜨린다. 내가 어떻게 도와주면 좋겠느냐고?

E_는 아무라도 자기를 도울 방법은 없을 것 같다고 말한다. 사실상 그렇다고.

그녀는 자기 자신을 완벽하게 보호하려면 외출을 절대 삼가거나 스물네 시간 동안 경호원을 쓰거나 아무도 모르는 곳으로 이사 가야 한다.

그녀의 삶을 뿌리째 뽑고 180도 바꾸어야 한다.

이런 사건의 경우 협박범이 진심인지 아닌지 알 도리가 없다. 진심인 것으로 간주하고 대치해야 한다지만 현실적으로 어떻게 그게 가능하겠는가? 한마디로 불가능하다.

나는 진지하게 귀를 기울인다. '협박범'이—(어떤 식으로 협박했는지 구체적으로는 모르겠지만)—진심이 아니라 그냥 E_에게 겁을 주려는 의도일 수 있겠다는 생각이 든다. 물론 진심이라 E_의 목숨이 사실상 위험한 상황일 수도 있겠지만.

양자택일. 어느 쪽인지 알아맞힐 수 있는 (그럴듯한) 방법이 없다. 두말하면 잔소리지만 그것이 바로 '미지의 인물'이 원하는 바다.

E_는 그래서 불안하지만, 그녀를 '죽이고' 싶어 하는 사람이 있다는 사실에 뜻밖에도 자신이 뭐랄까— 특별해진 기분이 든다고 한다.

E_는 내 표정을 보더니 이 '미지의 인물'이 그녀를 남다르게 생각하고 있다는 뜻이기 때문이라고 얼른 덧붙인다. 지금까지 그녀를 그런 식으로 생각한 사람은 없었다. 단 한 번도.

그녀가 중요한 사람이라도 되는 것처럼. 왠지 모르게 특별한 사람이라도 되는 것처럼. 응징해서 콧대를 꺾어야 하는 그런 사람.

아, 그녀도 이게 얼마나 해괴하고 황당하고 부끄러운 생각인지 알기에 나 말고는 아무에게도 고백하지 못한다. 하지만 솔직히 여태껏 살면서 지목을 받은 것은 처음이고, 누군지 모를 사람이 '살해하겠다'라는 메시지를 남길 만큼 특별한 존재가 되어본 적도 처음이다. 정체가 탄로 날 수도, 체포될 수도 있는데…….

그건 아니지! 나는 무례하게 말허리를 자르고 그녀가 메시지를 삭제하지 않았느냐고 묻는다. 그렇기에 경찰 측에서 수사할 뜻이 있더라도 증거가 없다고.

어떻게 보면 E_가 이 '미지의 인물'을 보호하고 있다고.

E_는 놀란 표정으로 나를 빤히 쳐다본다. *보호하고 있다니—!*

*뭐, 맞잖아. 사실상.*

더는 감추지 못하겠다. E_ 때문에 짜증이 난다, 그것도 많이.

하지만 그녀는 이상하게 들린다는 거 알지만 (자기가 생각하기에) 내 앞에서는 그래도 될 것 같기에 솔직히 얘기하는 거라고 끈질기게 변명하며, 자동응답기에 그런 메시지가 녹음된 뒤로 누군가가 그녀를 항상 지켜보고 있는 듯한 느낌이었다고, 그래서 절대 *외롭지* 않았다고 고백한다.

누군지 몰라도 그녀를 생각하는 남자가 있기에. 그녀로서는 상상한 적 없는 수준으로, 자기조차 자기를 그렇게 생각해 본 적 없는 수준으로.

맙소사! 나는 고개를 젓는다. 이건 너무— 혐오스러운 발상인데…….

안다고, 안다고, E_는 얼른 말한다. 나도 이런 말 하는 내가 싫어. 하지만 정확하게 표현하고 싶어서. 다른 사람한테는 할 수 없는 말이거든.

뭐, 그렇다니 당연히 감동적이다. 의도적인 감동이지만.

내 와인 잔이 비었다. 오팔색 하늘에서 뜨거운 기운이 나를 덮친다. 순간 당황스럽게도 별똥별 하나가 벌건 대낮을 가로지른다.

E_가 내게 비밀을 공개하고 싶어 했던 이유를 이제 알겠다. 그녀는 내가 자기를 판단하지 않을 걸 안다. 그리고 판단하더라도, 잔인하게 판단하더라도 가족들과 달리 그녀를 계속 애지중지하리라는 걸 안다.

*상사병에 걸린 사람은 든든하다.*

이 세상에는 사랑, 정상적인 사랑, 평범한 사랑이 있지만, 그 사랑을 넘어서는 *일종의 운명적인 사랑*도 있다고 E_는 말한다.

*운명적인 사랑이라니!* (농담처럼 하는 말일까?)

짜증 난 내 표정을 보고 E_는 설명을 시도한다. 그런 집착의 대상이 같은 감정을 품을 수는 없겠지만 *그것도 일종의 사랑일 수밖에 없지 않을까? 운명적인 사랑.*

나는 말도 안 된다고 생각한다.

그건— 아니라고.


다시 한번 카페를 이리저리 두리번거리며 우리를 주시하는 사람이 있는지 살핀다. 그렇다, 이제 *그의* 존재가 느껴지기 때문이다.

물론 *그가* 여기 있더라도 우리를 대놓고 쳐다보지는 않겠지만.

내가 아까 왔을 때는 카페테라스에 손님이 거의 없었다. 지금은 빈 테이블이 거의 없다. 고급 상가의 인기 많고 트렌디한 카페고 나는 야외 구석 자리를 예약했다. 이런 경우 나는 일찍 도착해 공간을 한눈에 살필 수 있게 벽을 등지고 앉는다. 아무라도 뒤나 옆에서 다가와 나를 기습할 수 없게.

E_는 맞은편에 앉았고 테라스를 등지고 있다는 데 다행스러워하는 눈치다.

남자들, 특히 혼자 앉아 있는 남자들에게 내 시선이 향한다. 동행, 특히 여자 동행이 있는 남자는 E_를 협박할 만큼 절박한 '미지의 인물'일 가능성이 작을 것이다.

그런 협박에는 절박함이 담겨 있다. 무모함과 분노가 담겨 있다.

나는 분노가 느껴진다기보다 화가 나고 짜증이 나기 시작하지만, E_는 머뭇머뭇, 하지만 희미하게 자랑스러워하는 분위기를 풍기며 이 '운명적인 사랑'이라는 황당한 발상에 대해 말을 잇는다.

E_는 이 자가 누군지 몰라도 세상 누구보다 더 그녀를 많이 생각한다는 뜻이지 않겠느냐고 열띤 목소리로 말한다.

*사랑받는 것과는 다르다. 그 안에 엄청난 위험, 엄청난 증오가 도사리고 있다.*

테이블 위에 놓인 E_의 손. 다친 새처럼 떨고 있다.

그 손 위에 내 손을 얹고 싶은 유혹. 그 손을 꼭 쥐고 싶은 유혹! 반지가 그녀의 손가락을 파고들어 뾰족한 다이아몬드가 박히도록 세게. 움찔할 정도로 세게.

나는 이런 유혹에 넘어가지 않기로 한다.

하지만 당신도 알다시피, 하고 나는 말문을 연다. 이제 막 생각이 났다는 듯이, 잔인하게 뼈를 때리려는 게 아니라 그냥 솔직하게 말하려는 듯이. 스토킹이라는 게 뭐 그리 특별한 일은 아니잖아.

E_는 살짝 움찔한다. 이게 그거일까? 스토킹?

글쎄. 그게 아니면 뭐겠어? 로맨스는 아니잖아.

이제 내 말투가 조금 삐딱해진다. 입매도. 그래서 억지로 입술을 움직여 미소를 짓는다.

E_는 시커먼 선글라스로 가린 눈을 손끝으로 훔친다. 오른손으

로 오른쪽 눈을. 왼손으로 왼쪽 눈을. E_는 감정적으로 무너지기 직전에 발레리나처럼 균형을 잡는다. 그녀는 나와 사랑을 나눴을 때도 그랬다. 절정에 다다르기 직전에 버티고 후퇴했다. 공포가 아니라 두려움에서 비롯된 균형 감각이었다.

E_는 포크를 내려놓은 상태다. 월도프 샐러드에 거의 손도 대지 않았다.

정적. 우리 둘 다 아무 말도 하지 않는다. 내 심장이 빠르게, 불규칙적으로 뛴다.

나는 다시 E_의 손을 잡고 싶은 충동을 느낀다. 그녀가 도망치려고 자리에서 벌떡 일어나면 가지 못하게 막을 수 있게.

의외로 E_는 눈을 가늘게 뜨고 나를 보며 미소를 짓는다. 내가 정말이지 잔인하게 굴었는데도 말이다.

(내가 예전에도 잔인하게 굴었던 적이 있나? 솔직히 기억이 나지 않는다.)

그녀는 내가 무슨 생각을 하고 있는지 궁금하다고 한다.

*생각? 나는 아무 생각도 하지 않는다고 반발한다.*

나는 평생 감정을 투명하게 드러내 보이며 살아왔다. 유리 같이. 물속 기포처럼, 숨결처럼 피어오르는 감정이 들여다보이는 그런 유리.

*상사병. 누가 봐도 뻔하지. 그녀의 눈에도 보일 거야.*

E_에게 아무 생각도 하지 않는다고 주장한다. 다만 그녀를 생각하면 심란하고 불안할 따름이라고.

천하에 쓸모없는 경찰 같으니라고! 메시지를 남긴 미치광이는 또 어떻고…….

하지만 (솔직히) 그녀가 내게 숨긴 건 없는지 궁금하긴 하다.

말을 하지 않은 부분은 혹시 없는지.

그런 걸 지칭하는 고급 단어가 있지 않나? 누락?

E_의 몸에 힘이 들어간다. E_는 애써 웃음을 터뜨리려고 한다. 추워서 기절했다가 한쪽 날개를 어찌어찌 들어 올린 나비처럼 예전의 교태가 되살아난다.

나더러 그게 무슨 뜻이냐고 묻는다. "누락이라니⋯⋯."

내가 어찌 알겠는가? 그것이 *누락돼* 있는데.

E_는 느릿느릿 말한다. 내가 숨기는 게 있다고 생각하나 보네.

내가 왜 그렇게 생각하겠어? 그렇게 생각*해야* 하는 이유라도 있나?

왜냐하면 당신은 생각이 깊은 사람이니까. 어떤 사람들처럼 얄팍해서 속이 쉽게 드러나지 않는.

예전 같으면 *생각이 깊은 사람*이라는 비난 아래에 유대인 혐오가 있는지 궁금해했겠지만, 지금은 아마 아닐 거라고 본다. E_는, 그런 게 가능할지 몰라도, 뼛속까지 솔직하지 못한 성격이다.

E_는 다시 기운을 회복하고 폭소를 터뜨린다. 기절했던 나비가 좀 더 세게 날갯짓을 한다.

E_는 말한다. 아무래도 당신은 그 남자의 정체를 전혀 모르겠다는 내 말을 안 믿는 것 같아. 그 미지의 인물 말이야.

경찰처럼 당신도 *믿지 않아.*

예의상 내 말에 동조하는 척했을 뿐이지. 워낙 '공감'을 잘하는 성격이라 계속 고개를 끄덕이면서. 우리 친구들도 좋아하는 당신 습관이잖아. 친구들은 그러면 위로가 된다지만 나는 가끔 짜증이 나. 왜냐하면―(남들은 아닐지 몰라도 나한테는)―기계적이고 형식적인 반응처럼 느껴지거든. '공감' 능력은 본심을 숨길 때 쓰는 가면이야. 절대 드러내지 않는 본심을 말이지.

당황스럽다! E_가 비난조가 아닌 투로 이런 말을 하다니.

나를 유심히 관찰한다. 잔인하게. 테이블 위로 몸을 기울여가며. 그녀가 내 팔 위에 가볍게 손을 얹자 내 온몸이 떨린다.

*그녀는 알고 있다! 당연하지, 이건 그녀에게 게임인 것을.*

그냥 객관적으로 보면 그렇다는 거야. E_는 한쪽 어깨를 으쓱하며 말한다.

나도, 나— 나도 그냥 객관적으로 보면 그렇다는 거야……. 하지만 내 목소리는 힘이 없고 자신이 없다.

E_는 생각에 잠긴 투로 말한다. 우리 둘이 사귀었을 때—(수술용 메스를 휘두르는 해부학자처럼 건조한 말투다)—그러니까 그때, 그해에—당신은 나를 하찮게 여겼지. 그러니까— 내가 당신에게 다가갈수록, 당신을 사랑할수록 당신은 나를 *생각할* 이유가 없어졌어.

멀리서 항상 당신의 관심을 끄는 게 있었어. 뭔가 '대단'한 게. 내가 당신이랑 한 몸처럼 워낙 바짝 붙어 있었기 때문에 당신은 더는 나를 신경 쓸 필요가 없었어. 어떻게 보면 내가 곧 당신이었으니까.

일종의 영토 합병이라고 할까. E_는 말하고 웃음을 터뜨린다. 조그맣고 하얀 이를 드러내 보이며.

푸에르토리코처럼: 한 개의 주는 아니지만 독립 국가도 아니지. 남의 지배를 받는. 남의 주권 아래에 있는. 하나의 영토.

진짜 그랬어? 어떤 면에서는 진짜였어? 지금이 아니라— 그때는?

남자에게는 끊임없이 생각할 필요가 없는 여자가 있어야 한다. 그래야 자기 일에 집중해 다른 사람들, 특히 다른 남자들과 경쟁할 수 있다.

E_는 그렇게 씁쓸하지만은 않은 투로 이해한다고 말한다. 누군가에 대해, 심지어 아이들에 대해서조차도 *끊임없이 생각하고 싶은* 사람이 어디 있겠느냐며.

어렸을 때 그녀는 부모님의 삶에서 일종의 누락이었다. 그들은 펜실베이니아 대학의 열정적인 연구원이었다. 일주일에 최대 100시간까지 실험실에 틀어박힐 수 있었다. 둘 다 화이자라는 '대형 제약 회사'의 고문이 되었다. 그리고 어떤 실험이나 프로젝트가 끝나면 그들은 그동안 미루어두었던 삶의 재미를 즐기기 위해 애인을 찾아 나섰다. 연구원들은 일을 하지 않는 동안 쌓이는 긴장감을 발산해야 한다. 공회전 중인 초강력 엔진처럼.

그래서 E_는 혼자 남겨졌다. 베이비시터가 계속 바뀌었다. 그녀는 텔레비전을 보거나 휴대전화로 통화했다. 몰래 집 안으로 들인 남자친구들에게 정신을 팔았다.

E_는 씁쓸하지만 명랑한 투로 말한다. 당연히 내가 전에도 다른 상황에서 들었던 이야기다.

그러니 그녀에게 환상을 품고 '살해하기에' 충분할 만큼 그녀를 중요하게 여기는 정신 나간 인간이 있다는 데 자부심을 품을 만도 하지 않느냐고, 그녀는 빈정대며 말한다.

나는 이 모든 이야기를 묵묵히 듣기만 한다. 두 번째 와인 잔을 비웠을 때 다시 내 몫의 한 잔과 E_를 위해서도 한 잔 더 주문한다.

점심은 둘 다 거의 손도 대지 않았다. 유약으로 알록달록하게 칠한 멕시코 접시에 비싼 음식들이 담겨 있다.

나는 이런 데서 소소한 기쁨을 느끼며 속으로 으스댄다. E_가 월도프 샐러드를 주문할 때 새침하게 살짝 미간을 찌푸리며 "호두는 빼주세요"라고 할 것을 안다는 데서. 내가 아보카도를 곁들인 포토 벨로 버섯 '스테이크'를 주문하면 E_가 어린애처럼 놀라워하며 눈을 깜빡일 것을 안다는 데서.

내 포크는 접시 위에 삐딱하게 놓여 있다. E_의 포크도 묘하게 흐트러진 각도로 놓여 있다.

나는 조용히 E_에게 말한다. 그 남자는 당신이 아는 사람일 거야. 이 '미지의 인물'은 말이지.

E_는 맞는다고, 그럴 거라고 한다. 그녀도 안다고.

E_는 최면에 걸려 뇌의 의식적인 간섭에서 벗어나면 누군지 알아차릴 수 있을지 모른다고 한다.

경찰은 이렇게 말할 것이다. 그냥 누구인 것 같은지 말씀해 주세요.

그냥 이름을 대세요. 얼른, 생각하지 말고. 제일 먼저 의심이 가는 사람이 범인일 테니.

사실 당신도 범인을 알지 모른다고, E_는 나를 빤히 쳐다보며 말한다. 어쩌면 질책의 의미를 담아서 손끝으로 내 손목을 가볍게 톡 두드린다.

이제 그녀는 우아한 우븐 백에서 종이를 몇 장 꺼내 나를 놀라게 한다. 그녀의 의도는 처음부터 (분명) 이거였을 것이다.

E_는 자동응답기에 남겨진 메시지를 받아 적었다고 한다. 대본처럼. 삭제하기 전에 각 메시지를 듣고 컴퓨터에 입력한 뒤 출력했다.

이것 좀 봐. E_는 이렇게 말하며 첫 장을 내게 보여준다. 내가 연극 대본처럼 '변조된 음성으로'라고 표시했어. 당신이 읽어줄래?

나는 주춤주춤 종이를 건네받는다. 너무 순식간에—예상치도 못하게—벌어진 일이라 얼떨떨하다. 머릿속이 좀 더 정리됐더라면 웃음을 터뜨리며 그녀의 손을 옆으로 치웠을 텐데.

그래 줄래? 응? 낭독해 줄래? 당연히 큰소리로는 말고. 나만 들을 수 있게.

나는 깔끔하게 출력된 낱말들을 빤히 쳐다본다. 목구멍이 막혀서 읽을 수가 없다.


걸레. 너도 네가 어떤 여자인지 알지?

그래, 너— "E_" 너는 살해당할 이유가 없다고 말해보시지.


어이— "E_"? 듣고 있어? (당연히 듣고 있겠지!)

(웅얼웅얼) 이유가 없다고 말해보시지.

이의 있으십니까?

(입을 기리고 웃는 소리)

여보세요, 여보세요!

내가 지켜보고 있나, 이 설레야. 그렇나는 걸 알아두라고.

(웅얼웅얼) '교수형'을 준비했어. 너도 마음에 들 거야.

(웅얼웅얼) 네가 너를 '아작' 낼 거야— 네 몸뚱이가.


내 뒷덜미가 쭈뼛해진다. 이런 혐오스러운 표현을 소리 내서 읽을 수가 없다. 눈물이 고여서 눈이 따끔거리고 글씨가 흐릿하게 보인다.

E_는 나를 유심히 쳐다보고 있다. 이게 테스트인가? (E_가 나를 의심하나?)

싸한 느낌이 나를 덮친다. 복숭아색 제냐 셔츠 아래에서 땀이 옆구리를 타고 줄줄 흐른다.

(E_가 사준 건 아니지만 니만 마커스에서 같이 고른 셔츠다. 어느 해였는지는 모르겠지만 크리스마스가 지났을 때 남성용 고급 셔츠를 70퍼센트 세일하고 있었다.)

출력한 용지가 테이블 위로 떨어진다. 더 있고 너무 많다. 나는 어설프게 그걸 E_ 쪽으로 민다.

아니, 이 역겹고 한심한 글을 소리 내서 읽고 싶지 않아.

이건 갈기갈기 찢어버려. 나는 E_에게 말한다. 빌어먹을 전화번호를 바꿔.

H_한테는 스팸 전화가 너무 많이 온다고 해. 광고 전화가. 번호를 바꾸면 문제가 해결될 거야.

E_는 명랑하게 웃는다. 아, 그래? 그냥 전화번호를 바꾸란 말이지.

집 전화를 아예 없애버려. 당신도 그렇고 H_도 그렇고 휴대전화만 있으면 되잖아.

말도 안 되는 소리 하지 마. E_가 말한다. 그 사람은 다른 방법을 찾아서 나를 협박할 거야. 적어도 이런 협박은 내가 감시라도 할 수 있지.

투견이 갇혀 있는 울타리 앞을 걸어가는 것과 같아. 개가 보이고 소리도 들리고 녀석이 어디 있는지도 안다는 점에서. 울타리가 있다는 것도 안다는 점에서.

맙소사! 적어도 그 남자를 도발하는 것만큼은 피해야지. 공공장소는 피해야지.

E_를 나무라는 뜻에서 하는 말은 아니다. 이래라저래라하려는 것도 아니다. 그건 E_의 인생에서 내게 맡겨진 역할이 아니다.

옷 아래에서 땀이 난다. 오한이 난다. E_가 나를 계속 유심히 쳐다보고 있다.

E_가 그렇다고, 당연히 내 말이 맞는다고 한다. 하지만 코로나 때문에 한참 격리 생활을 하고 났더니 좀이 쑤셔서 집에 있을 수가 없다고 한다.

위험을 감수해야 하는 때도 있잖아.

*위험을 감수해야 하는 때도 있다니. 그런 경구를 어디서 봤어? 중국 포춘 쿠키에서?*

나는 너무 화가 나서 온몸이 부들부들 떨린다. 하지만 무슨 말씀, *화가 났다니 그럴 리가.*

차분히—솔직하게—E_에게 묻는다. 살고 싶지 않아?

응. 아니. 잘 모르겠어.

그녀가 내게 밀한다. 아니, 누군지 몰라도 진심이라면 지금쯤 나를 죽이려고 시도했겠지. 지금쯤 나를 죽였겠지. 누가 봐도 그렇지 않아?

아니. 전혀. 그런 건 넘겨짚으면 안 돼. 정신적으로 문제가 있는 사람을 무슨 수로 예측하겠어.

아, 그 남자가 '정신적으로 문제가 있는지' 잘 모르겠어. 상당히 체계적이고 계획적인 것 같거든. 나를 아는 게 확실하고.

내 삶에 끼어든 걸 즐기고 있어. 내 개인적이고 은밀한 삶에 끼어든 걸 말이야. 내가 자기 생각을 한다는 걸 알아. 자기 얘기를 한다는 걸. 가까운 사람에게 *자기*에 대해 고백한다는 걸.

이 남자를 향한 질투 섞인 분노가 내 폐부를 찌르다시피 한다.

E_에게 묻는다. 그 남자가 누군지 전혀 모른다면 거기서 무슨 만족을 느낄 수 있어? 그 남자는 또 어떻고? 전부 너무 추상적이야.

*전혀 추상적이지 않아.* E_는 이렇게 말한다. *심장 소리만큼 가까워. 그 남자는 자기가 혼자가 아니라는 걸 알 거 아니야, 내가 그걸 아는 것처럼. 우리 둘 사이에는 다른 사람들 눈에는 보이지 않는 연결 고리가 있어. 역겹고 변태적일지 몰라도.*

뭐— 역겨운 거 맞아. 변태적이기도 하고.

*당신이 그걸 어떻게 알아?* '생각이 깊은 사람'이. E_는 깜짝 놀랄 만큼 못 되게 웃음을 터뜨린다.


테라스가 점점 비워져 간다. 우리는 먹지 않은 점심을 앞에 두고 미적대고 있다.

삽 모양으로 수염을 길렀고 비쩍 마른 중년 초반의 남자가 거의 손을 대지 않은 접시와 함께 근처 테이블에 혼자 앉아 있다. 아이패드 자판을 미친 듯이 두드리고 있다. 흰색 셔츠 소매를 팔꿈치까지 걷어 올렸다. 마치 '바쁜 척'하는 사람 같다.

*저 남자일까? E_의 살인범이?* 이런 식으로 들킬 위험을 감수하고 있는 걸까?

남자 혼자 앉아 있는 테이블이 또 있다. 체구가 더 건장하고 머리는 완전히 밀었고 한쪽 귀에 귀걸이를 했고 두툼한 근육질의 상반신 위로 꼭 끼는 검은색 티셔츠를 입은 남자다. 무슨 예능인인지, 양쪽 팔에 문신을 새겼다. 지금은 웨이트리스와 농담 따먹기를 하고 있다. 지역 명사인가? 나를 알 것 같은지 우리 쪽을 흘끗거린다.

(뭐, 나도 '지역 명사'다. 아마도. 그리고 우리가 서로 아는 사람을 통해 안면을 튼 사이일 수도 있다. 어쩌면.)

그는 살인범 유형이 아니라는 생각이 든다. 너무 느긋하고 여유가 넘친다. 그가 E_의 예전 애인이라면 에두르지 않고 곧바로 건너와 정면으로 들이받을 것이다.

다른 손님들은 이보다 흥미도가 떨어진다. 내 심장은 위험한 상황에 놓이기라도 한 것처럼 계속 불규칙하게 뛴다.

웨이터가 우리 접시와 잔을 치우고, 나는 그가 들고 온 계산서를 받는다.

당연히 내가 카드로 계산할 거다.

E_가 자기 카드를 내미는 시늉을 하지만 나는 절대 허락하지 않는다.

그러지 마. 정말로!

당신은 너무 옛날 사람이야. E_는 민망해한다. 너무 빤하고.

그래서 어젯밤에 나한테 전화했어? 너무 빤한 사람이라?

재미없을 만큼 빤하지. 두말하면 잔소리지. 물으면 뭐 해, 입만 아픈걸…….

우리는 동시에 웃음을 터뜨린다. 아이패드 남자나 문신 남자가 우리 쪽을 흘끗 쳐다본다면 우리가 커플인 줄 알 거다.

일어나 테이블에서 벗어난다. 내가 자연스럽게 E_를 에스코트해가며 테라스를 가로지른다. 그녀의 허리(주름진 천이 보기보다 얇아서 종잇장 같은지 체온이 놀라우리만치 그대로 전해진다)에 손을 대고.

'미지의 인물'이 우리를 지켜보고 있을지 모른다는 생각이 들자

고약한 쾌감이 느껴진다. 아이패드 남자 아니면 문신 남자일까? 다른 제3의 인물일까?

E_도 불안한 눈빛으로 테라스를 이리저리 흘끗거린다. 시선이 아무 데도 내려앉지 못하는 벌새처럼 펄럭거린다.

몇 년 전에 내가 종종 확신했던 것이 생각난다. 미인은 시선을 받는 데 익숙하고 시선을 두는 데에는 서툴다는 것.

파멸할 수밖에 없는 얄팍한 영혼. 숟가락만 한 깊이.

주차장에서 E_는 내 쪽으로 몸을 기울여 작별 인사를 한다. 아까처럼 내 뺨에 과감하게 입술을 살짝 댄다. 다만 지금은 입술이 따뜻하다. 와인을 마셔서 숨이 따뜻하다.

내가 끌어안으려고 다가가면 E_는 뒤로 물러날 것이다. 이건 내가 안다.

얇은 나비 날개처럼 몸을 사릴 것이다. 미모를 가면 삼아서.

나는 부드럽고 다정하게 그녀를 안심시킨다. 조만간 전화하겠다고. 이메일 보내겠다고. 또 그런 음란한 메시지가 남겨져 있으면 당장 알려달라고.

E_는 애매하게 약속한다. 응, 그럴게. 집으로 갈 생각을 하느라 점점 산만해진다.

바로 그 순간 나는 절망에 사로잡힌다. 그래도 부드럽고 다정하게 대하겠다고 좀 더 굳은 결심을 한다.

약속하는 거지?

응, 그럼. 약속할게.

서로 헤어지지 못해 머뭇거린다. 상대방에게 등을 돌리지 못해 머뭇거린다.

그러므로 동시에 등을 돌려야 한다.

나는 카페테라스로 돌아가 이제 E_가 떠났으니 두 남자 중 한 명이라도 자리에서 일어났는지 확인하고 싶다.

어쩌면 둘 중 하나가 벌써 주차장에서 E_의 차를 따라갈 준비를 하고 있을지 모른다.

하지만 그럴 수가 없다. E_와 내가 각자 차를 세워놓은 데로 걸어가고 있어서 내가 출발하지 않으면 그녀가 알아차릴 것이다.

(하지만 내가 차에 앉아서 둘 중 하나가 등장하길 기다리면, E_가 그런 나를 보고 내가 '미지의 인물'이 아니라는 걸 확실히 알게 될 것이다. 의심했더라도 의심이 해소될 것이다.)

물론 나는 E_를 두 번 다시 만나지 못할 수도 있다. 그러니까 E_는 나를 두 번 다시 못 볼 수 있다. 하지만 나는 언제든 먼 발치에서 E_를 볼 수 있다. E_가 어디 사는지 알기에.

내 힘으로는 어쩔 수 없는 스토리가 지금보다 더 걷잡을 수 없이 내 손에서 벗어나면 E_를 아주 조만간, 뜻밖에 조만간 다시 만날 테지만.

참
새

어머니의 기억력이 무너져가고 있었다. 많은 것이 무너지는 계절이었다. 경제, 날씨, 지구, 해양 생물. 여러 외래종이 가차 없이 쳐들어오고 있었다. 어류, 조류, 식물, 가릴 것 없었다. 캐린의 아버지는 1974년부터 2017년에 세상을 떠날 때까지 미시간대학교에서 환경법을 가르쳤다. 그녀는 아버지가 가입한 오대호 환경보호협회 회비를 계속 냈고 그 협회에서 인터넷에 게시한 심뜩한 글을 통해 최근 들어 오대호에서 확인된 외래종이 180종이 넘는다는 사실을 파악했다. 누구나 아는 칠성장어와 청어는 물론이고 좀 더 이국적인 유라시아 러프, 말조개, 가시 물벼룩. 그리고 미시간호 한 군데만 해도 침입종인 흑고니, 염주비둘기, 북아메리카 참새 중에서도 좀 더 억센 녀석들이 좀 더 순한 노래 참새뿐 아니라 집박새, 박새, 홍관조를 몰아내고 있었다. 캐린은 샤를부아 호숫가 뒤편 덱으로 나가는 슬라이딩 도어 앞에 서서 눈 덮인 풍경을 내다보았다. 시커먼 날개가 달린 새들이 빽빽한 상록수 숲에서 퍼덕이며 엄청난 규모로 날아오르는데, 체구는 작을지 몰라도 식욕이 엄청나서 하루 이틀이면 모이통을 말끔히 비웠다.

이런 생각이 든다. 만약 어머니가 나를 잊어버린다면 나는 어떻게 될까?

예전에 엄청 무섭고 예리하고 신랄했던 어머니는 아버지가 돌아가신 뒤에 앤아버의 집에서 혼자 지내고 있는데, 돌봐주는 간병인들을 못마땅하게 여길 때가 많았다. 결장암 때문에 독한 항암 치료를 받은 후유증으로 전두엽 치매가 시작됐다지만 캐린은 아직 증상을 많이 접하지 못했다. 그녀가 (집) 전화로 전화해 이런 경우에 쓰려고 갈고 닦은 명랑하고 어린 말투로 "엄마! 저예요—"라고 하면 어머니는 당장 말허리를 자르고 "캐린인 거 알아. 어휴!"라고 했다. 그러면서 기분이 상한 사람처럼 조그맣게 힉힉대며 웃음을 터뜨렸다.

아버지가 세상을 떠난 뒤로 캐린은 이 집안의 기록자가 되었다. 점점 숫자가 줄어가는 친척들에게 정보와 소식을 전하는 동시에 재미를 제공하는 것이 목적인 이런저런 에피소드를 들려주었다. *얘들아, 연락하고 지내라.* 그들의 아버지는 이렇게 강조했다. 그래서 그녀는 일하다가 좌절하거나 실망했던 순간을 유쾌하고 자기비하적인 이야기로 승화했고, 시인이자 번역가이자 편집자로 거둔 (상당한) 성과를 일부러 축소해 가족 중 그 누구도 그녀를 질투하지 않게 했다. 그녀에게는 그녀의 레이더에 항상 아슬아슬하게 걸쳐져 있는 여동생과 남동생이 있었다. 둘 다 서해안에서 살았지만 사는 곳은 서로 가깝지 않았다. 친척과 친구들에게 단체 이메일로 '침입종'의 존재를 알리는 건 캐린다운 일이었다. 그녀의 나무를 유린하는 벌레들(매미나방, 호리비단벌레), 그녀의 집터를 탐욕스럽게 덮은 잡초(옻나무, 키가 3미터나 되는 큰멧돼지풀), 그녀의 모이통을 약탈하는 참새……. 캐린의 이메일을 받은 사람들은 행간을 읽고 그녀에게는 전할 만한 또는 전하고 싶은 개인적인 소식이 없구나라는 결론을 내릴 수도 있었다. 40대 중반으로 접어든 미혼녀의 인생에 아무 뉴스가 없다는 건 말 그대로 아무 사건이 없다는 뜻이었다.

그녀는 이메일에서 정치 이야기는 철저하게 배제했다. 그들의 정치색에 염증을 느끼고 연락을 끊는 사람이 생기는 건 원치 않는 바였다.

이제 캐린의 어머니는 그녀의 이메일을 더는 읽어보지 않는 듯했고 답장도 아예 끊었다. 덕분에 이제는 간병인이 받아서 쓸모있는 설명을 하며—따님 캐린이에요—어머니에게 전화기를 가져다주길 바라며 전화를 거는 수밖에 없었다.

요즘 들어 이상하게 전화가 내키지 않았다. 그녀 세대의 특징일 수도 있었다. 그녀의 친구들도 이제는 벨 소리가 거슬린다며 거의 전화를 걸지 않았다. 그녀의 휴대전화 번호를 아는 몇 명 안 되는 사람들도 이메일이나 문자를 선호했다. 뜻밖의 연락은 모두 예의가 없고 달갑지 않게 여겨졌고 프라이버시 침해였다.

하지만 전화도 걸지 않고 누구의 집에도 찾아가지 않다 보면 전화벨 소리를 상상하게 된다. 히스패닉계 억양이 느껴지는 모르는 사람의 음성. *여보세요? 캐린 씨 맞으신가요? 아르하트 부인의 따님? 슬픈 소식을 전해야 할 것 같습니다만……*.

어머니를 도와서 짐을 싸고 앤아버에 있는 요양보호 시설로 옮길 준비를 하는 것이 캐린의 계획이었다. 미시간 북부의 샤를부아에서 남부의 앤아버까지는 약 420킬로미터, 차로 네 시간 거리라 그 정도면 그다지 먼 길이 아닌데도 캐린은 계속 미적대고 있었다.

너무 슬펐다! 기본적으로 원치도 않는 어머니를 스테이트가 맨 끝에 있는 스톤브리지 매너이던가 스톤헨지던가 하는, 캐린의 어린 시설에 이러나저러나 '모든 교수들의 종착지'라고 불렸던 그 시설로 옮기는 것이.

하지만 캐린의 아버지는 그런 운명을 맞이하지 않았다. 70대 초반에 세상을 떠나는 방식으로 요양보호 시설을 모면했다.

그는 전화로 캐린에게 잘 지내고 있으니 걱정할 게 아무것도 없다고 했고, 호스피스에 입소하기 바로 전날 저녁에도 걱정하지 말라고, 앞으로 시간이 많으니 괜히 일하는데 시간 뺄 필요 없다고 했다. 그래서 그녀는 그 말을 믿었고 아니 반신반의하면서도 넘어갔고, 거의 막판에서야 달려가 마지막으로 딱 한 번 얼굴을 볼 수 있었다. 그때조차 아버지의 병세가 정말로, 심각하게 안 좋다는 사실을 믿을 수가 없었다.

원래는 올해 3월에 앤아버로 어머니를 만나러 갈 생각이었지만 갑작스러운 폭설 때문에 출발 직전에 취소했다. 며칠 뒤에 길을 나섰지만 20분 뒤 주간 고속도로에서 다중 추돌 사고가 벌어지는 바람에 차를 돌리는 수밖에 없었다. 그러고 나서 다시 계획을 잡았을 때 전날 밤부터 독감으로 탈수가 심하고 기운이 없어서 다시 연기한 것이 지금까지였다. 눈이 녹고 해가 길어지고 흙에서 피어오르는 아지랑이처럼 희망이 샘솟는 4월 초.

어이가 없는 일이지만 그녀의 여동생과 남동생은 어머니의 통제를 과장해 가며 그녀에게서 벗어나기 위해 다른 주로 도망쳤다.

엄마한테는 이길 수가 없어. 엄마만 이겨야 하거든. 캐린도 북쪽의 샤를부아로 이사했지만 다른 이유에서였다. (열정적으로 시작됐던 연애가 10년이라는 세월 동안 조금씩 시들해진 것이 원인이었다. 캐린보다 여덟 살 많았던 상대 남자에게 건강상의 문제가 생겼는데, 그가 다른 사람에게는, 적어도 캐린에게는 부담을 지우고 싶지 않다고 했다. 실제로 사별한 것도 아니고 비극도 아니었지만, 낙심이 되기는 했다.) 어머니의 세 아이—여동생, 남동생, 캐린—가 모두 결혼하지 않은 것은 의미심장한 현상이었을까? 자녀도 없고, 자녀를 낳을 가망성도 없는 것은? 그들은 스스로 '젊다'라고 생각했지만, 중년으로 접어든 지 오래였다. 캐린의 경우 특히 그랬다.

그녀는 그들 세 남매가 신사적이었던 아버지를 성격이 뾰족한 어머니에게 버리고 도망쳤다고 생각하고 싶지 않았다. 아버지를 배신했다는 생각이 들면 가슴이 찢어졌다. 하지만 그때는 아버지가 천년만년 살 줄 알았다. *한번 내려오지 그러니, 캐린? 방도 많은데.* 그 아쉬워하던 말투, 매달리지 않으려던 태도.

그녀는 내려가기 싫었다! 혼자 차를 타고 가면 생각할 시간이 많았다. 그녀는 운전하는 동안 이탈리아어 CD를 틀어놓고 침을 튀겨가며 열심히 따라 하곤 했다. 외국어를 배운다는 건 지금의 삶 너머에 또 다른 삶이 있음을 선언하는 일이다. 미래에 친구와 함께 이탈리아로 여행을 떠날 수도 있음을. 새로운 친구와 함께. 어머니라는 짐을 덜게 됐을 때.


*당연히 네가 누군지 알지. 내 딸을 어찌 모르겠니!* 거위가 경고하는 것처럼 힉힉대는 그 웃음소리.

참새 113

어머니의 기억상실도 무섭지만, 독설은 더 무섭다.

집이라는 공간에 가까워질 때마다 늘 묘한 기분이 든다. 아주 사소한 변화조차 눈에 확 들어와서 심란해진다.

물론 앤아버의 스테이트가는 세월과 더불어 달라졌다. 체인점과 옷가게가 늘었고 서점은 줄었다. 캐런의 아버지는 전에는 앤아버에 서점이 스무 개가 넘었는데 이제는 서너 개뿐이라고 한탄했었다. 그 유명한 보더스 북스가 1970년대에 여기에서 시작됐건만.

하지만 6번가의 우뚝한 베이지색 벽돌 건물의 경우 적어도 외관만큼은 달라진 게 없어 보인다. 이제는 3층 중에서 1층만 쓰인다. 바닥에서부터 천장까지 책꽂이가 설치됐고 넓은 창밖으로 마당 깊숙한 곳까지 내다보이는 아버지의 서재로 어머니의 병상이 옮겨졌다.

태어난다는 것은 문지방을 넘는 것이다. 아이가 맹목적인 신뢰와 함께 문지방을 넘으면 아이를 보호하기 위해 문이 닫힌다. 하지만 부모가 죽으면 문이 열린다. 그 문을 다시 닫을 방법은 없다.

집이 멀쩡한 걸 보면 항상 마음이 놓인다. 자세히 들여다보지만 않으면 된다.

물푸레나무들이 폭풍 피해를 봐서 앞마당에 가지가 흩뿌려져 있다. 보이지 않는 호리비단벌레에 산 채로 갉아 먹혀서 그중 한 그루는 죽었을지 모른다. 축축하고 칙칙한 겨울의 잔디밭 속에서 조그만 새 떼가 바닥을 쪼고 있다가 캐런이 현관문 앞으로 다가가자 사방으로 흩어진다.

뜻밖의 광경이 그녀를 맞이한다. 현관에 상자가 어지럽게 놓여 있다. 캐런이 짐을 싸려고 마음을 먹고 있었는데 벌써 시작됐나? 어머니가— 돌아가셨나?

젊은 히스패닉계 간병인은 캐린의 얼굴에서 그녀도 모르는 뭔가를 보았는지 다정하게 그녀를 맞이한다. 웃는 얼굴로 독려한다. "어머님이 기다리고 계셨어요! 계속 딸이 나를 만나러 오고 있다면서."

그러고는. "계속 물으셨어요. 딸이 오늘 오는 거 맞느냐고."

캐린은 어머니가 특유의 종잡을 수 없는 방식으로 편애하는 기미를 보였던 작은딸이 아니라 그녀, 그러니까 큰딸이 만나러 오기로 했다는 걸 기억하고 있는지 궁금해진다. 그녀는 어머니가 실망할 때를 대비해 마음의 준비를 한다. 어머니가 실망하면 그물망 사이로 비치듯 표정으로 드러날 것이다.

"엄마, 저 왔어요! 얼굴 좋아 보이시네요." 캐린은 목이 메지만 이런 상황에서 한 번도 그녀를 실망시킨 적 없는 명랑한 소녀의 목소리로 외친다.

허리를 숙여 가늘게 주름진 뺨에, 그녀의 기억보다 더 보드라운 살에 입을 맞춘다. 어머니의 몸, 갈아입혀야 할지도 모르는 잠옷에서 풍기는 시큼한 냄새를 마신다.

어색한 포옹 이후에 캐린은 숨 가빠하며 헐떡거린다. 머리로 피가 몰리면서 현기증을 느낀다. 어머니는 침대에 앉아 있는데, 등에 받친 큼지막한 꽃무늬 베개 덕분에 방 전체가 축제 분위기를 풍긴다. 어머니는 캐린의 포옹에 몸을 맡기지만 힘이 없어서 팔을 들어 마주 안아주지는 못한다.

누가 봐도 어머니는 캐린을 기다렸고 그녀가 누군지 안다. "캐린"이라는 이름을 여러 번 반복한다.

조금 희미해지기는 했지만, 어머니의 눈은 어떤 광채를 유지하고 있다. 캐린은 그것을 잔에 남겨진 셰리 찌꺼기에 비유한, 에밀리

디킨슨의 놀랍도록 선명한 편지 구절을 떠올린다.

캐린은 크게 안심하고 시간은 순조롭게 흘러간다. 이제야 보니 어머니가 살이 빠져서 뺨이 전보다 홀쭉하고 창백하다. 항암 치료 때문에 모조리 뽑혔던 머리칼은 가느다란 백발로 다시 나기 시작했다. 캐린을 그걸 보고 이제 막 둥지에서 날아올랐다가 몇 마리는 바닥으로 떨어져 언제 잡아먹힐지 모르는 가느다란 생명줄을 붙잡고 바들바들 떠는 새끼 새 같다는 생각을 한다.

캐린은 앤아버의 가장 고급스러운 식료품 전문점에서 항상 선물을 들고 온다. 오늘은 신선한 무화과, 딸기, 망고, 키위, 알이 자두만 하고 씨가 없는 검은 포도 등이 담긴 과일 바구니다. 이런 별미를 안기면 선물을 반기는 어머니는 기뻐한다.

캐린과 여동생, 남동생이 이렇게 가녀린 여인을 전에는 무서워했다니! 그중 몇 퍼센트가 상상이었을지 캐린은 궁금해진다. 그중 몇 퍼센트가 아이의 눈에는 크게 보였던 부모의 권위였는지.

그녀는 울고 웃는다. 슬그머니 눈을 훔친다.

그녀는 진심으로 어머니를 사랑한다! 물론이다. 이 노파에 대한 사랑으로 가슴이 충만하고 여기 오길 정말 잘했다는 생각이 든다.

사실 어머니는 노파가 아니다. 웬만하면 90대까지 살고 100세도 드물지 않은 요즘 기준으로는 그렇다.

70대 중반이시잖아. 캐린은 생각한다. 74세이신가?

중요한 건 나이가 아니라 건강이다. 누구든 나이에 상관없이 암에 걸리고 인지 장애를 겪을 수 있다.

캐린은 어머니에게 몸은 괜찮으시냐고 물으면 무슨 대답을 들을지 안다. "모르겠다. 병원에서 안 알려줘서." 지금까지 수도 없이

들은, 노골적이고 영문을 알 수 없는 비난이다. 그래도 그녀는 물어봐야 한다. 묻고 대답에 귀를 기울여야 한다.

어머니의 *상태*를 알고 싶으면 간병인과 주치의에게 물어보아야 하고, 그녀는 주기적으로 물어보고 있다.

캐린은 조심스럽게 선택한 문장 몇 개로 자신의 '근황'을 요약한다. 항상 애매모호하게, 긍정적이지만 *너무 긍정적이지는 않게*, 너무 구체적이지 않게. 그녀가 하버드대학교 출판부에서 다음 책이 출간될 예정이라고 하면 어머니는 얼굴을 환히 빛내겠지만, 한스-울리히 트라이헬이라는 독일 작가의 단편소설을 번역한 책이라고 하면 어머니는 금세 관심을 잃을 것이다. 그녀의 어머니는 그레이울프 출판사에서 출간된 캐린의 시집에는 그보다 더 관심을 보이지 않는다. 캐린이 최신판을 선물하자 그녀는 마지못한 듯 받고는 이렇게 말했다. "이거 나한테 있지 않니? 이 책 전에 줬잖아."

캐린은 어머니가 오랫동안 함께 지낸 동거인에 대해 물을 때에 대비해 마음의 준비를 하지만, 어머니가 평소와 다르게 이번에는 엘인로 묻지 않는다.

*포기하신 거야. 이제 아시는 거지. 나는 어머니에게 들려줄 좋은 소식이 없다는 걸.*

애인이나 동거인이나 약혼자 소식은 없지만 사촌, 숙모, 삼촌, 한때 늘 입에 오르내렸던 이웃 소식은 있다. 여전히 가까운 데서 사는 사람들도 있고 멀리 이사 간 사람들도 있는데, 어머니는 그중 몇 명은 기억이 가물가물할 테고 마지막으로 만난 게 언제였는지 기억하지도 못할 것이다. 그래도 이런 걸로 어머니와 수다를 떨 수 있다. 누군가의 이름, 예를 들어 캐린의 어느 사촌의 이름이 등장하면 어머니가 항상 똑같은 말을 반복할 거라는—아, 걔! 걔는 어렸을 때부터 팔랑거렸지—사실을 아는 데서 느껴지는 흐뭇함이 있다.

또는 캐린이 남동생 얘기를 꺼내면. 걔! 걔 얘기는 듣고 싶지 않다.

형제나 자매의 흠이 드러날 때 항상 느껴지는 흐뭇함.

캐린은 머뭇머뭇 아버지 얘기를 꺼낸다. 날나신 날누로 사기노 모르게 그를, 그의 목소리와 진중함을 흉내 내고, 아버지와 함께 공부했다는 사람들을 종종 만나는데 그의 강의와 대학원생들을 너그럽게 대하는 태도가 존경스러웠다고 기억하더라고 어머니에게 전한다. 그러고는 분위기 전환 삼아 '침투종'에 얽힌 에피소드를 늘어놓는다. 새로운 품종의 잡초는 말할 것도 없고 예를 들면 흑고니 부대, 심지어 다른 종의 참새까지 해마다 호수를 습격하고 있다는 걸 알게 됐을 때 얼마나 심란했던지…….

어머니는 아버지가 그런 이야기—그녀와 딱히 연관이 없는 방대한 분야의 사실, 사안, 발상으로 이루어져 있기에 그의 '업무'로 간주하는 짜증 나는 이야기—를 꺼내면 종종 그랬던 것처럼 약을 올리는 옅은 미소와 함께 캐린의 말허리를 자른다. "하지만 걔네들도 그럴 권리가 있지 않니? 그— '침입'종인가 하는 애들도 말이야."

캐린은 예전에도 그랬던 것처럼 진득하게 설명을 시도한다. 침입종도 고유의 서식지가 있는데 다른 서식지를 침범하면 토착종이 밀려나게 된다고. 예를 들어 홍관조, 박새, 되새 같은 명금류는 경쟁이 되지 않는다고.

하지만 캐린의 어머니는 귀담아듣지 않는다. 그녀는 절대 귀담아듣지 않는다. 수십 년 전에 앤아버의 유명한 교수와 결혼한 젊고 매력적인 아내였던 시절에 그랬듯 도발하고, 질문하거나 딴죽을 걸고, 화제를 다른 데로 돌리고, 발랄하게 반대 의견을 제시할 만큼만 알고 있으면 충분하기 때문이다.

그녀는 바구니에 담긴 포도를 요란하게 먹고 있다. 캐린이 포도를 진작 씻어왔어야 했는데, 이제야 괜히 유난을 떨 필요는 없다.

그들은 화장실을 썼거나 '오염'됐을 가능성이 있는 것과 접촉하게 됐을 때 손을 꼼꼼하게—'철저하게'—씻어야 한다는 것을 어머니에게 배웠다. '오염'됐을 가능성이 있는 것에는 자기 몸도 포함될 수 있었다. 아니, 당연히 포함됐다.

허리를 숙이고 쿵쿵대며, 밖에서 땀을 흘리고 들어온 캐린의 냄새를 맡던 어머니의 그 경멸과 불만과 혐오가 섞인 표정.

얼룩진 스웨터 겨드랑이, 얼룩진 속옷.

그때의 기억이 어른이 된 지금 그녀의 머릿속에 떠오른다. 지시가 워낙 많았던 어머니의 궤도 안에서 지냈던 그때.

중학생 때 화장실 세면대 앞에서 *하나-둘-셋-넷* 숫자를 세어가며 이미 빨개진 손마디를 문지르고 강박적으로 손을 씻었던 기억이 떠오르지 옴찔하게 된다. 그 뒤로도 얼마나 많은 세월 동안 그랬던가.

*그 손 깨끗한 거 맞니? 그 손 깨끗한 서 확실해?*

논리적으로 대답할 방법이 없다. 어느 누가 장담할 수 있겠는가.

이제 캐린의 어머니는 (씻지 않은) 손으로 (씻지 않은) 포도를 먹고 있다. 그것도 손에 즙을 묻혀가며 게걸스럽게 먹고 있다. 애초부터 그 모든 것이 아무 쓸모도 없었던 것처럼. 그 옛날부터 그랬던 것처럼.

남동생이 그녀에게 경고한 적이 있었다. 그 여자는 독극물이야.

캐린은 그렇게 생각하지 않는다. 캐린은 어쨌거나 그녀는 이제 성인이라고, 그녀의 삶은 그녀의 것이라고 생각하고 싶다. 어떻게 보면 *그녀가 이제는* 부모라고.

어머니에게 손소독제를 가져다준다. 끈적끈적한 손을 침대 시트에 닦지 않게.

"자요, 엄마."

어머니는 떨떠름하게 고맙다고 중얼거린다.

어머니가 낮잠을 자는 동안 캐린은 현관에 놓인 상자를 살핀다. 몰래 들추어보는 듯한 기분을 느낄 이유는 없다. 하지만 샤를부아로 들고 갈 만한 게 있는지 궁금하다. 한 상자에 그녀는 본 적 없다고 장담할 수 있는 오래된—무려 1970년대의!—앨범이 들어 있다. 간병인 말로는 다락방에 있던 상자를 옮긴 거라고 한다.

스냅 사진들이 많이 삐져나왔다. 대부분 흑백 사진이고 빛이 바랬다. 스냅 사진들 중간에 오래된 생일 축하 카드, 크리스마스카드도 있다. 이야말로 노다지다! 일일이 살필 시간이 없는 것이 아쉬울 따름이다.

삐져나온 스냅 사진 중에 누레진 투명테이프로 붙여놓은 어머니의 젊은 시절 사진이 있다. 아주 젊은 엄마다. 품에 갓난아이를 안고 행복해서 환하게 웃고 있다. 이렇게 행복해하는 어머니의 모습은 거의 본 적이 없다. 이렇게 기뻐하며 미소를 짓고 있는 것도. 어머니가 이토록 젊어 보이니 품에 안긴 갓난아이는 여동생이나 남동생이 아니라 캐린일 것이다. 엄지손가락의 그림자가 스냅 사진의 한쪽 모서리를 덮었다. 사진을 찍은 아버지의 손가락일 수밖에 없다.

배경은 야외인데, 캐런은 모르는 곳이다.

스냅 사진 뒤편에 연필로 보일락 말락 하게 이름이 적혀 있다. *캐런*. 하지만 날짜가 이상하게 1975년이다. 캐런은 1977년에 태어 났는데.

캐런이 스냅 사진을 들고 가 어머니에게 보여주며 날짜와 사진을 찍은 장소에 대해 묻자 어머니는 사진을 받아서 유심히 들여다본다. 이제는 손가락에 딸기즙이 끈적끈적하게 묻었다. 어머니는 그걸 베개에 대고 닦는다.

어머니가 무뚝뚝하게 고개를 끄덕인다. 언쟁에서 이긴 사람처럼.

"걔야― 캐런. 우리 곁을 떠난 아이. '수막염'으로."

캐런은 어머니가 외국어로 말을 하기라도 한 것처럼 그녀를 빤히 쳐다본다.

"수막염. 살릴 방법이 없었지."

"하지만 엄마." 캐런은 조심스럽게 말한다. "*제가 캐런이잖아요.*"

"그래. 나도 너 누구인지 알아. 하지만 너는 '캐런'이 아니잖아. 걔는 우리 곁을 떠났어."

어머니는 고집 센 아이를 상대하듯 짜증 섞인 미소를 짓는다.

"엄마, 그게 무슨 말씀인지 이해가……."

"*치료할 방법이 없었다고. 이해하고 말고 할 것도 없잖니.*"

캐런은 현관에 쪼그리고 앉아서 상자를 들여다보았더니 무릎이 아프다. 숨도 가쁘다. 그녀는 옛날 옛적에 찍은 스냅 사진을 자기도 모르게 빤히 쳐다본다. 수수께끼인가? 젊디젊은 어머니, 품에 안긴 갓난아이. 40여 년 전에 찍은 사진이기는 해도 분명 캐런의 어머니다.

갓난아이는 거의 보이지 않는다. 어머니의 품에 꼭 안긴 흰색 얼룩이다.

캐린은 침착하게 어머니에게 무슨 말인지 이해가 되지 않는다고 다시 말한다. 그러면서 속으로 생각한다. *어머니가 제정신이 아니네, 노망이 나셨어.*

어머니는 캐린의 생각을 읽기라도 한 것처럼 쏘아붙인다. "너는 그 아이 대신이라 이름이 '캐-린'이야. 그 아이는 우리 딸이었는데 우리 곁을 떠났어, 5개월밖에 안 됐을 때. 심장 판막에 문제가 있어서. 내가 얼마나 억장이 무너졌는지 몰라. 그리고 1년이 지났을 때 너희 아버지가 법률구조공단에서 무료 상담을 해주던 입실란티의 어느 집 딸이 여자아이를 낳았지. 아무도 그 아이를 키우지 않겠다고 했는데— 그게 바로 너야. 사람들 말로는 그 집 딸이 '비행 청소년'이었고 임신해서 아이를 낳았는데 아무도 키우지 않겠다고 하니까 입양이 결정됐고 우리한테 그 아이가 넘어왔어."

"엄마, 말도 안 돼요! 저는— 저는 들어본 적 없는……."

"이 사진 잃어버리면 안 돼, 귀한 사진이야. 여기 이 테이블 위에 올려놓아 주렴."

캐린은 일어선다. 그녀는 어머니에게 반발하면서도 웃고 있다. 왜냐하면 이건 말도 안 된다. 그녀가 덫에 제대로 걸려들었다.

*여동생도 경고했고 남동생도 경고했다. 그 여자 근처에는 가지 마. 그 여자는 독극물이야.*

*아버지도 결국에는 그녀를 붙잡고 애원했다. 집으로 내려와라, 캐린! 너무 외롭다. 혼자 죽기는 싫은데.*

그녀는 예전에 쓰던 2층 방에서 사고 갈 생각이었다. 하지만 이

세는 모텔 신세를 지기로 한다. 이 시각에 주간 고속도로를 타고 샤를부아로 출발하는 건 미친 짓이다. 스테이트가에 있는, 아니면 고속도로변에 있는 아무 모텔이나 좋다! 하여간 어머니와 작별할 때가 되었다. 배가 부른지 어머니의 눈꺼풀이 감긴다. 얇은 입술에는 딸기즙이 묻었다.

아, 이 모든 게 계획된 음모였다. 심지어 히스패닉계 간병인도 알고 있었을 것이다.

캐린은 얼른 떠나고 싶어서 소지품을 챙긴다. 무턱대고, 귓전을 때리는 굉음을 들으며.

누군가가 뒤에서 그녀를 부른다. 간병인인가? 그런데 그녀의 이름이 뭐더라? 마리아인지, 마리아나인지 기억이 나지 않는다.

"안녕히 계세요!" 그녀는 등 뒤로 문을 세게 닫는다. 부득이하게 간병인에게 결례를 저지르고 말았다. 움푹 꺼진 축축한 잔디밭에서 참새 한 마리가 외로이 흙바닥을 쪼고 있다.

한
기

언제부터 그게 시작됐을까. 나는 모른다.

어떤 사람들처럼 일기나 다이어리를 썼다면 알 수 있었을지 모르지만.

그런 걸 쓰지 않으니 모른다.

언제부터 한기가 나를 따라다니기 시작했는지.

내가 생각하기에는 나를 *따라다니는* 게 맞다.

나를 *괴롭히는* 게.

일단 이것부터 분명히 짚고 넘어가야겠다. 이 한기는 날씨와 상관이 없다는 것.

사실 이 증상은 지난여름부터 시작됐다. 늦여름부터.

우리 집 뒤편의 삼나무 덱으로 나가 음식이 담긴 접시를 내려놓고 다 쓴 접시를 치우며 폭주하는 자동차와 같은 우리 집안 특유의 저녁 식사 시중을 들던 와중에. 이럴 때는 오로지 가속뿐이라 꼭 붙들고 내 트레이드마크인 이 악물고 미소를 짓는 얼굴로 버티는 수밖에 없었던 그때.

그날 하루 놀러 온 친척들과 그 집 아이들. 그리고 우리 아이들.

(아무도 모르겠지만) 그리고 우리 아이들이라는 그 무심한 표현에 얼마나 큰 기쁨이 담겨 있는지.

일곱 살과 열 살의 두 아들. 키가 거의 190센티미터에 달하는 제 아버지를 닮아서 튼튼하고 건강한 아이들.

그 아이들을 남들 눈으로 보는 건— 불가능하다. 엄마는 보면서 이런다— 내가 낳았나? (정말로 내가 낳았나?)

당연히 다들 부엌일을 도와주겠다고 하지만 아무리 좋아하는 시누이나 조카라도 내 주방에 누가 있으면 정신이 사나워지기에 고맙지만 괜찮다고 한다. 나는 목표가 오로지 하나뿐인 벌떼처럼 생각을 집중할 수 있을 때 가장 행복하다.

정신 사나워질 일 없이! 혼자일 때 가장 좋다.

습하고 무더운 8월 말의 어느 날. 미친 듯이 울어대는 매미들. (깨끗하게 밀고 데오도란트를 뿌린) 겨드랑이에서 옆구리로 흐르는 땀. 스무 개가 넘는 큼지막한 사탕옥수수를 거대한 냄비에 넣고 쪄서 김이 모락모락 나는 채로 접시에 담고. 남편이 구울 수 있게 햄버거, 핫도그, 연어 스테이크를 준비하고. 금세 녹는 얼음주머니. 하지만 밖으로 다시 나갈 때 원치 않는 손길처럼 차가운 공기가 훅 불어와 내 몸에 오한이 든다.

등이 파인 여름 원피스, 벌게진 얼굴 뒤로 넘겨 하나로 묶은 머리칼. 망가졌던 내 몸이 거의 회복돼서 (흘끗대는 남자들의 시선을 보면 그랬다) 나는 다시 괜찮아 보인다.

너무 자세히 들여다보지만 않으면.

하도 바쁘다 보니 왜 이렇게 오한이 드는지, 한낮에는 기온이 31도에 달했고(다 같이 소프트볼 구장에 가서 나이가 많은 아이들의 경기를 관람했다) 해가 져도 거의 시원해질 줄 모르는 (바람 한 점 없는) 날에 뼛속까지 시린 외풍이 어디서 불어오는지 궁금해할 새가 없다. 정신이 없고 행복하다.

*봐!— 나 할 수 있다니까. 어때?*

하지만 나는 (이상하게) 추웠고 갑작스럽게 기운이 없었다. 2층으로 달려 올라가 스웨터를 꺼내서 어깨에 걸쳤다. 얼굴과 목덜미를 따뜻하게 덮을 수 있게 머리를 풀었다.

예전처럼 머리가 길고 숱이 많지는 않았다. 그 *머리*였다면 따뜻했을 테고 무더운 날에 풀어놓지 못했을 것이다.

삼나무 덱이 보트고 다들 그 보트를 타고 강을 떠내려가며 즐거운 시간을 보내고 있는데 나 혼자 강가에 남아 반짝이는 불빛을 바라보고 어둠 속으로 (점점 희미해져 가고) 멀어지는 웃음소리를 듣고 있나면— 그들 중 아무라도 *내가* 없는 길 아쉬워할 이유가 있을까?

바로 그때 다시 한기가 나를 덮쳤다. 윗등, 어깨, 목덜미가 기분 나쁘게 축축했다. 내가 시원한 맥주를 마시고 있었다면 그래서인가 보다 했겠지만, 아니다, 오늘은 맥주를 한 병도 마시지 않았다.

잠시 후에 생각이 난다. 6천 제곱미터에 달하는 우리 집터 뒤편의 토지 경계선 사이, 어린아이들은 출입 금지(독이 있는 옻나무, 뾰족한 찔레 덤불, 진드기와 모기 때문에)인 중간 지대에 습지가 있는데, 거기는 좀 더 시원할 것이다.

*한기가 거기서 건너온 건 아닐까?*

지난 생일 때 나는 마흔 살이 되었다. 이때가 되면 다들 이런 생각을 할 것이다. *자! 여기까지 무사히 왔네.*

이렇게 중얼거리지는 않을 것이다. *앞으로 더 살아야 하나? 어째서?*

그렇다. 나는 결혼을 늦게 했다. (두) 아이를 늦게 낳았다. (임신은 세 번. '정상 출산'은 두 번.) 이 근처 부동산에서 11년 동안 일하다 그만두고 결혼했고, 나를 사랑해 주는 남편이 생기다니 이보다 더 운이 좋을 수는 없겠다 하는 생각을 했다.

적어도 남편이 자기 아내를 사랑하듯 사랑해 줄 사람이 생기다니. *자기 아내를 사랑하듯 사랑해 줄 사람이라니.*

사람들 말로는 나를 사랑해 주고 나의 사랑을 받아줄 딱 한 사람만 찾으면 행복해질 수 있다고 하지 않던가.

지구상의 인구가 수십억 명인데, 그 한 명을 찾는 것이 어려울 일 없지 않을까?

그리고 아이를 한두 명 낳는 것도. 어려울 일 없지 않을까?

물론이다. 아이들은 엄마를 사랑한다. 최소한 엄마가 필요할 만큼 어린 나이에는.

(내가 만들어준 음식을 군소리 없이 허겁지겁 먹는 두 아들을 보면 너무 행복해서 가슴이 저릴 지경이다. 즐거운 시간을 보내고 있음을 미소로 알리는 남편도. *자기야, 사랑해!*)

하지만 나는 그들의 이름을 별로 밝히고 싶지 않다. 우리 이름을.

남자 어른(남편), 여자 어른(아내), '정상 출산'한 두 아이(유산된 아이는 제대로 태어났더라면 이름이 주어졌겠지만 그렇지 않았다). 이들의 이름을 밝히는 건 돈 자랑처럼 위험하게 느껴진다.

우리가 누군지는 아무도 상관할 문제가 아니니까. 우리가 이렇게 있다는 것— 우리가 존재한다는 것. 그거면 충분하지.


이름은 없지만 나는 그 아이를 허밍버드(영어로 벌새라는 뜻이다-옮긴이)라고 생각했다.

너무 작았으니까. 남은 흔적이 두 손바닥 안에 들어갈 만큼이었으니까.

벌새는 날개가 흐릿해 보일 정도로 빠르게 날갯짓을 하는데, 눈물이 날 때 나타나는 증상이 눈앞이 흐릿해 보이는 거니까.

벌새는 너무 작아서 눈 한 번 깜빡하는 순간에 놓칠 수도 있으니까. 여기 있나?— 없어졌네.


그는 아직은 아닌 것 같다고 한다. 그리고 나는 이유가 도대체 뭐냐고 한다.

뭐— 그리 오래되지 않았잖아. 당신 아직 약 먹고 있지 않아?

약은 됐다 그래. 약을 변기에 버리고 물을 내렸다.

(하지만 남편에게 그건 비밀로 한다.)

(그걸 말하면 싸우기 좋아하고 난폭한 사람 같을 테니까. 무모하고 자기 파괴적인 사람 같을 테니까.)

경계하느라 반사판처럼 번뜩이는 그의 눈빛. 위액처럼 내 목구멍을 타고 올라오는 폭소.

화난 것처럼 들리지 않으면 웃어도 된다. 가볍게 웃으면, 여고생처럼 웃으면, 비난을 섞지 않고 웃으면. 왜냐하면 남자들은 여자들이 자기를 보고 웃는 걸 두려워한다. 그것이야말로 진정한 거세다.

눈을 맞춘다. 눈을 든다. 폐쇄 병동과 개방 병동의 결정적인 차이가 뭔가 하면— 정상적인 감정 표현, 발언의 명료함, '자살성 사고'의 징후가 보이지 않음…… 미소, 폭소. 멋쩍어할 만큼의 자각.

그래서 그는 그럼 좋다고, 하지만 처음부터 너무 멀리까지 운전하지는 말라고 한다. 그냥 시내만 돌아다니라고. 당분간 고속도로는 타지 마, 알았지?

나는 고분고분하게 고개를 숙인다. 알았어.

그리고 애들은 태우지 마. 아직은.

알았어.

당신 믿어도 되지?

그럼.


다음 날 아침에 보니 주방 조리대에 혼다 시빅 열쇠가 있다.

3개월 동안 차고에 세워져 있던 내 차다.

배터리가 방전되지 않게 그가 챙겨주었다. 그건 고맙다.

처음에 나는 (닥치는 대로 아무 때나) 불어오는 찬 바람이 자연스러운 현상인 줄 알았다. 문이. 열려 있다든지, 집 안 어딘가에 창문이 열려 있다든지, 환기구, 보일러 팬. (우리 집 보일러는 끄면 희한하게 벽면 환기구를 통해 공기를 배출한다. 미지근한 온도의 그냥 공기를. 하지만 이 공기는 차갑다.)

오래전부터 단골이었던 슈퍼에 가니 뜻밖의 장소에서 얼음처럼 차가운 공기가 쏟아진다. (하나같이 추운) 냉장식품 코너가 아니라 통조림, 제지류, 심지어 조리되어 있는 뜨거운 수프와 구운 닭고기 매대에서 냉기가 흘러나온다. 드러그스토어, 철물점, 카페에서도—얼음 같은 냉기가 손가락처럼 꿈틀거린다. 쇼핑몰에서도.

특히 쇼핑몰에서가 심하다. 문을 활짝 열어놓고 행인을 공격하듯 냉기를 내뿜는 빌어먹을 매장들.

젠장, 여기는 풍요로운 사회, 공기를 그냥 그대로 두면 안 되고 컨트롤해야 하는 곳이다. 내 남편이 타고 다니는 지프 자동차에서는 에어컨이 항상 *켜져* 있다.

우리는 그걸 가지고 농담을 주고받는다. 불필요한 에너지를 낭비하는 그에 대해. 그는 자기 차 에어컨이 항상 *켜져* 있는 줄 몰랐다고 고백한다.

나는 내 차, 고물이 된 혼다 시빅에 타면 조심스럽고 조마조마하다. 항상 창문을 꼭 닫았는지 확인한다. 앞창과 뒤창 모두. 무더운 날이 아닌 이상 이 차의 에어컨은 항상 *꺼져* 있다. 팬도 *꺼져* 있다.

그런데도 몇 분이 지나면 (종종) 얼굴 옆면으로 아니면 목덜미로 미친 듯이 불어오는 냉기가 느껴져서 오한이 난다.

몸이 **벌벌** 떨린다.

창문을 다시 한번 확인한다. 그렇다. 모두 닫혀 있다.

팬노 *써서* 있나. 에어컨도 *써서* 있나.

차 안에서는 바람이 불지 않는다. 차 안에서 바람이 불 수는 없다. 내가 분명 상상한 거다.

하지만 몇 분 지나면 뒤에서 슬금슬금 다가오는 손길처럼 한기가—다시—느껴진다.

여자라면 누구나 그 은밀한 손길을 안다. 완전한 공포의 순간, 그러고 나서 찾아오는 혐오의 몸서리.

*안 돼. 그만해. 이러지 마. 저리 가!*

차가 휘청한다. 고속도로 갓길에서 덜커덕 멈춘다.

큰아이가 날카롭게 왜 그래요, 엄마? 무슨 일이에요? 하고 묻고 처음에 나는 너무 충격을 받아서 대답하지 못하다가 잠시 후 다람쥐가 차 앞으로 뛰어들었냐고, 그래서 브레이크를 밟았다고 말한다.

다람쥐? 다람쥐가 어디 있는데요?

두 아이 다 다람쥐를 보지 못한다. 어디에서도.

다람쥐가 안 보이네. 나는 아이들에게 말한다. 도로 저편으로 달려갔나 봐.

엄마가 다람쥐를 쳤느냐고 따져 묻는다. *걔 죽었어요?*

*나는 그 빌어먹을 다람쥐 치지 않았고 걔 죽지 않았어.*

문제는: 나 혼자 차에 타고 있는 게 아니라는 것. 나 혼자 타고 있다면 한기가 느껴질 때 대개 그러듯 욕을 할 수 있을 텐데.


밤에 잠이 오지 않는다. 갑자기 거의 날마다 그렇다.

한기가 스멀스멀 나를 덮친다. 지금 보니 한기에 냄새가 있다. 짙고 광물 비슷한, 깊은 돌우물 냄새다. 하지만 시커먼 피 냄새이기도 하다.

그 짙고 끈적끈적한 피. 출산 후 속옷에 점점이 묻어나는.

유산했을 때 드러그스토어에서 사온 가장 두꺼운 생리대에 냄새나는 짙은 얼룩이 묻었다. 몇 주 동안. *재채기를 하면 조금씩 나오는 피.*

이 냄새는 익숙하다. 이상하게 위안이 된다.

피곤함에 절어 잠이 들지만 30분이 지나면 누가 내 이름을 부르기라도 한 듯 번쩍 눈을 뜬다.

*엄-마!* 이 소리가 거의 들리는 듯하다.

한 남자가 내 옆에 대자로 누워 있다. 알몸으로.

한기를 상쇄하는 열기를 뿜어내며.

어루만지고 싶어서 내 손가락이 근질거린다. 너무 오랜만이다. 그의 위 팔뚝을, 불룩한 근육을 쓰다듬는다. 손가락을 사타구니로. 한데 뒤엉킨 뻣뻣한 음모. 내 손길이 닿자 놀란 것처럼 꿈틀거리는 통통하고 보드라운 민달팽이.

나는 얼른 손을 치운다.

(잠든) 남편 옆에 누워서 끝없이 밤을 지새우는 아내보다 외로운 사람은 없다.


얼마나 많은 밤 동안: (어두컴컴한) 집 안을 배회하는가.

지평선까지 펼쳐진 거대한 사하라 사막과도 같은 불면증.

아이들을 들여다보고 싶지만 참는다. 엄마의 편집증적인 공포에 넘어가면 안 된다.

그래도: 자는 애들을 들여다보는 건 엄마의 권리 아닌가? 애들이 아직 어려서 반항하지 못할 때는.

남편의 헌 양털 가운을 입고 있는데, 무겁고 거추장스럽다. 바닥까지 끌린다. 좀이 슬어서 군데군데 구멍이 뚫렸고 퀴퀴한 땀 냄새가 난다. 회색의 거친 털양말도 남편 것이다.

짜릿하다―처음에는. 나는 잠이 안 와서 아무도 모르게 집 안을 배회하고, 볼륨을 낮춘 텔레비전을 뚫어지게 쳐다본다. *이게 나인가? 내가 어쩌다 이렇게 됐을까?* 한기에 내쫓겨 지하 텔레비전 방에서 나온다.

그러면 좀이 쑤셔서 아이들 방을 향해 계단을 올라간다.

좀이 쑤셔서 잠을 자지 못하고 초원을 어슬렁거리는 사자처럼 조용히.

*이번 한 번만. 애들 깨우지 않을 거야.*

이 집에 갓난아이가 있다면 그 소리에는 애들이 깼겠지만.

둘 다 자고 있는지 확인해야겠는데, 당연히 둘 다 항상 자고 있다. 불안해서가 아니라 (불안할 이유가 없으니) 그냥 둘 다 숨을 쉬고 있는지 확인해야겠는데, 당연히 둘 다 항상 숨을 쉬고 있다.

*그러지 마. 그냥— 그러지 마.*

*애들 겁먹게 하지 마. 안 그래도 엄마 때문에 충분히 겁먹었는 데…….*

아이들이 이 집에서 살지 않으면 나는 어떻게 해야 하나! 아이들이 커서 독립하면— 잠을 자고 있는지 무슨 수로 알 수 있을까? 숨을 쉬고 있는지. 행복한지. 여전히 나를 사랑하는지.

나를 기억하는지.

아이들은 엄마를 어떤 식으로 기억할까?

*우리한테는 여동생이 있었어. 여동생이 있을 뻔했어. 그렇지 않으면 여동생이 생길 거라고 엄마 아빠가 우리한테 얘기할 이유가 없잖아…….*

아이들은 둘 다 자고 있다. 당연히 두 아이는 한방을 쓴다. 하지만 조만간 첫째가 자기 방을 달라고 할 것이다. 그러면 둘째는 속상해할 것이다. 어쩔 수 없이.

나는 서서 둘째를 내려다보고 있다. 숨을 참아가며 여기 서 있은지 얼마나 됐는지 모르겠다.

아이의 좁은 가슴이 희미하게 오르락내리락하는 것이 보이지만 실은 숨을 안 쉬고 있을까 봐 걱정된다. 일종의 착시 현상일까 봐. 막연한 기대일까 봐. 주지의 사실이다시피 인간의 뇌는 불완전한 정보를 근거로 비약적인 추론을 한다. 이런 걸 틈새 메우기라고 한다. 그래서 아이가 살아 숨 쉬는 것이 (분명히) 보이지만 그래도 내 눈에 보이는 것이 일종의 기만이라 아이가 실은 살아 있지 않을까 봐, 숨을 안 쉬고 있을까 봐 불안하다.

자궁 속에서 태아는 살아 있지만 살아 있지 않은 것처럼, 이를테면 생명체이지만 (독립적인) 생명체는 아닌 것처럼.

*자궁.* 듣기 싫은 단어다.

*태아, 자궁.* 슬금슬금 피하는 남자들을 나무랄 수도 없다.

여기에 어떤 위험이 도사리고 있는지 분명하다. 둘째(티를 내면 안 되지만 내가 더 사랑하는 아이)가 갑자기 눈을 뜨면 부스스한 행색과 새하얗게 질린 얼굴로 콘도르처럼 자기 침대 위로 허리를 숙인 어머니를 보고 놀라고/기겁할 수 있다는 깃.

아이가 비명을 지르면 형도 깰 것이다. *그러면 그 형도 놀라고/못마땅해할 것이다.*

지금까지는 며칠 밤 연속으로 들키지 않았다. 그래서 무모해지고 마음이 들뜬다.

*아이들이 어디까지 아는지 너는 솔직히 모르잖아. 어떻게 된 일인지 어른들이 조심스럽게 설명했겠지만. 아이들을 상대할 때는 말을 골라야 해—조심스럽게.*

아이들을 깨우지 않고 방에서 도로 나오자 속이 후련하다. 남은 밤 동안 아이들이 자다가 숨이 끊겼을지 모른다는 어처구니없는 엄마의 불안에서 해방됐으니 속이 후련하다.

뭐— 남편의 숨소리는 확인할 필요 없다. 그는 분명 살아 있을 테니.

그는 퀸사이즈 침대에 팔과 다리를 대자로 벌리고 누워 커다란 머리를 베개 위에, 양쪽 베개 위에 올려놓고 거칠고 요란하게, 적극적으로 숨을 쉬고 있을 것이다. 이보다 더 당당할 수 없게. 가끔 가슴속에서 키득키득 웃음을 터뜨리거나 천장이 들썩이도록 코를 골아가며. 내가 가볍게 흔들어 깨우면 미간을 찌푸리고, 하지만 사근사근하게 뭐라고 중얼거리고는 돌아누워 당장 다시 잠이 들 것이다.

*도와줘, 나를 떠나지 마. 사랑해*— 마비가 된 내 입술에서 왜 이런 애처로운 말이 흘러나오는지 모를 일이지만 어찌 됐건 남편은 듣지 못한다.


*당신 잘못 아니야, 그 누구의 잘못도 아니야, 불가항력이야(그렇게 볼 수 있지)— 사고야.*

*그러니까 자책하지 마.*

*다만—*


*진실: 일정 비율의 태아는 자궁 안에서 잘 자라지 못한다.*

*원인을 알 수 있는가 하면 (대개는) 모른다.*

*의사가 과정을 설명할 것이다. 어쩌다 그렇게 됐는지.*

*의사가 이유를 설명하지는 않을 것이다. 왜 그렇게 됐는지는.*

*(대개는) 누구의 잘못도 아니다. 잘못이라는 단어 자체가 도움이*

되지 않는다.

그 죽음은 날짜를 정해서 기억하지 않는다. 사실 유산은 죽음으로 여겨지지 않는다, 상실로 치부되긴 하지만.

임신 7개월 차에 발생한 후기 유산의 경우에도.

유치원에서 들고 온 묘목, 꽃이 피는 관목이나 조그맣고 비율이 완벽한 그 나무처럼 일단 땅에 심으면 다들 잘 자랄 거로 생각하지, 시들어 말라비틀어진 이파리 몇 개만 남을 거로 생각하지는 않는다. 정원사는 그럴 가능성을 염두에 두지 않는다. 바보일지언정 희망을 가득 품는다.

거의 완전히 성장한 *태아, 배아*— 그런데도 아직 *아이*로 여겨지지는 않는.

유산된 태아, 배아, 아이가 아닌 그것을 두고 슬퍼하는 것은 신성시되는 풍습이 아니다. 어떤 풍습도 아니다. 종교 의례로 떠받들어지거나 하다못해 의식으로 지정된 풍습이 아니다. 유산의 유해는 *유해*라는 단어의 일반적인 의미와 다르고, 사실 일반적인 의미에서 그 단어는 끔찍한 단어라 나는 차마 입에 담을 수가 없다.

그 유해는 *처리한*다고 한다. 묻는 것이 아니라.

유산은 가족 중에서 누가 죽은 *게* 아니다. 아이는 아니고 오직 어머니에게만 벌어진 신체적인 현상이다. (위에서 설명했다시피) 애초에 *아이*는 존재하지 않으니까.

*하지만 아주 잘 견디고 있어! 우리는 네가 그럴 줄 알았어.*

불행은 과거를 향한다. 행복은 미래를 향한다.

남편은 나더러 유치원 라이드를 맡으라고 한다. 다시 운전을 할 수 있게 됐으니 말이다. 너무 늦기 전에 마당에 나무를 심어야 하는 거 아니야?

응, 그러게. 너무 늦기 전에 그래야 하는데.

남편은 책임감 있는 부모다. 짜증이 나고 화가 났을 때 말고는 한 결같이 사근사근하다. 미친 듯이 재미있는 아빠이기도 하지만, 단호하게 훈계하는 아빠이기도 하다. 대학에서 경영학을 전공했고 그쪽 일을 한다. 뉴로링크라는 이 지역 업체에서 뭔지 모르겠지만 경영 비슷한 일을 한다.

덩치가 그렇게 큰 남자치고 놀라우리만치 날렵하고 잽싸다. 가족의 이목을 집중시키고 싶을 때 웃으며 손뼉을 치는 습관이 생겼다.

*자-자! 다들 주목해 주세요!*

그의 시선이 액상 수은처럼 내 위를 미끄러져 지나친다. 그는 그 참사 이후로 나를 보지 않는다. 아니, 솔직히 말하면 (다들) 나더러 피부도 매끈하고 그 유명한 임산부의 '생기'로 얼굴이 아주 좋아 보인다고 했음에도 그는 임신 후기부터 나를 제대로 쳐다보지 않고 피했다.

*이제 가. 신용카드 챙겼지? 가. 겨울이 열라 길었잖아. 당신은 누릴 자격이 있어.*

어깨를 꼭 잡고. 살짝 떠밀고. 그가 그 처참했던 몇 달 동안 방전되지 않게 혼다 배터리를 관리하지 않았던가.

하지만 정원의 행복, 정원에서 일하는 기쁨, 정원에 내리쬐는 한낮의 뙤약볕 속에서도 뜻밖의 한기가 느껴진다.

한기가 흙 속에 숨어 있기라도 한 것처럼. 삽이 제멋대로 흙을 파낼 때 풀려나길, 자유로워지길 기다리고 있기라도 한 것처럼.

아, 하지만 정원 흙 파기가 왜 이렇게 힘들까! (그 땅도 우리 땅, 집도 우리 집, 아이들도 우리 아이들이지만 정원은 *내* 정원이다.) 근력이 약해졌나 보다. 체력이 약해졌나 보다. 거대한 짐승의 근육처럼 질긴, 뭔지 모를 것이 흙 속에서 어찌나 저항하는지 숨이 찬다.

뿌리들이 땅속에서 하나로 뭉뚱그려졌나 보다. 나는 이 토마토 묘목, 피망 묘목을 심고 싶어서 애가 탄다. 천수국, 한련, 미니 붓꽃도. 시들어서 죽기 전에 얼른.

멍청하게 장갑을 깜빡했지만, 손에 물집이 잡힐 때까지 계속 삽으로 흙을 판다. 한기가 뭔지 모를 축축하고 썩은 내를 풍기며 흙에서 스멀스멀 올라온다. 그래도 나는 버틴다— 어떻게 해서든 흙을 제대로 갈아엎고 싶다. 삽을 땅에 꽂아서 체중을 싣고 있는 힘을 다해 최대한 깊숙이 쑤셔 넣자 혈관?—동맥?—처럼 질기고 저항이 심한 뭔지 모를 것에 부딪쳐 삽의 날카로운 모서리에서 이가 빠진다.

짜잔! 한데 뒤엉켜 있던 뿌리가 잘린다.

이제 나는 땀을 뻘뻘 흘린다. 몸에서 냄새가 난다. 뜨거운 태양이 견갑골 사이를 달구는 가운데 악취가 진동하는 안개처럼 올라온 냉기가 내 허파를 관통한다.

그 *한기* 때문에 잠을 이루기가 점점 힘들어진다.

아니면 내가 잠을 설치고, 낮 동안 가만히 있지 못하고 기운을 소진하다 보니 한기에 점점 더 예민해지는 것일 수도 있다.


일주일. 열흘.

잠이 토막으로 찾아온다.

잠이 다양한 결로 찾아온다.

얇은 죽 같은 잠이 몇 초 동안 나를 덮었다가 나만 혼자 남겨두고 뒤로 물러나 버린다.

짓궂은/애를 태우는 손길 같은 잠— 나는 괴로워하며 허전해한다.

걸쭉한 진흙 같은 잠: 분뇨.

끈적끈적하게 흐르는 잠: 잠이라는 죽.

예리하게 쑤시는 잠: 잠이라는 산성 물질.

보송보송하고 한들한들하고 너무 가벼워서 자리 잡지 못하는 잠: 잠이라는 깃털.

벌새의 날갯짓처럼 너무 빨라서 잘 보이지 않지만 그래도 느껴지는 잠…….

*나한테 와줘요, 나 혼자 여기 남겨두지 말아요. 엄마!*

허밍버드! 태어나지 않은 딸아이, 말을 배우지 못한 딸아이가 이토록 또렷하게 내게 말을 걸다니 충격적이다.

잠시 후에 나는 깨닫는다— 꿈일 수밖에 없다는 사실을. *한기가 내게 잠을 허락하면 꾸게 될 꿈의 서막.*

나는 내가 요즘 어떻게 보이는지 알고 있을까? 모른다.

내 얼굴, 내 눈. 모른다. 보지 않고 있다.

내가 마지막으로 내 몸을 봤을 때는 불룩한 배에 저절로 시선이 향할 수밖에 없었고, 자기 자신에게조차 흐릿하게 느껴지는 임신부의 얼굴을 하고 있었다.

다만— 발목과 다리가 부었다. 숨이 찼다. 너무 나이가 많아서 그랬나?— 서른아홉 살이었으니.

얼마 지나지 않아 배가 꺼졌다. 풍선처럼 바람이 빠졌다. 마술처럼 사라졌다. 그게 어디로 갔는지는 모르겠고 그냥— 없어졌다.

늘어지고 얼룩덜룩하게 망가졌던 피부만 누르스름하고 쭈글쭈글하게 남았다.

그리고 탱탱하게 부풀어 젖이 새던 젖가슴— 그게 요즘 어떻게 됐는지는 생각하고 싶지도 않다.

전에는 내가 허영심 있는 여자인 줄 몰랐다. 나를 훑는 남자들의 시선에서 짜릿한 흥분과 자부심을 느끼는 줄은.

아들이 말한다— 엄마가 세상에서 제일 예뻐요!

나는 내가 괜찮게 보인다는 걸 알았다. 그거면 충분했다.

지금은 잘 모르겠다. 관심도 없다. 아무 생각 없이 거울을 흘끗 쳐다보아도 흐릿하기만 하다.

그렇다. 평범한 여자인 척하고 싶을 때는 거울을 보지 않고 립스틱을 바르면 된다. 이를 닦고 머리를 빗으면 된다. 옷을 입으면 된다. 대체로 협조를 잘하는 몸에 옷을 입히듯.

별로 어려울 게 없다. 해보시라. 나는 나인 척하는 것에 도가 텄다는 데 자부심을 느낀다.

각성 상태인 내 '자신'은 몸과 분리돼 거기서 조금 떨어진 곳을 부유한다.

텔레비전 뉴스를 본다. 내 옆에서 남편이 리모컨을 지팡이처럼 휘두르며 채널을 요리조리 돌린다. 한 채널을 몇 분 또는 몇 초를 보는 동안 놓치는 게 있을까 봐 조바심이 나는 것이다.

알록달록하게 이어지는 '속보'. 화재, 기근, 화염병, 가뭄, 지진, 지저분한 바닷가로 쓸려 올라온 어린 난민들의 퉁퉁 부은 시신. 울고 싶지만, 한기가 내 감정을 무디게 만든다.

"구역질이 나는구먼!" 남편이 중얼거린다.

"구역질이 나는구먼." 똑같이 따라 하는 내 목소리가 들린다.

"어떻게 저럴 수가 있지? 어떻게 저런 걸 텔레비전에서 보여줄 수가 있지?"

얼마 지나지 않아 남편이 기지개를 켜고 하품을 하고 이제는 그만 자야겠다고 한다. 세상에 아무 문제가 없는 것처럼.

그리고 나도 얼마 지나지 않아 잊어버릴 것이다. 한기가 내 기억을 마비시키기에.


(어떤) 방에 들어가면 한기가 곱고 하얀 모래처럼 구석을 떠다닌다. 모르는 척하려고 하지만, 그 나지막이 쉭쉭 대는 소리를 듣지 않으려고 하지만······.

그렇다, 나는 수면제를 먹고 있다. 노력하고 있다.

그리고 '잠'도 자고 있다. 이상하고 인위적이며 꿈도 꾸지 않는 잠을 자다가 누군가가 삽으로 뭔가를 끼얹은 것처럼 아침에 번쩍 깨어나면 입과 눈이 바짝 말라 있고 뇌가 아프다.

두말하면 잔소리지만 수면제를 적극적으로 권한 사람은 남편이다. 잘 모르겠으면 아내/여자에게 약을 처방하라.

하지만 약을 먹고 자는 잠은 가짜다. 내게 필요한 잠, 내게 양분이 되는 잠은 아니다.

우리에게 필요한 잠, 우리를 용서하는 잠은 아니다.

밤마다 (순진한) 희망이 시작된다. 이론상으로 다음 시간, 이후의 시간은 미래고 미래는 *새*로운 것이라는 희망. 미래가 과거를 답습

할 이유가 전혀 없다는 희망.

남편은 세상 모르게 잔다. (불면증에 시달리는) 아내는 그렇다는 데 고마워한다.

잠을 이루지 못한다는 것은 혼자 있고 싶다는 것이다. 잠을 이루지 못한다는 것은 절대적으로, 돌이킬 수 없을 만큼 혼자 있고 싶다는 것이다.

자정에도 밤은 여전히 새롭다. *잠이 올 거라는* 희망과 기대가 여전히 존재한다.

비쩍 마른 다리로 살금살금 다니는 커다란 고양이. 흑표범. 움직이면 잔물결이 이는 유연한 척추. 소리를 내지 않는 푹신한 발바닥.

하지만 몇 분이 지난다. 몇 시간이 지난다. 여전히 깨어 있다.

막 잠이 들려는 순간 한기가 방구석에서 어른거린다. 당장 잠이 달아난다. 정신을 바짝 차리고 경계 태세를 취한다.

포기하고 텔레비전 방으로 내려갈까?

포기하고 집 안을 배회할까?

안 된다— 노력을 기울여야 한다.

나도 이미 알아차렸다시피 자정 직후에는 시간이 느리게, 심지어 나른하게 흐른다. 2시, 2시 30분, 3시……. 하지만 그러다 4시가 되면 시간이 빨라지기 시작한다.

4시에서 4시 30분까지는— 빠르게 미끄러진다. 4시 30분에서 5시까지는— 삽시간에 추락한다.

첫 새가 우는 소리가 들리자마자—(대개 홍관조고 창밖 나무 위에서 조심스럽고 희미하게 운다)— 한기가 이불 아래로 파고든다.

이불 아래에서 부들부들 떤다. 이제 밤이 끝나가고 있다는 사실을— 피할 수가 없기 때문이다. 너무나 희망적이고 너무나 기대가 되던 밤이 이제 끝나가고 있다. 그걸 막을 도리가 없다. 처음에는 돌멩이 몇 개가 굴러떨어지는 것으로 시작됐다가 속도가 붙어서 멍하니 지켜보던 사람까지 함께 쓸고 내려가는 산사태와 같다.

조만간 일어나야 한다.

일어나려면 초인적인 힘이 필요하다.

멍하고 죽을 것처럼 피곤하다. 그래도 나는 일어나려고 애를 쓸 것이다.

내 연약함에 굴복하지 않기로 마음을 굳게 먹는다. 일어나자.

일어나 선다. 맨 먼저 가족들을 위해 아침을 준비해야 한다. 모든 게 아무 문제 없는 것처럼 행동하는 것이 필수다. 남편, 아이들. 아침에는 배고파한다. 하루 중에서 이때는 짜증을 잘 낸다. 내가 챙겨주길 바라는 그들을 실망시킬 수는 없다.

달걀을 하나씩 불빛에 비춰 노른자만 있는 게 아니라 안에서 조그맣고 울퉁불퉁한 게 자라고 있지는 않은지 꼼꼼히 살핀다. (불에 그슬린) 바구미는 없는지 토스트를 살핀다. 빻은 밀의 부작용이 조그만 해골과 X자로 놓인 뼈와 함께 명시돼 있는 시리얼 상자 뒷면의 조그만 꼬부랑글씨를 정독한다.

다들 나가고 집이 고요해지면 다시 자려고 시도해 볼 수는 있다. 가장 가까운 침대의 쭈글쭈글한 이불 아래로 기어들어 가서. 눈을 감고.

시도해 볼 수는 있다.


그날 또는 다음 날. 다음 날 밤.

(며칠 밤이냐고?) (바다에 물을 몇 그릇 부으면. 그렇다, 물의 양은 늘어난

다. 하지만 얼마나 늘었는지 측정은 불가능하다.)

불면증을 치료하는 방법: 1111에서부터 숫자를 거꾸로 센다. 천천히, 꼼꼼하게. 자기 최면이다. 사다리를 타고 그랜드캐니언으로 내려가는 거다. 그런데 1004에 다다르면 내 눈이 건조하게 번쩍 뜨인다.

*포기해. 일어나. 잠은 왜 자려고? 안 자도 되잖아.*

나는 평정심을 잃지 않는 것이 관건이라고 확신한다. 동물을, 서로 다른 종으로 세어보려고 하는데, 몇 종이나 알고 있을까? 고양이, 개, 소, 돼지. 양, 염소. 발을 높이 들며 걷는 준마. 야생마, 무스탕. 코끼리. 표범, 호랑이, 사자, 치타…….

동물들이 너무 생생하다. 방 안에 함께 있다. 그 어느 때보다 더 정신이 또렷해진다!

초등학교, 중학교, 고등학교 때 친구들을 세어본다.

내 쪽에서 더 좋아했던 여자들을 세어본다.

그쪽에서 더 좋아했던 여자들.

짝사랑했던 (깃 같은) 남자들.

실제로 대화를 나누고 스킨십이 있었던 남자들. 키스했던 남자들…….

같이 잤던 남자들……. 하지만 세 명인가 네 명밖에 되지 않아서 숫자 세기가 금세 끝난다.

문득 기억이 난다. *카마첸코.*

키가 크고 호리호리하고 어깨가 둥그스름하며, 성인 남자의 피폐해진 얼굴을 하고 있었고 고등학교 3학년 때 우리 반이었던 아이. 기하 수업을 같이 들었던 아이. 랭글리 선생님이 칠판에 대문자로 적은, 발음이 뭔지 알 수 없었던 이름, *카마첸코Kamachenko.*

바실 카마첸코는 동유럽에서 왔다고 했다. '난민'— 우리에게는 생소한 단어였다.

그의 가족은 대부분 학살당했다. 그는 난민을 수용하는 우리 동네 목사님과 함께 지내고 있었다. 랭글리 선생님은 그의 이름을 조심스럽게 발음하다가—*카마-첸-코*—의도치 않게 (우리 중) 몇 명의 웃음보를 터뜨렸다.

거의 곧바로 남자아이들이 그를 '캐멀(영어로 낙타라는 뜻이다-옮긴이)'이라고 부르며 놀리기 시작했다.

카마첸코는 그중에서 가장 키가 큰 아이보다 머리가 하나 더 컸다. 누가 말하길 그는 열아홉 살이라고, 우리보다 나이가 많다고 했다. 얼굴은 뼈만 앙상하고 눈은 움푹 들어갔고 길고 좁은 얼굴에는 거뭇하게 수염 자국이 비쳤다. 뻣뻣한 검은 머리는 그 나이대 남자아이답지 않게 이상하게 숱이 없어서 벌겋게 일어난 두피가 군데군데 드러나 보였다. 우리 중에서 가장 똑똑한 아이도 영양실조가 그 정도로 심각한 탈모를 유발할 수 있다는 것을 몰랐다. 스트레스, 트라우마도. 미국의 안락한 가정에서 지내던 우리는 전혀 몰랐다.

*카마첸코, 바실.* 그는 머뭇거리며 쭈뼛쭈뼛 영어를 썼다. (어쩌다 한번) 말을 할 때면 고개를 수그리고 바닥을 노려보았다. 말을 더 듣다가 입을 다물었다. 콘플레이크를 들이켤 때 남 직한 바람 빠지는 소리를 많이 냈다. 우리는 두 손으로 입을 막고 웃음을 삼켰다.

아니다. 나는 다른 아이들처럼 캐멀을 보며 웃지 않았다. 가만히 감탄하는 눈빛으로 몰래 지켜보곤 했다.

비가 퍼붓던 가을 내내 캐멀을 곁눈질했다. 그에게 말을 걸거나 그의 근처에서 말을 한 적은 한 번도 없었다.

그는 특이했다. 키가 너무 크고 너무 말랐다. 견갑골은 두루미 날개처럼 앞으로 희한하게 굽었다. 그리고 그 피폐한 애늙은이 같은 얼굴. 가까이 다가가면 젖은 양말이나 크레오소트(너도밤나무를 증류해서 만드는 유액. 독하고 매캐한 냄새가 난다-옮긴이) 냄새가 날 것 같은 분위기였다.

3학년 복도에 있는 그의 사물함은 내 사물함에서 겨우 세 칸 옆이었다. 그래서 몰래 지켜보기가 아주 수월했다. 남자아이들이 잡지에서 찢은 여자 나체 사진을 카마첸코의 사물함에 넣었지만, 그는 그 사진들을 나뭇잎 대하듯 했다.

아이들은 낙엽, 진흙, 딱딱하게 굳은 새똥도 카마첸코의 사물함에 넣었다.

여자아이들은 관심을 두지 않았고 너무 많은 걸 알려 하지 않았다.

어찌 된 영문인지 모르겠지만 카마첸코는 번호식 자물쇠를 쉽게 열었다. 자물쇠를 열지 못해 사물함을 쓰지 못하는 아이가 있으면 카마첸코가 도와줄 수 있었다.

사물쇠 번호를 어떻게 알았어? 우리는 카마첸코에게 물었다.

카마첸코는 어깨를 으쓱하며 숫자 하나만 다르고 번호의 조합이 같다고 말했다.

우리는 미소를 지었다. 조합이라는 단어가 낯설었다.

기하 수업 시간에 카마첸코는 어려운 문제들을 풀었지만, 설명은 하지 못했다. *문제 해결*이라는 수업의 원칙을 못 견뎌 했다. 하루는 카마첸코가 책상에 앉은 채로 온몸을 부들부들 떨기 시작한 적이 있었다. 좁은 뺨 위로 눈물을 흘리면서 그걸 애써 모르는 체하려고 했다. 난처하고 당황스러운 상황이었고 놀려대던 남자아이들조차 어떻게 반응하면 좋을지 모르는 눈치였다. 랭글리 선생님이 카마첸코의 책상 앞으로 가서 휴지를 내밀었지만, 그는 고개를 저으며 괜찮다고 했다. 하지만 피폐한 얼굴이 눈물범벅이었고 콧물을 흘리고 있었다. 결국 랭글리 선생님이 어린애 챙기듯 카마첸코의 얼굴을 닦아주었다.

우리는 놀랐고 당황했다. 우리는 웃음을 터뜨리지도 심지어 미소를 짓지도 않았다. 카마첸코가 우리 선생님에게 주먹을 휘두르는 건 아닌가 싶어 걱정됐다. 하지만 그는 그러지 않았고 수업은 어찌어찌 계속됐다. 하지만 우리는 그날 이후로 다시는 카마첸코를 보지 못했다.

들린 소문에 따르면 그는 *자기 나라 말을 쓰는, 자기와 비슷한 사람들이 더 많이 사는 도시로 거처를 옮겼다*고 했다. *자기를 거두어준 목사님에게 폭력을 썼다*고 했다. 하지만 또 누구는 아니라고, *친척들이 와서 자기들과 함께 살게 하려고 바실 카마첸코를 데려갔다*고 했다. 확실한 건 그가 우리 학교에서 떠났고 우리는 두 번 다시 그를 보지 못했다는 것뿐이었다.

내가 카마첸코를 좋아하게 될 줄은 상상도 하지 못했는데, 우리 반 교실과 기하 수업 교실에서 주인 없는 그의 책상을 보면 가슴이 미어졌다.


머리를 써서 한기를 물리쳐볼까? (상상 속의) 찬바람과 맞서 싸우기 위해 (일부러) 창문을 열고 문을 닫지 않았다. 난방 온도를 낮췄다.

이렇게 하면 (실제) 찬바람이 (상상 속의) 찬바람을 덮어서 내가 느끼는 한기가 상상이 아닌 게 될 것 같았다.

그래도 한기는 한기 속의 더 깊은 한기로 끈질기게 나를 따라다녔다.

머리를 써서 한기를 물리쳐볼까? 나는 습관적으로 낮에도 집에서 옷을 여러 겹 껴입었다. 여기에 두툼하고 거친 털양말. 장갑. 머리에는 귀마개가 달린 모자.

남편은 짜증 내며 도대체 왜 그러냐고 했다. 집 안 온도가 21도라고 했다.

그럴 리 없다. 절대로. 내가 아무리 난방 온도를 조절해도 남편이 그렇게 설정해 놓았기 때문에, 금세 20도로 돌아가 버린다.

그는 나를 병원에 데려가겠다고 한다. 하지만 나는 이미 병원에 다녀왔다. 너무 자주 다녀왔다! 오염되지 않게 약을 변기에 버리고 물을 내린다.

*유산을 자연적인 교정이라고 생각해 봐. 태아에 아주 심각한 문제가 있어서 자연 유산된 거라고……*

*방금— 유산이라고 했어?*

(진득하게) 설명하는 남편을 빤히 쳐다본다. 이번이 처음도 아니다. 그의 입이 움직이는 것을 지켜본다.

그의 이름이 기억이 나지 않는다. 아주 익숙하고 편안한 이름이었는데— 윌리엄? 매슈? 리처드? 로버트? 필립? 수백 년 동안 하도 써서 반질반질하게 닳은 돌과 같은, 백인 보호자의 이름.

컴퓨터에 남편의 성을 입력한다. ('내' 성이기도 하기에 안다.)

그가 다니는 회사는 뉴로링크다. 이걸 컴퓨터에 입력하자 어떤 사이트가 열리지만, 남편의 이름을 입력하자 일치하는 항목이 없습니다라는 메시지가 뜬다.

하지만 전화번호가 있다. 이 번호로 전화한다. 전화를 받은 사람이 죄송하지만 그런 이름을 쓰는 분은 여기 안 계신데요, 라고 한다.

그럴 리 없다고 나는 물러서지 않는다. 내 남편이 거기서 근무한 지 몇 년째라고.

죄송하지만 그런 이름을 쓰는 분은 여기 안 계세요.

하지만— 그이가 언제 회사를 그만뒀나요? 다른 부서로 이동 배치됐나요?

죄송하지만 그런 정보는 알려드릴 수 없습니다.

하지만 나는 그 사람 아내에요. 부인이라고요.

죄송하지만 그런 정보는 알려드릴 수 없습니다.


잠 안 자고 버티기 세계 기록은 11일이다. 11일!

나는 20일 넘게 계속 잠을 안 자는 중이다. 몇 주째, 몇 달째 몇 분 또는 몇 초 잠깐 눈을 감는 게 전부인 생활을 하고 있다. 기록을 적지는 않고 있지만 앞으로 차츰 수면욕을 극복할 수 있을 것 같다. (이제야 보니) 수면욕은 취향이고 약점이다. 진짜로— 약점이다.

약점.

밤은 이보다 더 기만적일 수 없다. 담요로 얼굴을 덮지 않으면 한기를 머금은 공기가 훅하고 불어와 소용돌이치며 내 얼굴을 때린다.

(하지만 담요로 얼굴을 덮으면 숨을 쉴 수가 없다.) (하지만 담요로 얼굴을 덮으면 숨 막혀 죽을 것 같은 공포로 절대 잠을 잘 수가 없다.)

프레첼처럼 몸을 꼬고 1층 소파에서 잠을 청한다. 한기를 피해

담요 아래로 숨는다. 아침에 발견된다— 엄마! 여보…….

얼굴에 덮고 있던 담요가 치워진다. 당연히 나는 잠든 게 아니라 멀쩡하게 깨어 있고 두 눈을 멀쩡하게 뜨고 있다.

둘째가 머뭇머뭇 내 얼굴을 건드린다. 엄마— 얼굴이 왜 이렇게 차가워요?

*차가워, 차가워!* 이 단어를 내게 중얼거린 사람은 아들이다.

정말로 내 얼굴이 아주 창백해졌다. 얼음장 같다. 동상인가?

그래도 얼른 엄마 미소를 지으며 엄마가 *장난치는* 거라고, 말도 안 되는 소리 하지 말라고 아이들을 안심시킨다.

말도 안 되는 사람은 엄마예요! 엄마라고요.

첫째는 당황하고 부끄러워한다. 둘째는 영문을 몰라 한다.

엄마 지금 무슨 장난치는 거냐고 묻지만 첫째가 비웃으며 말허리를 자르고 지금이 핼러윈도 아니잖아요, 엄마, 라고 한다. 모르셨나 본데요.

덮고 있는 담요를 잡아당기고 보니 엄마가 잠옷이나 가운이 아니라 며칠새 입고 있는 쭈글쭈글한 바지와 지지분한 맨투맨에 털양말을 신고 있고 이건 아주 예감이 안 좋다. 보고 있기 흉하다. 두 아이 모두 어쩔 줄 몰라 하며 뒷걸음질 치다가 밖으로 뛰쳐나간다.

그들은 쉽게 용서할 수 있다. 그들은 망각에서 등장했고 조만간 망각으로 돌아갈 것이다.


뇌가 몸에서 분리돼 실험실에서 실험을 진행하듯 올이 굵은 천을 사이에 두고 나를 관찰한다. 내 남편이 뉴로링크의 연구원이고 이것이 그의 실험 중 하나라는 생각이 든다. *그럼 그렇지.* 나는 실험동물이다.

한기 때문에 내 피부가 이상하고 섬뜩하게 환한 빛을 낸다. 서리처럼— 동상에 걸린 것처럼. 입술이 아주 얇고 창백하고 푸르스름해서 남늘 앞에 나서고 싶으면, 인정받고 싶으면 립스틱을 발라야 한다. 빨갈수록 좋다. 빨간색 립스틱—빨간색 입술—은 성적인 의도를 전달하기 위한 수단이라는 걸 알지만 어쩔 수가 없다. 그걸 바르지 않으면 내 얼굴이 녹아내리기 시작할 것이다. 이미 엄마를 믿지 않게 된 아이들은 어디 가면 나를 찾을 수 있는지 알 수 없게 될 것이다.

그래도 남편은 알아차리지 못하는 눈치다. 내가 귀마개가 달린 모자를 쓰고 플리스 점퍼를 입고 집 안을 돌아다니지 않으면 전처럼 짜증을 내지 않는 것 같다. 나는 뉴로링크 '임원'이라더니 어떻게 된 거냐고 물어보려고 하지만 그의 쪽에서 지직거리는 잡음이 흘러나오는지 그를 볼 때마다 잊어버린다.

요전 날에는 그가 집에서 나가는 길에 내 뺨에 가볍게 입을 맞췄다가 동상처럼 내 피부에 스민 한기 때문에 움찔한 적도 있다.

하루 중 어느 시간을 선택해 집계해도 *잠 못 이루는* 인구가 10억에서 30억이라고 한다. 그 인구가 동시에 깨어 있는 것이다.

수면 박탈은 은밀한 형태의 고문이다. (눈에 보이는) 흔적이나 흉터가 남지 않으니 말이다.

정말로 뉴로링크는 연구소고 나는 표본일 수 있다. 그렇다면 거의 30일에 달하는 장시간 동안 깨어 있는 것이 흥미진진한 영향을 미쳤는지, 내 뇌가 전보다 더 생생하고 초롱초롱하며 *빠릿빠릿하다.*

그렇게 오랫동안 죽지 않고 깨어 있을 수 있는 사람은 없다고 한다. 평범한 사람이라면 지금쯤 죽었어야 한다고 한다. (하루에 열 시간, 열두 시간 잔다는 사람도 조만간 죽는다고 하듯이) 하지만 그 많은 (평범한) 사람 중에서도 나는 (분명히) 그렇게까지 잠이 간절하지 않다.

시간이 점점 느려지다 멎은 것처럼 날씨도 하나로, 단수형으로 바뀐 것 같다. 한기가 모든 것에 스며들어 태양이 쨍하고 비추는 경우가 거의 없다. 움직일 줄 모르는 광물성 안개가 집 밖에 내려앉은 느낌이다.

나는 남편이 문을 닫고 조그맣게 통화하는 소리를 듣고 있다. 엿듣는 건 아니다. 홱 열어놓은 서랍 속 칼처럼 내 모든 감각이 예리하게 깨어 있기에 또렷하게 들린다. 그렇기에 남편이 나를 걱정하는 마음과 또 증상이 나타났는데 이번에는 더 *심각한* 것 같아서 불안한 마음을 상대방에게 털어놓고 있다는 것을 안다.

계획이 수립된다. 덫이 설치된다. 아이들은 엄마를 피해 몸을 움츠린다. 그녀는 이제 어머니도 엄마도 아니고 그녀다.

그렇기에 이제 엄마는 *떠나야 한다.*

*떠나는 건 어렵지 않다. 문제는 어디로 가느냐다.*

캐리어를 싼다. 뭘 넣는지 살피지도 않고 대충, 얼른.

숨겨두었던 신생아 옷. 착오가 생겨서 허밍버드가 병원에서 기다릴 수도 있으니······.

몇 달 전에 차를 주차한 라이트 에이드 뒤편 대형 쓰레기통에서 팔 한쪽이 없는 인형을 주웠다. 머리카락도 거의 없는 인형이었다. 그 아이를 집으로 들고 올 생각은 없었는데, 그 아이를 집으로 들고 올 생각은 정말 없었는데, 혼다 시빅 뒷자리에 놓여 있었고 그걸 본 남편은 경악했다. 이게 도대체 뭐야? 이걸 어디서 주웠어?

뉴저지주 머터천 쪽으로 차를 몰고 가다가.

왜? 자석처럼 끌렸어. 이유는 없고.

고속도로는 피한다. 어두컴컴해진 벌판을 가로지르는 2차로짜리 국도를 선택한다. 리본처럼 구불구불한 노면이 둥실 떠 있는 것처럼 보인다. 하늘에는 낫처럼 생긴 달이 희미하게 걸려 있다. 나는 끝없이 이어지는 이 날을 예전부터 준비하고 있었다. 눈을 번쩍 크게 뜨고, 모든 감각을 곤두세우고. 어디로 가고 있는지 잘 모르겠지만 거기에 도착하리라는 확신이 있다.

고운 눈이 내리기 시작했다. 그 쓱쓱 대는 소리. 히터를 제일 세게 틀었는데도 한기가 킹코브라처럼 나를 감싼다. 나도 터득했다시피 *킹코브라* 같은 한기에는 저항하지도 굴복하지도 않는 것이 상책이다.

새벽 3시에 머터천에 들어선다. 적막한 곳이다. 가로등, 인적 없는 도로. 눈이 하도 천천히 내려서 앞 유리창을 내다보니 눈송이 하나하나가 전조등 불빛에 비쳐 보인다.

계기판에 빨간색 불이 들어와 있다― 기름이 거의 바닥이다. 내 평생 기름이 바닥난 적은 처음이다. 하지만 주유소를 찾아야겠다는 생각이 든다. 그보다 더 급한 게 화장실이다.

불이 켜진 도로변을 찾는다. 스물네 시간 영업하는 식당. 하지만 식당도 없고 주유소도 없다. 폐업한 가게, 잡석으로 덮인 빈터만 있다. 머터천 차량사업소로 가는 길을 알리는 표지판이 등장한다. 이 얼마나 우울한 동네인가! 셔터가 내려진 창고, 길가에 버려져 짐승처럼 썩어가는 차량. 기둥만 남은 주차 요금 미터기.

(인적 없는) 차량사업소 주차장에 불이 켜져 있으니 여기에 차를 대고 화장실을 찾아보아야겠다.

지저분한 벽돌 계단을 내려가자 쓰레기 언덕이 나온다. 쓰레기에 섞인 봉제용 마네킹이 옆으로 내동댕이쳐진 인체 같아서 보는 사람을 놀라게 한다.

팻말을 따라간다. 공중화장실. 하지만 문이 낙서로 뒤덮인 화장실마다 자물쇠가 달린 것 같다.

비상구라고 적힌 문이 있다. 이 건물은 전기가 끊긴 모양이다. 이런 데서 비상사태가 벌어질 리 없다. 여긴 아무도 없다. 나는 요란하게 문을 열고 안으로 들어간다.

여기에서는 광물성 한기의 톡 쏘는 냄새가 풍긴다. 여기에서는 한기가 흐른다.

아, 내가 한기의 소굴을 알아냈나! 이제 성발 흥분이 된다.

지하 묘지 같은 통로. 불빛이 침침하지만, 불빛이 있다는 데 감사할 따름이다. 광물 냄새가 지독하다. 날고기 같다. 크레오소트 같다.

이제 보인다, 통로 저 앞에 나를 기다리고 있었던 듯한 남자―키가 크고 비쩍 말랐는데 머리는 벗어졌고 얼굴은 피폐하고 눈은 움푹 들어갔다― 바실 카마첸코일 수도 있을까?

우리는 입이 바짝 마른 채 서로를 빤히 쳐다본다. 감정이 너무 북받쳐서 둘 다 아무 말도 하지 못한다.

카마첸코는 이제 나처럼 어른이 됐다. 마지막으로 봤을 때가 열

아홉 살이었는데 그동안 별로 늙지 않은 것처럼 보인다. 나와 다르게.

하지만 카마첸코가 나를 알아본다! 내 이름을 부른다, 나를 기억한다.

*내가 친구, 너를 위해서 깜짝 선물을 준비했어―* 외국 억양이 심하지만 그의 말을 알아듣는 데에는 아무 문제가 없다.

*우리 둘이 너를 기다리고 있었어. 이렇게 와줘서 다행이야!*

그의 품 안에, 그의 큼지막한 두 손에― 허밍버드가 있다!

카마첸코가 잃어버렸던 내 딸을 두 손에 얹어서 아주 조심스럽게 내게 건넨다.

*예쁘지― 응? 네 딸이야.*

나는 너무 가슴이 뭉클해서 아무 말도 하지 못하고 허밍버드를 내 품에 안았다. 흰색 모직 숄로 감싸져 있다. 무게가 얼마 되지 않는다. 아, 500그램도 되지 않는다!

허밍버드의 병이 뭐였는지 몰라도 이제는 다 나은 듯 보인다. 병원에서는 아이를 안아보는 것은커녕 보지도 못 하게 했는데, 이제야 보니 정말 작다. 이렇게 작은 신생아는 처음이고 인형처럼 완벽하다기보다 신생아답게 완벽하다. 눈은 맑고 짙은 청색이다. 머리카락은 거미줄처럼 얇고 색이 아주 연하고, 둥그스름한 머리는 달걀껍데기처럼 금방이라도 바스러질 것 같다.

나는 허밍버드와 이 아이를 데려다준 카마첸코에 대한 사랑으로 목이 메어서 숨이 막힌다.

성인 남자가 된 카마첸코는 다정해졌다. 고등학교 시절에 보였던 경계심이 사라졌다. 어설픈 몸짓은 여전하지만 정중하고 거의 유쾌한 분위기를 풍겨서 낯설게 느껴진다― 유럽 남자 같다. 우리는 둘 다 낯을 가리는 성격이라 어색하게 인사하고 포옹한다. 하지만 서로 포옹하며 진심으로 행복해한다! 정말 놀랍다며 웃음을 터뜨린다. 허밍버드는 그 조그만 얼굴을 환히 빛내며 내 팔에 안겨 있다.

당연히 카마첸코와 나는 서로 어색함을 감추지 못한다. 우리는 바로 이 순간까지 스킨십은커녕 대화도 나눈 적이 없다.

*내가 손을 잡아줄게. 내가 몸을 데워줄게. 너 정말이지 얼음장 같아……*

너 정말이지 얼음장 같아.

진짜로 카마첸코는 얼음장 같다. 내 손을 부여잡은 손, 동상에 걸린 것처럼 보이는 얼굴, 모두 나와 비슷하다. 하지만 카마첸코는 사랑이 담긴 눈빛으로 나를 바라본다.

한기가 우리를 덮치고, 우리는 허밍버드를 둘이서 끌어안고 같이 얼어 죽을 것이다.

바실 카마첸코가 내 첫사랑이었던 것이 이제 기억이 난다. 잊어버리고 있었는데, 아무도 보지 못하는 곳에 함께 숨어 있었던 기억이 난다. 나는 겁도 없이 카마첸코가 들고 온 위스키를 마셨다. 그는 웃었고 자기 나라의 말로 노래를 불렀다. 나를 *모야 류보프*라고 불렀고(러시아어로 '내 사랑'이라는 뜻이다-옮긴이) 자기도 *모야 류보프*라고 부르게 했다. 그는 조심스럽게 내게 입을 맞추었다. 내 첫 키스였다. 보드랍고 촉촉하고 굶주린 입술로 내 입과 눈과 이마와 다시 눈에 입을 맞추었다. 우리는 이러다 기절하겠다 싶을 정도로 세게 끌어안았고, 난생처음으로 어색하게 그리고 짜릿하게 사랑을 나누었고, 이후에 서로의 품 안에서 잠이 들었다. 꼭 지금처럼.

저 데려가세요, 공짜예요

실수가 있다면 낮잠을 자던 아이가 너무 일찍 일어난 거였다.

전에도 너무 일찍 일어나 어머니의 스케줄을 어지럽혔다고 혼난 적이 있기에 그러면 안 됐었는데. 이제 분홍색의 북슬북슬한 수면 양말을 신고 불쑥 1층으로 내려가던 아이가 어머니의 통화하는 소리를 듣는다. "아니, 산후 우울증이 *아니야.* 신체적인 문제도 전혀 아니고. 정신적인 문제도 아니야. 유전적인 문제도 *내가* 문제도 아니야. *걔가* 문제야."

상대방이 놀라워하고 의심스러워했거나 믿기지 않아 했는지 발끈한 어머니가 격하게 말한다. "*걔가* 문제라고. 걔가 문제가 있어. 걔가 이상해. 걔는 그걸 숨기고 있어— 뭔지 모를 자기 *정체를.*" 다시 정적. "너야 보지 못하지. 애 아빠도 보지 못해. 하지만 *내 눈에는 보여.*"

아이가 분홍색의 북슬북슬한 수면 양말을 신고 엄지손가락을 빨려고 더듬더듬 입으로 갖다 대며 (엄지손가락을 *빠는* 혐오스러운 행동은 이 집에서 금지되어 있지만) 계단 위에 얼어붙은 듯이 서 있는 동안: "당연히 어머님은, 애지중지하는 할머니는 그걸 '보지' 않으려고 하지. 그 여자는 부인할 만한 입장이니까."

이제 아이가 계단에 서 있는 것을 어머니가 알아차린다. 그녀의 얼굴이 점점 벌겋게 달아오르고 고양이 같은 초록색 눈은 분노로 번뜩거린다. 낮잠을 자다가 (또다시) 너무 일찍 일어난 아이가 너무 일찍 1층으로 내려와 어머니의 혼자인 시간을 방해하고 있다. "그이한테 얘기했어. 걔하고 나, 둘 중 하나를 선택하라고. *걔를 선택하면 좋겠다고.*"

화가 난 어머니는 한 손에 수화기를 들고 다른 손으로 아이의 손목을 잡고 남은 계단을 끌고 내려온다. "너! 또 내 말을 엿듣고 있니?" 아이를 살짝 흔들며 혼내는 동시에 격분한 투로 통화를 계속한다. "나는 이럴 줄 몰랐어. 나는 '엄마가 된다'라는 게 뭔지 몰랐어. 내가 아직 뭐가 뭔지 몰랐을 때 *걔가* 내 안으로 들어와서 점점 자라나더니 이제는 온 사방을 차지하고 있어. 스물네 시간 동안. 나는 계속 *걔를* 생각해야 하고 그러느라 숨이 막혀."

아이는 미안해하며 사과하려고 한다. 그녀는 작고 하찮은 꼬맹이고 이제 겨우 네 살이다. 눈물이 나서 지워진 수채화처럼 얼굴에 자국이 남는다. 지금쯤은 깨달았어야 했는데. 사실 그녀는 안다. *그러면 안 되는 시각에 일어나는 것. 그러면 안 되는 시각에 1층으로 내려오는 것. 못된 짓이야!*

어머니는 회오리바람과 같은 집중력을 발휘해 가며 번개처럼 움직여 아이와 함께 일주일 치 쓰레기를 챙겨서 스타이버선트가의 황갈색 벽돌 테라스하우스 앞 인도로 나선다. 너무 오래된 가재도구―헌 옷, 쿠션이 찢어진 의자, 못쓰게 된 유모차, 아이들 장난감, 가끔은 심지어 변기 시트나 아예 변기 자체까지―가 있으면 손글씨로 저 데려가세요, 공짜예요, 라고 적힌 팻말 옆에 내다 놓는 것이 이 동네의 오래된 풍습이다. 이 가짜 자선 행위를 조롱하기 위해 어머니는 남들이 버린 쓸모없는 물건들 사이로 우는 아이를 데려간다. 그중에는 몇 주째 방치된 물건도 있다.

"여기 앉아 있어. 꼼짝 말고. 앞 창문으로 보고 있을 거야."

아이는 너무 슬퍼서 턱이 실룩이는 것을 느끼며 애써 울음을 참고, 날이 질 때까지 차가운 인도에 앉아 있다. 지나가던 행인들은 걸음을 멈추고 그녀를 빤히 쳐다보거나 (대놓고) 들여다보거나 아예 투명 인간처럼 무시한다. 개중 몇 명은 신경질적으로 웃음을 터뜨린다. "아이구야! 이제야 보니 *진짜 여자아이네.*" 녹슨 세발자전거, 지저분한 전등갓, 가장자리에 플라스틱 홀라 걸이 엎어진 빨간색 플라스틱 재떨이, 헌 옷과 신발과 책이 든 상자가 아이보다 더 환영받는다. 차가운 비가 내리기 시작했지만 아이는 벌벌 떨며 어머니가 데려다 놓은 자리를 얌진히 지킨다.

낮잠을 자다가 너무 일찍 일어나지만 않았더라면! 아이는 돌이키며 자책한다. *그게 실수였고 그래서 벌을 받게 됐다.*

잘못을 저지른 아이는 행인이 다가올 때마다 희망과 두려움이 섞인 표정으로 올려다본다. 희망은 그녀를 딱하게 여겨서 자기 집으로 데려가는 사람이 있을까 해서다. 두려움은 그녀를 딱하게 여겨서 자기 집으로 데려가는 사람이 있을까 해서다. 이제는 알 만도 하건만, 그래도 그녀는 조금 있으면 화가 풀린 어머니가 현관문 밖으로 몸을 내밀고 가볍게 나무라는 목소리로 이렇게 외칠지 모른다고 생각할 수밖에 없다. "얘! 왜 그러고 있어! 비 맞지 말고 얼른 들어와."

마침내 해가 떨어지고 땅거미가 진다. 이제는 행인의 수도 줄었다. 아이가 그야말로 희망을 포기했을 때 키가 큰 인물이 다가오는 것이 보인다. "맙소사! 너 지금 여기서 뭐 하니?"

주중이면 날마다 이 시각에 퇴근하는 아이의 아버지다. 그는 조잡한 손글씨로 저 데려가세요, 공짜예요, 라고 적힌 팻말 옆 지저분하고 축축한 인도에서 웅크리고 잠이 든 어여쁘고 조그만 딸을 보고 깜짝 놀란다.

"아가, 아빠가 찾았어. 울지마— 이제 안심해."

하지만 아이는 울음을 터뜨리고, 자기를 안아서 집으로 데려가는 아버지의 팔에 매달린다. 집 안은 따뜻하게 불이 켜졌고 맛있는 냄새가 나서 아이의 입에 침이 고인다.

"흠! 오늘도 개를 데려간 사람이 없었나 보네?"

어머니는 식당에서 상을 차리기 시작했다. 화가 잔뜩 난 아버지와 그의 품에 안겨 조바심 내는 아이를 본체만체한다. 그들의 등장에 전혀 놀라지 않는다.

아버지가 어머니에게 말한다. "이러는 거 재미없어. 당신도 잘 알잖아, 우리는 이 아이를 원했다는 거. 지금도 원한다는 거."

"무슨 소리야, '우리'라니. 당신이지— 난 아니야."

"정 그렇다면 맞아— 나는 이 아이를 원해."

"하지만 걔를 원했어? 어떤 애가 태어날지 몰랐잖아."

"알았어."

"하, 왜 이래— 말도 안 되는 소리 하지 마. 우리는 우리에게 주어진 아이를 '원할까' 아니면 그냥 받아들이고 있을까? 아이는 복권이야. 당첨되는 사람도 있고 떨어지는 사람도 있는, '무작위적인 운명'이야. 우리가 자격이 있어서 걔를 낳았다고 할 수 없듯이 걔를 낳았기 때문에 그렇게 살아야 한다는 것도 말이 안 돼. *걔도 이 문제에 관한 한 발언권이 없는데*— 그렇다는 걸 아직은 모르지. 언젠가는 알게 될 테지만."

"그런 결론을 내리는 근거가 뭐야? 우리가 사는 이런 문명사회에서는 모든 아이가 소중한 존재라고."

"'문명사회'!"

어머니는 깔깔대고 웃는다. 와르르 쏟아지는 유리 조각처럼 웃음소리가 날카롭고 잔인하다.

아버지가 기분 상한 투로 말한다. "얘기했지— 이러는 거 재미없다고. 그만해."

"*당신이나 그만해. 당신은 이 집안의 플라톤주의자야.*"

어머니는 명랑하고 귀에 거슬리는 비난조로 말하고 있지만 사실 부루퉁하지는 않다. 아이가 *화가 난 상태*로 해석하는 그런 상태가 아니다. 고양이 같은 초록색 눈이 아까처럼 사악하게 번뜩이지 않는다.

아이가 밖에서 비를 맞는 동안 어머니는 따뜻하게 불을 밝힌 아늑한 집 안에서 특별 메뉴를 준비한 모양이다. 신선한 파슬리를 뿌려놓은 접시에 촉촉한 분홍색 살덩이가 얹혀 있다. 아이가 알기로는 연어구이다. 표고버섯을 섞은 와일드라이스, 올리브유에 볶은 방울양배추도 있다. 파티다. 어머니는 탐스러운 검은색 머리를 단정하게 빗었고, 뚱한 입술에 빨간 립스틱을 발랐고, 평소 입고 다니던 후줄근한 바지를 발목까지 내려오는 옅은 보라색 모직 치마로 갈아입었다. 가느다란 목에는 조그만 머리통처럼 깎아 놓은 나무 비즈 목걸이를 걸었다.

식탁에 몇 명의 식기가 차려져 있을까? 아이는 보고 싶어서 눈물이 맺힌 눈을 열심히 깜빡인다.

# II

자
살
자

자
살
자

그녀는 알았다. 알 수밖에 없었다.

(하지만 아니다, 그녀가 무슨 수로 알 수 있었겠는가?)

분명히 그녀는 알았다. 아내라면 그랬을 것이다― 아내라면 알았을 것이다.

특히 애정이 넘치는 아내라면. 그러기로 유명했던 자살자의 아내라면.

그를 예의주시했다. 몇 주, 몇 달.

며칠, 몇 시간. 몇 분.

알 수밖에 없었다. 아니면 감지할 수밖에 없었다. 공감을 잘하기로 (워낙) 유명했던 (젊은) 아내.

오늘이 그날이 될 것이다. 오늘, 이 아침. 마침내 이 염병하고 빌어먹을 *시간*.

그가 그녀를 평가하는 건 아니다. 그가 무슨 권리로 그녀를 평가하겠는가.

자살의 제1법칙— 어떤 자살자도 유족을 평가할 권리가 없다. 특히 오랫동안 고통에 시달린, 애정이 넘치는 유족은.

그러니까 그는 그러지 않는다. 절대.

*그녀를 평가하지 않는다. 절대.*

이기주의로 뭉친 괴물. 그는 그렇게 불린다.

그게 아니라 이기주의의 대가인가? 이쪽이 더 기분 좋게 들리는데.

묻고 싶다: 그럼 자살자가 *이기주의로 뭉친 괴물*이라는 뜻인지, 더 정확하게는 *이기주의로 뭉친 바로 그 괴물*이라는 뜻인지.

묻고 싶다: 다른 사람들(수없이 많은 그들!)은 환경과 얼어 죽을 새에 관심이 있는 척하며 남을 위하는 빌어먹을 성인 코스프레를 하지만, 자살자는 사실 주변 사람들을 통틀어, 어쩌면 그의 전 세대를 통틀어 자신이 이기주의로 뭉친 괴물임을 솔직하게 그리고 아무 조건 없이 인정하는 유일한 인간은 아닌지.

자살보다 더 '이기적인' 행위는 없다. 자기 십자가형이지 않은가. 하지만 예수 그리스도는 이타적이라고 칭송을 받지만, 자살자는 이기적이라고 책망을 받는다.

"우라지게 부당하다."

자살자가 생애의 절반 동안 심각하게 고민 중인 문제가 있다. 바로 유서를 남길지, 여부다.

양극성 두뇌가 모든 쟁점을 찬성과 반대로 편리하게 양분한다.

물론 유서를 남기려면 유창하고 독창적이고 심오해야 한다. 그리고 간결해야 한다.

그는 평생 간결해 본 적이 없다. 하지만 (주변에서 다들 그렇다고 한다) 유창하고 독창적이고 심오하긴 하다.

다만 유서는 감상적인 감정을 유발하는 장르다. 모든 클리셰를. 감상주의와 싸구려 감성을. 그의 안티들은 큰소리로 비웃으며 온라인에서 떠들어댈 것이다. 그는 *가상*의 존재가 될 때 입소문을 탈 수 있을지 모른다.

지옥의 가장 새로운 정의: 좋지 않은 방향으로 입소문을 타는 것.

언어의 대가에게 *싸구려 감성*은 (흰색) 셔츠 앞섶에 묻은 토마토 케첩만큼이나 끔찍하고 우스꽝스러우며 모멸적이다.

(다만: 어떤 이가 흰색 셔츠를 입을까? 얼간이와 호구들만 흰색 셔츠를 입는다. 넥타이도 마찬가지. 커프스링크? 보험회사 임원이었던 그의 아버지가 흰색 셔츠에 넥타이를 매고 커프스링크를 하고 다녔다. *예술가*로 사는 한 가지 장점이 있다면 아버지를 닮길 아무도 기대하지 않는다는 것이다. 그러니까 자살자처럼, 그 아버지가 당신이 생활했던 20세기 중반의 전형적인 이미지와 딱 맞아떨어지는 아버지일 경우에 말이나.)

그는 웬만하면 드레스 셔츠를 입지 않는다. 티셔츠 아니면 맨투맨이다. 하도 입어서 목이 늘어나고 소맷단이 너덜너덜한. 아무리 빨아도 음식 흘린 자국이나 다른 얼룩이 화석 흔적처럼 지워지지 않는.

미니애폴리스의 병원에서 퇴원한 이래 그는 과거 독신남 시절에 옐로스톤 국립공원에서 사서 수없이 빨았고 아직도 사랑해 마지않는 맨투맨을 입고 있다. 전면에 빛바랜 빨간색으로 옐로스톤 초*화산*이라는 글자와 함께, 마치 뒤에서 머리가 터진 듯 시뻘겋게 분출되는 화산이 만화로 그려진 빛바랜 회색 맨투맨이다.

초화산이 뭐예요? 자살자는 종종 이런 질문을 받으면 명쾌하고 재치 있게 대답한다. *그게 뭔지 알 일이 없길요.*

(자살자는 열 살이 되기 전부터 인류 종말에 얽힌 불가사의한 정보를 수집해 온 똑똑하고 건방진 아이였기에 옐로스톤 초화산이 폭발하면 북아메리카에서 살던 생명체 대부분이 유독한 화산재로 질식하는 끔찍한 죽음을 맞이하게 된다고 알려줄 것이다.

그리고 남은 생명체 앞에는 빙하시대가 기다리고 있을 거라고.)

(옐로스톤 화산이 폭발할 가능성이 얼마나 되느냐고 누가 물으면 자살자는 확률이 매년 73만분의 1이라고 씁쓸하게 인정할 것이다.)

자살자가 그의 문학적인 기준에 걸맞은 *유서*를 작성하지 못한 이유가 이래서다. 양극성 두뇌가 금세 할 일을 잊고 딴 데 정신을 팔기 때문이다.

양극성 두뇌는 아는 사람도 거의 없는 자질구레하고 사소하고 신기한 정보를 초강력 진공청소기처럼 빨아들인다.

거의 사진에 가까운 기억의 저주. 암기과목 시험에는 환상적이지만 그 밖의 다른 데서는 이상적이지 않다. 상처, 무시, 모욕, 분노를 한 치의 오차도 없이 기억하기에.

*잔재. 저장. 나의 파멸.*

그래서 자살자는 (잠정적으로나마) 유서를 작성하지 않기로 한다. 어마어마한 노고를 들여가며 몇 번을 이상하게 시작했다가 멈추고 고쳐 쓰고 다시 고쳐 써야 할 테고, 희망이 사라진 듯한 그 심장이 철렁하는 기분은— 젠장, 그는 이제 거의 마흔 살이고 더는 실패한 프로젝트에 쓸 기운이 없다.

그뿐만 아니라 유서는 명료함의 전형이라야 한다. 에두르거나 애매한 표현은 안 된다. 장난스러운 문장도 안 된다. 빈정거려도 안 된다.

자책하지 마. 절대.
자책하지 마, 여보. 절대.

*당신*은 자책하지 않을 것이다. 아내를 탓할 것이다.
만약 그녀가 (일부러) 외출한 거라면. 그날 아침에.
*자살 감시자*로 지낸 지 7년.
정확하게는 7년 4개월 14일.
자살하려는 배우자를 미니애폴리스 병원에서 데리고 (또다시) 집으로. 매번 이번이 마지막이길 바라는 건 배우자를 *믿는다*는 뜻이다.
배우자에세 *헌신한다*는 뜻이다.
*순진하다*는 뜻이다. *확고부동하다*는 뜻이다.
그는 아내의 매우 이타적인 모습과 무저갱과 같은 연민이 이상하게 느껴지기 시작했다. 부자연스럽게 느껴지기 시작했다.
진부하고 케케묵은 그들의 '서약'—*아플 때나 건강할 때나, 죽음이 우리를 갈라놓을 때까지*—이 예식에 참석한 몇 안 되는 증인들—(이혼한) 그녀의 부모님, (미망인인) 그의 어머니—을 구워삶기 위해 상투적으로 읊은 단순한 문구가 아니라 그녀에게는 다른 무엇이라도 되는 듯했다(후줄근한 그의 친구들은 단 한 명도 초대하지 않았다.

수년에 걸쳐, 쓰레기로 뒤덮인 수십 킬로미터의 황무지처럼 수년에 걸쳐 이어졌던 길고 시끄러운 독신 생활을 그런 식으로 싹둑 잘랐다). 예비 신부는 이 좀먹고 벌레가 들끓는, 가슴 저리도록 유치한 이 서약을 *진심*으로 낭독했지만, 예비 신랑은 *진심* 어린 *진심*과 (거의) 구분이 안 될 만큼 딱 알맞게 진심을 담은 척 똑같이 따라 했다.

*야. 해얼, 이런 거 물어봐서 좀 그렇긴 한데— 그녀와 결혼하려는 이유가 뭐야?*

이것만큼이나 직설적이고 무례한 질문이다— *그런 여자와 결혼하려는 이유가 뭐야?*

그는 얼음처럼 분노하며 등을 돌렸다. 그들은 예전부터 남자들끼리 하는 장난삼아, 관계를 돈독히 하는 방편 삼아(그렇게도 볼 수 있었다) 해얼이 만나는 여자들에 대해 이야기하고 평가하고 트집 잡고 농담을 주고받았지만— 이제 더는 용납할 수 없었다.

그래서 그는 친구들을 결혼식에 초대하지 않았다. 심지어 결혼 소식도 나중에서야 알렸다. *봤지?*— 엿 먹어라.

하지만 (그도 인정할 수밖에 없었다시피) 그에게 (예컨대) 바로 전이나 전전 여자친구가 아니라 *웬디 막스*와 결혼하는 이유를 물은 것이 부적절한 질문은 아니었다.

웬디는 지적인 면에서 자살자에게 견줄 만한 상대가 아니었다— 절대 아니었다. 이전의 여자친구들과 다를 바가 없었다. 하지만 말로 설명할 수 없는 정서적인 면에서 그에게 과분한 상대였다— 그는 그렇다는 걸 알았다.

사실 그녀보다 더 강인하고 튼튼하며 근육질인 여자와 결혼했다면 더 좋았을 것이다. 자신의 앞에 놓인 운명을 그가 알았더라면.

그를 위해서도 그녀를 위해서도. 하지만 맙소사! 웬디가 딱 알맞은 타이밍에 그의 삶에 등장했다. 이전의 여자들은 바람이 빠진 그의 허파에 숨을 불어넣고, 쪼글쪼글해진 그의 심장을 소생시키고, 기꺼이 함께 술을 마시고, 기꺼이 비판을 삼키고 참고 견디고 이겨내는 식으로 그를 죽지 않게 붙잡아놓았다. 그러다 그가 자살자 특유의 에너지가 한도를 초과하면, 광적인 에너지가 폭발하면 집진 봉투가 터질 듯 부풀어 오를 때까지 이 방, 저 방 청소기를 돌려 먼지를 빨아들이듯 갑작스럽게 그의 삶에서 사라졌다. 그는 어떤 사람들 사이에서는 미친 사람처럼 대청소에 심취하는 것으로 유명했다. 그러다 웬디 막스가 등장하자 그는 그녀를 웃게 했고 그들은 함께 웃었다. 예쁜 여자가 내가 (억지로 만든) 농담을 듣고 웃음을 터뜨려주는 것보다 더 고마운 일은 없었다. 그녀는 그보다 아홉 살 어렸지만, 훨씬 성숙했고— 그것이 결정적이었다. 작가도 아니었고—얼어죽을 예술가도 아니었고—'경쟁심'도 없었다. 정신이 멀쩡했고 심지어 노이로제도 없었다(그것이 결정적이었다). '웬디 막스'는 무슨 일을 하건 간에, 그래픽 디자인이든 광고와 PR이든 비영리 예술 단체 대표든— 그가 관심을 기울여주길 바라지 않았고, 그는 실제로 관심이 없었다. 둘 다 알고 있기에 굳이 말로 표현할 필요가 없었던 사실이 있다면, 그를 만나기 전까지는 그녀의 삶을 구성하는 모든 것이 잠정적이고 하찮은 것이었다.

'웬디 막스'는 20대 후반에 자살자에게 악명을 선사한 저서를 좋아했거나 읽었다고 주장하지도 않았다.

그는 그녀의 품 안에서 눈물을 흘렸다. *살려줘.*

그 결과가 이것이었다: 볼보에서 내리는 그를 (또다시) 부축하는 것. 그녀는 아내의 이런 임무를 여러 번 경험했지만, 여전히 인상적인 것이 그가 병원에서 살이 빠졌고 입원하기 전부터 몇 달에 걸쳐 체중이 줄었지만 그래도 아내에 비하면 키가 15에서 20센티미터 더 크고, 몸무게가 최소 15킬로그램은 더 나가며, 그 15킬로그램으로 밀힐 낏 믵으면 낑핀지를 언서루 낮고 흔들리기를 냄춘 복싱상 샌드백처럼 축 늘어진 살이다.

그는 덩치가 큰 친구라 할 수 있다. 심지어 그의 이름—해럴드 호프스테더—조차 이제는 군살이 늘어졌지만 귀엽고 서글서글한 소년미를 간직하고 있는 고등학교 미식축구 선수처럼 어설프고 육중하고 무겁다. 그 소년미로 말하자면 사춘기 시절부터 썩어서 근질거리는 그의 몸 일부를 감싸고 있는 더럽고 큼지막한 양말과도 같다고 할 수 있다.

괴로워하는 남편을 (또다시) 집으로 데려오는 것. 35번 주간 고속도로를 타고 북쪽으로 (또다시) 150킬로미터를 달려가는 것. 부엌문 옆 진입로—지붕 덮인 통로—에 (또다시) 볼보를 주차하는 것.

차에서 내리는 남편을 (또다시) 부축하는 것. 그의 허리를 감싼 팔, 한 여자의 엄청난 힘에 고마워하며 그는 휘청휘청 육중한 몸을 (또다시) 일으켜 세운다. 불과 스물네 시간 전에 전기로 지져져 너덜너덜했던 그의 뇌가 조리 있게 말을 할 줄 아는 픽셀의 은하수 안에서 자리를 잡으려고 필사적으로 애를 쓴다.

시더 레인의 집은 지붕 덮인 통로나 남편처럼 일종의 농담일 수밖에 없었다. 여긴 그의 집이 아니었고 그는 여길 한 번도 본 적이 없었고 그의 눈앞이 부옜던 이유는— 너무 흉측해서 보이길 거부하는 광경도 있기 때문이었다.

지붕 덮인 통로와 남편처럼 집도 아내의 발상이었다. 아내의 발상일 수밖에 없었다. 4년 동안 다섯 번 이사한 뒤였다. 그녀가 상상했던 화려한 삶이 아니었다. 짜릿함이 희미해지자 그의 세대를 통틀어 가장 놀라우리만치 독창적이고 어마어마한 재능을 보유한 작가와 결혼했다는 (남들이 부러워할 만한) 차별점이 빛바랜 스티커처럼 떨어져 이리저리 밟히다 사라졌다.

유난히 위태로웠던 시기에, 자살자는 '중서부의 하버드' 대학에서 가을 학기부터 '초빙교수'로 근무를 시작하자마자 속 좁은 학장과 언쟁을 벌이는 바람에 갑작스럽게 사표를 쓰고 씩씩대며 짐을 싸서 동쪽으로 몇 주 떨어진 중립지대로 건너가 그를 위로하고 혼자 치료법을 찾는 사람들과 친구처럼 지낸 적이 있었다.

심지어 그중 한 명과 시험 삼아 익명의 알코올중독자 모임에 참석한 적도 있었다.

*내 취향은 아니었어. 상투적인 말만 난무하더라. 맙소사!*

어쨌거나 자살자의 문제는 음주—술 *자체*—가 아니었다. 그의 문제 *자체*가 뭔지 아는 사람이 없었다. 다만 (자살자도 확신했다시피) 우라지게 진부한 문제는 아니었다.

독창적인 위인— *그게 그나.* 미국 문학계에 *그*와 같은 작가는 없다.

그리고 이제 그는 중서부로 돌아왔다. 미네소타, 기후가 더 추운 곳. 날마다 슈피리어 호수에서 돌풍이 불어와 하늘을 찡그린 미간처럼 우그러뜨리는 곳. 그는 마음은 어린 해적, 우주비행사 겸 수부, 이를테면 허먼 멜빌처럼 원대한 포부를 품은 *예술가*인데, 정신을 차려보니 지붕 달린 통로, 뒷마당에서 열리는 바비큐 파티, 볼보로 이루어진 인조 삼나무 테라스하우스에서 사는, 대학교 북쪽에 거주하는 여느 중산층과 별반 다를 게 없는 부부의 반쪽이 되어 있었다.

자살자도 농담처럼 이야기했다시피 삶의 문제가 있다면 거기에 대해서 쓰기만 하면 되는 게 아니라 실제로 살아야 한다는 것이다.

더 안타까운 건, 결국에는 어딘가에서 자신의 삶을 살아야 한다는 것이다.

중간 지대의 서쪽에서 태어났으니 중간 지대의 서쪽에서 죽을 가능성이 컸다. 자살자는 그 어떤 중간도 아니었으니 아이러니한 사실이었다.

20대에 그는 맨해튼 생활을 시도해 보았다. 6번가 근처, 10번로의 엘리베이터 없는 건물 5층에서 전전세로 살았다. 뉴욕대학교 교수직을 수락하며 성공의 첫 희열을 만끽했지만, 자신은 어떤 학술 기관에도 소속될 필요가 없을 만큼 가진 것이 풍부하다는 판단 아래 생각을 바꾸었다. 이렇게 독창적이고 재능이 출중하며 독특한데 철저한 독자성을 포기할 이유가 없었고, 그의 현란한 문장을 진부하게 흉내 냈을 게 뻔한 아마추어 작가들의 글을 읽어야 하는 것도 못마땅했다. (고인이 된 레이먼드 카버의 문장을 흉내 낸 것보다는 그편이 낫긴 했지만.) 그렇지만 그들을 가르치지 않고 어찌어찌 모면할 수 있었다. 그가 내린 판단 중에 겉으로 드러난 맨해튼의 광기에 젖으면, 종기에서 고름이 빠지듯 그의 (양극성) 뇌에서 광기가 빠져나갈지 모른다는 것도 있었는데, 그의 짐작은 맞아떨어지지 않았고 그는 1년도 안 돼서 등뼈가 부러진 뱀처럼 중서부로 다시 슬금슬금 돌아가야 했다.

이즈음부터 음주― 그러니까 알코올― 맥주뿐 아니라 와인, 위스키, 진─가 문제로 자리 잡았다.

*시더 레인이라니!* 중서부 전역의 이 도시, 저 도시에서 반복되는 이런 도로명은 작명자가 있을 리 없다. 그 *자리*에서 가만히 주인의 등장을 기다리고 있었던 이름들이라면 모를까.

원래 그는 연방 정부가 내어준 부지에 설립된 광활한 대학교에서 *상주 작가*로 지낼 생각이었다. 그가 친구들 앞에서 (소심한) 농담조로 말했다시피 거부할 수 없는 제안이었다.

(진짜였다. 거부할 만한 여력이 없었다.)

(인습 타파를 주장하는 탁월한 젊은 남자 작가라면 누구든 건강보험과도 같은 그런 식의 부르주아적인 혜택을 거들떠보지도 않겠지만 그 무렵 자살자는 더는 젊은 남자 작가가 아니었고 건강보험을 고민했다.)

그는 중서부 대학의 *상주 작가*답게 덩치가 크고 텁수룩하며 관절염에 걸린 개로 변신했다. 세인트버나드, 버니즈 마운틴 도그, 오스트레일리언 셰퍼드─ 애교가 많은 개, 운동을 좋아하는 개, 혀를 내밀고 헐떡이는 개, 노화가 일찍 시작되는 개, 우라지게 *재미없는 개*……. 자살자는 이깨까지 수북이 기른 희끗희끗한 적갈색 머리와 항상 깎은 지 3일 된 수염을 장착하고, 아주 오래된 모본 홀까지 자전거로 1.5킬로미터를 줄〔느〕해 감히 소설가를 자처하는 젊은 진〔구〕들 열다섯 명이 모인 문예 창작 '마스터 클래스'를 가르친 덕분에 자동차 운전을 피할 수 있었다(정신약리학자가 경고하길 약을 먹는 동안에는 *중장비* 운전을 자제하라고 했다). 이렇게 하면 자살자는 청회색 산악자전거를 타고 대학교 보도를 누비고, 숨을 헐떡이며 오르막길을 오르고, (이가 덜덜 떨릴 정도로 *빠르게*) 내리막길을 질주하는 귀여운 괴짜로 이 일대에서 명성을 쌓을 수 있을 것이었다. 충혈된 눈은 선글라스로 가리고, 생각에 잠긴 표정으로 미간을 찌푸리고, 선홍색 스카프를 호수 바람에 뒤로 휘날리며.

*새롭게 시작해. 과거는 깨끗이 잊어. 할 수 있어!*

*지랄하시네. 그게 될 리가 있냐.*

그래도 그는 굳게 결심했다. 자살의 가능성이 아니라, 자살할지 말지가 아니라 언제 할 것인가, 언제가 가장 이상적인가 하는 결정적인 고민을 처음부터 아예 미룬 채, 쉽게 다른 데 정신을 팔고, 아내가 표시해 놓은 달력을 음울하게 응시하며 헤아릴 수 없는 미래를 생각했다.

*안 돼. 그냥— 안 돼. 그럴 수는 없어.*

그럼 무대가 여기가 될 것이었다. 뭣 같은 그의 팔자상 시더 레인의 인조 삼나무 테라스하우스가 될 것이었다. 그 정도 지위의 예술가(그렇다! 묵직하고 불쾌하게 끈적이는 아이러니라는 시럽 속에 푹 담가진 단어다)라면 최소한 프랭크 로이드 라이트가 지은 집이라야 하건만. (다만 라이트가 지은 집에 지하실과 같은 천박한 공간이 있던가?)

그는 오래전부터 자기가 지하실에서 목을 맬 줄 알고 있었다. 어느 지하실이 될지만 몰랐을 뿐.

욕실을 비롯해 집 안의 다른 공간은 알맞지 않게 느껴졌다. 그런 데서는 사람이 살아야 하지 않은가. 지하실, 지하실에서는 아무도 살지 않는다. 시더 레인의 지하실은 일부분만 공사가 끝났고, 공사가 덜 끝난 일부분에서는 축축한 냄새를 풍겼다. 곰팡이, 당하는 사람 모르게 폐와 뇌를 갉아먹는 그 시커먼 균류의 냄새는 아니길 바랄 따름이었다.

자살자는 지직거리는 꿈속에서 그랬던 듯 어떤 서류에 서명한

178

기억이 희미하게 떠올랐다. 무슨 서류인지는 아무도 알려주지 않았다. 아내가 서명하고 펜을 그에게 건네는 것을 그저 바라보았다. 그를 똑바로 응시하며 그러는 것을. 이 계약서에 서명하면 12개월 동안 월세를 내야 한다는 사실에 공포가 느껴졌다. 몇 주 만에 생각이 바뀌면 어쩔 건가, 그의 주특기가 그러는 것인데. 하지만—그런데도 불구하고—그는 알아볼 수 없는 서명을 했고 그것이 *그의* 서명으로 받아들여지는 것을 지켜보았다.

그건 장난이었다. 그는 이제 알 것 같았다. 그의 산문, 그의 산문에서 들리는 목소리는 *그의* 것이 아니라, 복화술사의 무릎에 놓인 꼭두각시 인형의 삐걱대는 나무로 된 입에서 나온 중얼거림이 인형이 낸 소리처럼 들리듯 그의 머릿속 깊은 곳에서 나온 소리였다. *그의 것이지만 그의 것이 아니었다.*

그건 격조 높고 약에 취한 목소리였다. 그 목소리는 '운문'—'음악적인 언어'—'평범한 구조'—'선형적인 시간의 흐름'—을 거부하는 데 집착하느라, 예민한 사람이 듣기에는 부러져 피가 나는 손톱으로 정신병원 벽을 긁는 소리와 비슷한 느낌을 풍겼다. 이 산문을 위해 죽어도 좋다고 남들을 그리고 한참 동안 자기 자신을 속이는 데 집착한 목소리였다. 산문의 내용은 대부분 알아들을 수 없고 파악할 수 없고 이해할 수 없고 용서할 수 없었다. 하지만 술을 '줄인' 이후로 요즘 들어 자살자는 자기기만의 능력을 잃어가고 있었다.

웬디는 남편의 분노를 자극할 가능성을 무릅써가며, 그의 삶에서 그들의 것이 아니라 그의 것인 부분을 함부로 건드려가며 자기 의견을 내놓았다. *있잖아, 당신 항상 눈부셔야 하는 건 아니야. 쓰는 책마다, 쓰는 이야기마다 곡예를 부리지 않아도 돼. 당신은 그들에*

게 빚진 게 아무것도 없어.

하지만 그는 그래야 했다. 그래야 하지 않는다면 그의 삶을 견딜 수가 없었다.


하인라인이나 스터전의 나쁘지 않은 작품과 비슷한, 유치한 SF 소설: 자살자는 시더 레인 88번지의 집을 나서는 동시에 집으로 돌아가고 있다. 자살자가 이동 중인 '자기 자신'임에도 자살자는 이동 중인 '자기 자신'을 감지한다.

선형적인 시간이, 대충 올백으로 넘긴 머리가 돌풍에 흐트러지듯 접히고 펄럭이고 뒤집혔다.

자살자는 병원에 가서 뇌에 (또다시) 전기 충격을 가하기 위해 집을 나서는 동시에, 전기 충격으로 지져지고 너덜너덜해진 뇌와 함께 (또다시) 집으로 돌아가고 있다.

'실제'로는 몇 번 벌어진 일일까? 알고 싶으면 아내에게 물어보아야 한다.

자살자는 신경 세포를 많이 까먹었고 회수도 까먹었다.

ECT가 '최후의 수단'이라고 한다. *대화 치료, 약물 치료, 자연 식단, 운동과 기도와 긍정적인 생각이 실패하면 (병든) 뇌에 전기 충격을 가하는 수밖에 없다고.* 자살자는 여섯 번의 치료, 여섯 번의 아침을 견딘다. 마취, 전기 자극, 회복실. 신경 세포 하나를 전기로 지져 없앨 때마다 한 움큼의 기억이 지워진다.

ECT—'전기 경련 요법'—는 이른바 부정확한 과학이다. 예전에 전두엽 절제술이 부정확한 과학으로 여겨졌던 것처럼.

초록색 수술복을 입은 의료진과 농담을 주고받는다.

(냉장고 같은) 회복실에서 깨어나 아무것도 없이 새하얗고 우둘투둘한 벽을 대하면 '기억'의 자취가 조금씩 돌아온다— 벽에 떠오르는 깜빡이는 이미지로.

환자에게 만성 우울증, 자기혐오, 자살 충동을 유발하는 뭔지 모를 것이 뇌의 기억을 관장하는 부분에 뿌리박혀 있다는 것이 ECT 이면의 논리다. 기억을 약화하거나 소멸하면 이런 증상이 약해지거나 사라질 것이다.

하지만 자살자가 겪는 곤경은 너무 많이 알려졌다. 비밀 정보가 '누설'됐다.

조심스러운 아내는 이렇게 (남들 보는 앞에서) 집으로, 이렇게 너무나 평범한 집으로 실려 오는 자살자를 생각하면 참담해서 환자가 최대한 덜 걸을 수 있게 부엌문 옆에 차를 댄다. 아내는 허리를 숙여 (축축하고 물렁하게 군살이 붙은) 허리를 한쪽 팔로 감싸고 남편을 부축해 차에서 내리게 하고, 그의 체중을 못 이겨 살짝 휘청거려 가며 조심스럽게 부엌문 앞까지 같이 걷는다. 자살자는 자존심 때문에 지팡이나 워커를 쓸 수 없을 것이나. 사살사는 이제 겨우 서른아홉 살이고 *서른아홉 살 먹은 남자는 그런 노인용 보조기 없이 걸을 수 있다.*

침착한 아내. 극기심이 강한 아내. 자살자의 모공에서 땀처럼 스며 나오는 불안, 초조, 절망에 굴복하기를 고집스럽게 거부하는 아내.

대학가에서 자살자의 (다시 시작된) '충격' 요법을 모르는 사람이 없다는 (개연성 있는) 사실을 의식하지 못하는 아내. 인근 한부모 가정과 셋집, 인조 삼나무 테라스하우스와 싸구려 케이프 코드식 주택과 콜로니얼 하우스 주민들은 떠들썩하게 입성한 상주 작가의 세 개로 이루어진 이름뿐 아니라, 그가 개학한 지 3주 만에 긴급 병가를 냈다는 사실과 아내가 그를 태우고 미네소타에 있는 병원까지 몇 번을 다녀왔는지도 안다.

두말하면 잔소리지만 다들 자살자의 얼굴을 알았다. 사진이 지역 신문에 소개됐고, 대학교 홈페이지에 공고가 실렸고, 졸업생, 부유한 기부자, 학부생, 대학원생들에게 적극적으로 홍보된 지역 명사의 얼굴을 모르려야 모를 수가 없었지만 일대 주민 중에 상주 작가의 작품을 읽었거나 읽어볼 의향이 있는 사람은 거의 없었다.

그 지역 고등학교 영어 선생님들은 그의 단편을 심화 과정 수강생들에게 과제로 배정했다. 학생 중 약 5분의 1은 감탄했고, 5분의 4는 아무 감동도 없고 지루하고 짜증이 난다고 했고, 일부 문학도는 자살자가 그들 나이 때 토머스 핀천의 소설에 매료됐다고 했다시피 그의 작품에 매료됐다.

그래서 상주 작가는 유명했다. 대학가에서 그는 풍문, 전설, 우화, 스캔들이 되었다.

둥지 속 뱀처럼 제 몸을 휘감으며 꼬여 있는 정확하고 엄밀한 문장의 대가였던 자살자가 가장 끔찍하게 여긴 것이 남들 손에 '기록되는' 것이었다. 남들의 (조잡하고 수준 낮은) 소설 속에서 '이용당하는' 것이었다. 맥락 없이 인용되는 것. 작가의 가장 미묘한 사색, 곡예처럼 이어지며 종이 위로 급류처럼 웅장하게 쏟아지는 그의 문장이— 인상적인 한마디로 전락하는 것.

"……그러느니 차라리 죽겠어. 그래."

투명 망토가 절실히 필요했다. 병원에 그를 데리러 올 때 보호

장비를 들고 와달라고 아내에게 사정하고 사정하고 또 사정했다. 모르는 사람들의 야유하는 시선 앞에 그를 드러내고 싶지 않았다. ECT를 받고 나면 그의 표피가 벗겨져 영혼이 드러났다.

쭈글쭈글하게 썩은 양파 같은 영혼이, 이런 망신이 있나!

익숙한 경로를 따라 인조 삼나무 테라스하우스로. 세인트폴가, 유니버시티가, 비앵뷰로, 시더 레인. 아내가 전에도 여러 번 다닌 길이다. 가차 없고 미로 같은 그의 삶이 그를 여기로 인도했다.

서서히 조이는 올가미처럼. 그걸 전문용어로 뭐라고 하더라? 돌돌 감겼고 죽음을 부르는 매듭이 한 개 달린 교수대 올가미.

근처에 사는 이웃 주민들이 아내의 부축을 받아 가며 부들부들 차에서 내리는 망가진 남자를 지켜본다/기록한다. 아내는 무릎에 힘이 없어서 휘청거리는 그를 끙끙대며 일으켜 세우고, 아스팔트 진입로에서 넘어져 연체동물처럼 퍼지지 않게 부축해 문 앞까지 데려간다.

그가 이런 사태를 방지할 수 있길 바라지 않았던가? 바로 이런 사태를?

*당연하지! 그는 몇 달 전에 자살할 계획이었다. 그랬더라면 이 모든 것을, 이런 구경을 면할 수 있었을 텐데.*

어쩌면 보르헤스의 소설처럼. "자살자는 '자살자'라는 제목의 소설을 쓰려고 고군분투하는 중이다."

보르헤스답게 이 이야기는 (대놓고) 독자의 궁금증을 자극한다. "자살자는 '자살자'라는 제목의 소설을 쓰려고 고군분투하는 중이지만 끝없는 여담, 방황, 탈출구가 없는 악몽 같은 원형 교차로가 그를 가로막는다."

이런 경우 자살자가 시더 레인 88번지의 인조 삼나무 집 지하실 서까래에 (주춤주춤, 서툴게) 밧줄을 매다는 동안 (역설적이게도) (동시에) (또다시) 병원 회복실에서 눈을 뜬다 한들 놀랄 일도 아니다. *마취가 되면 뇌에 무슨 일이 벌어질까? '정신'이 더는 존재하지 않을까? 기억이 사라져도 그 경험이 실제로 벌어졌다고 할 수 있을까? 전기 충격 요법을 받는 동안 환자가 극심한 고통과 트라우마를 느끼지만, 나중에 기억하지 못하면 그 고통과 트라우마는 없었던 일이 될까?*

그는 평소처럼 묵묵히 체념하며 충격 요법은 효과가 없을 거라는 생각을 했다. 11개월 전에도 비슷한 치료를 받았지만 소용없었다. 항우울제는 1년 넘게 효과가 없었고 오히려 부작용만 생겼다. *아무것도 효과가 없었다.*

그랬다는 데 일종의 자부심을 느꼈다고, 자살자도 인정하는 수밖에 없었다. 그보다 상태가 덜하고 자살하고 싶은 마음이 덜한 사람들은 '회복'까지는 아니더라도 어찌어찌 '생존'할지 모른다. 하지만 그는 특별했다. 그는 항상 특별했다.

정해진 틀에 그는 미칠 것 같았고 심한 모욕을 느꼈다. 전부 전에도 벌어졌던 일이 지금 똑같이 벌어지고 있다. 하지만 또 한편으로는 새롭기도 하다.

집으로 돌아가면 환자는 아내가 새로 빤 속옷을 입고, 아내가 새로 빤 이불을 덮고, 호기심 많은 햇볕이 들어오지 않게 블라인드를 단단히 쳐놓은 방 안에서 둔중한 두통에도 불구하고 열두 시간에서 열다섯 시간 동안 잘 것이다. 터질 듯한 방광 때문에 멍하니 일어나 허리를 숙이고 움찔거려가며 화장실에 가야 할 것이다. 그런 다음

이어지는 공허하고 섬뜩한 무(無)의 시간 동안에는 집중력이 떨어져서 '집필'—뇌에서 하는 생각뿐 아니라 손가락과 키보드의 신비로운 협응이 필요한, 신경학적인 관점에서 고도로 복잡한 행위다—은커녕 심지어 신문 한 줄도 읽지 못할 것이다. 이걸 지나면 가벼운 조증으로 심장 박동이 빨라지고 *이걸* 지나면 본격적인 조증으로 대략 마흔여덟 시간 동안 아드레날린이 분출된다. 그런 다음 가장 으스스하고 가장 축축한 영혼의 지하실로 '추락'한다.

광대극을 중단하는 편이 훨씬 더 쉽다. 사이클을 중단하는 편이. *그때 그리고 지금. 지금 그리고 그때.*

그의 논리가 역효과를 낳았다는 결론을 내린다. 집에서 자살하는 건 타이밍의 문제였다. 방심하지 않는 아내가 *항상 집에 있었다.*

그래서 이번에는 집에 도착하기 전에 훨씬 현실적인 방식으로 그의 운명을 장악하기로 한다. 고속도로에서 운전대를 붙잡아 아내의 손에서 주도권을 (되)찾고 운전대를 콘크리트 벽 쪽으로 돌리는 것이다.

회복실에서 이런 계획을 세운다. 마비됐던 뇌로 의식과 산뇌가 돌아오는 동안.

그럴 것이다! 이렇게 할 것이다! 이 얼마나 간단하고 이 얼마나 결정적인가! 쏟아지는 햇빛처럼, 따뜻한 희망과 희열이 그의 심장을 가득 채웠다.

그는 어마어마한 안도를 느꼈다. 테라스하우스 지하실에서 목을 매는 건 집어치워야겠다. 세워야 할 계획이 너무 많았고 일이 잘못될 가능성이 너무 컸다.

아내는 그의 손을 부여잡고 기다렸다. 간호사들이 그를 다그쳤고—일어나세요! 일어나세요!—번쩍 눈이 뜨이면서 그는 깨어났다.

하지만 그때, 명료했던 계획이 희미해지기 시작했다. 지직거리는 잡음 때문에 소리를 듣기가 힘들었다. 거미줄 같은 생각을 없애려고 고개를 흔들었다. 시야가 흐릿했고 두 눈은 씨를 뺀 올리브처럼 흐리멍덩했다. 아내는 그가 갈아입을 수 있게 새로 빤 옷을 병원으로 들고 왔지만 (당연히) 그는 조만간 그 옷에 대고 땀을 흘리고 악취를 풍길 것이다. 그게 항상 딜레마였지. 유서를 남길지 여부처럼. 목을 매달아 그의 죽은 몸이 더럽혀진다면, 그의 몸에서 '악취'가 풍긴다면— 어떻게 자살할 엄두를 낼 수 있겠는가? 적어도 목매달아 죽는 건 말이다.

하지만 쌩하니 달리는 볼보 안에서라면: 그것은 잠깐의 휴식이었다.

어쩔 계획이었는지 애서 기억을 소환했다. 아내가 볼보를 병원 후문으로 몰고 올 테고 직원이 연석까지 휠체어를 밀고 갈 테니 자살자는 몇 미터만 걸어서 차에 올라타면 될 것이었다. 몸조리 잘하세요, 홉스테드 씨!

이제 고속도로를 향해. 아내는 속 터질 만큼 천천히, 조심스럽게 운전한다.

이제 고속도로 나들목. 아내는 속 터질 만큼 천천히, 조심스럽게 진입로에서 빠져나와 차량 행렬에 합류한다.

그는 저지를 것이다. 이번에는 저지를 것이다.

맹세한다!

당연히 이 모든 게 전에도 여러 번 벌어졌던 일이지만 노력하면 악순환의 고리를 끊을 수 있을 것이다. 복잡하게 얽힌 구절을 고쳐 쓰는 것과 비슷하다.

쓸 수 있으면 *다시* 쓸 수도 있다. 쓸 수 있으면 고쳐 쓸 수도 있다.

35번 고속도로를 타고 북쪽으로. 아내는 가장 오른쪽 차로를 고수하고, 볼보보다 몇 배 더 거대한 대형 트럭들이 요란하게 옆을 지나간다. 아내의 미소는 사라질 줄 모른다. 그에게 계속 어떠냐고 묻는다. 머리가 아프냐고. 눈을 좀 붙여야 하지 않겠느냐고. 시트를 눕혀주면 좋겠느냐고, 응?

그래, 눈 좀 붙여. 잘 생각했어!

아내가 생각하고 싶은 대로 생각하도록 내버려둔다. 그는 반쯤 감은 눈으로 차들이 쌩쌩 지나가는 고속도로를 구경하며 기회를 엿본다.

앞으로 어떻게 할지 이미 계획을 세우고 연습도 했다. 회복실에서 마지막 예행 연습을 했다. 계획은 정신이 없는 상태일 때 세웠다. 마비돼 있던 대뇌피질이 전기 충격에 자극을 받았다. 파란 불꽃이 쨍하게 튀었다. *차를 이용해. 기회를 이용해. 너무 많이 생각하지 마, 바보야.*

다른 때 같으면 이 예의 없는 목소리를 듣고 웃음을 터뜨렸겠지만: 머리가 아프다. 스타카토로 지끈거려서 생각하기가 힘들다. 그는 벌써 잊어버리고 있다— 기발하고 훌륭한 *최종 해결책*을.

실패하고 있다. 비운의 인물이 손가락으로 머리 위 벽을 잡으려 하지만, 손톱은 부러지고 깨져 병든 자는 자신의 축 처진 몸조차 끌어올릴 수 없고, 이번에도 다음에도 벽을 넘을 수 없듯이.

미소가 그의 얼굴을 일그러뜨린다. 만면으로 스멀스멀 번진다. 몸이 하도 축 처지면 그 자체가 *시신 운반용 가방*이 될 수도 있을까?

그는 고개를 젓는다. 잡생각을 정리한다. (하지만 아내가 의심하지 않게 한다. 그녀는 그가 침을 흘리며 깜빡 잠이 든 줄 안다.) 눈을 거의 감은 채 콘크리트 담까지 거리가 얼마나 되는지 계산한다. 아마도 200미터쯤일 텐데 휴런가로 빠져나가는 나들목에서 운전대를 잡아야 한다. 아내가 눈치채지 못하게 철저하게 기습하고, 아내가 달려들더라도 꿈쩍하지 말아야 한다. 그가 차로 벽을 들이받을 때 그녀는 놀라서 섬뜩한 비명을 지를 것이다—*부알라! 피니*(자, 끝났다는 뜻의 프랑스어—옮긴이).

몇 초 만에 삭제. 이 모든 고통이 말소, 소멸. 잔해 속에 널브러진 몸뚱이들, 존재하지도 않은 듯 사라진 의식.

슬픔과 고통을 감지하는 건 오로지 의식이다. 아이러니를 감지하는 건 오로지 의식이다. 몸은 아니다.

다만: 자살자가 어떻게 *그녀*를 죽일 수 있을까, 부부 중에서 아무 죄가 없는 쪽을?

심지어 그녀의 이름조차—'웬디 막스'. 왠지 모르게 너무나—너무나— 죄가 없게 느껴지는 이름인데…….

자신을 해치려는 (이기적인) 목적으로 남을 해칠 생각을 하니 혐오감이 느껴진다.

"맙소사, 안 돼. 그렇게는 못 하겠어."

못 한다, 하지 않을 것이다. 하지 않았다.

대신 (펄펄 끓는) 겨드랑이에 두 손을 넣었다. 콘크리트 벽이 전면에 거대하게 등장했다가 휙 하니 지나가는 것을 초점 잃은 눈으로 응시했다. 세인트폴가로 빠져나가는 11번 나들목에 다다랐을 무렵 그는 고개를 어깨 위로 젖히고 젖먹이처럼 입을 벌린 채 잠이 들었다.

아내를 보고 그런 일을 당해도 싸다고 할 사람도 있을지 모르겠
다. 감히 그라는 짐을 짊어지려 했으니 말이다.

자살자보다 한참 어린 나이. (물론 그녀를 만났을 때는 그가 아직 자
살자가 아니었다.)

그는 수많은 여자에게 실망을 느낀 터라 그녀를 만났을 때 거의
신뢰하지 않았다. 그녀는 매력적이기는 했지만 뭐랄까— 매혹적이
지는 않았다. 그녀가 *매혹적인 여자*로 대접받길 기대했다면 그는
분개했을 것이다. 하지만 이 여자— '웬디'—는 정말이지 진실해 보
였고, 그가 '누구'인지 의식하는 듯했지만 알랑거리지는 않았고—
그는 알랑거림을 싫어하고 혐오하고 견디지 못했다—목소리가 부
드러웠다. 그보다 미모가 출중한 (놀라우리만치 많은) 다른 여자들처
럼 잘난 척하는 높고 날카로운 목소리도, 저음으로 (뱃속 깊은 데서부
터) (귀에 거슬리게) 웃음을 터뜨려 움찔하며 도망치게 만드는 목소리
도 아니었다. 그렇다: 웬디의 목소리는 달콤하지 않으면서 부드러
웠고—그는 달콤한 것을 견디지 못했다—어양도 없었고, 깩깩거리
거나 느리지도 않았고, 비음도 아니었다. 그는 비음을 참을 수가 없
었는데, 그의 귀에 들리는 *그*의 목소리가 *비음*이기 때문이었다. 이
즈음, 그러니까 처음 만났을 때 그는 그녀의 성을 몰랐다. 아마 그녀
의 성을 들은 적 없었으니 알 리 없었을 것이다. 막스였나? 맥스였
나? 그녀는 몸을 꼬지도, 날카롭게 또는 쇳소리를 내며 웃지도 않았
다. (매력적인 여자가 남자처럼, 참느라 쇳소리를 내며 웃으면 왠지 모르게 혐
오스러웠다. 자살자는 한도를 초과하지는 않는 선에서 유쾌하게 또는 유쾌하다
는 걸 인정하며 웃는 웃음을 좋아했다.) 이렇게 해서 사랑도 아니고 심지

어 '사랑'조차 아니었지만, 한심한 이름에도 불구하고, 지나치게 내성적인 태도에도 불구하고, 웬디가 눈이 부시거나 매혹적이지 않다는 사실에도 불구하고—(사실 그랬다, 어떤 남자라도 보면 한눈에 알 수 있었다)—기껏해야 어머니에게 *매력적이고 반듯하다*는 평가를 받을 민한 수준이라는 사실에도 불구하고—처음으로 무너질 듯한 예감이 들었다. 그녀의 입에서 흘러나오는 뭔지 모를 다정하고 시시한 중얼거림을 들으려고 그가 고개를 기울이며 일종의 본능적인 애정을 드러내는 걸 보면— 어쩌면, *어쩌면 그녀가 그 사람일지 몰랐다.*

그렇다! *그 사람.* 철저하게 상투적인 단어지만 그녀를 만난 지 몇 시간 만에, 저절로 불이 붙는 성냥이 그어지듯 선명하게 그 단어가 떠올랐다.

그녀의 진정성, 그의 눈을 올려다보는 눈빛—자기 만족적인 순진함이 아니라 진정한 신뢰가 담긴—스쿱으로 떠서 콘 위에 아슬아슬하게 얹은 아이스크림이 다가오는 혀에 무너질 수밖에 없듯 잘 알지도 못하는 (분명 그랬다) 그에게 완전히 열어젖힌—이것이 아이러니하지는 않았다(그것이 중요했다: 여성의 아이러니는, 아무리 좋게 봐도 전혀 성욕을 자극하지 않았으니)—마음의 문.

그는 종종 그의 친구 중에서 그녀에게 경고한 친구가 있다면 누구였을지 궁금해하며 자신을 고문했다. 그와 '엮였던' (그래서 상처받고 앙심을 품은) 여자 중에서는 누가 분명 그녀에게 경고했을지.

*해어는 우울증 환자야.*

*대학교 다닐 때 자살을 시도했어.*

*…… 심장의 자리에 구멍이 뚫려 있는데 아무리 채워주려고 해도 바닥이 보이지 않는 까마득한 구멍이라…….*

*곰곰이 생각해 봐, 그를 살리려고 노력을 기울일 만한 가치가 있는지? 그런 인간을 말이야.*

(자살자가 이런 식의 잔인한 질문을 실제로 엿들었을까 아니면 그가 만들어냈을까? 그의 뇌를 넘어선 실제 현실에서는 분명 이보다 더 심한 말들이 예비 신부에게 쏟아졌을 것이다.)

(사실 자살자에게는 약혼 후 그의 어머니가 웬디에게 연락해 결혼을 말리려고 했다고 믿을 만한 이유가 있었다. *웬디야— 기분 나쁘게 받아들이지는 않았으면 한다만— 너한테 할 말이 있어— 내 아들 문제로⋯⋯.*)

(해럴드 2세가 열한 살이었을 때 '불가사의한 정황으로' 세상을 떠나 고인이 된 해럴드 1세에게도 비슷한 증상 또는 성격적인 특성이 있었는데, 순진한 약혼녀였던 그녀는 결혼 전에 그런 이야기를 듣지 못했다.)

하지만 웬디는 사전 경고를 거부했다. 설득당하지 않았다. 그를 매우, 매우 사랑했다.

그가 탁월한 인간, 재능 있는 예술가, 어쩌면 '천재'라는 걸 알았다. 일반적인 방식으로는 측정할 수 없는. 가끔 '우울해할' 때가 있긴 하지만— 누군들 안 그럴까.

그를 '구제'하기 위해 그와 결혼하는 것이 아니라고 했다. 오로지 사랑하기에 결혼하는 *거*라고 했다.

용감하게 말했다! 스물세 살의 나이에.

그의 심장이 오그라들었다. 너무 어렸다! 이 사람을 사랑한다는 것은 그를 끊임없이 '구제'하는 일에 제 발로 뛰어드는 것과 같다는 사실을 전혀 몰랐다.

그는 자신을 절대 용서하지 못할 것이다. 그녀에게 경고하지 못한 것을.

아니다. 그런 게 전혀 아니었다.

그는 그녀를 사랑하지 않았다. 그는 그녀에게 화가 났다. 흐느낄 정도로 그녀에게 화가 났다. 그녀에게 언성을 높일 정도로.

병원으로 데리러 올 때 새 외투를, 보호 장비를 제발 가져와달라고 애원했건만.

그녀는 그가 얼마나 절박한지 알면서도 그게 무슨 말인지 모르는 척했다. 마치 말이 어눌하고, 투실투실하고 창백한 얼굴 위로 땀을 비 오듯 쏟는 이유가 술에 취했거나 약에 취했거나 충격 요법으로 신경 세포 한 무더기가 폭발해 지워졌기 때문이라는 듯이. 그래서 이번 ECT 세션의 마지막 치료를 받는 날 오전 5시에 그가 전화로 더듬더듬 한 말이 뭔지 알아듣지 못할 정당한 이유라도 있는 듯이.

정신과 병동 복도에 간호사와 조무사들이 숨어 있으니 소리를 지르고 싶지는 않다. 그가 하는 모든 말이 기록될 것이다. 이 병실 천장 모서리에 병상을 마주 보고 빨간색 카메라 렌즈가 달려 있다. 그가 흥분하면 아무리 이유가 정당해도 불리하게 작용할 것이다. 혈압이 너무 높으면 치료가 뒤로 미루어질 것이다. 치료가 미루어지는 건 그가 바라는 바가 아니다. 치료가 미루어지면 퇴원이 미루어질 테니까. 하지만 그의 아내가 너무 둔하고 너무 고집이 세고 잔인하도록 무지해서 그는 소리를 지르는 수밖에 없다.

그녀에게 외투— 새 외투를 가져다 달라고 한다. 2층 그의 옷장 안에 커버를 씌운 채 걸려 있다고…….

망할 휴대전화가 자꾸 끊겨서 아내가 그의 말을 알아듣지 못한다. 도청당할까 봐 병실 전화는 쓸 수가 없는데……. 끔찍한 실험을 한답시고 의사들이 어떤 장치를 그의 후두에 부착해 그의 말이 못 알아들을 정도로 뭉개지는 건 아닌지 의심스러워진다. 얼굴이 픽셀로 쪼개지면 못 알아보듯이. 하지만 그들은 그와 동시에 그의 뇌에서 청각 영역을 조절해 그가 하는 말이 그의 귀에는 영어로 들리게 했다.

아내가 그의 말을 완벽하게 알아듣지만, 그녀와 상의하지 않고 그 외투를 인터넷으로 주문했다는 데 화가 난 건가 싶기도 하다. (그 달 말에 신용카드 청구서가 배달되면 *인비저빌리티 주식회사*에서 산 제품이라는 걸 웬디도 알게 될 것이다.)

*감시 방어용 보호 장비(남성용 외투, 사이즈 XL)*는 자살자가 이번 ECT 치료를 받기 전에 장만한(딱 한 번뿐인 특별 할인가로 1700달러에) 발목까지 덮는 옷이다. 아무것도 모르는 사람 눈에는 평범하고, 조금 펑퍼짐하며, 어깨가 촌스럽게 넓고, 무슨 스타일인지 알 수가 없으며, 짙은 색의 거친 옷감에 멍하니 응시하는 눈처럼 생긴 금속 재질의 단추가 달린 소련제 남성용 외투로 보인다. 아는 사람 눈에는 그걸 입고 나가면 보안 카메라의 감지를 차단할 수 있는 기발한 최첨단 *감시 방어용 보호 장비*다.

그 외투가 특별한 이유는 자세히 들여다보면 생체 조직처럼 생겼고 무선 신호를 차단하도록 설계된 금속 봉합 구조의 안감 때문이다. 집게손가락으로 조심스럽게 건드려보면 *무선 신호를 차단하는 안감*이 몰래 숨을 쉬느라 떨리는 것처럼 느껴진다.

남들 눈에 보이는 것이 두려웠고 그들 손에 '기록되는 것'은 더 두려웠기에 자살자는 전지전능한 신기술로 에워싸인 세상에서 필사적으로 프라이버시를 지키고 싶은 사람들을 위한 인비저블 주식회사 홈페이지에서 그 옷을 주문했다. (인비저블 주식회사에서는 휴대전화, 아이패드, 컴퓨터. 다른 전자기기를 거기에 넣으면 위치 발신 신호를 차단해 주는 '안전 파우치'를 비롯해 보호용 마스크, 모자, 장갑, 신발, 기타 탐지 차단용 액세서리도 판매했다.)

자살자는 아직 집 밖에서 그 옷을 입어본 적이 없었다. (아직) 그럴 만한 기회가 없었다. 택배 상자에서 그 묵직한 외투를 꺼내 (문을 잠근) 화장실에서 혼자 입어보았을 때 스타일이 너무 이상하고 소재가 워낙 뻣뻣해서 천이 아니라 플라스틱에 가까워 보였기에 그걸 입고 나가면 이목이 쏠릴 것 같다는 생각이 들었던 기억이 난다. 밖에 나갈 때 입을 수 없다면 그 망할 것을 살 이유가 없었다.

자살자는 감시 방지용 액세서리는 물론이고 헬멧조차 사지 않았기에 외투의 활용도가 낮았다.

신발도 필요할 것이다. 그리고 장갑도. 특수 제작된 안경도. 외투만으로는 감지를 피하기에 턱없이 부족할 것이다. (몸은 보이지 않고) 머리, 손, 발만 노출돼 감시 화면 위에서 제각각 흔들흔들 떠다닐 것이다. 자살자는 정신을 집중하지 못하는 상태였기에 다른 장비까지 살 생각을 하지 못했다. *시간이 부족하다*는 데 집착하느라 공포로 넋이 나가서 얼어붙은 채 부족한 시간의 상징과도 같은 그의 디지털시계만 멍하니 바라보았다.

그래서 이제는: 외투를 제대로 작동시킬 수 있을지, 심지어 외투를 입으면 정말로 보호가 되는지 아니면 사기인지 확신할 수 없는 이때, *감시 방어용 장비*를 더 구입해야 할까. 요 며칠 동안 오르드 콩바(프랑스어로 '전투 불능 상태'라는 뜻이다-옮긴이)로 미니애폴리스의 병원에 입원해 있다 보니 외투를 시험할 기회가 없었다. 병원에서는 전자기기가 환자의 *경조증*을 유발한다는 이유로 컴퓨터는

물론이고 휴대전화도 쓸 수가 없기에 좀 더 본격적으로 연구를 진행할 수도 없었다. 외투 검사에 아내를 동원하지는 않았다. 그랬다가는 그를 거세하는 데 쓰이는 그녀의 무기고에 화살만 하나 더 추가될 것이었다.

*자기야, 무섭게 왜 그래. 부탁이야, 이러지 마. 제발 이러지 마.*

정서적으로 불안한 사람이 된 척. 정서적으로 불안한 사람은 그였건만!

그가 원하는 바를, 그녀에게 요구하는 바를 설명하려고 하면 그녀는 습관적으로 눈물을 쏟았다.

왜냐하면 목록이 점점 길어지고 있다. 자살자가 헌신적인 아내가 되겠다고 맹세한 여자에게 요구하는 것들이.


자살자가 집으로 퇴원한 직후에 불쾌한 상황이 벌어진다.

명망 있는 언어의 대가가 견딜 수 있는 언어로 옮길 수 없을 만큼 불쾌한 상황이다.

하지만 속으로는 자살자가 낫지 않길 바라면서 *독특한 인간이라는 둥, 누가 봐도 탁월한 '천재'라는 둥* 하며 (이제 7년째) 그를 진심으로 *좋아하는* 척하는 자기 친구—열성적이고 흥분을 질하는 성격이었다—에게 아내가 뭐라고 보고할지 여기에 옮겨보도록 하겠다.

불쾌한 사건이 벌어진 시점으로 시간을 거슬러 올라간다. 30분 전으로.

마취가 풀리자 속이 메스꺼워진 자살자는 속을 비우려고 (1층) 화장실에서 한참 동안 끙끙대지만 시원하게 게우지 못하고 캑캑대며 묽고 시큼한 액체만 토한다. 그런 다음 (2층) 화장실에서 입을 헹

구고, 전자동 칫솔로 이를 닦고, 잇몸에서 피가 날 때까지 치실을 한다. (그도 알다시피) 이에 묻은 산성 위액을 없애려면 이래야 한다.

그러지 않으면 이가 썩는다. 뿌리까지. 폭식과 구토를 반복하는 10대 거식증 환자처럼. 필로폰 중독자처럼. 그는 해당 사항 없다.

사살사는 의사에게 서방받은 악반 먹는나. '기호용 약불'은 하지 않는다.

그의 집안은 부르주아다. 탄탄한 중산층이다. 아버지가 부교수까지 승진했지만, 거기에 그친 대학교수였다.

그래서 자살자는 입을 행군다. 여러 번.

강박적이냐고? 집착하느냐고? 그가?

그가 요청하자 아내가 1층에서 다이어트 콜라를 가져다준다. 인터뷰 기사에서는 자살자보다 여러 살 어린 아내가 웨이트리스 아니면 간호사처럼 순종적이고 민첩하게 구는 것이 (신기하게) 언급되곤 한다. 작가인 남편이 그런 관계를 희화화하려고 명령을 내려도 아내는 웃음을 터뜨릴 뿐이다. 장난이어도 좋고 장난이 아니어도 좋다는 식이다. 그 정도로 유명하고 훌륭한 남자와 사는 것. 그냥 평범한 남자와 사는 것과는 다르다.

하지만 잠시 후 불쾌한 사건이 벌어진다. 자살자가 산 외투가 그의 방 옷장에서 없어진 것이다.

이 장면이 방향을 틀고 위태롭게 내달리고 휘청거리고 후진하고 스스로 반복된다. 모든 이해를 가로막는다. 자살자는 겁에 질린 아내를 붙잡고 인비저빌리티 주식회사에서 산 외투, 입으면 투명인간이 되는 외투를 어떻게 했느냐고 따져 묻는다. 아내는 그게 무슨 소리인지 모르겠다고 한다. 자살자는 그가 입원하기 전에 집 안으로 들고 들어온 택배 상자를 봤을 것 아니냐고 한다. 아내는 아니라고, 보지 못했다고 한다. 그게 무슨 소리인지 모르겠다고 한다.

어느 옷장이요? 아내는 묻는다. 무슨 외투요?

자살자는 당황해서 그의 목소리가 갈라지는 것을 느낀다. 투명 외투.

아내는 그의 말을 따라 한다. *투명 외투요? 그게 뭔지……*.

자살자는 소리를 지른다. *새로 산 외투! 무선 신호를 차단하는 안감이 달린 거! 택배로 받아서 내 방 옷장에 걸어놨으니까 당신도 봤을 거 아냐.*

아내는 그의 외투는 전부 1층에 있다고 한다. 외투, 재킷. 신발. 외출용 옷장에.

자살자는 아까보다 더 크게 소리를 지른다. *아니야! 새로 산 외투! 1층이 아니라— 2층! 내 방 옷장에 넣어놨는데……*.

이렇게 소리를 지르는 와중에 실은 아직 외투를 사지 않았다는 깨달음이 자살자를 찾아온다. 사려고 꼼꼼히 계획을 세웠을 뿐.

ECT 치료실에서 마취제가 그의 혈관 속으로 방울방울 투여되고 그의 의식이 기분 좋은 현기증 속에서, 불길에 휩싸여 삼켜지기 직전의 쭈글쭈글한 종이처럼 안으로 허물어지기 시작했을 때…….

너무 당황스러워서 그 외투를 사려고 생각만 했다고 아니면 착각했다고 아내에게 시인할 수가 없다. 차라리 아내에게 돌이킬 수 없는 모욕이라도 당한 듯 씩씩대며 자리를 옮기는 편이 낫다. 조만간 아내는 그가 외투를 샀다고 착각했음을 알아차릴 것이다(물론이다. 전에도 이런 일이 있었다). 인터넷으로 확인해 보면, 그는 그럴 생각이 전혀 없긴 하지만, (아마) (거의 확실하게) *인비저빌리티 주식회사*

도 존재하지 않을 것이다.

실제 현실 속에는, 심지어 사이버 공간에서도. '실제'로도— 그리고 '가상'으로도.

치료를 받고 며칠 동안 자살자는 '예민'해질 거라고 한다. 더는 병적으로 우울하지 않고 더는 자살 충동이 없을 거라고 한다. 하지만 그는 (당연히) 여전히 병적으로 우울하고 여전히 자살 충동을 느낀다. 자살자는 성욕을 좀 더 순수한 형태의 분노로 발산한다. 가장 가까이 있는 부모—엄마일 가능성이 크다—에게 퍼붓는 사춘기 청소년이다.

아내는 남편을 조심스럽게 대한다. 존경하되 조심스럽게. 그의 분노 폭발보다 침묵이 더 무섭다. 그는 그녀가 그를 무서워할 때가 많다는 걸 안다. 어색한 미소로는 그걸 가릴 수 없다. 자살자는 *꿰뚫어 보는 사람*이기에.

[어떤 것이 누군가의 본능에 미치는 영향을 '실시간'으로 목격하면 통쾌하다. 시간차가 있고 간접적인 예술 작품과는 다르다. 그랜드캐니언에 돌을 던져도 아래에서 아무 소리가 들리지 않으면 무슨 재미가 있겠는가. 극적인 결과도 눈에 보이는 효과도 없으면— 어떤 일이 (실제로) 벌어졌다고 할 수 있을까?]

이것이 이례적인 현상은 아니었다. 자살자의 주치의는 아내가 배석한 자리에서 앞으로 어떤 일이 벌어질 가능성이 큰지 그에게 설명해 주었다. 가능한 한 그를 혼자 두지 않는 편이 좋다고 했다. 그게 불가능하면 간병인을 쓰는 것도…….

뭐라고요! 그건 절대 안 되죠.

그들의 집 안에서, 그들의 결혼생활에서 가장 원치 않는 것이 제삼자였다. 양측 모두 동의하는 바였다.

그는 폭소를 터뜨렸다. 당연히 기분이 상했지만 그래도 폭소를 터뜨렸다. 상처를 받았고 철저하게 망신당했고 '거세'됐지만 그래도 폭소를 터뜨렸다. 왜냐하면 그는 그런 남자였으니까. 남자다운 남자, 쿨한 남자. 유대인으로 치면 *멘쉬*(호인을 뜻하는 단어다―옮긴이).

ECT를 받으면 며칠 동안 힘든 날이 이어진다. 힘든 밤이 이어진다. 진정제를 투여받는 편이 좋다. 사실 잠을 자지 못하면 면역체계가 약해진다. 사실 감염, 세균, 바이러스에 취약해지고 염좌나 골절에 취약해진다. 불면증은 살인마다. 수면제를 처방받는 편이 훨씬 좋다. 최소 일곱 시간은 자려고 해야 한다.

일곱 시간이라니! 자살자는 열일곱 시간 동안 잘 생각이다.

ECT를 받으면 제대로 닦지 않은 벽처럼 얼룩덜룩하게 기억이 지워지는 현상을 경험할 수도 있다. 하얗게 빈자리를. 무언가 또는 누군가의 기억이 사라져 버리는 것이다. 완벽하게 정상적인 현상이니 심란해하지 말아야 한다. 중요하지 않은 기억은 '잊어버리는' 편이 좋을 수도 있다. 자신을 닦달하지 말고, 글을 쓰려고 하지 말고, 애초에 병에 걸린 이유도 끝날 줄 모르는 잔혹 소설을 쓰려고 애를 썼기 때문이었으니, 몸도 성치 않은데 일을 하려고 애를 썼기 때문이었으니.

진척이 없는 그 작품은 제목이 여러 개였다. 늪. 진창. 수렁.

이 중에서 새로운 건 없다. 결혼한 지 7년이 지난 아내에게는 새로울 것이 거의 없다.

그렇기에 그는 그녀가 알았을 거라고 판단하는 수밖에 없었다. 감지했을 거라고. 그 생각이 어떤 식으로 그의 안에서 강도가 점점

심해졌는지, 이번에는 진짜 *진짜*로.

그리고 얼마 안 돼서 그를 혼자 두기로 한 그녀. (바로) 그날 아침에.

우연이 아니었다. 그는 그렇게 생각할 수 없었다. 프로이트도 씩 웃으며 이렇게 말하지 않았던가. 우연은 없다.

치료를 받고 3일이 지나자 그는 (가시적으로, 외견상) 상태가 호전된다. 아침으로 치리오스를 한 그릇 가득 먹는다. 블루베리, 라즈베리도. 설탕도 한 숟가락 가득. 버터밀크도. 구역질을 시험하고 조롱하듯이. 수개월 만에 처음으로 아내가 자살자를 혼자 두고 외출하게 된 것은 딜레마 때문이었다. 해마다 받아야 하는 부인과 검진을 한 번이 아니라 두 번 미루었다. 몇 년 동안 자궁경부암 검사를 받지 않았다. 유방 검사도 받지 않았다.

웬디가 그를 탓한 건 아니었다. 비난하는 기미조차 보이지 않았다. 그도 알았다, 그녀는 그냥 설명했을 뿐이라는 것을. 불안해하며 변명조로 그가 이해해 주길 바랐다는 것을.

거의 이렇게 말하기 직전이었다는 것을 그는 알 수 있었다. *당신도 같이 갈래? 노트북 들고 가서 기다리는 동안……* 하지만 감히 말하지 못한 이유는 그러면 그를 집에 혼자 두고 가기 불안하다는 것을, 그를 못 믿는다는 것을 폭로하는 셈이 되기 때문이었다. 젠장, *왜 못 믿는다는 걸까?* 그는 성인 남자였다. 생명 유지 장치를 달고 있지도 않았고 미쳐 날뛰는 정신병자도 아니었다. 아닌가?

그는 괜찮다고 그녀를 안심시켰다. 괜찮은 것 이상이라고, 아침을 거하게 먹고 하나도 토하지 않은 걸 보지 않았느냐고. 다시 책상 앞으로 돌아가 일을 하고 있지 않느냐고, 강박적이거나 광기의 나락으로 굴러떨어지기 직전처럼 하얗게 불태우듯 발작적으로 하는 게 아니라 워드 프로세서 앞에서 절제된 속도, 정상적인 속도로 공책에 끼적여놓은 글을《수렁》아니면《진창》4권이 될 원고로 입력하는 시간을 사실상 즐기고(!) 있지 않느냐고.

그뿐 아니라 자살자는 보르헤스 스타일의 산문도 한 편 다듬고 있다. 포스트-포스트모더니즘적인 실험의 이정표가 될 만큼 기발해서, 그가 지금까지 쓴 것 중에 가장 기발해서 (하지만 참혹하긴 하다) 읽다 보면 미소가 절로 지어지는 글이다.

"자살자는 겸손하게 하지만 활기차게 다시 작업에 임한다. 오래전에 시작한 작품을 완성하려 하지만 여러 차례 중단된다. 제목이 '자살자'인 이 작품은 이렇게 시작된다. '자살자는 겸손하게 하지만 활기차게 다시 작업에 임한다.'"


이유가 뭘까? 멍하니 그를 응시하는 세상에 즐거움을 선사하겠답시고 그렇게 끙끙대고 그렇게 아파하며 자기 손으로 내장을 잡아딩기는 이유가, 포갠 두 손으로 내장을 풀어헤치는 이유가. 침묵이 가장 현명한 치료법 아닐까?

빌어먹을 입을 철사로 꿰매자. 입과 목구멍에 시멘트를 들이부어 굳게 하자.

병적인 우울증의 가장 훌륭한 치료법은— (수치스러운 반역자) 에즈라 파운드처럼 입을 다무는 것.

해럴드 1세는 그러기엔 자존심이 너무 강했다. 뭔지 모를 것이 내장을 갉아 먹고, 뭔지 모를 것이 머릿속에서 시커먼 날개를 펼치고, 그늘진 두 눈이 공포로 번들거렸을지언정(아들은 차마 인정하기 싫지만, 해럴드 2세의 눈과 어찌나 닮았던지!) 그 남자는 세상에 티를 내지 않았다.

그, 그러니까 해럴드 2세는 고집스럽게 버틴다. (아직) 포기하지 않는다.

여성 작가들의 고백 문학은 경멸하지만, 소변의 DNA만큼이나 고유한 그의 고백은 다르다. 그의 작품은 모든 페이지, 모든 구절, 모든 문장, 모든 단어와 구두점이 거의 아무도 해독할 수 없는 복잡한 상형문자로 기록된 *그의 이야기*다. 책이 출간될 때마다 자살자의 독자(대부분 젊지만, 나이를 먹어가고 있는 남성이다)들은 전보다 이해를 하지 못했다. 책이 출간될 때마다 전보다 많은 호평이 쏟아졌다.

자살자가 마침내 아무도 절대 이해할 수 없는 책을 쓰면 퓰리처상을 받을 수 있을 것이다!

(하지만 자살자는 모든 상을 경멸하고, 젊었을 때 상을 몇 개 받은 것을 후회한다. 그가 말이나 글로 소개될 때마다 수상 경력이 비늘 덮인 주머니쥐 꼬리처럼 따라다니니 말이다.)

그는 자신의 존재가 혼란스럽다. 이해되지 않는다. 그는 글이라는 행위 또는 글을 쓰려고 하는 행위를 증오하고 혐오하고 두려워하게 되었지만 쓰지 않을 수가 없다. 타인의 의식 위로 그를 각인하고 싶은 이 충동, 이 욕구, 이 맹렬함은……

오래전에 그가 어렸을 때 (녹이 슬고 흔들거리는) 철제 계단을 타고 급수탑을 올라가는 놀이가 유행처럼 번졌던 것과 비슷하다. 제정신 박힌 사람이라면 하지 않을 미친 짓이었지만 그래도: 해마다 이른 봄, 처음으로 눈이 녹으면 남자들은 그걸 밟고 올라가 형광으로 자기 이니셜을 적었다. 그가 기억하기로는 그러다 떨어져서 죽은 사람이 딱 한 명 있었다. 그보다 나이가 많은 고등학생이었다.

그는 그 정도로 멍청하거나 용감하지 않았기에 아래에서 입을 떡 벌리고 환호성을 지르는 다른 사람들과 함께 질투 어린 시선으로 바라보았지만, 상상 속에서는 당연히 계단을 밟고 올라갔다.

그 계단을 생각해 본다. 25년 전 일이다. (그게 과연 가능한 일인가? 자살자가 느끼기에는 그의 나이가 스물다섯 살도 될까 말까인 것 같은데.) 그런데도 흥분이 전기 충격처럼 그의 온몸을 관통하며 물결친다.

그 급수탑은 여전히 그의 고향 외곽을 지키고 있다. 거대하게, 위압적으로.

요즘 들어 자살자는 (혼자인) 어머니와 (여기저기 흩어진) 친척을 만나러 고향으로 내려가는 일이 거의 없지만, 가게 되면 예전에 다니던 학교 쪽으로 자기도 모르게 발걸음이 향한다. 거기서 400미터를 더 가면 전보다 더 황폐해졌을 뿐 달라진 게 하나도 없는 그 옛날 급수탑이 나온다. 형광 낙서와 이니셜과 숫자가 오래전 그의 시절에 적혔던 이니셜과 숫자를 덮었다.

급수탑 밑바닥에서는 뭉툭한 연필로 정신없이 휘갈긴 낙서처럼 생긴 덤불이 한데 뒤엉켜 자랐다.

이제는 아침에 일어나는 것이 급수탑을 올라가는 것과 맞먹는 일이다.

(아침? 지금 장난하나? 자살자는 해가 중천에 뜨도록 침대에서 몸을 일으킬까 말까다.)

전에는 일이 그를 오전 7시에 벌떡 일어나게 하고 닻처럼 붙잡아주었지만, 이제는 일이 없으니 좀비처럼, 딱한 얼간이처럼 집 안을 어슬렁거린다. 그러니 아내가 그에게, 자기 연민을 순교로 위장하는 그에게 염증을 느낄 만도 하다. 잃어버린 천재 시절을 찾아 헤매는 시체.

그래도 희망이 있다면, 상황이 정말로 견딜 수 없을 정도가 되면 손을 뗄 수 있다는 것이다. 언제든. 오래전부터 스스로 맹세했던 바다. 니체도 충고했다시피. 마르쿠스 아우렐리우스도 충고했다시피.

다만: 아내가 조금도 경계를 늦추지 않는다. 주인이 보호를 바라지 않을지언정 그 어떤 상황에서도 주인을 보호하도록 훈련받은 맹도견 같다. 워낙 똘똘해서 주인이 아무리 원하는 일이라도—예를 들면 지나가는 차량 행렬을 무시하고 길을 건넌다든지, 뚜껑이 열린 맨홀 속으로 넘어진다든지—절대 허락하지 않는 용맹한 개 같다.

다시 말해 극도로 훈련이 잘된 치료견은 주인을 보호하기 위해 주인의 명령에 복종하지 않는다. 이 정도 수준의 '지능'을 갖추지 못한 호모사피엔스도 존재하기에, 이로써 (소수의 엄선된) 동물이 (다수의) 인간들보다 더 이성적으로 행동할 수 있다는 논리가 성립된다.

자살자는 전에 한번 광장에서 훈련받는 치료견을 우연히 보고 감동했던 기억을 떠올린다. 그 예쁜 동물들이 인간 훈련사를 만족시키고 칭찬과 쓰다듬을 받고 싶어서 얼마나 열심이었던가! 자살자는 한 시간 동안 그 자리에서 개와 훈련사를 관찰했고, 인간이 일부러 위험한 행동을 저질러 녀석들이 선택적으로 '불복종할' 수 있는지 시험하는 광경에서 특히 충격을 받았다. 나중에 그는 합법적으로 눈이 멀어서 또는 다른 식으로 불구가 돼서 자유의지를 치료견에게 내어주고 녀석의 인도에 따라 인생의 함정을 헤쳐 나가는 때가 기다려진다고 농담처럼 말했다.

실제로 아내가 그의 치료견이다. 그의 맹도견이다. 그녀가 그를 다치지 않게 지킨다. 그는 다치길 원할지라도 그녀가 가로막는다.

어린 그녀가 그의 손윗사람이 되었다.

전에는 그가 굶주린 사람처럼 그녀의 몸을 갈망하고 탐했다면 지금은 혐오감을 느낀다. 그녀라는 육체적이고 완고한 실체에.

그는 그녀를 의지하고 그녀에게 신세를 진다. 그녀에게 고마워한다. 그녀는 그의 돌봄을 자처하지만, 가끔 너무 친밀하고 당황스러운 방식으로 그럴 때도 있다. 그랬던 순간을 떠올리면 부끄러워서 그의 얼굴이 화끈거린다.

그녀가 다른 방에서 통화하느라 조그맣게 속삭인 말을 지나가다가 듣는다. ……그이를 지키느라 눈을 뗄 수가 없어. 나는 그이를 너무 사랑해…….

이 말을 듣고 어떤 감정을 느껴야 하는지 알 수가 없었다. 마음이 따뜻해져야 하나? 모욕감을 느껴야 하나?

우라지게 화가 나고 분노가 치밀었다. 거세당한 기분이었다.

그뿐만 아니라: 아내가 일기를 쓰고 있는 것 같다. 그렇게 의심할 만한 이유가 있다.

자살자가 '공개 식상'에서 하는 징제된 빌언과는 180도 다르게, 어떤 식으로 더듬거리는지 기록한다. (가장 최근에) 어떤 식으로 무너졌는지 가장 창피한 부분까지 세세하게 적는다. 체중 감소, 혈압. 결국에는 체중 증가, '붓기'. (같이 쓰는) 욕실 휴지통에 버려진 피 묻은 치실. 떨리는 손으로 고슴도치 가시 같은 턱수염을 미느라 흘린 피를 닦은 휴지. 그가 잠옷 대신 입고 욕실 한쪽 구석에 허물처럼 벗어놓은 축축한 티셔츠와 반바지. 아내가 슬그머니 가져다 빨아서 서랍에 다시 넣어주는 그것.

인조 삼나무 테라스하우스에서 그는 간병인을 견딜 수 없듯 청소 도우미도 견딜 수 없다고 선포했다. 그가 직접 청소할 테니 집이 개판이 되거나 말거나 신경 끄라고. 결혼이라는 올가미에 걸리기 전, 그 옛날 총각 시절에, 친구들과 술을 마신 *나름* 날에도 밤새도록 글을 쓸 수 있을 만큼 기운이 넘쳐나고 뇌에서 에너지가 폭발해 신경 세포가 전기 모기채처럼 탁탁거리던 그때처럼 방마다 청소기를 돌리고, 주방 바닥을 걸레로 닦고, 독한 파란색 윈덱스를 뿌리겠다고.

웬디도 반대하지 않았다. 전혀 반발하지 않았다. 현명하게 뒤로 물러나 (최대한 눈에 띄지 않게) 자기가 청소를 했다.

하지만 휴대전화를 항상 들고 다녔다. 자살자 모르게 (슬쩍) 사진을 찍으려고 호시탐탐 기회를 엿봤다. 그가 컴퓨터 앞에 웅크리고 앉아 퍼뜩 영감이 떠오르길 기다리며《피네건의 경야》를 음울하게 노려보거나, 다이어트 콜라를 연거푸 들이켜거나, 휴대전화로 전화를 걸었는데 예전에 어울리던 친구 중에 벌써 죽은 녀석이라도 있는지 없는 번호라는 메시지가 들릴 때.

자살자도 확신하다시피 아내는 그가 소파에 앉아서 수면제로 애용하는〈로 앤드 오더〉재방송을 보다 꾸벅꾸벅 조는 것도 동영상으로 촬영했다. 고개는 옆으로 기울이고 벌린 입으로 침을 흘리며 화가 난 말벌처럼 거칠게 코를 고는 것을.

그가 먹는 약. 고용량 항불안제/항우울제. 발치에 고인 축축한 웅덩이와도 같은 영혼.

자살자가〈로 앤드 오더〉에 중독된 이유:〈로 앤드 오더〉는 재방송을 하도 많이 봐서 한 화의 첫 장면이 시작되면 미래가 '보일' 정도다. 평범한 시청자는 알 수 없겠지만 비범한 시청자인 그에게는 미래가 착착 과거로 압축된다. 전에 본 장면이라 뜻밖의 반전이 없다. 압축됐던 미래가 풀려나와 그를 맞이하는 동안 느긋하게 기다리기만 하면 된다.

맨 처음 등장한 희미한 깨달음: 맙소사, 짐 모리슨이 죽었을 때 그는 아직 태어나지도 않았다.

그때가 몇 년도였던가. 1971년. 재니스 조플린, 지미 헨드릭스도 27세의 나이로 죽었다. 브라이언 존스. 커트 코베인. 모두 27세였다.

하지만 가장 먼저는 로버트 존슨이었다. 그는 가장 위대한 블루스 가수였고 그 나이가 유행으로 등극하기 훨씬 전인 1938년에 27세로 죽었다.

궁금할 수밖에 없다— *왜일까? 어째서 30이 아니라 27일까?*

지들이 모두 *자*살한 것도 아니었다    공식적으로는.

그도 스물일곱 살이 되면 생을 마감할 수 있겠다고 생각했었다. 미신을 믿는 성격이라 그런 건 설대 아니었다. 헤로인 과나 복용으로 죽을 생각도 없었다. 그건 그의 스타일이 아니었다.

사실 그는 스물일곱 살에 마음의 준비가 덜 된 상태였다. 그를 그 세대의 유명인사 반열에 올려줄(그때부터 알고 있었던 것 같다) 두 번째 소설에 매진하느라 여념이 없었다. 밤새도록 손으로 글을 썼다. 종이 위로 땀을 뚝뚝 흘려가며, 수건으로 얼굴과 가슴과 등과 겨드랑이와 사타구니를 닦아가며 원고를 쓰고 또 썼다. 탈수 직전이었고 영혼이 피부 사이로 스며 나왔다. 수분 보충용 음료— 다이어트 콜라, 게토레이. 그렇게 행복했던 적은 없었다! 전에도 후에도.

그는 이내 그 행복을 잊어버렸다. 행복 자체를 잊어버렸다.

그가 바로 그 탈진 상태를 얼마나 사랑했던가. 땀구멍으로 독소가 빠져나오는 느낌. 체호프가 그의 혈관 속에 남아 있던 노예 기질을, 농노 기질을 짜서 없애고 자유의 몸으로 체호프가 되었듯이.

그도 자유를 얻어 자기 자신이 될 수 있었다.

엎드려 기어다니다가 하늘로 솟구쳐 날아올랐다. 더는 아무것도 남지 않으면 나는 비틀비틀 침대 위로 쓰러져 잠이 들었지. 아무것도 없어서 계속할 수 없을 때 중단해도 좋다는 허락이 떨어졌지.

망각은 쉽게 얻을 수 없어. 지름길은 없어.

그녀를, 아내를 나무라는 건 아니다. 그는 그런 남자가 아니다. 절대 아니다.

그건 그녀도 분명 알았을 것이다. 그래서 그날 아침에 그를 혼자 두고 집을 나섰을 것이다.

이유가 있을 수밖에 없었다. 분명한 이유가. (지져진) 그의 뇌가 면도날처럼 예리하게 번뜩인다.

제앙의 응어리들이 그의 혈관을 저주처럼 관통했다.

몇 시간을 투자해서 쓴 문장이다. 나쁘지 않다!

유머와 진지함이 공존하던 것도 미쳐버렸다. 번뜩이는 광기에 휩싸였다. 거대한 뱀의 똬리 안에서 으스러져 가는 불운한 라오콘과 그 아들들처럼 여러 '목소리'와 한데 뒤엉켰다.

…… 하지만 새벽 4시에 땀범벅으로 일어나 갑작스러운 의구심

에 휩싸인다. 뭐, 갑작스럽지는 않지만 *의구심이 든 건 맞는다. 제앙의 응어리들이 그의 혈관을 저주처럼 관통했다*가 쓰레기라는 건 알지만 평범하고 흔해 빠진 쓰레기, 엄청난 쓰레기, 과시용 쓰레기는 아니었고 그는 이제 지긋지긋했다. 그의 목구멍에서 토사물처럼 솟구쳐 입안으로 쏟아지는 명랑하고 건방진 목소리라면 지긋지긋했다.

그래서 그 여자가, 아내가 그 입이나 그 근처에 입을 맞추고 싶어 하면 자살자는 고개를 홱 돌렸다. *그녀—포유류 특유의 모성애, 모든 것을 용서하고 모든 것을 감싸는/숨 막히는 여성의 사랑*—가 아니라 그가 혐오스럽기에 그 토사물의 냄새, 맛, 기운으로부터 구해주기 위해서였다.

당연히 아내는 오해했다. 상처받고 실망했지만, 그가 아직 착각을 바로잡아주지 못했다. 계속 설명하고 바로잡아주는 것도 염병, 집어치우고 싶었다. 끝없이 사과하는 것도 염병, 집어치우고 싶었다. 망치에 맞은 징처럼 머리가 아프게 울린다. *친밀한 관계는 숨이 막힌다. 친밀한 관계는 숨겨진 올가미다.* 어디든 먼 곳으로 두망치고 싶은 마음이 간절하다. 그를 이렇듯 가까이서 속속들이 아는 여자를 견딜 수가 없다. 7년이지만 70년 같은. 한때는 그토록 매끈히고 피부에서 빛이 났던 얼굴이 지저분한 빗물 같은 눈물 자국으로 얼룩덜룩하다. 이제는 '웬디'가 아니다. 그의 농담에 잘 웃던, 명랑하고 겁 없는 아가씨가 이제는 안절부절못하는 여자, 결혼 밖 거칠고 퉁명스러운 세상에서 마주쳤다면 (솔직히 말해서) 자살자가 눈길조차 주지 않았을 여자가 되었다.

*아니다. 이건 절대 사실이 아니다. 그는 그녀를 몹시 사랑한다*—

웬디를.

그녀의 이름은 예나 지금이나 전혀 우스꽝스럽지 않다. 해럴드— '해어'—가 그렇듯.

그의 손마디에 대고 흐느낀다. 맙소사, 그는 그녀를 사랑한다! 속이 울렁거리며 내려앉는 느낌, 뱃속에 뚫린 썩은 구녕 같은 사랑.

그녀를 그와 함께 끌고 내려가고 싶지 않다. 그러기는. 싫다.

아내를 살리려면 그가 그녀의 곁을 떠나야 할 것이다.

어떻게든 도망치고 싶어서 새벽 6시에 초화산 맨투맨, 카키색 바지, 지저분한 운동화 차림으로. 수목원 오솔길을 따라 무겁게 쿵쿵, 숨을 헐떡이며, 그의 몸에서 벗어날 듯이. 심장이 멈출지도 모른다.

"에이 썅."

서까래에 걸치려고 밧줄을 던지지만 짧아서 그대로 떨어진다. 그의 손이 떨린다. 심장은 가슴에 달린 진자다.

어색하고 어설픈. 자살자가 하는 모든 일이 어설프다.

적어도 그가 사전에 준비는 해놓았다. 진짜 밧줄을 입수했다. 남성미 넘치는 밧줄을. 지하실 구석에서 찾은 어린이용 줄넘기 줄이 아니다. (혹시라도) 쓸까 싶어서 그것도 서랍에 몰래 숨겨놓기는 했지만.

(하지만 줄넘기 줄이 충분하게 튼튼할까? 그가 지금 들고 있는 밧줄에 비하면 한참 얇은데.)

(그는 그 아이러니가 마음에 들었다. 줄넘기 줄이라니. 그가 자신의 죽음조차 진지하게 여기지 않았다는 증거다.)

(맞는 말이었고 지금도 맞는 말이다. 그는 힙하고 쿨한 것, 그 자체다. 죽음

은 또 다른 클리셰에 불과하다. 딱 패러디용이다. *천박하다.*)

(하지만 이후에 그는 들어본 적 없는 어느 프랑스 작가가 쓴 미스터리 소설에서 우울해하던 인물이 호텔 방에서 줄넘기 줄로 목을 매는 장면을 맞닥뜨렸고— 그러자 계획하면서 느낀 즐거움이 모두 증발해 버렸다. 자살자의 생애 마지막 몸짓을 표절당하다니!)

밧줄을 어찌어찌 서까래에 걸고 어설프게 고정한다. 밧줄이 하도 굵어서 매듭을 짓기도 힘들다. (다른 모든 방법이 실패하더라도 작업대 서랍 안에 넣어둔 줄넘기 줄이 있다.) (아니다, 그 빌어먹을 줄넘기 줄을 표절하지는 않을 테다.) 그 혼자 집을 지키는 시간이 유한하며, 감시하고 살피는 아내가 없는 시간이 얼마나 될지 아무도 알 수 없다는 사실을 알기에 애써 불안을 잠재운다.

그가 두려움에 몸서리치는 이유는 죽음 때문이 아니라 너무 일찍 돌아온 아내가 그를 발견하고 밧줄을 잘라버리면 어쩌나 싶어서다.

그를 발견한 그녀가 비명을 지르며 밧줄을 자르려다가 실패하면 911을 부를 수밖에 없을 텐데, 응급구조사들이 지하실로 들이닥쳐 그를 살리면 이 무슨 촌극일까…….

자살자가 촌극을 싫어하는 건 아니다. 오히려 자살자가 파악한 바로는 인생이 촌극이다. 하지만 그 촌극의 성격을 자살자가 주도적으로 결정할 수 있어야 한다. 상주 작가로서 모르는 사람들에게 주도권을 빼앗기는 것은 용납할 수 없다.

그렇기에 잽싸게 행동해야 한다. 딴 데 정신 팔려서 정처 없이 헤매면 안 된다. 아내는 최대한 빨리 돌아오겠다고 했다. (볼일이 있나? 약속이 있나? 자살자는 아내가 몇 주 만에, 몇 달 만에 그 혼자 집에 두고 나간다는 데 너무 놀라서 그녀가 어디로 왜 가는지 설명하는 동안 거의 듣지 못했다.)

*왜 지금일까. 왜 오늘일까. 왜 오늘 아침일까. 그녀가 뭘 알아차렸을까, 뭘 직감했을까?*

그녀는 12시 전에 돌아오겠다고 했다. 와서 그가 좋아하는 메뉴로 점심을 사다주겠다고!

*좋아하는 메뉴*라는 단어를 입 모양으로 벙긋거렸다! 어린아이에게 좋아하는 음식을 만들어주겠다고 약속하듯이.

(웬디가 요즘 들어 단어를 너무 또박또박하게, 너무 크게 발음하고 있지 않나? 자기도 모르는 새 자살자의 청력에 문제가 생겼나? 항의하고 싶어진다─ 그는 이제 겨우 서른아홉 살이라고!)

(휠체어에 실려서 병원 복도를 이동했을 때 얼마나 치욕스러웠는지 모른다. 거기 실려서 인도로까지 나갔을 때. 제 발로 걸을 수 있었는데!─ 당연히. 병원 측에서 통상적인 관행이라고, 배상 책임 때문이라고 설명했지만 그는 정말 기분이 상했고 모욕당한 느낌이었다. 조무사가 좋은 뜻에서 워커를 그의 병실로 들고 들어왔을 때도 그는 손으로 밀쳤다. *됐어요! 저리 치워요.*)

그는 몇 번 실패한 끝에 밧줄을 서까래에 단단히 동여맨다.

잡아당기며, *그의 체중을 감당할 수 있겠는지* 시험해 본다. (감당할 수 있을 듯하다.)

이제─ 올가미! 보이스카우트 활동 과제를 연달아 실패했던 사람에게는 험난한 숙제다.

그는 성실했던 학생 시절에 그랬듯이 '올가미'를 인터넷에서 미리 검색했고, 경찰 측에서 그의 컴퓨터를 압수해 가면 알겠지만, 그 분야에 있어 일종의 아마추어 전문가가 되었다. 무궁무진한 매듭의 세계에 매료됐다. 그렇게 많을 줄 누가 알았을까!

하지만 필요한 건 딱 하나, 넣고 당겨서 조이는 교수대 올가미.

연습하려면 시간이 든다. 하지만 자살자는 단단히 결심한 상태다. 인터넷에서 찾은 설명을 보고 따라 한다. 그 설명 뒤에 첨부된 진심 어린 간청을 보고 자기도 모르게 웃음을 터뜨린다.

생을 마감할 생각으로 올가미를 만드는 중이라면 **제발** 너무 늦기 전에 긴급 서비스나 자살예방센터로 전화하세요.

이걸로 재밌는 이야기를 만들 수도 있겠는데, 지금 당장은 생각이 나지 않는다.

그다음으로 필요한 건 의자다. 튼튼한 의자. 그가 올라가도 흔들리지 않고 부서지지 않을 의자.

지하실에는 의자가 없다. 1층에 가서 의자를 들고 와야겠다. *젠장.*

현실적인 문제는 자살자의 *강점*이 아니다. 자살자는 '가상' 세계라는 것이 탄생되기 전부터 거기서 살았다.

어쩔 수 없이 기쁘게 나서 그걸로 벽을 때려가며 1층에서 의자를 들고 오는데…… 희미한 미소가 자살자의 입가에 번진다. 이 망할 (거추장스러운) 의자를 다시 1층으로 들고 올라가야 할 것이 아닌가. "하지만 *나는* 알 바 아니지."

스물한 살, 9·11테러의 시큼한 뒷맛이 남아 있던 시절에 클리블랜드 외곽의 중소 도시에서 처음으로 투표권을 행사했을 때, 투표소 안으로 들어가 레버를 당겨서 커튼을 닫고 잠시 후 반대 방향으로 레버를 당겨 무사히 커튼을 열어, 커튼을 열다가 실수를 저질러 그의 표가 무효가 되지 않을까 하는 바보 같지만 집요한 불안을 잠재웠을 때 느꼈던 뿌듯함을 느낀다.

그러는 동안 웬디가 돌아오는 소리가 들리는지 귀를 쫑긋 세운다. (웬디가 부엌문 옆에 차를 대면 소리가 들릴까? 그녀가 부엌으로 들어오면 분명 소리가 들릴 것이다.)

유서를 남기기에는 너무 늦었나? 당신 잘못이 아니라고 아내에게 장담하기에는?

*여보, 자책하지 마.*

(진부하고 감상적이다. 이러면 곤란하다!)

(자살자는 아내를 '여보'라고 부르는 경우가 거의 없다. 1940년대 영화 속 로널드 콜먼을 익살스럽게 흉내 내느라 가끔 '여보'라고 부른 적이 있긴 하지만 몇 년 전 얘기다. 하지만 그녀를 '웬디'라고 부르면 안 될 것 같다. '웬디'라는 이름은 유치원, 인형, 인형 집, 가슴을 누르면 엄-마! 하고 꽥꽥대는 재미없는 인형이 연상되지 않는가 말이다.)

(그는 도대체 왜 이름이 웬디인 여자와 결혼했을까? 정식 이름이 없을 때 쓰이는 애칭이건만. 그가 무슨 생각으로 그랬을까? 40을 목전에 둔 자살자는 자기 죽음에 대한 자부심으로 충만하기에 뭐든 유치한 것과 엮이는 것을 용납할 수 없다.)

아무튼 유서는 쓸 시간이 없다. 며칠, 몇 주가 걸릴 테니. 라오콘처럼 강박적인 고쳐쓰기의 똬리 안에서 헤어나오지 못할 테니. 시간의 모래가 얼마 남지 않았다.

그녀가 나갔다. 그 혼자 남겨두고.

(혼자? 혼자라는 그 단어 때문에 그는 공포 비슷한 것에 사로잡힌다.)

*허세 부리다 들켰네, 해럴드 2세. 아무도 모를 줄 알았지?*

그는 그녀가 돌아오는 소리가 들리길 초조하게 기다리고 있었다는 것을 깨닫는다. 지금쯤은 돌아올 거라고 확신하고 있었다는 것을. 예약이 몇 시였는지 기억이 나지 않는다. 그녀가 알려주었는데, 그가 귀담아듣지 않았다. 그녀가 그를 버리고 외출한다는 데 망연자실했다.

그녀가 돌아올 거라고 확신한다. 볼일이 끝나면…….

생각을 바꿔서 돌아오기로 마음먹을 거라고.

지금 당장이라도 차가 진입로로 들어오고 부엌문이 열릴 수 있다. *안녕, 나 왔어. 생각이 바뀌었어. 당신 2층에 있어? 자기야, 어디 있어? 내가 콜라 가져다줄까?*

(그는 실제로 콜라가 마시고 싶다. 탄산음료, 카페인 충전이 필요하다.)

(그가 직접 가서 콜라를 꺼내야겠다. 공황 진정제도 몇 알 같이 먹어야겠다. 이번에는 빌어먹을 계획을 모두 세워놓았으니 실패하지 않을 작정이다.)

하지만 웬디가 그를 *자기야*라고 부를까? 그가 하도 딱딱하게 대하다 보니 그녀도 더는 살가운 아내처럼 굴지 않는다.

맨 처음 결혼했을 때 그녀가 악의 없이 뭘 물어보면 그는 성가셨고 꼬치꼬치 캐묻는 것처럼 느껴졌다. 그래서 퉁명스럽게 대답했다― *그건 내 사생활이야.*

학창 시절에 남자친구들은 그를 *해어*라고 불렀다. 마음에 들지는 않았지만 상관없었다. *해리*보다는 나았다. 친구들이 그의 어머니처럼 *해럴드*라고 불러주길 바랄 수는 없었다.

여자들은 *해럴드*라고 부르도록 그가 훈련시켰다. 그냥― *해럴드.*

그는 줄임말을 싫어한다. *로버트*는 줄여서 *보비*, *리처드*는 *딕* 아니면 *디키.* *매슈*는 *맷.* *앨저넌*이라는 기품 있고 복잡한 이름은 *앨지*가 된다. 장난하나.

둘이 이른바 친밀한 사이가 됐을 때 웬디는 그를 뭐라고 불러야 할지 몰랐다. *자기야, 허니, 달링.* 그는 웃음을 터뜨렸지만 좋아서 그런 게 아니었다. 친밀감은 간지럼과 비슷했고 그는 그것도 싫어했다.

그녀는 그를 여보라고 부르고 싶어 했다. *왜? 나만 당신을 그렇게 부를 수 있잖아. 아내인 나만.*

눈물이 나서 눈이 따끔거린다. 그의 어린 아내, 오래전 달콤한 희망을 품은 신혼부부였던 시절에는 서로 어색하긴 해도—아직—원수지간은 아니었는데⋯⋯. 그가 이 여자의 삶을 망가뜨렸다. 그녀의 신뢰, 사랑, 인정— 그는 진입로에서 후진하다가, 뒤를 잘 살피지 않고 그냥 후진하다가 애들이 애지중지하는 개를 쳐버린 멍청이로 전락한 느낌이다.

하지만 이제 아내는 적이다. 그는 사냥감이다.

이런 생각을 하는 동안 아무 감각 없는 그의 손가락은 그 뭣이냐, 교수대 올가미를 계속 돌리고 있다.

이건 세상을 놀라게 할 것이다. 깊은 인상을 남길 것이다. 찐따 보이스카우트였던 그가 인터넷 설명을 보고 일곱 번 만에(!) 진정한 교수대 올가미를 만들어내다니.

잡아당기면 고리가 조여지도록 기발하게 고안이 된 그 올가미, 그 똬리를 보면 궁금해질 수밖에 없다. 밧줄 고리를 맨 처음 이런 용도로 사용한 사람이 누구였을까⋯⋯.

다시 한번 확인한다. 밧줄의 반대편 끝은 서까래에 단단히 묶여 있다.

그의 옆에는 위에서 들고 온 의자가.

조만간, 안도감. 확신, 환희의 그 느낌. 마침내 행동으로 옮겼어. 수없이 실패한 시작의 종지부를 찍었어. 다행이야!

자살자는 투지만만하게, 열심히, 악착같이, 아무 소용없지만 결연하게 (다시 한번) 소설 도입부를 써보려고 끙끙대는 중이다. "자살자는 소설 도입부를 써보려고 끙끙대는 중이다. '자살자는 소설 도입부를 써보려고 끙끙대는 중이다. "자살자는……."' 하지만 끝없는 탈선과 방황, 출구 없는 악몽 같은 로터리가 그를 방해한다."

그는 가장 최근에 무너졌을 때, 마지막으로 ECT 치료를 받기 전, 그가 자기 작품뿐 아니라 일과 구분할 수 없을 만큼 거의 동등해진 삶에도 완전히 지쳐버렸다는 사실을 깨달았을 때 3천 쪽에 달하는 작업 중이던 소설 초고는 대부분 방치됐다. *이제 때가 됐어. 때가!* *하느님, 제발.*

죽음에 대한 두려움이나 공포가 아니라 오히려 *주의 산만*이 그의 적에 가까웠다. 어떤 목표든 집중하기가 힘들었다. 자살성 사고에는 집중하고 계획을 수립할 수 있는 능력이 요구된다. 계산하고 수정할 수 있는 능력이. 인터넷 서핑을 하며 몇 시간을 (막힌) 하수구에 처박는 쪽이 훨씬 쉽다. 맥주를 한 병 들고 소파에 퍼질러 앉아 1년 365일 스물네 시간 동안 〈로 앤드 오더〉 재방송을 틀어주는 케이블에 채널을 고정하는 쪽이 훨씬 쉽다.

*이건 네 작품이(아니)야. 거기에는 결말이 있어.*

하지만 이보다 더 심각한 주의 산만 유발제가 있다면, 자살자에게 그가 느끼는 불행의 진정성을 의심하게 만드는 몇 방울의 '희소식'이다.

그것들이 그의 계획을 조롱하고 그의 운명까지 탈선시키려고 한다.

"희소식이 있어요!" 편집자가 전화해 모든 것을 끝내기로 한 바로 전날 밤 자살자의 명상을 방해했다. "희소식이 있어요!" 그의 에이전트가 전화해, 이러다 세균이 전파되는 건 아닐지 걱정이 될 정도로 수화기에 대고 숨을 헐떡이며 말했다. 초기 소설의 (있을 수 없고 상상도 하지 못했던) 판권 계약, (뜻밖의) 문학상, 러시아 아트 페스티벌에서 날아온 초대장……. 감사가 아드레날린처럼 솟구치자 자살자는 휘청휘청 아내에게 달려가 소식을 전했다가 나중에 그런 식으로 유치하게 떨 듯이 기뻐했다는 게, 심지어 *희망*을 품었다는 게 무안해졌다.

누가 보면 그가 평생 시달린 우울증이 사춘기의 불안을 덮은 얇은 막이고, 무관심으로 가장한 탐욕스러운 성공 욕구인 줄 알겠다 (웬디가 그렇게 생각하지는 않기를 바란다). 하지만 그는 안다, 그는 확신한다. 우울은 그의 본질적인 영혼이자 가장 순수한 자아다.

파스칼의 책망이 모기처럼 머릿속을 맴돌며 그를 고문한다. 사소한 것들이 우리를 위로하듯 사소한 것들이 우리를 괴롭힌다.

품위 있게 모든 것을 끝내는 대신 여행과 홍보, 기분 좋은 인터뷰로 이루어진 아찔한 롤러코스터가 등장한다. 오찬, 만찬, 시상식. 대학 방문, 박수 치는 청중, 금색 생머리를 가운데로 가르마 타서 어깨까지 늘어뜨리고 홀딱 반한 눈빛으로 그를 올려다보는 젊디젊은 아가씨들……. 기괴하게 웃는 축제용 가면이 자살자의 피폐한 얼굴을 덮어, 핏발이 선 그의 눈에 어린 냉혹하고 완고한 지혜를 가린다.

결국 롤러코스터는 궤도를 이탈해 추락한다. 결국 축제용 가면은 찢어지는 수밖에 없다.

하지만: 이게 다가 아니다.

자살자는 만약 그가 (그야말로) 몇 년 동안 질질 끌고, 수없이 약을 먹고, 지겹도록 '대화 치료'를 받다가, 통렬한 '혹평'이 자기도 모르는 새 주요 언론에 실린 바로 그 주에 드디어 자살에 성공하면, 신이 난 세상 사람들 눈에는 *악평 때문에* 그가 자살한 것처럼 보일 거라는 데 주목한다.

이 무슨 망신인가! 이 무슨 굴욕인가! 물론 자살자는 세상을 떠나 이 어떤 것도 겪지 않을 테지만 타인의 평가에 무심한 예술가라는 그의 평판에 영원히 금이 갈 것이다. 그는 이미 저세상 사람이 됐으니 그런 오해가 *사라질 때까지* 기다릴 수도 없다. 존 키츠도 영어로 된 가장 아름다운 시를 썼다가 잔인하도록 무지한 평론가들에게 공격을 당하고 안타깝도록 젊은 나이에 세상을 떠났지만, 키츠의 경우에는 정말 젊었고(스물다섯 살이었다), 자살자의 약력 소개는 악평에 낙담하고 스스로 목숨을 끊었다는 식의 어처구니없는 넘겨짚기에서 영원히 벗어나지 못할 것이다……

(악평이 자살자에게 지독한 상처가 되는 이유는 그가 오래전부터 자기 자신과 자신의 작품에 대해 품고 있던 의구심을 확증하기 때문이다. 너는 바보야, 너는 추해, 너는 재능이 없어, 그냥 죽지 그러니. 그는 마음 약한 젊은 작가 시절부터 '혹평'은 읽지도 심지어 훑어보지도 않고 편집자, 에이전트, 친구들을 보호막으로 삼는 법을 터득했다. 그런 서평을 무모하게, 충동적으로 읽었다가는 통렬한 통찰이 모두 그의 영혼에 지워지지 않는 낙인으로 남을 것이다.)

('호평'은 가짜 같고 믿기지 않는다. 칭찬에서는 조롱의 기미가 느껴진다. 자살자는 그를 놀리는 농담일까 봐, 믿어서는 안 되는 것일까 봐 '호평'도 차마

읽지 못할 때가 많다.)

하지만: 이것 또한 다가 아니다.

자살자가 어쩌다 우연히 명예나 금전적인 면에서 뜻밖의 횡재를 만나기 전날 자살할 경우, 이런 '아이러니'가 언론에는 어떻게 소개될까 하는 두려움. 노벨상 수상 직전에 자살한 작가. 소설 판권이 할리우드에 1억 달러에 팔리기 직전에 자살한 작가.

이런 아이러니보다 더 입소문을 타기 쉬운 것이 어디 있을까! 자살자는 샤덴프로이데(남의 불행을 보고 느끼는 쾌감을 뜻한다-옮긴이)가 제2의 천성인 사람으로서 이런 황당함이 그의 이름 뒤에 어떤 식으로 평생 따라다닐지 상상할 수 있다. 마치 피해자의 두피는 물론이고 두개골까지 파고든, 살이 통통하게 오른 진드기처럼 말이다.

확신 없는 자살자는 누구나 그렇듯 자살자도 자신이 죽은 뒤에 사람들이 이렇게 외쳐주길 바랐지―*이런 비극이 어디 있을까! 이런 안타까운 일이 어디 있을까! 살아야 할 이유가 너무나도 많았던 그가 스스로 목숨을 끊을 이유가 무엇이란 말인가!*―이건 싫었다. *뭐, 별로 놀라운 일은 아니잖아? 딱한 인간, 한심한 실패자, 낙오자, 그 나이까지 살아 있었던 게 용하지⋯⋯.*

몇 달, 몇 년 동안 이어진 그런 고민. 자살자는 영원히 불안한 상태이기에 자살에 성공할 만큼 집중할 수가 없다. 이로써 자살 외에는 방법이 없고 세상은 치욕적인 불안이 부글부글 끓어오르고 곪아 터지는 가마솥과 같다는 확신이 더 분명해지고, 그래서 그는 밤이 끝도 없이 이어지는 동안 땀을 흘리며 잠을 이루지 못하는데도 말이다.

그, 중재하는 목소리의 주인. 복화술사, 마술사. '천재'.

진부한 발언은 물론, 허세 가득한 '고상한' 발인의 통렬한 거부.
부르주아적인 허세와 위선을 난도질하는 화려한 손놀림……
아, 그는 자기 자신에게 신물이 난다. 너무 신물이 난다!

침대 위에서 그는 그녀를. 그 여자를 으스러지게 끌어안았다. 숨을 헐떡이고 흐느꼈다. 그녀의 머리칼에 대고 뜨거운 마늘 냄새를 토했다.

약속해!

야-약속할게…….

—나보다 먼저 죽지 않겠다고.

응. 그래— 안 그럴게.

나를 두고 죽지 않겠다고.

당신을—

—버리고 죽지 않겠다고.

알았어…….

나 심각해. 제발 나 좀 도와줘.

내가— 도와줄게.

나를 사랑해?

응! 당연히 사—

언제까지고 나를 사랑할 거야?

응. 언제까지고 당신을…….

당신은 나를 동정하지 않아?

그-그럼…….

나를 경멸하지 않아?

당연하지…….

나를 사랑해?

나는— 당신 사랑해…….

하지만 어떻게 나를 사랑할 수 있어?

그야— 당신 이니니까 당신을 사랑하지…….

어째 자신이 없는 것 같은데.

이냐— 분명해…….

당신 미안해?

미안하다니— 뭐가?

당신 그거 알지.

뭐- 뭐를?

알지.

나— 나는 아무것도 모르는데…….

알잖아. 알잖아. 알잖아.

아내가 늘 그렇듯 진짜로 눈물을 흘리면 자살자는 눈물을 아끼고, 애매하지만 자신이 아무튼 부당한 대접을 받았다고 씩씩대며 그녀에게서 등을 돌리고 마침내 잠을 청할 수 있다.

적어도 그것만큼은 할 수 있다. 잠은.


집은 마음이 머무는 곳이다.

집은 찾아가면 문전박대를 당할 리 없는 곳이다.

집은 안으로 들어가면 벽이 나를 에워싸고 쇠창살처럼 무너져 다시는 나올 수 없게 되는 곳이다.

아내에게 신경 세포가 하나 전기로 지져질 때마다 500그램을 잃었고, 신경 세포가 하나 전기로 지져질 때마다 기억에서 직소 퍼즐 하나를 잃었다고 말한다.

그녀를 비난하려고 그런 건 아니었다, 그건 절대 아니었다.

다만 그가 그 (비극적이고 지루한) 상황, 그 상황의 변화하는 양상에서 감지한 바로는, 그녀, 그 아내, 그녀의 자리를 대신할 수 있길, 그를 돌보는 축복을 누릴 수 있길 열망했던(스스로 그런 줄 알았던) 수많은 여자의 부러움을 한몸에 누린 그 여자를 파악한 바로는 그의 해석이 확실했다. 그녀는 그가 모든 용기를 그러모아 종지부를 찍을 때가 다가오고 있음을 알 수밖에 없었다. 결혼 연차가 쌓일수록 눈치가 빨라지고 허기가 깊어진 그녀가 어떻게 모를 수가 있었겠는가?

당연히 그녀는 알았다. 그녀의 체스 말이 모두 제 위치에 놓여 있었다. 그녀는 그의 유작 관리인이었고 유언장에서 그 누구보다 먼저 거론됐다, 그녀가 의도한 대로.

그는 그 서류에 서명했다, 분명히. 아마도 그가 하겠다고 주장했을 것이다.

그녀가 그보다 오래 살 것을 알았기에, 그것이 그의 바람이었기에. 그의 의도였기에.

아무것도 남지 않으면, 아무것도 남지 않아서 계속할 수 없으면 그러면 나 자신에게 중단해도 좋다고 허락을 내릴 것이다.

하지만 그때가 된 다음의 일이다.


"그의 계획을 조롱하고 그의 운명까지 탈선시키려고 하는 몇 방울의 '희소식'이 자살자를 방해했다."

〈자살자〉의 도입부로 완벽하다! 자살자는 진정한 자부심으로 전율을 느낀다.

작년(2018년) 여러 달 동안 이것이 자살자의 단편 〈자살자〉의 첫 문장이었다. 자살자는 거울 앞에 자리를 잡고서 이 문장을 자신에게 읽어주며 그 난숙함과 산뜻함과 유석인 강렬함에 만족스러워했다.

그에게— 뿌듯함을 한 방울 허락했다.

그래서 일과를 마친 남편의 자세가 평소보다 덜 구부정한 것을 보고, 평소보다 덜 꼬였고 덜 *좌절하는* 것을 감지한 아내가 용기를 내서 물었다. *잘 되어가고 있어요, 여보?* 그는 질문에 대비해 마음을 단단히 먹었음에도.

"아마도."

어떤 사람이 거친 손길로 살아 펄떡이는 심장을 쑤시고 비트는 것을 보았을 때 몸을 움츠리듯 움츠리며 그런 침범에 맞서 마음의 준비를 했지만 자살자는—그런데도 불구하고—예상된 결과를 피하지 못했다. 그런 결과가 그의 뜻과 상관없이 벌어졌기 때문인데, (훌륭하고 완벽했던) 원래 문장을 안달복달하며 고치고 살을 붙이고 다시 쓰고 다시 다시 쓰다가 많은 회의와 좌절과 고통 끝에 마침내 부작용이 필연적으로 수반되는 6회로 이루어진 전기 경련 요법 세션을 두 번째 아니면 세 번째로 마쳤을 때 드디어 두 번째 문장이, 딱딱하고 조그만 똥 덩어리가 힘을 주던 브라키오사우루스의 항문에서 튀어나왔다. "예를 들면 (그 전날 밤) 몇 시간의 막간 동안, 춤을 추는 가고일(주로 고딕 양식의 건축물 지붕에 얹힌 괴물 형태의 조각상-옮긴이) 형상이 벌레 먹은 자국처럼 생긴 그의 뇌 주름 사이를 비집고 나온 듯이 그를 향해 달려들 것 같은 두려움에 감히 눈을 감지 못하고 있었을 때, 너무 뜨끈하고 쿰쿰한 그의 침내 위로 얼음같이 차가운 공기가 불어오듯 진실로 아연하고 놀라운 일들이 연달아 벌어지는 식이었다……."

*진실로 아연하고 놀라운 일들.* 그것들로 인해 그의 흐름이 깨졌다.

하지만 그는 이것이 없으면 이야기를 진행할 수 없음에도 이 문장이 싫었다. 그 유독한 문장의 구조, 그러니까 한마디로 '유독성 구문'에 질식할 것 같았다. 하지만 그 전으로 거슬러 올라가거나 패배를 인정할 수는 없었다. (실은 그럴 수 있었을까?) (아니었다.)

사춘기 시절에 어떤 식으로 (비밀) 체크 시트를 기록했는지 기억이 났다. 일종의 자기 학대적이라고 할 수밖에 없는 공상을 펼치던 고등학생 시절에, (상상의) 체크 시트 왼쪽 칸에는 상처, 모욕, 완벽하지 않은 성적, 결점과 단점, 같은 반 친구들에게 당한 치명적인 무시, 일일이 나열하기에는 너무 사소한 실망, (육체적인) 불편함, 여드름, 자기혐오, 기타 등등을 적었다. 그것이 '그렇다' 칸이었다. (상상의) 오른쪽 칸에도 그 비슷하게 살아오면서 경험한 '행복했던' 순간들을 생각나는 대로 적었다. 그를 보고 웃어주었던 여자아이들, 저녁을 같이 먹자고 자기네 집으로 초대했던 남자친구들, 선생님들께 들은 칭찬, 100점을 받은 수학 시험, 교지 《바바릭 야프》에 실린 소설. 이것들은 '아니다' 칸이었다.

*그렇다*는 자살에 찬성하고, *아니다*는 자살에 반대한다.

자살자의 상상 속 (비밀) 체크 시트. 항목이 수없이 많았는데, 대부분 잊어버렸다. 파스칼이 말한 그 *사소한 것들*의 전형이다. 자살자의 인생은 아른거리며 어둠 속으로, 영혼의 그랜드캐니언 속으로 점점 가라앉는 체크 시트가 아니면 무엇이었을까. 예컨대 2007년 3월에 코끼리 떼도 끝낼 수 있을 만큼 많은 양의 신경안정제를 입수해 놓고 (늘 그렇듯) 뭔가에 정신이 팔려 기회를 날리고 그 순간을 그냥 흘려보냈을 때 그를 벼랑 끝으로 내몰 정도로 강력했던 것이 무엇이었는지 기억조차 나지 않는다. 실혼한 지 이제 겨우 1년이 지나서 웬디가 너무 일찍 첫째를 임신했을 때 참사로 간주하고 수술을 강권하며, 그는 소설을 처음부터 다시 쓰느라 우울한 시간을 보내고 있는데, 매일 아침 거대한 똥을 울퉁불퉁한 언덕 위로 밀어 올리는 심정인데, 너무 이르다고, 그를 돌아 버리게 할 작정이냐며, 결혼을 파탄 낼 생각이냐며, "상황이 안정되면"—이보다 더 민망하게는 "소용돌이가 진정되면"—"가정을 일구자"(상상만 해도 민망한 표현이다)라고 했을 때도 마찬가지였다. 돌이켜보면 이후로 '둘째'가 없었으니—적어도 자살자가 알기로는 그렇다—'첫째'는 잘못된 호칭이라 하겠지만.

그 순간도 그냥 흘려보냈다. 이제 몇 년이 지났다. 심하게 약을 먹던 시절의 일이라 (미안했던) 기억만 희미하게 남아 있다.

그러니까 그것, 그 낙태 사건은 그렇다 칸에 적히지 않았을까? 아니면 아니다 칸에 적혔을까?

아직까지 미정이었다. 그가 끙끙대며 서까래 위로 밧줄을 던져 단단히 동여매던 이 날 아침까지도.

아니다의 항목이 그렇다보다 많았던 적은 25년 동안 단 한 번도 없었다. 그런데도 자살자는 아직까지 확신을 실천에 옮기지 못하고 있다. 계속 주저하고 미적대고 기다리고 준비하고 속으로 중얼거려 왔다. 이번에는 후퇴하지 말자!

"간다!"— 이유는 모르겠지만 느낌상 맞는 것 같다.이리저리 흩뿌려진 소설 원고 위로 달걀(그렇다! 달걀이다)을 깨뜨린다. 한 손에 (대왕) 유정란을 쥐고 손가락을 힘껏 오므린다. 여태껏 이런 적은 처음이다.

찜찜하지 않으냐고? 차갑다— (냉장고에서 꺼낸 달걀이라).

그들은 영문도 모른 채 이렇게 물을 것이다— 하지만 해어가 도대체 왜 그런 짓을? 아니, 달걀을…….

일부러 그랬을 거야. 어떤 의미를 담아서…….

그냥 제정신이 아니었을 수도 있어.

뭐— 그게 아니라면 동기가 있었을 거야.

그렇게 생각해?

해어는 항상 동기가 있으니까.

다만— 과연 그럴까? 그는 초현실주의자고 무계획적이다. '다다'— 무의미하다.

이 원고에 (진심 어린) 고통이 얼마나 가득하던가!

열심히 다자로 입력한 수천 쪽의 분량. 신장이 얼마나 뛰었고 땀을 (그야말로 피땀을) 얼마나 흘렸던가. 그런데도 절대 완성될 리 없으니 절대 소설이 될 수 없을 원고.

메모와 개요가 적힌 너저분한 종이. 머그잔과 다이어트 콜라 캔이 남긴 자국. 여러 가지 펜으로 미친 듯이 주석이 적혔고 세로로 접힌 종이.

초록색 잉크는 희망이다. 빨간색은 분노. 파란색은 추가된 수정사항. 검은색은 실무/편집. 이제야 보니 볼펜 색에 따라 그의 필체가 달라진다. 그것이 전기작가에게는 흥미로운 사실일 수도 있겠다.

히치콕이 〈새〉의 세트 조명에 광적으로 집착했던 것처럼 자살자는 스탠드 몇 개가 작업대에 남겨둔 원고를 비추도록 배치할 것이다. 이리저리 흩뿌려진 원고, 서로 포개어진 초고. 하드디스크 드라이브, 디스크, 파일, 공책, 더는 알아볼 수 없는 필체로 적힌 메모가 가득 담긴 바닐라 봉투. 인터뷰에서 자살자가 (늘 그렇듯 겸손한 척) "그냥 낙서"라고 지칭했지만, 얼굴의 놀라운 디테일과 능숙한 음영을 보면 누구라도 자살자가 언어에만 놀라운 재능이 있는 것이 아니라 미술에도 *재능이 있음*을 알아차릴 수밖에 없는, 연필로 그린 얼굴과 인체 스케치.

자살자는 원고 위로 달걀을 딱 세 개만 깨뜨린다. 한 개 그리고 두 개 깨뜨리고 보니 이런 행동이 바보 같고 유치하게 느껴지지만 그래도 에라 모르겠다 하고 세 번째 달걀을 깨뜨린다. 블레이크도 말하지 않던가. *이 정도면 충분한가? 너무 많은가.*

바로 옆 화장실로 들어가 노른자 때문에 끈적거리는 손을 씻는다. 나중에 아내가 수도꼭지에 묻어 딱딱하게 굳은 달걀노른자 자국을 발견할 것이다. 세면에 위에 달린 거울에 물방울 얼룩이 남아 있다. 누가 보면 그가 유리창을 깨끗하게, 세면대와 변기와 바닥을 깨끗하게 유지하려는 아내의 욕구를 파괴하려고, 수건으로 닦기 전에 무의식적으로 손을 터는 습관이 있는 줄 알겠다. 만약 아내가 남편을 나무라거나 비난하는 투가 아니라 농담처럼 당신 말이야— 손 씻은 다음에 터는 습관이 있나 봐, 거울에 물이 튀게, 내가 방금 닦아 놓았는데……라고 정말이지 사소한 문제—(아내와 남편, 양쪽 모두 전적으로 동의했다시피 정말이지 사소한 문제였다)—를 제기했더라도 자살자는 그게 무슨 말인지 전혀 몰랐을 것이다.

*뭐? 하지만 나 안 그러는데.*

*빌어먹을. 손을. '털지'. 말. 것.*

그런 다음 지하실로 계단 두 개를 내려간다. 주방에서 이제 막 문지방을 넘는 웬디를 맞닥뜨리지 않을까 어렴풋이 기대하지만, 아니다. 어렴풋이 기대하며 지하실로 계단을 쿵쿵 내려가지만— 아무것도 보이지 않는다…….

하지만 아니다. 그러니까, 그렇다. 아무것도 없는 게 아니라 뭔가가 있다. 밧줄, 올가미, 의자— 그가 자리를 비운 동안 그 어떤 것도 꿈쩍하지 않았다.


무릎을 후들후들 떨며 의자로 올라간다. 그것이 다음 단계이기에.

역설적이게도: 자살은 발상이다. 자살은 이론이다. 자살은 꿈이다. 자살은 (외설적이고 금지된) 소망이다.

그런데도: 자살은 행위다. 그리고 행위에는 *행위의 주체*가 있어야 한다.

주체에 의해 수행된 행위가 행동이다.

그러니까 발상이건 이론이건 꿈이건 소망이건 뭐건— 자살은 수행되어야 존재하는 행농이기도 하다.

그는 평생 몸을 쓴 적이 없다는 것이 문제다. 하도 생각 속에서만 열심히 살았다 보니 '현실' 세계에 진지하게 임하기가 쉽지 않다.

하지만 맙소사!— 무릎이! 특히 오른쪽 무릎이 팽팽하게 당겨진 줄처럼 아프다.

너무 오랫동안 너무 장거리로 달렸다. 그러면 무릎에 안 좋다고 경고를 받았건만. 그런 경고를 한 사람 중에 웬디도 있었기에 배와 허벅지에 군살이 많은 그는 귀를 닫고 아침 일찍, 작업을 시작하기 전에 머리칼이 흘러내리지 않도록 반다나를 두르고 삭은 운동화를 신고 인도를 세차게 밟았고, 잘 닦인 길만 고집하지도 않았다. 그러면 안 된다는 건 알았지만, 밤새 잠에 취해 몽롱하던 심장이 새벽의 낡은 공기에 깨어나 더 세게, 더 빠르게 뛰기 시작하고 허파가 공기를 더 깊이 들이마실 때 물밀듯이 밀려오는 쾌감은 거의— 행복에 가까웠다.

그러니까 안 됐다. 거부할 수가 없었다. 그리고 자전거도 마찬가지였다. 바퀴를 있는 힘껏 밟으면 이번에도 행복이 찾아왔다.

하지만: (육체적인) 존재의 소모와 마모. 40이 목전이니 누가 봐도 중년인 나이. 반발하고 싶지만— 어이, 나 아직 팔팔해. 이제 시작이야. 나는 너, 너 그리고 너 같은 느림보들을 앞지를 운명으로 태어난 왕재수 천재 소년이야.

하지만 이제 빌어먹을 오른쪽 무릎이 진짜로 욱신거린다. 의자 위로 올라가는 것만으로도 고역이다.

자살자는 상황의 심각성을 알기에 올가미와 바닥의 간격을 꼼꼼하게 계산해 놓았다. 두말하면 잔소리지만 그 간격이 결정적이다. 너무 길면 의자를 발로 차도 (ECT를 받은 뒤에 회복실에서 이 순간을 수도 없이 상상했지만, 현실로 이루어질 줄은 몰랐다) 그의 목을 (죽을 정도로) 조르지 못한 올가미를 두 손으로 잡고 아무 이상 없이, 치욕스럽게 지하실 바닥으로 떨어지고 그만일 것이다. 하지만 그보다 더 끔찍한 사태는 따로 있다. 밧줄의 길이가 딱 몇 센티미터만 짧으면 발가락이 바닥에 닿아서 그의 체중으로 목이 부러지지 않을 테고, 그는 발끝으로 섬뜩한 춤을 추며 천천히 목이 졸리는 고통스러운 죽음을 맞이할 테니— 그 사태만큼은 피하고 싶다.

*맙소사, 내가 지금 도대체 뭐 하고 있는 걸까. 내가 지금— 이러고 있다고?*

변명을 점점 못 견디게 된 두 손이 올가미를 당겨 그의 목에 건다. 뒷덜미를 덮은 머리칼을 빼낸다. 이제 올가미를 *조이되*— (아직은) 숨을 쉴 수 없을 만큼 꽉 조이지는 않는다.

다음 단계는 의자를 발로 차서 치우는 것이다. 하지만— 목에 올가미를 걸고 떨리는 무릎으로 의자 위에 서 있자니 고개를 숙여서 발치를 내려다볼 재간이 없는데, 무슨 수로 의자를 발로 차서 치울 수 있을까?

"쌍."


*자살자는 그 이후에 그가 어떤 모습이 될지 상상해 본 적이 있을까?*

*자살자는 누가 그를 발견할지 상상해 본 적이 있을까?*

*아니나, 그렇다. 그렇다*(물론이다: 자살자는 강박적으로 모든 걸 상상한다).

하지만 아니다, 아마도 아니다. 뇌 속의 미세한 톱니바퀴가 작동을 멈추자 주류 판매점의 쇠창살 같은 것이 스르르 그의 의식을 덮어 흐릿해지고, 그의 서재에 방치된 지저분한 유리잔처럼 게슴츠레해진 눈으로, 강박적으로 지나치게 조율을 시도한 동시에 무모하고 무계획적이었던 삶의 수많은 잔재 속에서 사후에 발견된다는 것은. 세 개의 초록색 파일 캐비닛에 세 개씩 달린 서랍에는 꼼꼼하게 라벨이 달려 있지만, 마치 한 시간짜리 일을 앞두고 갑자기 지겨워진 자살자가 편지, 서류, 자료를 폴더에 쑤셔 넣고 서랍을 닫고 심심해진 어린애처럼 나가버린 듯 대부분 뒤죽박죽이다. 처음에는 알파벳 순서로 정리하다가 중간쯤에서부터 되는 대로 꽂아 책들이 억지로 끼어져 있고, 다른 책들 위에 가로로 놓여 있고, 앞줄에 꽂은 책들 사이로 뒷술이 언뜻 보이는 책꽂이도 마찬가지다.

그는 수천 장에 달하는 원고를 몇 묶음으로 정리할 것이다. 하드 디스크 드라이브, 디스크, 파일, 공책, 메모로 가득한 마닐라 봉투.

생각하고 싶지 않다— 하지만 그녀가 나를 발견할 거야.

생각하고 싶지 않다— 내가 어떻게 그녀에게 그런 짓을 저지를 수 있을까? 나를 그토록 아껴준 아내에게.

생각한다— 자업자득이지. 이기주의의 화신과 사랑에 빠졌으니 뭘 바랄 수 있겠어?

생각한다— 심지어 순교자들도 가끔 엉덩이를 맞아야 하잖아.

당면한 순간의 긴급 사태에 집중한다. 그 순간이 아니라 이 순간에.

자살자는 시작한 일을 마무리하고 싶은 마음이 간절하다. 그는 덜덜 떨리는 다리로 의자 위에 불안하게 서 있다. 경외하는 연인처럼 조심스럽게 두 손으로 올가미를 잡는다. 짜릿한 자부심을 느낀다— 그는 일곱 번 만에 교수대 올가미 매는 법을 터득했다. 다른 누구도 아닌, 모두에게 낙오자로 여겨졌던 해어가.

정상적으로 작동하는 완벽한 올가미다.

병원에서, (냉장고 같은) 회복실에서 이 순간을, 바로 이 순간을 얼마나 갈망했는지 떠올린다. 그 당시에는 감시에 구멍이 생겨서 그 혼자 보내는 오전이 생길 줄은 상상조차 하지 못했다. 그가 전화로

지시를 내렸건만—애원했건만—웬디가 차를 몰고 그를 퇴원시키러 왔을 때 투명 *외투*를 들고 오지 않았던 것을 떠올린다. *그것이 징조였다: 의심스러운 징조.*

그러니까 그는 용의주도하게 계획을 세웠다. 염탐하는 눈을 피해 투명 망토로 자신을 덮기로. 하지만 아내가 협조하지 않았다. 녹음기와 줌렌즈를 들고나온 시더 레인의 이웃 주민들뿐 아니라 모르는 사람들의 거칠고 조롱하는 시선에까지 자살자를 노출했다.

그는 의심하지 않는다. 아내부터가 그를 녹음하고 있다. 유명한 작가 또는 예술가의 (젊은) 아내가 남편 사후에 그와의 친밀했던 관계를 이용해 모든 것을 폭로하는 전기를 출간하는 것은 이번이 처음도 아니고 마지막도 아닐 것이다.

자살자는 그렇다고 워낙 확신했기에 그를 관찰하며 메모를 적는 웬디를 본 기억이 나는 것 같기도 하다. 종일 워드 프로세서 앞에 웅크리고 앉아 있었지만, 목과 허리와 머리와 가슴이 아픈 것 말고는 소득이 뭣도 없어서 피곤해진 *그가* 소파에 대자로 누워 있었을 때 *그녀가 그를* 향해 휴대선화를 들고 있는 것을 알아챈 기억이 나는 것 같기도 하다.

지하실에서는 가로로 난 좁은 창으로 자연광이 비스듬히 비출 뿐인데도 그는 눈이 아프다. 빌어먹을 처방 약을 바꾸고 빛에 극도로 예민해졌기 때문인데, 이 약을 먹기 시작하면서 변비까지 생겼다.

그보다 더 끔찍한 사실이 있다면: 다이어트 콜라가 부드러운 목넘김과 탄산의 인공적인 청량감을 잃었다는 것이다. 약을 바꾸고 나서는 맥주도 몇 모금 마시면 속이 메슥거려서 한 캔 이상 마시지 못한다. 어떤 약은 먹으면 머리가 아프다. 혈관이 펄떡거린다. 시야가 핏빛으로 침침해진다. 신장, 간. 형광 겨자색 소변 줄기. *그 세대를 통틀어 가장 탁월한 몽상가.*

과거에는 한 번도 이 단계까지 도달해 본 적 없다는 데 생각이 미친다— 실제로 올가미를 만들고 의자 위로 올라가는 단계……. 이 순간 너머에는 희미한 빛. 뭐지?

그는 그 빛 속을 빤히 쳐다본다. 그 너머가 보이지 않아서 실눈을 뜬다.

그를 질식시키던 진흙더미를 헤치고 기어 나와 그 힘으로 (진지하게, 체계적으로) 자살 준비를 시작할 수 있었던 3년 전(이 셋집이 아니라 별반 차이가 없는 오하이오의 다른 셋집에서 살 때였다)의 기억이 떠오르자 미소가 지어진다. 집에서는 아내가 (분명) 훼방을 놓을 테니 마을 변두리 어느 모텔을 무대로 점찍었다. 땅거미가 질 무렵에 필요한 모든 물품이 담긴 캐리어를 차 뒷자리에 싣고 차를 몰고 스타더스트 모텔 방향으로 고속도로를 달렸다. 맥주를 딱 한 병 마셨고 약도 평소보다 많이 먹지 않았다. 드디어—드디어!—끝장을 내러 나섰다는 데 전율을 느꼈다.

그런데: 모텔까지 반쯤 갔을 때 그가 고속도로에서 어떤 동물을 차로 치었다. 크기와 형체로 보았을 때 사슴으로 추정되는 것이(그가 생각하기에는 그랬다) 앞에서 무작정 길을 건넜는데, 너무 코앞이라 반응할 수가 없었고, 브레이크를 밟거나 아주 살짝이 아닌 이상 핸들을 돌릴 겨를도 없었고, 잠시 후 정신을 차리고 무슨 일이 벌어졌는지 파악했을 무렵에는 이미 엎질러진 물이었다. 그의 차가 미끄러지며 멈추어 섰고, 치인 짐승은 비명을 지르며 오른쪽 앞 펜더에 걸린 채 끌려왔다.

공포에 질려서 맨 처음 든 생각은: 사람이었어, 어린아이⋯⋯.

쿵쾅거리는 심장을 달래며 내려서 살펴보니 사람도 아니고 사슴도 아니고 여우였다.

자살자는 여우를 본 적이 거의 없었고 그렇게 가까이에서 본 적은 처음이었다. 고양이처럼 늘씬하고 털북숭이 꼬리가 달린 아름다운 동물이었다. 인간처럼 예리한 황갈색 눈으로 읍소하듯 그를 물끄러미 올려다보았다.

녀석은 개처럼 낑낑대며 숨을 헐떡였다. 펜더 아래에서 빠져나오려고 몸부림쳤다. 부러진 듯한 뒷다리를 보고 자살자는 경악했다. 아름답게 반질거리는 붉은색 털이 피로 축축했다.

자살자가 고속도로를 달릴 때 여러 번 본 콘크리트 건물이 있었다. *휴런 카운티 야생 동물 구조센터*. 다친 동물을 거기로 데려가면 될 것이다.

아파하는 여우의 허리를 잡고 펜더 아래에서 가까스로 끌어내, 꿈틀대며 헉헉거리는 녀석을 안고 차 뒷자리로 가서 시트 위에 내려놓았다. 분출된 아드레날린으로 머릿속이 하얘져서 그의 안위와 그에게 달려들어 뾰족한 이빨로 물어뜯을 수도 있는 다친 야생 동물을 안아서 옮기는 배상에 대해서는 선혀 생각하지 못했고 다행히 그런 일은 없었다. 자살자는 멍하니 늘어진 여우를 뒷자리에 싣고 과격하게 유턴해 쉼터로 달려갔다. 직원들이 여우를 건네받으며 괜찮을 거라고, 이제 가도 된다고 했지만, 그는 건물 안으로 따라 들어가며 어떻게 된 일인지 설명하려고 했다. 여우가 그의 앞으로 뛰어들었고, 제때 브레이크를 밟을 수가 없었고, 핸들을 돌릴 수도 없었고, 너무 갑작스럽게 벌어진 일이었고, 그의 탓이 아니었고⋯⋯

여우가 살 수 있을까요? 자살자는 지갑을 손에 들고 멍하니 서 있었지만, 직원들이 다시 한번 이제 가도 된다고, 내일 아침에 수의사가 출근할 때까지 최선을 다해 보살피겠다고, 그때까지 별일 없을 거라고 했다.

사살사는 냉한 농시에 웅문한 상태로 거기서 나왔다. 그 아름다운 동물을 안아서 들어 올렸다니! 동물을 좋아한다고 생각해 본 적 없고, 인간들 대부분이 공유하는 동물 사랑의 정서에 넘어간 적 없었던 그는 (후줄근한 스타더스트 모텔은 까맣게 잊고) 집으로 가는 내내 그 장면을 머릿속으로 재연했다. 젊은 직원들을 따라 쉼터 안으로 들어가는 그를 보고, 희망이 고스란히 느껴지는 말투로 이렇게 묻는 그의 목소리를 들었다. *그 아이를 살려주실 수 있나요? 비용은 제가 드릴 수 있는데……*.

자살자는 집으로 돌아가 구조센터에 전화했지만 녹음된 메시지만 흘러나왔다. 다음 날 아침에 다시 전화했을 때는 수의사가 이제 막 출근해 여우를 살피고 있다는 이야기를 들었고, 조금 있다가 다시 전화했을 때는 여우가 응급 수술을 받고 한쪽 다리를 절단했지만 생명에는 지장이 없을 것 같다는 이야기를 들었다. 이 소식에 자살자는 무한한 감사와 안도를 느꼈고, 그날 바로 휴런 카운티 야생 동물 구조센터에 500달러짜리 수표를 보냈다.

그는 '그의' 여우가 보고 싶어서 웬디까지 태우고 쉼터를 다시 찾아갔지만 좀 더 규모가 큰 다른 센터로 이송된 뒤였다. 아무 목적 없이 찾아가기에는 너무 먼 곳이라 스타더스트 모텔을 두 번 다시 떠올리지 않았듯 '그의' 여우도 두 번 다시 만나지 못했다.

그리고 지금 그는 다른 셋집의 쓸쓸한 곰팡내를 풍기는 지하실에서 의자 위에 웅크리고 앉아 바보처럼 미소를 지으며 그 사건을 떠올리고 있다. 그 사건에 관해 쓰거나 쓰려고 시도조차 한 적 없는 이유는 그런 감정, 평생 딱 한 번 베푼 '선행'에 알맞은 단어가 없었기 때문인데, 그러자 웃음이 터지고 바로 그 순간 목적과 확신이 온몸으로 번지며 반신반인처럼 다리에 불끈 기운이 샘솟아 처치 곤란했던 의자를 아래에서 '차내자'— 갑자기 그가 스르르 떨어지고— 목에 걸쳐졌던 올가미가 당장 팽팽하게 조여지고— 숨을 쉴 수가 없고— 목구멍이 꽉 닫혀서 소리를 지를 수도 없고— 손가락으로 올가미를 잡아당기자 손톱이 부러지고 깨지지만— 너무 늦었다…….

*도와줘. 이럴 생각은…….*

숨을 쉴 수가 없고, 도와달라고 소리를 지를 수도 없고, 밧줄에 걸려서 목이 부러졌어도 그는 여전히 섬뜩하게 살아 있고, 심연 위에서 대롱거리는 동안에도 여전히 의식이 있고, 말을 할 수 없는 벙어리라 살려달라고 무호흡으로, 무음으로 애원하는데 멀리서 일어나, 일어나, 하는 소리가 들린다. 그의 미리 바로 옆 가까운 데서 나는 모르는 목소리고, 머리 바로 옆에서 거대한 말벌이 윙윙거려서 쫓아버리고 싶지만 팔이 납덩이 같아서 늘 수가 없다…….

눈을 뜬다. 멍하니 바라본다. 여기가 어디지?

아직 병원인가? 회복실?

머리가 욱신거린다. 뇌가 전기 충격을 맞았다. 지져져서 너덜너덜하다. 척수가 절단돼 마비됐고 노보카인 마취제를 맞은 것처럼 아무 감각이 없다.

*일어나, 제발 눈 좀 떠봐. 나를 봐.*

불빛이 너무 환하고 얼굴들이 너무 선명하다.

그가 눈을 감자 여럿이 동요하며 일어나라고, 눈을 뜨라고, 일어나 앉아보라고 다그친다. 하지만 그는 스위치를 내려 불을 *끄듯* 뇌를 *꺼버리고* 싶은 생각뿐이다. 다리를 움직여보려 하지만 발이 너무 멀어서 연결되지 않고, 진이 다 빠져서 극도의 절망과 무기력에 빠진 어린애처럼 울고 싶어진다. 그 마음이 너무 커서 잠이 들고 싶고, 모든 의식을 꺼버리고 싶다. 다리를 움직여 두 팔로 무릎을 끌어안고 우산처럼 몸을 접어서 그를 *꺼버릴* 수 있다면 얼마나 좋을까.

이제 그 여자의 목소리가 들린다. 희미하게 떨리는 희망 어린 목소리는 귀에 익지만 이름은 기억이 나지 않는다……

잠 속으로, 잠이라는 달콤하고 어두컴컴한 진흙 속으로 다시 돌아가고 싶은 마음이 간절하지만, 이제는 뇌가 불빛으로 썻겨 눈이 떠지고, 위에서 어렴풋이 보이는 사람들 얼굴 속에 *그녀의* 얼굴이 있다— 아내의 얼굴이……

낯익은 여자가 씩씩하게 미소를 짓고, 너무 환한 불빛을 똑바로 바라보고 있는 것처럼 눈을 열심히 깜빡이며, 눈이 부어서 더는 어려 보이지 않는 얼굴로 초조하게 그의 손을 꼭 쥐지만, 그의 손은 아무 반응이 없다. 차갑게 늘어진 손가락은 피도 신경 감각도 차단된 것 같은 느낌이고, 묵직한 쐐기 같은 손이 *그의* 손인가 보다라고 감지한 순간, 꽁꽁 얼어붙었던 팔다리 위로 따뜻한 물줄기가 계속 흘러 체온이 돌아온 듯 그의 발도 되살아나기 시작한다.

회복실은 왜 이렇게 추울까! 당신은 거기에 분개하고 당신이 지금 조종당하고 있다는 것을 알아차린다. 의료진이 위에서 허리를 숙이고 깨우고 있다. 당신이 편안해지는 것이 싫어서, 당신이 잠이

드는 게 싫어서, 정신을 차려야 하기에— 당신이 두려워하는 것이 그 각성 상태이고, 슬픔과 공포를 불러일으키는 것이 그 각성 상태이건만.

그 여자가 당신의 위에 대고 다정하게 속삭인다. 그 여자는 (힘이 없는) 당신의 손을 부여잡고 있다.

(마비된 척하면 그들이 당신을 혼자 두고 나갈 것이다. 마취약 때문에 감각이 전혀 없어서 어느 쪽 다리가 절단됐는지도 전혀 모르겠다.)

(달려오는 자동차 앞으로 무작정 뛰어들다니…… 포장도로를 따라 끌려가는 동안 몹시 고통스럽지만 누군가가 명랑하게 생명에는 지장이 없을 거라고 선언한다.)

거의 눈도 뜨지 못하고 혼수상태로 누워 있는 환자를 앉힐 휠체어가 등장한다. 이 사람들이 옆에 그는 없고 그의 몸만 있는 것처럼 그의 상태를 의논하다니 무척 모욕적이다.

아내는, 아이에게 심각한 문제가 있는 건지 아니면 그냥 까탈을 부리는 건지 가늠하지 못하는 엄마가 아이를 살살 달래듯 그를 살살 달랜다.

그가 도대체 왜 그의 미니미를 원하겠는가! 또 한 명의 그가 생겨나다니 그보다 더 끔찍한 건 없다.

그가 응급 수술을 받은 이유를 아무도 설명해 주지 않는다. 그가 귀청 떨어져라 사이렌을 울려대는 구급차를 타고 여기로 실려 온 이유도. 한쪽 다리가 절단됐고 척수가 허리쯤에서 끊긴 것 같지만 이건 사고 때문일 수도 중증 영양결핍 때문일 수도 있다.

뭔가가 그의 목을 조이고 있다. 세게, 좀 더 세게. 숨을 쉬려고 했다가 쉴 수 없다는 것을 알게 될까 봐 겁이 나서 숨을 참는다.

그들이 그를 들어서 휠체어에 앉히기 전에 얼굴에 산소마스크를 씌운다. 부드럽고 차가운 공기, 달콤한 공기가 콧구멍 안으로 흘러 들어오는데— 익숙한 느낌이다. 피에로가 요란하게 손뼉을 치자 아이들이 눈을 크게 뜨고 입을 떡 벌리며 정신을 번쩍 차리는 듯한 느낌이라고 할까.

그녀가 그의 두 손을 잡아서 그녀의 가슴에 대고 꼭 누른다. 따뜻하게 뛰는 그녀의 심장, 유방, 가슴. 모르는 사람들 앞에서 이런 애정 표현이라니 불편하다. 만약 다른 남자와 시선이 마주치면 그는 윙크할 테고, 그들은 서로 흘끗 눈빛을 주고받을 텐데, 이제 그녀의 이름이 생각난다— 웬디.

한심한 이름이다. 아내가 한심하다. 그의 인생에서 한심한 것은 극히 드문 일이라 그는 울음을 터뜨린다.

"해럴드? 나야. 사랑해……."

뺨을 타고 흐른 눈물이 머리를 누인 베개로 곧장 떨어진다. 사랑은 일종의 익사와도 같은 것, 눈물은 넘쳐흐르고, 그는 항상 불현듯 휩쓸린다.

누군가가 그에게 일어나 앉아보라고 한다. 다리를 침대 밖으로 내려보라고 한다. 우리가 잡고 있으니 넘어지지 않을 거라고 한다.

좀 더 거칠고 골똘한 음성— 초록색 옷을 입은 마취과 의사다.

그는 항상 마취과 의사와 농담을 주고받는 사이로 발전하는 것을 좋아하지만 그의 이름은 절대 모른다. 마취가 되는 동안 환자에게 100에서부터 거꾸로 세라는 과제가 주어지지만 승패의 열쇠는 항상 마취과 의사의 주머니에 들어 있고, 초록색 옷을 입은 악마가 항상 이긴다.

사실: 환자를 재우는 건 쉬운 부분이다. 어려운 부분은 환자를 다시 깨우는 것이다.

충격 요법을 받기 전에 마취과 의사와 재미있는 농담을 숱하게 주고받는다. *지금 당장 나 죽여봐요, 뭐 어때요. 못 하죠?*

당연히 승리는 항상 마취과 의사의 몫이다. 도발한 사람 꼴만 우스워진다.

그가 의사가 됐다면 바로 그 과를 선택했을 것이다. 아니면 병리학과.

환자를 보지 않고 그 누구의 개입도 없는. 그들을 알아나가거나 그들에게 책임감이나 죄책감을 느낄 필요가 없는. 특히 병리학과 환자들은 절대 불만을 제기할 일이 없다. 제멋대로 굴거나 의사의 권위에 도전할 일도 없다. 마취제를 투여받았다가 의식을 되찾지 못하고 죽거나 죽지는 않더라도 의식을 되찾지 못하고 평생 혼수상태로 남는 경우가 있는 건 사실이지만, 그래도 마취과는 환자가 없으니 얼마나 다행인가.

(납녕이처럼 무거운) 그의 다리가 침대에서 다른 데로 옮겨진다. 그의 몸이 휠체어에 앉혀진다. 웬디가 허리를 숙여 수염을 깎지 않아서 까칠한 그의 뺨에 살짝 입을 맞춘다. 그의 두피가 욱신거리고 화끈거린다. 머리칼에서 탄내가 난다. 병원에서 그에게 무슨 짓을 저지른 걸까? 전두엽을 절제했나? 그는 밧줄 끝에 매달려 고통으로 몸부림치는 것이 아니라 (어찌어찌) 냉장실의 다른 사람들 앞으로 옮겨졌고, 그중 한 명이 그럴 권리라도 있는 듯 그의 손을 꼭 잡는다.

그녀다. 아내.

그렇다면: 그 일이 (아직) 벌어지지 않은 걸까?

그의 심장이 찔린다— 그 여자의 얼굴에 담긴 사랑에! 그는 그것에 무너져 겸손해지고 고마워진다. 나도 당신 사랑해. 아주 많이. 이렇게 속삭이고 싶지만, 그 말이 딱딱하게 굳은 모래처럼 목구멍에 걸려서 나오질 않는다.

그는 거기가 어디이고 그가 왜 거기 있는지 잊었다. 다른 곳에서 뭐가 그를 기다리고 있는지 잊었다.

그는 지금까지 받아온 그런 사랑에 합당한 인간이었던 적이 없었다. 하지만 앞으로는 *사랑하기로* 결심한다.

그를 에워싸고 환하게 불을 밝힌 이 하얀 (그리고 냉장고 같은) 공간이 뭔지 몰라도 거기에 합당한 인간이었던 적이 없었다.

실제 삶. 말이 아니라 세상. 이 세상.

소설이 아니라. 책 속의 한 페이지가 아니라. *그의* 소설이 아니라.

실제 삶. *그가 속한.* 밖에서, 위에서 떠다니지 않는. 그보다 뛰어나지 않은. 거기에서 숨을 마시는.

바로 이것이다. 바로 이것.

*바로 이것인가?*

# III

베
이
비

모
니
터

## 1

공포가 어떤 건지 알고 싶으면 아이를 낳아라.

## 2

장문을 누드리는 우박 같은 훼방꾼 때문에 끊임없이 삼을 설치
며 괴로운 6개월을 보낸 뒤에 아기 침대를 안방에서 다른 방으로 옮
긴 건 엄마의 뜻이 아니었다. 안방 바로 옆 아기방에 보안 카메라 기
능이 탑재된 베이비 모니터 시스템을 설치한 것도 엄마의 뜻이 아
니었다. 그걸 설치하자마자 7단계로 볼륨 조절이 가능한 실시간 오
디오/양방향 통화 시스템/초근접 촬영이 되는 디지털 줌/충전식 배
터리/야간 모드 기능과 같은 고급 사양이 탑재되도록 업그레이드한

것 역시 더군다나 엄마의 뜻이 아니었다.

(특히 엄마라면 섬뜩한 '야간 모드 기능'을 선택할 리 없었다. 그녀에게 선택권이 주어졌다면 말이다.)

3

엄마는 '아기방'이 안방 바로 옆이니 아이가 칭얼대거나 부스럭거리거나 밤에 배가 고파서 또는 기저귀가 젖어서 울 때 아무 문제 없이 가서 들여다볼 수 있다고 했다. 그녀의 어머니, 그 어머니의 어머니, 그 어머니의 어머니는 우스꽝스러운 전자기기가 없어도 아이의 본능적인 욕구에 기민하게 대처할 수 있었으니 이 엄마도 고전적인 방식으로 아이의 호출에 응하고 싶다고 반발했다. 아이가 내는 모골이 송연한 고양이 울음소리나, 예민한 엄마의 귀에는 왕게의 집게발이 벽을 긁는 것처럼 또렷하게 들릴 아이의 아주 조그마한 칭얼거림이면 충분하다고 말이다. 그런 소리가 들리면 엄마는 당장 잠에서 *깬다*. 성냥불이 거대한 밤하늘을 비추듯 잠에서 *깬다*. 감각이 없던 신경 다발 속에서 충혈된 눈이 번쩍 뜨이고, 엄마는 잠에서 *깬다*. 곯아떨어진 남편을 그냥 빨래 더미처럼 아니면 그야말로 불어 터져 아무것도 느끼지 못하는 시체처럼 쿰쿰하니 따뜻한 침대 위에 내버려두고, 맨발로 비틀비틀 잽싸게, 시위를 떠난 화살처럼 정확하게 바로 옆 아기방으로 건너간다. 숨을 헐떡이며 몇 초 만에 아기 침대 옆으로 다가가, 옹골차고 뜨겁고 그 묵직함이 기적처럼 느껴지는 아이를 안아 올려 칭얼대면 어르고, 기저귀를 갈아주고, 배고파하면 젖을 먹일 준비를 한다(아기들은 수시로 배고파한다! 어마어마하게 묵직하고 욱신거리는 엄마의 유방에서 아기가 빨길 바라느라 이미 젖이 새고 있다). 거짓 경보라 그녀가 울음소리를 들은 걸로 착각한 거였다면 아기를 괜히 건드리지 않고, 쿵쾅거리던 심장이 잠잠해지고 빨라졌던 호흡이 거의 정상적인 수준으로 가라앉을 때까지 *그녀의 아기*를 물끄러미 내려다보는데, 이때 느껴지는 그 속절없고 황홀한 사랑은 공포와 구분이 되지 않는다.

지금 이 세상에서 살고 있거나 과거에 살았던 모든 사람을 통틀어 *이 아기의 엄마는 한 명뿐이다.*

4

그리고 그 사람이 바로: *그녀다.*
그래서 아기의 안위를 책임진 사람이: *그녀다.*

5

아이 아빠에게 아니라고, 그녀는 그럴 필요성을 못 느낀다고 기분 나빠하지 않게 설명했다.

안다고, 이해한다고, 그녀도 시부모님의 배려를 고맙게 생각한다고, 하지만 싫다고— 이 집에 다른 전자기기는 추가할 필요 없다고.

그리고 얼마 지나지 않아 그들의 안방에 설치된 이것. 보안 카메라 기능이 탑재된 베이비 모니터 시스템! 야간 모드 화면! 어이가 없었다.

그에게, 아이 아빠에게 그건 왠지 모르게 부자연스럽고 섬뜩하다고 말했다. 그들의 삶 속에 베이비 모니터를 설치하는 건. 정상적으로 잠을 자거나 그럴 수 있길 바라는 대신, 아이의 목숨을 지키겠다는 데 집착하며 침대 속에서 껍데기 없는 연체동물처럼 자는 아이를 부연 흑백 모니터를 통해 기나긴 밤 동안 지켜보겠다고 작정하다니.

티머시는 짜증 섞인 폭소를 터뜨렸다. 과장이 너무 심한 거 아니야?

밤새 뜬눈으로 베이비 모니터를 지켜볼 필요는 절대 없지 않느냐고 짚고 넘어갔다. *집착*(그가 아니라 그녀가 쓴 단어였다)할 필요가 없지 않느냐고.

"심지어 그걸 볼 필요도 없어. 내 쪽 침대 옆에 설치할 거니까. 사실 *끄고* 있어도 돼. 뭐가 문제야? 우리 엄마는 도움을 주려고 그러시는 것일 뿐인데."

남편은 화를 내고 나무라는 투였다. 로리가 자기 부모님, 특히 자기 어머니를 비난하는 기미가 조금이라도 느껴지면 남편의 목소리가 가늘어지고 음이 한 옥타브 높아졌다. 경고였다.

그래서 로리는 얼른 말을 바꿨다. 당연히 고맙다고. 그의 부모님은 참 마음이 따뜻하고 정이 많으시다고. 늘 그랬다고.

그의 부모님은 첫 손자를 위해 대부분 쓸모없는 값비싼 물건을 수도 없이 사서 안겼다. 몇 달째 온갖 거추장스러운 *신생아* 관련 용품을 온라인으로 주문해 선물 잔치를 벌이는 중이었다. 각자 오랫

동안 직장생활을 하다가 은퇴해 돈과 여유가 있지만 호화로운 삶의 낙이 없는 나이다 보니 티머시의 어머니는 크게 기대하던 할머니라는 새로운 역할에 열을 냈다.

아이 엄마인 그녀는 그들의 심기를 건드리지 않게 조심해야 했다. 시부모의 '남는' 차를 받아서 쓰고, 집을 살 때 그들에게 경제적인 도움을 받았다면 그보다 약소한 선물과 포상금을 공손하게 거절할 때 도덕적인 관점에서 위선자처럼 보이지 않을 도리가 없다.

티머시에게 선물이야 감사하지만, 그들이 깨어 있는 시간 동안 전자기기 *화면*을 이미 너무 많이 보고 있으니 걱정이 돼서 그런다고 설명했다. 일하는 동안에는 거의 온종일 컴퓨터. 휴대전화, 아이패드. 진짜 사람과 사물이 아니라 가짜 사람과 사물에 시선이 고정돼 있으니 뇌가 안 좋은 쪽으로 변형되지 않겠느냐고.

"이런 기기들이 우리를 감시한다고들 하잖아. 우리를 녹화한다고. 우리 일상을 계속 감시당하고 있는데 상관하지 않다니 이상하지 않아? 어쩌다 그렇게 됐을까?"

티머시는 꿈쩍 않는 눈치였다. 그들도 알다시피 이건 그냥 '겁주기 작전'이었다. 우리는 감시 상태에서 살고 있거나 조금만 방심해도 감시 상태에서 살게 될 거라는 엄포. "내가 보기에 정보를 수집하는 건 대개 광고가 목적이야. 잠재 고객을 겨냥한 광고 말이지."

오래전부터 프라이버시, 개인의 권리, 발언의 자유, 언론의 자유를 열렬하게 옹호했던 티머시가 아닌가! 그랬던 그가 이렇게 무사태평한 말을 하다니 로리로서는 복장 터질 노릇이었다.

*자기 엄마를 변호하느라 그래. 다들 남편과 시어머니 사이에는 절대 끼어들지 말라고들 하더니만.*

"······내가 하고 싶은 말은 뭔가 하면 그게 부자연스럽다는 거야. 낮 동안 아이랑 같이 있는 건 자연스러운 행동이지만 밤에 아이를 쳐다보는 건 그렇지가 않잖아. 전에는 아무도 '베이비 모니터'라는 걸 쓰지 않았어— 우리 부모님도 할아버지, 할머니도 그 윗대도······."

로리는 힘없이 말끝을 흐렸다. 그녀의 말투가 정상이 아닌 것처럼 들렸다. 겁에 질린 것처럼 들렸다.

티머시는 그런 그녀를 보고 당황하기라도 한 것처럼 웃음을 터뜨렸다. 전에는 그런 식으로 심하게 과장한 적이 없지 않느냐고 했다. 그런데 요즘 들어······.

(요즘 들어. 로리는 그 말에 상처를 받았다. 불균형해진 그들의 관계에 기분이 나빠졌다. 마치 출산과, 고귀한 동시에 사람을 겸손하게 만들고 끝이 나지 않을 것 같던 그 이전의 임신 기간을 거치며 아내와 남편 양쪽 모두 준비 없이 새로운 역할을 맡게 되었는데, 당연히 '엄마'로 지정된 그녀만 과거의 자신과 비교해 지금의 자신을 변명해야 하는 굴욕적인 입장에 놓였다.)

티머시는 베이비 모니터의 목적이—그 뭐라더라?—SIDS 방지 아니냐고 한다. 영아 돌연사 말이다. "그런데 베이비 모니터가 무슨 수로 그걸 방지하는지 모르겠네. 애가 갑자기— 숨을 쉬지 않으면 말이야. 한밤중에 그러면 거기서 무슨 소리라도 나는 걸까?"

이 말에 로리는 얼어붙었다.

남편이 도대체 *왜* 그런 말을 하는지 알 수가 없었다. 이제 겨우 6개월 된 아이의 *아빠*가.

충격을 받고 겁에 질린 로리의 표정을 보고 티머시는 손을 내밀어 얼음장처럼 차갑고 터서 까칠한 아내의 손을 꼭 쥐었다. 아내가 아니라 낯선 이의 손 같은, 조금 거칠고 완강하며, 남성성 자체와 상처를 줄 수 있는 그 남성성의 능력을 거부하듯 그를 거부하는 그 손을 쥐고 웃음을 터뜨렸다. 이 여자, 아이 엄마, 그의 아내를 달래 예전처럼 편안하고 다정하게, 공범처럼 웃을 수 있길 바라며 애써 웃음을 터뜨렸다. 하지만 그 웃음은 쓰이지 않아 조금씩 잊히고 해석할 수 없게 되어버린 언어처럼 그들 사이에서 점점 사라져가고 있었다.

"미안해, 여보. 내가 바보 같은 말을 했네. 갓난아이가 자다가 죽는 확률은 그야말로 1백만분의 1도 안 될 거야."

두 팔로 그녀를 감싸고 그의 품 안에 끌어안았다. 그녀를 위로하고 달랬다.

"……그냥 설명서에서 읽은 거야. 그걸 얘기한다는 걸 깜빡했네."

로리의 말이 맞았다. 그들의 집에 다른 장치, 고장 날 비싼 기기는 더는 필요 없었다. 그리고 감시의 대상이 그걸 인지하지 못하는 모든 종류의 감시, 누군가를 그 사람은 모르게 지켜볼 수 있는 상황은 부자연스러운 구석이 있었다.

"그 바보 같은 장치는 상자에서 꺼내지 말자. 우리 엄미는 그래도 모를 거야."

티머시는 남편의 격성을 남아서, 아이 엄마의 손을 꼭 쉬며 안심시켰다. *봐, 나는 당신 편이야.*


6


*네 편은 아무도 없어. 결국 너는 혼자야.*

베이비 모니터

251

*너와 아이뿐이고, 너는 그 아이를 죽지 않게 지킬 책임이 있어.*

7

리벳이 헐거워진 기계처럼 하루하루가 간신히 굴러간다.

그날 밤, 불을 끈 안방의 침대에 누워 몇십 센티미터 앞에 눈높이로 설치된 조그만 화면을 자정 이후 몇 시간이 지나도록 넋 놓고 바라본다. 아이 아빠는 그녀가 뜬눈으로 보초를 서고 있는 줄 전혀 모른 채 반대편으로 돌아누워서 자고 있고, 두말하면 잔소리지만 그 끔찍한 단어—SIDS, 영아 돌연사—가 그의 입에서 튀어나온 순간 운명론자였던 동유럽 농민 출신 조상들이 그녀에게 대물림한 우주적 부조리의 원칙에 따라 분명해졌다. *당연하지, 빌어먹을 베이비 모니터를 설치하지 않으면 아이가 죽을 거야.*

그것도 그녀 쪽에. 그녀 옆에.

자정 후 그 몇 시간 동안 엄마의 멍한 두 눈은 침대에서 잠을 자는 아이의 형체를 비추는 15센티미터 곱하기 20센티미터짜리 화면에 고정되어 있다. 형체가 초음파 사진처럼 어둑어둑하다. 조그맣게 축소돼 인간의 아이라기보다 이목구비의 발달이 덜 된—(감긴) 눈, (아주 작은) 코, (조그만) 입술—아메바 같다.

아이는 거의 머리, 가슴, 팔만 보인다. 조그만 손은 엄마가 소름 끼치는 자료 사진에서 본, 탈리도마이드(1960년대에 기형의 원인이 될 수도 있음이 밝혀질 때까지 임산부에게 진정제로 처방되던 약물-옮긴이) 기형아의 어깨에 달린 물갈퀴 비슷하게 생겼다.

(하지만 어떻게 그럴 수가 있는지 엄마는 의아해한다. *그녀는 임신 중에 탈리도마이드를 먹은 적이 없지 않은가. 탈리도마이드의 시대는 수십 년 전에 끝났다.*)

불이 꺼진 방 안에서 시간이 잔인하리만치 느리게 흐른다. 조만간 아이에게 젖을 먹일, 젖을 먹여야 하는 시간이다: 다행이다.

마침내 잠을 잘 수 있는 가능성이 *완전히* 사라지면, 아이가 울음을 터뜨리면 *완전히 깨어 있다*는 사실이 위안이 된다.

……비틀비틀 아기방으로 들어가 덜 아픈 쪽 젖을 물린다.

아이와 한방에서 잤을 때는 아이가 뭐가 필요해서 폭격을 퍼붓듯 당장 그들을 깨웠는지 분명했다.


이제는 아이가 방 벽 저편에 멀찌감치 떨어져 있으니 착각의 여지가 있다. 그녀는 아이를 버리고 다른 방, 침대 위에 설치된 베이비 모니터를 믿기로 했다.

너무 피곤하고 눈꺼풀이 너무 무겁다. 행복하게 피곤하다. 기적과도 같은 출산과 연관 있는 일이라면 무엇이든 *행복하다*.

그러니까, 출산 이후에는 말이다. 엄청난 수고가 기다리고 있던 그 이전에는 기본적으로 *만의 하나*라는 불안이 있었다.

(그 *만의 하나*에서 모든 불안이 솟아난다. 순도 백 퍼센트의 공포가.)

*아이의 몸에 초점이 맞추어진 일련의 일*—(기저귀 갈기, 목욕, 모유 수유/젖병 수유)—을 반복 수행하며 생후 1년도 안 된 아이의 엄마로 아주 긴 하루를 보낸 뒤, 이제 고요한 밤에는 몇 미터 옆 어둠 속에서 희미하게 어른거리는 흐릿한 화면에 집중한다.

모니터 속의 아이를 빤히 응시하다가 조그만 손이 길이가 정상적인 팔에 달린 것을 보고 안도한다. 당연한 것을.

그리고 그 조그만 손이 떨리는 것을 보고 엄마는 다시 안도한다. *그래 네 아이는 살아 있어, 어이없게 굴지 마.*

안전하니 이제 아이 엄마는 자도 된다. 무거운 눈꺼풀을 닫아도 된다. 잔뜩 경계 중인 뇌를 꺼도 된다. 하지만 야간 모드 화면이 그 옛날 뉴스 영화처럼 섬뜩하게 색이 빠진 상태라는 데 심란해진다. 사진처럼 선명한 흑백이 아니라 위험한 풍경 속을 이동하는 안개처럼 흐릿하고 부연 회색이라 아이 엄마는 다른 시대, 다른 생애의 뉴스 영화를 대하듯 넋을 잃고 바라본다. 모니터 안에서 잠자는 아이는 그녀의 아이가 아니라 모르는 사람의 아이고, 엄마는 같은 종족의 아이를 향한 보편적인 염려와 연민 외에는 어떤 감정도 느낄 필요가 없다. 그렇다면 오래전에 태어난 이름 모를 아이, 어쩌면 '외국인'일 수도 있는 이 아이는 뉴스 영화에서만 존재하고, 살아 있는 그 누구도 기억하지 못할 것이다. 그 당시 살고 있던 사람들은 모두 이 세상에 없을 테니.

모두 *저세상으로 떠난 수백만 명 중의 한 명.*

다들 추천하길 아이 엄마는 여건이 허락하는 대로 눈을 붙이라고 한다. 아이들은 대개 스물네 시간 중에서 최대 열다섯 시간까지 잠을 잘 수 있지만, 안타깝게도 몇 시간마다 한 번씩 깬다.

아이가 태어난 지 6개월이 지났을 때 소아과 의사가 부모도 잠을 좀 편히 잘 수 있게 아이를 다른 방으로 옮기면 어떻겠느냐고 했다. 둘 다 수면 부족으로 고생하고 있었고, 수면이 부족하면 예민해지고 참을성이 없어지고 숨이 가빠지며, 이들의 경우 엄마는 마흔, 아빠는 마흔네 살이 되어서야 아이를 낳았으니 일반적인 불안지수가 높아질 수 있다고 했다.

제왕절개 수술 후 몸이 회복되는 속도가 생각했던 것보다 느리다. 임신 기간에 찐 살도 더디게 빠진다.

*젊은 나이가 아니라서 그래. 왜 그렇게 아이를 늦게 낳았니!*

*무서워서. 정체 모를 공포 때문에.*

아직도 거의 날마다 속옷에 피가 묻어난다. 헤집어진 자궁은 더디 낫는다. 너무 갑자기 움직이면 골반 주변이 찢어질 듯이 아프다.

다들 잘 수 있을 때 자라지만, 엄마는 단 몇 초라도 눈을 감으면 안 된다는 걸 안다. 그것이 속임수이고 유혹이다. 수정을 거쳐 임신이 된 이후로 그녀가 (부지불식간에, 비자발적으로) 참여 중인 게임의 조건이다.

그걸 녹화할 베이비 모니터가 없으면 (분명) 생기지 않을 일이 아이에게 벌어질 테니 잠을 자면 안 된다.

(모니터 속의) 아이가 부스럭거리는 것 같길래 한쪽 팔꿈치를 딛고 몸을 일으킨다.

새벽 2시, *수유 시간이 됐나?* 그녀는 흥분과 기내로 몸이 전율하는 것을 느낀다.

따뜻한 물이 팽팽하도록 담긴 주머니처럼 묵직한 유방. 아이에게 수유할 생각만 해도 젖이 새기 시작한다.

몸으로 사는 삶: 축축해질 일이 이렇게나 많은.

처음에는 수유가 고통스러웠다. 아이가 물고 빠는 엄마의 젖꼭지는 엄마의 몸 중에서도 가장 예민한 부분, 아이가 힘차게 빠는 것은커녕 깃털처럼 가벼운 건드림에도 거의 감당할 수 없을 만큼 예민해지는 부분이다.

여성의 성기처럼. 클리토리스: 오로지 신경 말단으로 이루어진, 거의 감당할 수 없을 만큼 예민한 곳.

아이 엄마는 그때를 떠올리며 몸서리친다. 몸으로 *사는 삶*은 도전이기에.

모니터 안에서 아이가 쪼그라든 것처럼 보인다.

이건 아기방 침대에 누워 있는 아이일까 아니면 초음파 사진 속의 6개월 된 태아일까? 로리는 병원에서 의사가 보여준 어슴푸레한 이미지를 빤히 쳐다보았던 기억이 난다.

순간 로리는 혼란스러워진다. 머릿속이 어지러워서 화면 속의 이미지를 초음파 사진과 헷갈린다. 이것이 6개월 된 태아의 초음파 사진이라면 출산의 고통이 아직 남았다는 뜻이다. (솔직히) 두 번째는 견딜 수 있을까 싶다.

진통이 전기 충격처럼 하복부를 강타하자 그녀는 살려달라고 비명을 질렀다. 목이 쉴 때까지 비명을 질렀다. 그럴 줄 알았다면, 얼마나 아플지 알았다면 그녀는 *임신도 됐고 남편도 됐고 다 사양하겠다*고 했을 것이다.

그런 시련을 유발한 남자를 절대 용서할 수 없다. 그녀의 몸 자체가 벌어졌고 전과 다르게 뒤틀렸다.

그것이 게임이다: 남자와 여자의 게임. 게임의 규칙을 받아들이는 한 어떤 여자도 이길 수 없는 게임.

오로지 게임 밖으로 나가야, 틀에서 벗어나야 이길 수 있다. 하지만 무슨 수로? 그녀는 탈출하려고 몸부림치며 아무것도 없는 벽을 손톱이 부러지도록 할퀴고 흐느끼지만, 무슨 수로 빠져나갈 수 있는지 전혀 알지 못하는 사람과도 같다.

"아, 어떡해!" 그녀의 눈이 번쩍 떠진다. 거기가 어딘지 전혀 모르겠고 위험하다는 것만 알겠다.

(그녀가 잠이 들었나? 얼마나? 잠이 들면 안 된다는 걸 알건만.)

몇 미터 멀리서 반짝이는 화면을 본다. 이제 기억이 난다.

뭔가가 달라졌다. 위에서 맴도는 맹금의 그림자처럼 시커먼 그림자가 아이를 덮었다.

그녀는 침대 옆 바닥에서 리모컨을 더듬더듬 찾는다. 화면을 줌으로 당겨서 그게 뭔지 확인해야겠다. 뭔가가 움직이자 그림자가 물결친다. 날개인가? 새가 아기방에 들어왔나, 아니면 박쥐? 하지만 열어놓은 창문이 없다고 그녀는 확신할 수 있다.

물결치는 그림자 때문에 깼는지 아이가 꼼지락거리기 시작한다. 완전히 깨지는 않았고 깨어나는 중이다. 그 작은 속눈썹을 바르르 떨며 조그만 눈을 뜬다. 통통한 두 팔로 버둥거린다. 로리는 부리가 뾰족한 새의 실루엣이 아이의 얼굴을 덮은 것을 보고 경악한다.

아이가 입을 벌리고 (무음으로) 비명을 지른다.

침대 왼쪽에 누워서 모니터를 보고 있던 아이 엄마는 축축한 이불을 획 제친다. 아이와 엄마가 다른 모두를 배제한 절묘한 친밀감 속에서 단둘이 신 하루들 보내는 동안 그랬듯이 아이 아빠는 까맣게 잊고 미친 듯이 뛰쳐나간다. 이 남자에게 원망은 없고, 그녀와 아이를 행복하게 잊고 젖은 빨래처럼 깊은 잠을 계속 잘 수 있다는 데 질투하지도 않는다. 처음 임신했을 때부터 알았다시피 이 문제, 아이와 관련된 이 문제의 책임은 산사태처럼 오롯이 그녀에게 향한다.

너는 혼자야, 네가 원했던 일이잖아. 네 옆에 너 말고는 아무도 없어.

공포에 질린 채 아기방으로 비틀비틀 들어간다. 침대 뒤편 바닥에서 밤새 어둠을 밝히는 은은한 마더구스 조명에 고마워한다. 새도 없고 박쥐도 없고 아이 위에서 퍼덕이는 날개도 없는 것을 보고 안도한다— 당연한 말씀.

하지만 아이가 이세는 만싹 깨서 섭에 실렸고 울음소리가 심벌즈처럼 높고 날카롭다.

더 안심되는 것: 아이가 모니터에 비춘 기묘한 아메바가 아니라 정상적인 크기다(당연한 말씀). 뉴스 영화에서나 볼 수 있는, 오래전에 잊힌 아이가 아니다. 엄마가 어찌나 황당한 걱정을 했던지!

"아우, 우리 아기! 뚝."

울부짖는 아이를 침대에서 안아 올린다. 그녀의 머릿속을 요리조리 관통하고 있던 잠의 똬리에서 벗어난다.

6개월 전에 제왕절개 수술을 받느라 헤집어진 후유증이 (아직) 남아 있는 자궁이 찌릿하게 아파져 온다.

"이제, 그만! 엄마 왔잖아."

그녀의 심장박동이 정상으로 돌아온다. (정체불명의) 적과 맞설 준비를 하느라 모든 감각이 깨어나고 아드레날린이 분출됐는데 모든 것이 아무 이상 없다— 당연한 말씀.

스치듯 지나가는 꿈, 환상. 그래도 그녀는 약을 거부한다. 약한 모습을 보이지 않을 것이다.

아이 기저귀를 갈 때가 된 모양이다— 당연한 말씀.

이 모든 게 얼마나 *정상적인가!* 그녀는 이 상황이 베이비 모니터에 녹화됐길 바란다.

조그만 입술이 맹목적으로 젖을 찾고, 뜨겁고 조그만 몸을 부르르 떨며 열심히 먹는다.

엄마는 웃음을 터뜨린다. 아이가 이렇게 식욕이 왕성하다니! 아이에게 조그맣고 매끈한 젖니가 하나뿐이라 별로 공격하지 못할 테니 다행이다.

그녀는 아이를 낳고 어색하게, 불편해서 움찔거려가며 수유를 시작한 뒤로 왼쪽 유방에서 언뜻언뜻 칼로 찌르는 듯한 예리한 통증을 느끼고 있다. 혼자 고민하며 괴로워한다. *설마 암은 아니겠지! 나까지 암은 아니겠지!*

그렇다면 잔인한 우주적 부조리고, 로리는 무식한 시골 사람들의 미신에 구애받지 않는 지식인으로서 그런 부조리를 믿지 않는다.

하지만 여성의 몸으로 산다는 것 자체가 일종의 부조리다: (난자 당한) 자궁, (벌어진) 골반, (면도 당한) 사타구니, 배 위로 무겁게 축 늘어진 젖통.

그녀는 책과 교육에 집중하고, 아주 기발한 보고서를 쓰고, 인상적인 어휘를 습득하면 (8학년 때부터 야심만만한 단어장 암기를 시작했다) *여성의 몸*이라는 수치에서 면제될 수 있을 줄 알았다.

마중 나온 아이의 입을 투실투실한 오른쪽 유방 쪽으로 들어, 입과 유방을 넓어놓고 맞닿게 한다. 아이가 딩징 울음을 그친다. 아이가 당장 젖을 빨기 시작한다. 이토록 간단하다니! 그 간단함에 기뻐한다.

젖을 먹이는 동안 오른쪽 팔로 아이를 감싸 안는 것을 잊지 않는다. 아이의 여린 머리와 목을 받친다. (아이의 약한 머리뼈는 부분적으로 아직 덜 굳었고 목은 아예 없어 보인다. 물렁한 연골로 이루어진 무릎에 세상에서 가장 더딘 마법의 속도로 점점 뼈가 생기고 있다.) 엄마는 불편함에 단

련되어 있지만 예민한 젖꼭지를 그렇게 세게 당기고 빠는 충격에는 매번 익숙해지지 않는다.

아이가 모유를 거부하지 않게 해달라고 오, 하느님 기도한다. 모유는 *그녀의* 것이기에.

이내 불규칙한 리듬이 사리를 삼으면 환희의 물결이, 암울한 환희의 물결이 사타구니에 자리 잡고, 엄마의 눈이 뒤로 돌아가고, 호흡이 가빠진다.

그녀의 품에 단단히 안긴, 옹골차고 뜨끈하고 조그만 몸이 전부 *그녀의* 것이다.

심장이 멎을 만큼 예쁜 코발트색 눈은 눈물을 머금은 채 그녀의 눈을 응시한다.


8


"여보! 어디 갔나 했더니."

귀에 거슬리는 명랑한 음성이 아침에 그녀를 깨운다. 그 남자, 남편이 심연에 가로막히기라도 한 듯 아기방 문 앞에서 그녀를 부르고 있다.

그녀, 그러니까 아이 엄마는 만족스러워하는 얼굴로, 높은 데서 떨어진 사람처럼 소파에 널브러져 누워 있다. 뜨끈하고 축축한 아이는 그녀의 품 안에서 잠을 자고, 그녀의 쿰쿰한 체취가 밴 플란넬 잠옷은 한쪽 어깨가 내려가 두툼한 롤빵 같은 한쪽 젖가슴과 모유가(정액이 아니라) 딱딱하게 말라붙은 쪼글쪼글한 젖꼭지를 드러내고 있다. 문가에 서 있는 남자는 관음증 환자, 침입자가 된 듯 불편해져서 오랜만에 처음으로 밤새 푹 잤다는 게 찔리는 동시에 후회하는 얼굴로 바보처럼 미소를 짓고 고마워서 얼굴을 붉히지만, 행색이 지저분한 아내, 낯선 아내에 대한 혐오감을 느낀다. 아이 엄마는 매일 낮, 매일 밤마다 점점 더 낯선 사람이 되어가고, 임신하면서 배와 엉덩이와 허벅지에 붙은 살은 역겨운 돼지기름처럼 희끄무레한 스펀지 고무가 되어 쉽사리 빠지지 않는다.

아이 아빠이기도 한 남편이 심연 너머에서 아이를 안고 대자로 뻗은 여자를 바라본 순간 이런 생각들이 그의 머릿속을 스치고 지나간다.

그리고 깨닫는다: 아이가 그들의 삶에 등장하기 전에는 꼼꼼한 아내가 그에게 흐트러진 모습을 보인 적이 없었다. 빗지 않은 머리도, 헝클어진 옷도, 흐트러진 자세도 보인 적이 없었다. 그런데 지금은 두툼한 허벅지, 역겨운 허연 살에 남은 자국, 한때는 발레리나처럼 가늘었지만 이제는 통통 부은 발목을 놀란 남편의 눈앞에 고스란히 드러내고 있다. 어쩌다 이렇게 됐을까, 로리가 어쩌다 이렇게 육체적이 됐을까? 12년을 함께 지낸 남편과 아내 사이에는 여전히 격식을 따지고 삼가고 과도한 애정 표현을 불편해하는 습관이 남아 있지만, 그런데도 남편은 아내를 보고 성적 자극이라고 단언할 수 있는 것이 사타구니를 날카롭게 관통하는, 발기의 충격을 느낀다.

아이 기저귀 냄새에 희미하게 구역질이 나고, 들큼하면서도 시큼한 모유 냄새가 그의 콧구멍을 간질이는 것이 문제지만.

"아, 여보. 대단하다. *사랑해.*"

## 9

하지만 이 생각이 그녀를 강타한다— *하지만 언젠가는 더는 사랑하지 않겠지. 우리를 버리겠지.*

*어디에서 비롯된 공포일까?*— 모르겠다.

갑자기 무수히 많은 공포들이 공포라는 강물 속으로 지류처럼 흘러 들어온다.

합리적인 사람이 갑자기 겁에 질린 사람, 모든 걸 잃을 수 있는 사람이 된다. 아이, 남편, 결혼생활, 아이.

그것이 시발점이었다. 그녀가 병원에서 임신을 분명하게 확인받은 그날 그 시간. 허둥지둥 티머시에게 전화하려는데 엄지손가락이 휴대전화 자판 위에서 어찌나 헤매는지 가벼운 뇌졸중을 일으켰나 싶을 정도였다.

*주어진 모든 것은 빼앗길 수 있기에.*

## 10

…… 일종의 실험이라고 그녀는 생각한다. 해로울 게 없는 실험!

늦은 오후가 해 질 녘으로 스르르 변해가는 시각에 혼자 집을 지킨다. CD 플레이어에서는 베토벤이 말년에 작곡한 현악 사중주가 흘러나온다. 그들의 아이는 그런 음악을 듣고 흡수할 것이다.

사실 모든 아이가 실험이다. 하지만 대부분의 실험은 의도치 않게, 무의식적으로 이루어진다.

그녀는 늦은 오후 햇살로 희미하게 어른거리는 높은 유리창을 마주하고, 아이를 여러 개의 거위 털 베개 사이에 (안전하게) 누인다. 조금 위에서 아이를 내려다보는 각도가 되도록 가까이 설치한 베이비 모니터 카메라를 조정한다. 그런 다음 그녀 쪽에 모니터가 설치되어 있는 안방으로 달려 올라간다.

아이를 모니터로 선명하게, 풀컬러로 관찰할 수 있으니 이렇게 혼자 두어도 위험할 건 없다. 호기심으로 초롱초롱한 얼굴, 앙증맞게 움직이는 두 손, 티머시도 그녀도 닮지 않았고 이보다 더 동그랄 수 없는 두 눈.

*모든 아이가 외계인이야. 모든 아이가 돌연변이야.*

그녀는 고등학생 때 첼로를 배웠고 '재능 있다'라는 소리를 들었다.

베토벤 CD에서 완벽하게 흘러나오는 첼로의 선율을 들으며 그녀는 까마득한 옛날에 다른 삶을 갈망했다는 데 막연한 상실감을 느끼고, 그 상실감에 수치심을 느낀다. 그녀는 첼로를 사랑했거나 사랑하는 줄 알았지만, 그걸로는 부족했다.

그녀의 진정한 공적은 아이가 될 것이다.

낮 동안 화면을 보며 그녀가 다른 데 있는 동안 아이가 무엇을 하는지, 어떤 식으로 이마를 찡그리고서 꼼지락대는지, 어떤 식으로 코발트색 눈을 좌우로 획획 돌리며 조그만 주먹을 버둥거리는지 관찰하는 것이 새롭게 푹 빠진 취미가 되었다. 아이는 *배가 고프지 않다*— 방금 젖을 먹었다. 하지만 허기진 아이처럼 행동한다. 무엇에 허기가 졌는지는 (아직) 잘 모르겠지만.

그리고 또: 두 눈을 크게 뜨고, 베이비 모니터에 뜨는 시간이 낮

에서 밤으로 넘어가는 그 절묘한 순간을 지켜보는 것. 스위치를 내리기라도 한 것처럼 눈 깜빡할 새 화면에서 색이 사라지는데, 지구가 자전하며 동지를 기다리는 동안 그 시각이 매일 조금씩 앞당겨진다.

로리는 해가 일찍 질 때마다 놀라게 되는 것 같다고 생각한다. 시계를 한 시간 뒤로 돌리면 땅에서 어둠이 솟아오르는 시각이 전보다 더 앞당겨진다.

"어머나!—맙소사……."

순식간에 화면이 안에서 폭발한 것처럼 변한다. 색이 사라지고, 여러 농도의 회색이 조금 흐리고 부옇게 등장한다. 아이의 자세는 본래 그대로인데 갑자기 작아지고 흑백으로 변하고 초라해진다.

이 갑작스러운 변화에는 충격적인 구석이 있다. 그녀는 실눈을 뜨고 화면 쪽으로 몸을 기울인다.

그 순간에는 그냥 평범한 아이다. 이름도 없고 신원도 없는. 별로 또렷하지 않은, 짙고 옅은 회색.

화면이 *꺼지면* 이 아이는 어디로 갈까?

로리는 화면 속의 아이, 그러니까 하찮은 존재로 전락한 화면 속의 아이 이미지가 *그녀의 아이*라는 사실을 기억하고 있기가 쉽지 않다.

어둠이 점점 짙어가는 가운데 베개 사이에 혼자 누워 있는, 거기가 어디고, 자기는 누구이며, 왜 여기에 있고, 다른 데서 자기를 지켜보는 사람이 누군지 모르는 아이. 하늘에서 저물어가는 태양과 함께 자기 영혼이 어떤 식으로 빨려 나갔는지 모르는 아이.

그런데도 그녀는 그 아이, *그녀의 아이*와 함께 있기 위해 얼른 1

층으로 내려갈 것이다. 그녀는 넋을 놓고 있다가, 집중하느라 지끈
거리기 시작한 머리를 달래며 정신을 차린다. 애원하는 쥐처럼 가
냘프게 우는 아이 울음소리가 모니터에서 들린다.

그날 저녁에 티머시는 오후에 전화했는데 받지 않고 메시지를
남겼는데 답이 없더라며, 그녀에게 무슨 일 있었느냐고 물을 것이
다. 그러면 로리는 아니라고, 무슨 일이 있었겠느냐고, 아이와 함께
CD를 듣느라 벨 소리를 못 들었다고, 미안하다고 얼른 대답할 것이
다. 그러면 티머시는 집 전화와 휴대전화, 양쪽으로 전화했는데
둘 다 벨 소리를 듣지 못했다니 이상하다고 뻣뻣하게 말할 것이다.

로리는 대답하지 않았다. 이렇게 말하고 싶지 않아서였다. *그
게 왜 이상한데? 내가 당신한테 준 것 말고 그 이상 뭘 기대하는데?*


## 11


…… 다시 실험. 이번에도 해로울 게 없는 실험이다.

아이 엄마의 정신이 덜 맑고 덜 초롱초롱할 때, 그러니까 예를
들면 베이비 모니터의 '고급 사양'이 필요한 야간 응급 상황에 대
비해서.

아이는 아기방 침대에서 자고 있다. *밤이 아니라* 낮잠이다.

엄마는 옆방에서 침대에 눕지 않고 가장자리에 침착하게 걸터
앉아 있다.

또다시 온 집 안에 아무도 없다! 이런 호사라니.

아이 아빠가 장시간 집을 *비우는* 것에 이제는 분개하지 않는다. 오히려 아이와 단둘이 있다는 데 기뻐한다.

낮이고 세상이 알록달록하다. 빛이 있는 곳에 색이 있다. 그녀, 그러니까 아이 엄마가 녹슨 체처럼 구멍이 숭숭 뚫린 밤을 보낸 후에 머리가 지끈거리도록 깊은 잠을 자고 일어나 보니 총천연색이 심벌즈 부딪치듯 요란하게 눈꺼풀을 찌른다.

11월 오후의 햇살이 저물기 시작하고(이르면 오후 4시부터) 햇살이 희미해지면 베이비 모니터 화면 속 색상도 희미해진다.

그 절묘한 순간이 다가오는 동안 숨을 참는다. 그녀는 모니터 색상이 어떻게 1초 전이 아니라 바로 그 특정한 순간에 야간 모드로 바뀌는지 절대 짐작할 수가 없다.

아이는 쌔근쌔근 잠이 들었고 앞으로 한 시간 아니면 그보다 더 오랫동안 잘 것이다. 흰색 등나무 침대 가장자리에 달린 카메라가 자기를 관찰하고 있는 줄은 전혀 모른 채.

*지금이 얼마나 귀한 시간인지 아니―* 티머시의 어머니는 그녀에게 이렇게 말했다.

*애들은 금세 자라거든. 그리고 한시라도 빨리 네 곁을 떠나고 싶어 하지.*

로리는 과연 그럴까 싶다. 티머시가 과연 한시라도 빨리 어머니 곁을 떠나고 싶어 했을까 싶다.

*…… 네가 아무리 사랑해도 아이들은 크면 떠나게 되어 있어.*

반질반질한 화면에 꿈을 꾸는 아이의 얼굴이 축소돼서 비친다. 눈구멍 안에서 돌아가는 눈동자의 미세한 움직임이 로리의 눈에는 보이거나 아니면 보이는 것 같다.

꿈을 꾸고 있는, 즉 보고 있는 눈동자가.

잠결 속으로 웅크린 아이의 머리. 두근거리며 생생하게 살아 숨 쉬는 그것. 그녀는 이런 기분을 전혀 느끼지 못한다. 그녀의 머리는 (사실상) 제대로 맞물리지 못하는 미끈미끈한 회색 민달팽이 뭉치처럼 둔해졌다.

현실: 평생 나이를 안 먹을 줄 알았던 그녀는 이제 젊지 않은 엄마가 되었고, 날씨가 좋은 아침마다 아이를 유모차에 태우고 켐블 공원에 가면 젊은 엄마들이 흘긋거린다.

현실: 최근 몇 달 동안 거울 속의 자기 모습을 맞닥뜨릴 때마다 놀라서 거울을 피하기 시작했다.

이제 이런 건 하나도 중요하지 않다: 여자의 허영심이다. 전에는 어떻게 *그런 게* 중요하게 느껴졌나 싶어서 민망함에 혼자 웃음을 터뜨린다.

남자의 시선을 끌려는 이유: 남자의 정자를 알맞게 촉촉하고 따뜻한 미로 같은 곳에 안치하는 것이 목적. 거래가 성사되면 서두의 모든 긴 빛을 잃는다.

*이 무슨 황당한 게임인가! 여기서 승자는 오직 한 명: 아이뿐.*

*이제 알겠어. 그 무엇도 이보다 더 분명할 수 없어.*

*하지만 전에는— 솔직히, 보지를 못했네.*

다행히 그녀는 젊었을 때 미모가 빼어나지 않았다. *매력적이었다면 모를까.*

검은 머리, 검은 눈, 살짝 숱이 많은 검은 눈썹, 올리브색의 창백한 피부.

그 모든 게 이제는 상관없다. 촉촉하고 비옥하며 더럽혀지기 쉬운 세포 덩어리에 불과하다.

로리는 디지털 '줌' 기능을 작동시키는 데 성공한다. 카메라 렌즈에 무슨 확대 장치가 있는지 '줌'으로 아이를 가까이, 어쩌면 실제로 안고 있을 때보다 더 가까이 당겨서 볼 수 있다.

위험할 정도로 가까이 당긴 느낌이다. 현기증이 날 정도로!

아이의 콧구멍만 도드라지게 부각되고, 얼굴의 다른 부분은 흐릿하게 윤곽이 사라진다. 뭔가 축축한 것이 움직인다. 침으로 젖은 달팽이 같은 입술이다. (확대돼서 뒤틀린) 아이의 입을 클로즈업한다. 아이의 숨 쉬는 소리가 갑자기 증폭돼 *빠르게 김빠지는 소리가* 들리자 로리는 손으로 귀를 막고 싶어진다.

*한번 시작된 숨쉬기는 80년, 90년 동안 멈추지 않을 것이다. 그 조그만 심장 장치는 아이 엄마와 아빠가 세상을 떠난 뒤에도 한참 동안 째깍째깍, 팽팽하게 돌아갈 것이다.*

로리는 줌 렌즈를 조절하려는데, 잘되지 않는다. *망할.*

아이의 머리가 불안하리만치 작아졌다가 이제 다시 너무 커진다. 엄마는 어렵사리 아이의 머리에 초점을 맞춘다.

그렇게 커다랗고 불룩한 것이 그녀의 몸속에 있었다는 데 몸서리친다.

어렸을 때 꾼 어떤 악몽도 출산이나 그 이후는 물론이고 임신에 대한 대비조차 되지 못했다. 스물네 시간 동안 끊임없이 영원히 계속되는 육아. 어렸을 때는 성관계를 상상하는 것이 그녀의 한계였고 그마저도 실제보다 훨씬 과소평가했다.

*몸으로만 경험할 수 있는 놀라움. 그건 상상할 수가 없다.*

*뭐, 그 모든 게 실수였다. 그렇지 않은가!*

어머니의 과열된 욕망에서 태어난 여러 세대의 아이들.

아이가 엄마의 생각을 들을 수 있나? 쌍방향 오디오 시스템을 통해서? 아이가 꿈틀거리며 그 작은 눈을 파르르 뜨려 한다.

*안-녕! 엄마야, 엄마 보이니, 우리 아기?*

엄마는 (뻣뻣하게 웃는) 얼굴을 쌍방향 카메라 앞에 조심스럽게 갖다 댄다.

아이가 이마에 주름이 가득하고 창백하고 둥그런 머리에 머리카락이 몇 가닥 남지 않은 노인처럼 우스꽝스럽게 얼굴을 찡그려가며 눈을 깜빡이고, 초점이 맞지 않는 눈빛으로 앞을 응시한다. 조그만 주먹을 내젓는다. 1초 있으면 그 조그만 허파로 숨을 깊이 들이마시고 울며 엄마를 찾을 것이다.

*안녕, 우리 아기! 여기 누구 있는지 보여? 안녕- 안녕······.*

아이의 이마 위로 폭풍이 몰려든다. 아이는 화면에 비친 엄마(의 이미지)를 알아보지 못하는 눈치다.

(영아의 뇌는 화면상의 닮은꼴을 제대로 인식하지 못하는 걸까? 영아의 뇌는 그런 자극을 아직 해석하지 못하는 걸까? 동물들은 화면상의 이미지를 '보지' 못하는 것처럼 느껴질 때가 많긴 하다.)

대신 아이는 카메라의 촬영 범위 밖에 있는 누구 아니면 무언가에 정신이 팔렸다. 실망스럽게도 엄마가 웃고 얼굴을 찡그리고 그를 향해 바보처럼 손을 흔들어도 아이는 관심을 보이지 않는다.

엄마의 얼굴 너머에 있는 뭔가를 보고 경계하고 눈을 번쩍이며 가늘게 뜬다.

뭘까, 누구일까?

엄마는 아기방에 카메라를 하나 더 설치해야겠다고 생각한다.

침대 카메라가 뭘 녹화하는지 멀리서 녹화하는 카메라를.

온 집을 감시 장치로 요새처럼 만들어야겠다. 로리는 집 안의 보안에 생긴 구멍이 결혼생활의 부러진 척추라는 사실을 깨닫는다.

아이가 무서워하고 있을까 아니면 그냥 궁금해하고 있을까? 공포는 영아의 뇌에 내재해 있을까 아니면 습득해야 하는 걸까? 배워야 하는 걸까?

아이는 눈을 빠르게 깜빡이며 넋을 잃고 집중한다. 아이가 지은 미소를 보고 엄마의 가슴이 무너진다. (웃고 있는) 엄마가 아니라 보이지 않는 다른 무언가를 향해 지은 미소이기 때문이다.

놀라운 사실: 아이가 두 팔을 들고 있다— 누굴 향해서일까? 생후 6개월 된 아이가 다른 사람에게 안아달라고 팔을 든 적은 이번이 처음인데…….

(하지만 아기방에는 아무도 없다! 지금 이 집에는 로리 말고는 아무도 없다! 장담할 수 있다.)

그렇지만 흥미진진하다. 모르는 사람 앞에서 아이의 반응을 관찰하는 것은.

아이는 눈이 코발트색인데 워낙 진해서 눈동자에 홍채만 있는 것처럼 보일 정도다. 야간 모드라 모니터상에서는 까만색으로 보인다.

야간 모드일 때는 아이가 누군지 잘 알아볼 수가 없다. 머리는 희미한 반구형이고, 얼굴은 흐릿하며, 콧구멍은 오목하게 뚫린 구멍이고, 입술은 금붕어처럼 벌름거린다.

짜증 내며 발길질을 시작한다. 칭얼대고 운다.

익숙한 울음소리다. 조만간 울부짖음으로 바뀔 것이다.

병원에서 들었던 소리다. 시체처럼 감각이 없는 하반신에서 아이를 끄집어냈을 때. 악을 쓰며 우는 소리가 그녀의 심장에 꽂혔다.

침대를 발로 차 카메라를 움직이게 한다. 생후 6개월 된 아이가 이렇게 힘이 셀 수도 있다니.

이제는 아이의 얼굴에서 왼쪽 아랫부분만 보인다. 머리가 해괴하게 확대됐고 녹은 밀랍처럼 뒤틀렸다.

로리의 귀에 카메라에 대고 애원하는 자기 목소리가 들린다.

*아가! 엄마 여기 있어! 엄마 봐!*

*나 누군지 알지? 여기!*

*나는 네—*

*—너를 위해—*

*—죽을 수도 있는 사람이야.*


## 12


*그녀의 선택이었다. 그의 선택이 아니라.*

서른아홉 살이 되던 해에 갑자기 로리의 피가 끓었다.

갑자기 아이를 가지고 싶다는, 가져야 한다는 생각이 들었다. 어디에선가 아이를 가지라는 주문이 들리는 듯했다.

티머시는 놀라워했다. 사실상 경악했다.

왜냐하면 로리는 그때까지 아이를 갖는 데 관심을 보인 적이 없었다. 그녀가 나고 자란 미시간 호숫가의 조그만 중서부 도시에서 뉴욕으로 이사하고 얼마 안 돼 만난 티머시도 마찬가지였다.

*아이가 없다*라는 말에는 상실과 후회의 느낌이 있다. 로리는 자신이 아이가 없는 여자가 아니라 *아이가 없어도* 완전하고 부족함이 없는 여자라고 생각해 왔다. 완벽하게 평형을 이루던 아내와 남편의 사이에 아이라는 제삼의 존재가 개입되면 균형이 깨질 수밖에 없을 것이었다.

11년 동안 '아이가 없었던' 집. 아주 치열한 분야에서 동등하게 경력을 쌓은 아내와 남편. 집안일도 워낙 동등하게 배분했고, 모든 급여가 공동 계좌—입출금용, 저축용, 투자용—로 입금됐기에 서로 월급이 얼마인지도 몰랐다.

그러다 어머니가 (너무 이른 나이에 갑자기) 돌아가신 뒤에 로리가 느닷없이 아이를 갖는 데 집착하기 시작했다.

어머니를 여의고 나니 척수가 잘린 느낌이었다. 수술용 가위로 뭔가가 잘린 느낌이었다. 그냥— 싹둑.

로리가 어머니와 특별히 가깝게 지낸 것도 아니었다. 그녀가 생각하기에는 그랬다.

티머시가 물었다— 진심이야?

로리는 대답했다— 응! 진심이야.

결혼생활의 균형이 당장 무너지기 시작했다. 충동적이고 장난스럽고 최근 들어 드문드문했던 부부관계가 목적 위주의 의도적인 행위가 되었다. *아이를 가지려고 하는 것*보다 더 어색한 일은 없었다.

그들은 로리의 주장에 따라 난임 전문가를 만났다. 이것도 결혼생활 내부에서 벌어진 불균형이었다.

남편인 티머시는 아내인 로리의 의견에 따랐다. 처음에는 조금

망설였을지 몰라도 나중에는 전적으로 수용했다.

이로써 그가 유리한 입장이 되었다: 아이로 인해 그들의 삶이 어떻게 달라지든 로리의 책임이 될 것이었다.

마치 아르키메데스의 지렛대 같았다. 워낙 완벽하게 균형이 잡혀 있어서 가벼운 깃털 하나만 얹어도 꿈쩍 않던 지구를 옮길 수 있었다.


## 13

*엄마:* 이 얼마나 신기한 단어인가! *엄마.* 한 음절, 한 음절 빠르게 속삭여본다.

이상하게 최면 효과가 있고 살짝 외설적인 단어, 기분 좋은 단어, 비밀스러운 단어, 환상적인 단어— *엄마.*

*나는 네 엄마야.*

*나는 엄마야.*

*엄마야, 나는.*


## 14

⋯⋯(왼쪽) 옆으로 누워 있는데, 심장이 쿵쾅거리고 아프다. (왼쪽) 옆으로 누워서 자도 위험하지는 않다. 인터넷을 보아도 (왼쪽) 옆으로 누워서 자지 말라는 경고가 별로 없다.

의사가 말하길 아이 엄마는 지금보다 더 많이 자야 한다고 한다. 그 (빌어먹을) 베이비 모니터는 끄라고, 노상 켜놓을 필요가 없다고 한다.

달의 축소판처럼 어둠 속에서 어슴푸레하게 빛나는 모니터. *그래 자야겠어 하지만 안 돼. 위험부담이 너무 커.*

아이를 밤에 내어줄 수는 없다. 눈꺼풀이 닫히도록 내버려두면 안 된다. 하지만 자꾸 그렇게 된다. 잠이 들었다가 심장이 갈비뼈를 세게 두드리는 소리에 깬다.

모니터를 보니 아이의 자세가 바뀌었다. *자던 아이는 사라지고 없다.*

빛나는 얼굴은 조그만 달덩이 같고 그 달덩이 얼굴 위로 미소가 번졌다. 누군가가, 그럴 권리가 없는 누군가가 허리를 숙이고 위에서 아이를 내려다보고 있기 때문이다.

이건 아이 엄마가 아니다! 침입자다.

순간 베이비 모니터 속의 인물이 그녀라고 생각하고 싶다.

아이 엄마가 (어찌어찌) 아기방으로 들어가 젖을 먹이려고 아이를 안아 올리고 있다고. 사실 그녀는 안방에서 베이비 모니터의 멀건 화면을 응시하고 있지만.

놀라서 입이 마른다. 이건 매우 잘못됐다. 침대에서 일어나 휘청거리며 바닥을 딛는다.

침입자의 얼굴은 모니터에 비치지 않는다. 아이를 안아 올리는 팔만 보인다. 나지막이 자장가를 부르고 있다.

얼굴 없는 맹금. 새까만 콘도르, 까마귀.

시어머니일까? 아이 엄마의 뜻을 무시하고 아기방으로 쳐들어간 걸까?

어머니가 로리에게 오후에 아이를 봐줄 테니 한두 시간 눈을 붙이라고 했다. 세 시간도 좋다고.

아이를 유모차에 태워서 켐블 공원으로 산책하러 나가고. 저녁 식사를 준비하고. 로리의 (차갑고 아무 반응 없는) 손을 잡는 건 절대 빼먹지 않는다— 얘, 너무 피곤해 보인다! 잠을 좀 자야지.

별 헛소리 다 듣겠네. 아이 엄마는 생각한다. 그들은 그녀를 무장해제하고 살살 구슬릴 수 있다면 아무 말이나 할 것이다.

그들은 공범이다. 그녀는 그걸 알 이유가 없지만 안다.

마음씨 넓은 아이 아빠 티머시는 밤에 자기가 아이를 돌볼 테니 아이 엄마더러 좀 자라고 한다. 자기가 모니터를 볼 테니 그녀는 다른 방에서 자라고 한다. 무겁게 욱신거리는 유방에 담긴 모유는 유축기로 짜서 소독한 젖병에 보관하면 된다. 아이 아빠도 엄마만큼 수유를 잘 할 수 있다. 어쩌면 더 잘할지 모른다. 성격이 더 침착하고, 손 떨림이 없고, 눈이 충혈되지 않았으니.

그는 연습한 눈치다. 그녀는 그 연극에 장단을 맞춰준다.

남자아이에게 남자 롤 모델은. 필수다.

엄마는 아이를 아빠에게 내줄 생각이 없다. 아빠가 고무젖꼭지를 강제로 물려 입 밖으로 넘치도록 우유를 먹여서 아이가 질식하면 어쩔 건가? 위험부담이 너무 크다. 아빠가 아이를 거꾸로 바닥에 떨어뜨리면 어쩔 건가? 그래서 아이의 (얇고 약한) 머리뼈에 금이라도 가면? 의도를 입증하기도 불가능하다.

그들의 계획이 점점 선명하게 파악이 된다. 시어머니가 아이를 데려가 티머시 대신 키워줄 것이다. 로리, 그러니까 아이 엄마에게 무슨 일이 벌어질 것이다. 어쩌면 이미 벌어지는 중인지도 모른다.

그들은 그녀를 구슬려 신경안정제를 과다복용하게 할 것이다. 하지만 당연히 그렇게 말하지는 않을 것이다. *잠을 충분히 자야 하지 않겠느냐고* 할 것이다.

안방 서랍상 위에 수면제가 흩뿌려져 있다. 어쩌다 그렇게 됐는지 모르겠지만 화장실 수납장에 있던 약이고 그녀는 건드린 적도 없다.

그가 미간을 찌푸리며 물었다— *확실해, 로리? 그럼 내가 다시 통에 넣어줄까?*

아니면 이렇게 물었다— *내가 물 떠다 줄까, 로리? 한 알 먹으면 몇 시간 푹 잘 수 있을 텐데.*

그녀는 대답하지 않았다. 그건 함정이었다. 틀린 대답을 할 수도 있었다. 그녀는 어렸을 때 진지해 보이려고 볼펜으로 십자말 퀴즈를 풀었다. 지울 수 없게. 실수를 저지르면 되돌릴 수 없다.

수학 숙제도 볼펜으로 했다. 멍청한 실수를 처벌하기 위해.

*로리? 내가 물 떠다—?*

그의 손을 쳐서 쥐고 있던 약을 날린다. 뚱뚱하고 동그란 신경안정제가 바닥으로 덜거덕 떨어진다.

그때 그의 표정이란!— 처음 그녀를 제대로 본 표정이었다.


하지만 로리가 아기방에 들어가 보니 새까만 까마귀 같은 시어머니는 없다.

어두컴컴한 형체도 없다. 공기가 흔들리지도 않았다. 자장가의 메아리도 남지 않았다.

그냥 아이만 침대에서 세상 모르게 자고 있다.

로리는 침대 위로 몸을 웅크리고 아이를 바라본다. *그녀의 아이를.*

(아이가 자는 척하고 있나? 사악한 시어머니가 아이를 다시 침대에 눕혀놓고 나갔나?)

심장이 미친 듯이 쿵쾅거린다— 그녀가 위험에 처했다는 분명한 신호다.

하지만: 티머시의 어머니는 사라졌고 집 안은 고요하고 어두컴컴하다. 그 여자의 체취도 공기 중에 남지 않았다. 그 불쾌한 라일락 땀띠 분 같은 냄새.

흰색 등나무 침대 뒤편 단단한 나무 바닥에서 마더구스 스탠드가 은은한 불빛을 비추고, 로리는 그 불빛에 비춰 보니 아이가 쌔근쌔근 잠을 자고 있고 아무도 아이를 건드린 적 없어 보인다는 것을 알겠다.

다른 방에서 하도 오랫동안 뜬 눈으로 누워 있었던 터라 그보다 훨씬 늦은 시가일 줄 알았더니 이제 겨우 새벽 1시 20분이다.

밤이 어찌나 긴지 모른다! 하지만 낮은 더 길다. 광대한 사하라 사막 같은 시간이 *아이의 몸과 관련된 일들로 쪼개어진다.* 이이 엄마는 입구/출구에서 점점 더 멀리 벗어나 미궁으로 점점 더 깊숙이 들어간다.

유리창에 방 안이 희미하게 비친다. 다른 방에 설치된 베이비 모니터의 멀건 화면과 비슷하다. 유리창 너머는 어둠뿐이다. 불투명한 어둠.

하늘에는 달도 없고 별 무리도 없다. 물결 모양의 짙은 구름만 낮게 깔려 있다.

로리는 다음 수유 시간까지 아기방에서 아이가 깰 때까지 기다리는 편이 나을지 모르겠다고 결론을 내린다. 침대에서 저만치 옆에 놓인 소파에 누워야겠다. 다만 몇 분 동안이라도 눈을 붙여야겠다. 아이가 젖 먹을 때가 되면 일터줄 것이다.

아이가 빨 수 있는 젖이 그녀의 것뿐이니. 먹을 수 있는 모유가 그녀의 것뿐이니.

이 얼마나 안심이 되는가! 아이 엄마는 감사의 눈물을 흘릴 수도 있겠다.

그 사태는 아직 벌어지지 않았어, 나는 아직 살아 있어. 그들은 아직 나를 갈아치우지 않았어.


15


아이 아빠가 묻는다. 그 문제에 대해서 같이 얘기 좀 할래, 로리?

싫다고 하면 그가 협조하지 않는다고 비난할 테고, 좋다고 하면 그가 심문하려 들 테니 이러지도 저러지도 못하겠다.


16


공포: 종종걸음치는 거미가 곁눈으로 보이는데, 고개를 돌려서 확인할 필요는 없지 않을까.

그녀는 예전에 겁이 많은 성격이 아니었다. 그녀가 생각하기에는 그랬다.

어렸을 때부터 자기 *자신*에 대한 확신이 있었다. 자기 *자신*이 부모님에게 사랑받는다는 것을 알았다.

그런데 지금은 임신한 뒤로, 아이를 낳은 뒤로 그 *자신*이 대체됐다. 다른 *자아*가 침범했다, 우선은 천진난만하게. 그녀는 순진하게 두 팔 벌려 맞이했다.

*내 잔이 넘치나이다*— 경건한 성경 문구라 그녀는 원래 좋아한 적 없는 표현이다. 하지만 진짜로 그 느낌이다. 그녀가 잔을 들고 있고 거기로 진하고 따뜻한 액체(젖인가?)가 부어져 그녀의 손 위로 넘치는 느낌이다. 그녀는 웃으며 됐어요! 라고 하지만 진하고 따뜻한 액체는 계속 부어지고, 계속 그녀의 손 위로 넘치고, 멈출 방법이 없고, 애원하거나 기도해도 아무도 들어주지 않는다.

*네 목숨을 다른 이를 위해 포기하기만 하면 돼.*

*하지만 그걸로 부족할 수도 있어.*

*그리고 너는 그것 말고 더는 줄 게 없을 수도 있어.*

## 18

……(왼쪽) 옆으로 눕는다. 심장이 아프게 (왼쪽) 옆으로.

심장이 허파와 다른 기관에 눌려서 좁은 데 갇혀 미친 듯이 날개를 퍼덕이는 새처럼 두근거린다.

혼자라 다행이다― 드디어 혼자라. 안방 침대 위, 한밤의 어둠 속. 12년 하고 몇 개월 만에 처음으로 혼자 자본다.

저만치 어둠 속에서 선명하게 빛나는 조그만 화면을 응시한다. 이런 상황에서는 자려고 애글 쓰는 칙할 필요도 없나.

아이 엄마는 잠이 들면 약해진다. 어떤 아이 엄마라도 약해진다. 그녀가 감히 눈을 감으면 그들이 그 기회를 놓치지 않을 것이다.

아이 아빠는 다른 데 있다. 그녀가 나가달라고 했거나 그가 제 발로 나갔거나 둘 중 하나다. 그가 어디 있는지는 모르겠고 더는 관심도 없다. 아이가 아닌 다른 것에 대한 사랑은 그녀에게 받아들여지지 않는 것, 쓰이지 않는 언어처럼 이해할 수 없는 것이 되었다.

베이비 모니터를 통해 그들의 음성이 귓결에 들렸다. 시어머니가 하루 집에 들렀을 때.

카메라가 꺼져 있었으니 부지불식간이었다. 카메라는 꺼졌어도 초민감 오디오 시스템이 그들의 목소리를 포착했다.

거의 들릴락 말락 했다. 속삭임, 웅얼거림.

그들이 뭐라고 하는지 알아들을 수가 없었다. 하도 열심히 귀를 기울이느라 이마의 핏줄이 튀어나왔다.

단어들만 띄엄띄엄 들렸다. 그녀. 엄마. 아이.

위험.

이걸로 문장을 조합할 수는 없었지만, 그녀는 알았다. 그들이 어떤 식으로 계략을 꾸미고 있는지 몇 달 전부터 알았다.

그들의 (비밀) 작당이 전혀 비밀이 아니었다는 걸 알면 그들이 얼마나 화들짝 놀랄까.

하지만 이제 그 위험은 지나갔다. 그들이 집에서 쫓겨났으니.

(아이 엄마가 자는 동안 그들이 돌아온다면 이야기가 달라지는데, 그녀가 방심하고 눈을 감으면 그들이 그럴 가능성도 있다.)

이상한 건 이거다: 아이 엄마가 베이비 모니터에 익숙해졌다는 것.

그녀는 원하면 아기방에서 자도 되고 침대를 혼자 쓰게 됐으니 아이를 여기로 데리고 와서 같이 자도 된다. 그런데 베이비 모니터가 정밀한 장치, 감시 무기일 뿐 아니라 그녀도 이제야 감을 잡기 시작했다시피 엄청난 기능을 갖추고 있었다.

카메라가 침대 위 아이에게 고정되어 있는 한, 거울 같은 화면 속 가장 기본적인 이미지는 아이다. 그런데 시간이 지나면, 특히 밤중에는 다른 이미지들이 침범하기도 한다는 것을 그녀는 알아차린다. *그녀가 그때까지 자지 않고 버티면 볼 수 있다.* 엄마의 (평범한) 눈이 유일한 관찰 도구인 낮에는 감지하지 못하고 놓쳐버리는 많은 것들을, 흐릿한 흑백 야간 모드에서는 볼 수 있다.

그 현상이 지금 벌어지고 있다. 로리기 지켜보는 가운데 화면 속에서 아이의 (확대된) 머리가 녹아내리기 시작한다. 가슴이 아릴 정도로 보느라운 피부가 녹아내리고, 그 아래로 약한 머리뼈와 거미줄처럼 얽힌 조그만 동맥, 정맥, 신경, 신경절도 녹아내린다. 아이의 코발트색 눈이 사라지고, 조그만 들창코도 사라지고, 입술과 달콤하고 소심한 아가 미소도 사라진다. 그 자리에 축축하고 원초적인 어떤 것, 살아 있는 *개체*가 아닌 조각들이 등장해 큐렛(몸속에서 뭔가를 긁어낼 때 쓰이는 기구-옮긴이)처럼 날카롭고 빠르고 리드미컬하게 긁는 소리를 내는데, 소리가 점점 커져서 듣고 있기 괴로울 정도가 되자 아이 엄마는 한쪽 팔꿈치를 딛고 몸을 일으켜 모니터를 좀 더 유심히 들여다보았다가 번들거리는 살덩이, 축소 모형 같은 장기, 오물이 묻어서 딱딱하게 굳은 긴 의자처럼 보이는 것 위로 쌓이는 부스러기를 보고 경악하며 넋을 잃는다.

모든 것이 검댕처럼 시커멓고 검댕으로 넓였다. 하지만 그와 동시에 촉촉하고 액상이다. 따뜻해 보인다. 장기를 긁어낸 부스러기 안에 조그만 심장이 있다. 허파, 내장. 손톱.

그녀는 몇 주 째 종잡을 수 없는 출혈을 겪고 있었다.

자궁 긁어내는 소리가 또렷하게 들린다. 긁히는 느낌도 난다. 모질고 예리하고 날렵한 외과용 큐렛.

티머시에게는 이야기하지 않았다. 아무에게도 이야기하지 않았다.

그녀는 겨우 스무 살짜리 아가씨였다. 그리고 스무 살치고 어렸다.

긴 의자인 이유는 희미하게 기억이 난다. 당연히 긴 의자가 아니라 그 비슷하게 생긴 의자였거나 그녀가 잘못 기억하고 있는 거였다.

몸을 가눌 수 없고 정신은 오락가락. 초점이 맞지 않는 시야.

이제 피는 딱딱하게 굳었고 검게 변했다. 긁어낸 부스러기들은 더는 촉촉하지 않고 건조하다. 너무 오래전이라 색이 모두 바랬다.

나를 잊을 수 있을 줄 알았어?— 나는 항상 여기 있는걸.

모니터 속의 끈적끈적한 타일 바닥 위에서 물결이 인다. 마치 무수히 많은 아기의 몸들이 움직이는 것 같다.

그녀는 리모컨으로 화면 속 이미지를 클로즈업하려고 한다. 물

결치며 꿈틀거리는 것들, (인간의) 아이가 아니라 (그녀가 뚫어지게 쳐
다보니) 쥐다. 부글대는 수십 마리, 수백 마리의 쥐가 오물이 딱딱하
게 굳은 긴 의자 아래 바닥을 뒤덮고 있다.

비명이 터져 나오려고 하지만 그녀의 목구멍이 말라붙어서 꽉
막혔다.


## 19

*당신 겁에 질린 표정이야, 로리. 왜 그래?*

*……우리 아이? 아이가 왜?*

*우리 아이한테 무슨 일이 생길까 봐 걱정된다고?*

*아무도 없는 고요한 집 안. 안심이다!*

아침. 햇빛. 그녀는 눈물이 날 것 같다. 세상이 색을 되찾았다.

아이를 목욕시키고 새 기저귀를 채운다. 젖을 먹인다. 유모차에
태우고 쾸블 공원으로 산책하러 나간다.

그녀의 아이. 그냥 평범한 아이라고 생각하는 건 말이 안 된다.

*당신 때문에 우리 아이가 나칠까 봐 걱정돼?*

*제발 말 좀 해봐, 로리!*

대학에서 6개월 출산 휴가를 받고 봄 학기는 곧바로 안식 휴가.
로리는 볕이 좋은 주방 구석에 노트북을 설치하기로 한다. 몇 달째
흘끗 들여다보기만 한 게 전부였지만, 다음번 프로젝트를 위해 작
성해 놓은 (무수히 많고 뒤죽박죽인) 메모를 훑어보기로 한다.

다만: 노트북 화면에 (가끔) 비치는 이미지 때문에 집중이 잘되지

않는다. 심지어 몇 달 전에 직접 써놓고 잊어버린 문구나 구절을 읽으면 흥미진진하고 심지어 짜릿한데, 이 이미지 때문에 산만해져서 다시 읽고 또다시 읽어야 한다.

축소 모형 같은 얼굴. 축소 모형 같은 머리. 그 아이의 얼굴과 머리.

노트북이 (어째) 베이비 모니터와 연결된 느낌이다. 아기방의 카메라가 (어째) 하드디스크 드라이브와 연결된 느낌이다.

로리는 어색하게 웃음을 터뜨린다. 아이를 낳기 전에 그녀가 얼마나 심각한 컴맹이었는지 잊고 있었다. 그들이 항상 하는 말이 있다: 컴퓨터를 껐다가 다시 켜세요.

아니면 코드를 뽑았다가 다시 꽂든지.

티머시에게 전화해 물어볼 수는 없다. 둘 다 아는 친구도 안 된다. (분명) 나중에 티머시에게 고자질하고 무능력한 그녀를 같이 비웃을지 모른다.

"안 돼. 그건 안 되지."

로리는 노트북 덮개를 닫고 옆으로 밀어놓는다. 낮잠을 자던 아이가 일어나려고 옹알대는 소리가 들리자 안심한다.

너무 고요하고 고독하다! 좋지 않다.

켐블 공원으로 나가봐야 하려나?— 그렇다.


동네 조그만 공원: 그네, 미끄럼틀, 모래밭. 피크닉 테이블, 벤치.

대부분 동네 (젊은) 엄마들이나 베이비시터들이 어린아이를 데리고 찾는 근교 공원.

남자는 거의 없고 애 없이 온 어른도 거의 없다.

놀랍게도 로리의 아이보다도 어려서 거의 신생아에 가까운 아이들도 더러 있다. 나머지는 유아 아니면 유치원생이다.

*우리 모두 감시에서 벗어났어. 켐블 공원에는 베이비 모니터가 없으니까!*

로리는 경계하는 성격이라 친구를 쉽게 사귀지 못하는데, 아는 사람이 전혀 없는 켐블 공원에서는 평소와 다르게 노력을 기울인다. 이름과 얼굴만 아는 성격 좋은 몇몇이 따뜻하게 인사를 건넨다. *어서 와요, 로리! 로리!*

티머시가 보았다면 대단하게 여겼을 것이다. 질투를 느꼈을 것이다.

그런데 요즘 들어서는 이 자매 같던 엄마들이 로리를 냉랭하게 대한다. 아이 아빠가 로리 모자와 별거 중이라는 사실을 (어찌어찌) 알게 돼서 그럴 수도 있겠다. 시어머니가 아이를 데리고 공원에 왔을 때 거짓말을 퍼뜨렸을 수도 있다.

로리가 최근에 알아차린 바에 따르면: 전에는 그녀를 보고 웃어주던 공원의 젊은 엄마들이 이제는 그녀를 보지 않는다. 다들 휴대전화, 아이패드, 킨들에 코를 박고 있다. 심지어 베이비시터들조차 휴대전화에 정신을 팔고 있다.

*……저 여자 몇 살인 것 같아?*

*최소 마흔.*

*마흔다섯은 될 것 같은데.*

*설마!*

*저 여자 손 봤어? 눈 봤어?*

*맙소사! 눈 아래 살이 처진 것 좀 봐…….*

*아무래도 저 여자—*

로리의 귓속이 윙윙거려서 뭐라고 하는지 들리지 않는다. 아이가 듣고 있을까 봐 얼른 유모차를 밀어서 자리를 피한다.


## 20


*누군가의 죽음을 내 손으로 막을 수 없다는, 가장 엄청난 공포의 시작.*

*자신의 소멸보다 훨씬 더 심한 공포. 내가 사라지면 죄책감도 사라질 것이기에.*

*아무도 증인이 될 수 없기에.*

날이 지평선까지 한없이 길게 늘어진다. 바람이 쌓아놓은 모래 언덕처럼 시간에 의해 조각된 이것은 *시간의 언덕*이다.

낮은 안전한 시간이다. 로리는 낮이 고맙다. 햇빛은 총천연색이라 햇빛이 비칠 때는 끔찍한 일이 벌어지지 않는다고 장담한 사람이 소아과 의사였던가.

*시간의 언덕.* 이걸 알려주면 티머시는 감탄할 것이다.

하지만 아니다: 티머시는 이제 로리의 기발한 언어 선택에 감탄하지 않는다.

*사랑이 끝나면 눈에서 빛이 사라진다.* 로리는 보았다.

로리는 카메라로 계속 아이를 비춘다. 이것이 중요하다. 안고 어르고 수유하고 혼내러 아이에게 다가갈 때는 아이 얼굴이 보이지 않게 품 안에 꼭 끌어안는다. 카메라에는 까만 머리가 듬성듬성 난 달걀 모양의 뒤통수만 찍힐 것이다.

아이를 안을 때는 반드시 꼭 끌어안는다. 아이가 바닥으로 떨어져 달걀 모양의 머리뼈에 금이 가지 않게.

최근에 베이비 모니터를 아기방으로 옮겼다. 아이 앞에서 모니터를 들여다보며 화면 속의 이미지와 실제 아이를 빈틈없이 비교하기 위해서다.

물론 비밀이 감추어져 있는 쪽은 화면 속의 아이 이미지다. 실제 아이는 아무리 한참 동안 들여다보아도 숨 막히도록 예쁜 그 모습 너머의 진면모는 보이지 않을 것이다.

누가 봐도 카메라를 한 대 더 추가하는 것이 시급하다. 이번에는 높이 설치하는 편이 좋겠다. 아기방의 벽과 천장이 만나는 모서리.

베이비 모니터보다 더 강력한 카메라, 엑스레이 기능이 장착된 카메라야 할 것이다.

(다만: 이 엑스레이 기능은 집 안에 설치된 와이파이를 교란할 것이다.)

그뿐만 아니라 베이비 모니터는 화면이 너무 작다. 업그레이드가 필요하다. 로리는 화면에 비치려면 아이를 안고 허리를 숙여야 한다. 그러지 않으면 머리가 잘려서 친엄마인지 확인할 방법이 없다. 다른 여자가 아이를 안고 있대도 알 길이 없다.

오늘 저녁에는 아이가 유난히 힘차게 젖을 먹는다. 젖꼭지를 조급하게 빨아당긴다.

조그맣고 뾰족한 젖니가 아이의 잇몸을 뚫고 나왔다. 그걸로 젖을 꽉 물고, 당겨서 찢는다. 로리는 아파서 비명을 지른다. 그녀가 피가 나는 젖을 물고 있던 아이를 떼어내자 아이는 화가 나서 악을 쓴다.

옆구리를 타고 피가 흐르고 그녀는 아이를 내동댕이치고 싶은 마음이 굴뚝같다. 하지만 바닥에 엎드려 있던 아이가 그녀를 덮쳐서 발목을 문다. 그녀는 아이를 발로 차며 비명을 지른다— 그만해! 안 돼!

아이는 다시금 으르렁대고 입맛을 다시며 계속 그녀에게 달려든다.

21

이제 그녀는 어떻게 해야 하는지 알겠다. 공포를 뿌리째 뽑는 거다.

아이를 데리고 처음으로 켐블 공원보다 더 멀리 나가보자. 도시 북쪽의 언덕 지대, 철도 제방을 따라 이어지는 주인 없는 땅.

주간 고속도로에서 4백 미터도 안 되는 여기 이곳은 황량, 그 자체다. 군데군데 수면이 언 웅덩이, 삭은 타이어, 고장 난 세발자전거, 오물이 묻어서 딱딱하게 굳은 매트리스, 입을 벌리고 있는 세탁기.

"자! 엄마랑 같이 하이킹 나가자."

그녀는 자신이 겁이 많은 성격이 아니었다는 것을 기록으로 남기고 싶다. 어렸을 때부터 그랬다는 것을.

이 모든 것, 이 어처구니없고 모욕적인 공포는 낯설다. 이건 로리가 아니다.

모험을 떠날 준비라도 하는 듯 아이가 침대에 일어나 앉아 있어서 베이비 모니터 화면에 크게 비친다. 그녀가 데리고 나오려고 아기방으로 들어가 보니 앉아 있는 자세가 아주 이상하고 어색하다—어른스럽다고 해야 할까.

가면을 벗어주니 다행이다. 아기처럼 옹알대고 뽀뽀하더니. 더는 그러지 않는다.

구부정해 보이지 않으려고 일부러 어깨를 뒤로 젖히고 앉아 있는 어른 같다. 순진한 척하는 조그만 얼굴을 돌려 그녀를 철석같이 믿는 달덩이처럼 엄마를 올려다본다.

마음이 흔들린 로리는 웃음을 터뜨린다. 아이가 *너무 예쁘지 않은가*……

베이비 모니터 화면을 보며 아무리 마음의 준비를 했어도 침대에서 아이를 안아 올리자 기분 좋은 충격이 느껴진다. 옹골차고 조그만 몸에서 느껴지는 무게와 열기. 아이들은 체형상 머리와 몸통뿐이다. 그녀는 웃음을 터뜨린다. 이 아이는 우스꽝스럽게도 무릎이 없다.

흠, 어쩌면 지금은— 어쩌면 이 아이에게 무릎이 생겼을지 모른다. 물렁물렁하던 연골이 단단해지고 있다. 엄마의 모유에 함유된 칼슘을 흡수하면서.

이 아이에게 젖니는 분명 있고 망할, 얼마나 뾰족한지 모른다!

로리는 고개를 저으며 쓴웃음을 짓는다. 켐블 공원의 다른 엄마들에게 들려줄 이야기가 생겼다.

*안 믿기겠지만 이 꼬맹이 악마가 나를 물지 뭐예요!*

*하룻밤새 이가 생겼어요. 보이죠? 첫 번째 유치예요.*

먼저 이 뜨겁고 옹골차고 조그맣고 꿈틀거리는 묵직한 녀석을 안아서 1층 주방으로 데려간다. 아침 이 시각에는 분명 한 조각 햇빛이 창가에 놓인 의자 쿠션을 달구고 있을 것이다.

그래, 그래!— 젖 먹을 시간이야. 울지 마!

찢어진 젖을 탐욕스럽게 빨아먹는다. 특정한 종류의 거미가 마비시킨 개구리에게서 양분을 빨아먹듯이 그녀의 양분을 빨아먹는다. (로리는 그 영상을 보았다. 끔찍했다! 하지만 마비된 개구리가 거대한 거미에게서 벗어나 도망칠 수 없듯 그런 영상을 볼 때는 눈을 뗄 수가 없는 법이다.) 하지만 기분 좋은 느낌이라고 그녀도 인정하는 수밖에 없다. 포기하고 어두컴컴한 수면 아래로 가라앉는다. 황홀감에 눈을 감고 세상을 차단한다.

그다음 차례로 아이를 밖으로 데리고 나가되 춥지 않게 특별한 싸개로 향신료가 잔뜩 들어간 소시지처럼 둘둘 감싼다. (심지어 아이의 얼굴도 벌겋게 달아올라 더 소시지 같다.) 유모차가 아니라 로리의 아담한 닛산자동차에 태운다. 이제는 싫어하게 된 익숙한 공원이 아니라 주간 고속도로 옆쪽, 인적 없는 이 도시의 끝으로 간다.

로리는 따뜻하고 실용적인 옷을 입었다. 도로에서 멀리까지 걸어갈 것이다. 2, 3킬로미터 정도. 건너편에서는 주택 단지와 쇼핑몰이 이어지는 고속도로 바로 옆의 그런 황무지에서는 1킬로미터가 그냥 1킬로미터가 아니다. 4백 미터가 지평선까지일 수도 있다. 사방이 관목이고 지평선은 짧게 느껴진다. 그녀는 고무창이 달린 부츠를 신고 있다. 싸개로 감싼 아이를 아늑하고 따뜻하게 품에 안고 떨어지지 않게 두 팔로 받친다.

로리는 아이를 데리고 하이킹을 나선 적이 없다. 지난 몇 달 동안 한 번도 없다.

그동안 근육이 퇴화했다! 몸에서 기운이 다 빠져나갔다. 다시 몸

속으로 흡수해야겠다.

아이는 정신을 바짝 차리고 경계한다. 꼼지락거리거나 칭얼대지 않는다. 아주 중요한 순간이 임박했음을 느끼는지 눈을 휘둥그레 뜬다.

베이비 모니터를 두고 오다니 이 얼마나 다행인가! 카메라에서 벗어나고 추적에서 벗어났다. 감시용 무기가 이제 더는 없다.

여기서 어떤 일이 벌어지든 기록으로 남지 않을 것이다.

그들은 웃자란 들장미로 덮인 희미한 오솔길에 있다. 철도 제방 너머는 앙상한 낙엽수의 땅이다. 아무도 그들을 보지 못하지만, 그들의 귀에는 고속도로를 달리는 차량 소리가 들린다. 쌍안경을 들고 왔다면 언덕에서 새하얀 알루미늄 외벽에 격자무늬 창문이 달린 콜로니얼 양식의 주택 주방을 들여다볼 수 있을 텐데. 그 안에서 젊은 엄마가 아이들 아침을 차리느라 허둥대는 것을 구경할 수 있을 텐데.

쌍안경, 일방적 감시. 사실 로리의 차 트렁크에 쌍안경이 있다. 조류 관찰을 하던 시절의 유물이다.

씩씩하게 걷고 있지만 그녀는 체력이 그다지 좋은 편이 아니다. 숨이 차고 다리에 쥐가 나려고 한다. 아이를 날래려고 무의미한 말들을 중얼거린다.

딱딱해진 눈, 그 아래는 무른 진창. 녹은 눈, 진창. 축축한 흙냄새가 아주 만족스럽다.

그녀는 이미 베이비 모니터를 잊었다. 빈 침대 위에 설치된 카메라는 빈 곳을 찍고 있다.

몇 년 전에 그녀는 이 황량한 곳을 혼자 걸어서 곳곳을 둘러본 적이 있다. 티머시가 집을 비웠을 때. 폭풍이 할퀴고 간 잔해. 가파른 언덕의 오르막길과 내리막길, 가장자리가 언 시냇물.

조그만 자갈돌. 스티로폼 쓰레기. 빠르게 흐르는 물소리에 아이가 관심을 보인다.

예리한 귀. 예리하게 반짝이는 짙은 파란색 눈.

엄마는 걸음을 멈추고 고민한다. 이 황량한 곳에서 벌어지는 일은 이미 벌어진 일이다. 이제 기억을 떠올리기만 하면 된다.

아이를 그런 시냇물에 가만히 내려놓으면 아주 차갑고 얼얼하고 자비로운 물이 아이 위로 가만히 흐를 것이다. 아이는 처음에는 악을 쓰고 그 조그만 주먹을 내저을 것이다. 짧은 다리를 버둥거릴 것이다.

버터 같고 비단 같은. 아이의 피부.

"나를 용서해 줘. 언젠가는 고마워하게 될 거야."

아이가 불안해하며 꼼지락거리기 시작했다. 그 동그랗게 뜬 촉촉한 파란색 눈을 들여다본 것이 그녀의 실수다.

그녀는 쓰러진 통나무에 털썩 주저앉는다. 사방에 동물의 발자국이 여기저기 찍혀 있다. 뾰족한 사슴 발자국. 쓰러진 나무는 참나무고 거기서 좀 더 작은 축소판 참나무가 자라고 있다. 다른 때 같으면 이런 사실이 근사하게 느껴졌을 테지만 지금 로리는 딴 데 정신이 팔렸다. 별로 멀리까지 오지도 않았는데 힘들어서 숨을 헐떡인다. 조금 멀리 떨어진 데서 예전의 그녀가, 잃어버린 소녀 시절의 그녀가 연민 어린 시선으로 초조하게 지켜본다.

다리를 벌리고 앉아 그녀의 아이를 가슴에 대고 꼭 끌어안는다.

싸개를 벗기려면 조금 힘들 것이다. 아이가 뒤로 넘어가 악을 쓰지 않도록 통나무 위에 안전하게 내려놓는 것도. 그녀의 점퍼와 셔츠를 헤치는 것도. 수유용 브래지어. 이 얼마나 흉측한 속옷인가! 그녀는 요즘 외출을 거의 하지 않으니 집에서는 브래지어를 하지 않는다.

젖 달라는 울음소리에 화가 난다. 지금까지 그 소리를 너무 자주 들었다.

아무도 보이지 않는다. 머리 위로 비행기가 지나가나?— 윙윙거리는 소리가 들린다.

곱은 손으로 더듬더듬 수유용 브래지어와 아이를 들춘다. 너무 난처하다! 당황스럽고 짜증이 나서 얼굴이 화끈거린다.

아, 이 아이는 왜 이렇게 계속 *배고파*하는 걸까! 아이 엄마는 쓴 웃음을 짓는다.

걸신들린 듯 빨아대는 뜨거운 입술에 젖꼭지를 물린다. 그 입술이 당장 젖을 빨기 시작하자 넋을 잃는다.

감시에서 벗어나 있으니 이렇게 즐거울 수가 없다. 물 냄새, 젖은 흙냄새. 우뚝하고 앙상한 나무. 아무도 그들을 찾지 않을 것이다.

머리 위에서 조그만 비행기가 사라진다.

괴물둥이

처음에는 그것이었다. 심지어 그 물건도 아니고 그냥 느낌이었다.

뒤통수의 정수리 부근에 생긴 조그맣고 투실투실한 덩어리로 내 손톱이 향했다.

처음에는 조금 가려웠다. 그러다 조금이 아니게 됐다.

벌레에 물린 것이 틀림없었다. 내 두피가 25센트짜리 동전 크기로 부풀어 올랐다.

밤이 되면 그것의 진동이 느껴졌다. 살아 있는 것처럼 뜨겁게 펄떡거렸다.

그냥 가려운 수준이 아니라 화끈화끈하고 따끔거렸다. 나는 손톱에 피가 묻을 때까지 긁고, 긁고 또 긁었다.

생각했다— 어쩌면 저절로 없어질지 몰라.

빌었다— 하느님 제발 없어지게 해주세요!

열세 살이었고 하느님이 있다면 나는 하느님의 보호를 받는 특별한 존재일 거라는 희망을 (아직) 버리지 않았다.

몇 시간을 뜬눈으로 보내며 괴로워했다. 밤에 그렇게 긴 시간 동안 깨어 있기는 처음이었다. 밤이 그렇게 길 줄은 상상도 하지 못했다. 아침이 되면 내 베개에 핏자국과 지독한 냄새가 남았다.

그것의 정체를 파악하려고 목을 길게 빼고 거울을 들여다보았다. 하지만 자란 머리칼로 덮여서 보이지 않았다.

징징대며 엄마를 찾아가 도움을 청했다.

"도대체 무슨 짓을 *저지른* 거야! 머리카락이 엄청 고약하게 엉킨 것 같은데."

엄마는 집중하느라 미간을 찡그리고 내 목덜미 위로 뜨거운 숨을 내뿜어가며 손끝으로 더듬더듬 그것을 찾았다. 그것이 그냥 엉킨 머리카락이라도 되는 듯이 나를 야단쳤다. 껌처럼 내 머리카락에 엉긴 뭔지 모를 끈적한 것이라도 되는 듯이.

(내 평생 껌을 머리카락에 붙인 적이 한 번도 없건만!)

욕조 가장자리에 앉아서 숨을 참았다. 고개를 숙이고 벌벌 떨며 엄마가 손톱 가위로 깔끔하게 *그것을* 잘라주길, *그것이* 내 두피 속에 박힌 진드기 아니면 벼룩 아니면 빈대로 밝혀지길 기도했다. 그러면 더럽고 구역질 나긴 해도 상황이 종료될 테고, 엄마가 *그것을* 변기에 던지고 물을 내리면 혐오감에 몸서리치면서도 *그것이* 사라졌다는 데 감사하고 안도할 수 있을 것이었다. 그러고 나서 엄마가—(그 당시 내 머릿속에서는 희망이 무한대로 샘솟았다)—상처에 가볍게 입을 맞추면, 피가 얇게 배어나오고 있을 경우 하얗고 깨끗한 밴드를 붙여주면 망각의 축복이 찾아올 것이었다— *아가, 전부 없어졌어. 완전히 깨끗해!*

하지만 이런 일은 벌어지지 않았다. 눈곱만큼 비슷한 일조차 벌어지지 않았다.

엄마는 가위로 조심스럽게 머리칼을 자른 다음 혹 주변을 면도칼로 밀었다. 당혹스러워하며 혼잣말을 중얼거렸다.

"이게 뭔지 모르겠네. 갑상선종인가?"

갑상선종! 갑상선종이 뭔지 전혀 알 수 없었지만 뭔가 부끄러운 것인 게 틀림없었다.

나는 벌벌 떨며 욕조 가장자리에 앉아 있었다. 어린애처럼 눈을 질끈 감고서. 그랬으니 나는 그것을 볼 수 있었을지라도 보지 못했을 것이다.

그때는 엄마가 나를 두 번 다시 아가라고 부를 일은 없다는 것을 전혀 알지 못했다.


처음 보았을 때 그것은 내 두피에 들러붙어 있던 (조그만 달걀 크기의) 핏줄이 비치는 해면 같았다.

슈퍼에서 파는 알록달록한 인조 스펀지가 아니라 바다에 사는 진짜 해면 말이디(영어로 해면이 스펀지sponge다—옮긴이). 뇌와 척추가 없고, 얼굴이나 다리도 없고, 물을 흡수하는 자잘한 기포로 수없이 넓인 종이봉투 색 바나 생물.

물론 그런 해면은 슈퍼에서 파는 가짜 스펀지와 다르게 살아 있는 생명체다. 하지만 눈으로 확인하고 손으로 건드려보면 생명체라기보다 생명체의 남은 흔적이다.

"……어머나! 뇌가 흘러나온 건 아니라야 할 텐데……."

이 말은 듣지 않았다. 귀를 닫았다.

"……뇌에서 자란 갑상선종인가……."

놀란 엄마가 혼잣말처럼 중얼거린 이 끔찍한 말들을 나는 한마디도 듣지 않았다. 한마디도!

엄마는 깨끗하게 민 두피에 달린 그것을 내가 볼 수 있게 내 머리 위로 손거울을 들어주었다. 정말 충격적이었다! 하지만 나는 웃음을 터뜨리고 싶은 마음도 있었다.

그것을 진짜가 아니라 일종의 농간, 하루나 이틀 뒤면 사라질 어떤 것으로 대수롭지 않게 간주하고 싶었지만, 또 한편으로는 그것이 벌레에 물려서 곪은 것도 아니고, 종기나 대왕 여드름은 더욱 아니고, 그보다 더 이상하고 고약한 뭔지 모를 것이라는 사실을 (아무래도) 인정해야 했다.

무엇보다 중요한 사실이 있다면 엄마가 이렇게 속삭였다는 거다. 그것을 아무한테도 말하지 말자고.

가족 외에는 아무도 그것에 대해서 알아야 할 이유가 없다고 했다. 적어도 아직은.

가족이라고 하면 엄마와 아빠, 일곱 살인 여동생 이비, 열 살인 남동생 데이비, 그리고 같이 사는 할머니를 말했다. 친척이나 이웃 사촌은 아니었다. 친구도 아니었고 만난 지 한참 된 예전 친구는 더욱 아니었다. 예를 들면 타지로 이사하지 않고 여전히 서로 가까이서 살며 한 살, 두 살 같이 나이를 먹고 요즘도 황당하기 이를 데 없는 소문을 퍼뜨리는 데 열광하는 엄마의 고등학교 동창들.

엄마는 이걸 끔찍이 싫어했다. 남들 입에 오르내리는 것.

당연히 아빠에게는 그것에 대해 이야기할 수밖에 없었다. 하지만 이비, 데이비, 할머니에게는 — 아직 알릴 필요가 없었다.

아빠는 그것을 빤히 쳐다보았다. 맛이 끔찍한 뭔가를 씹어서 삼켜야 하는 것처럼 아빠의 턱이 움직였다.

"흠, 젠장."

평생 이런 건 처음 본다고 시인했다.

희한한 종기, 건막류, 온갖 '종양'이라면 모를까…… 하지만 아빠가 말하길 갑상선종은 목을 지나는 갑상선이 붓는 병이라고 했다. 딸의 머리에서 자라난 이 흉측한 것과는 거리가 멀었다.

손끝으로 *그것*을 건드렸다. 까딱 잘못하면 데기라도 하는 듯이 살짝.

아빠의 손끝이 닿는 것을 느끼지도 못했는데, 전기 충격 같은 전율이 내 몸을 관통했다.

"망할! 이거 엄청 *따뜻하네?*"

아빠는 가위나 칼로 *그것*을 잘라내야 한다고 생각했지만, 엄마는 *그것* 근처를 손톱 가위로 다듬을 때도 내가 괴로워했다며 그러면 너무 아플 거라고 했다. 그 주변 두피가 누가 봐도 아주 예민했고 두피에 상처가 나면 원래 그렇듯 피가 많이 날 것이었다.

이삐는 말도 안 된다고, 더 커지기 전에 *그것*을 제거하는 것만이 현명한 조치라고 했다.

(아빠 말이 맞았다. *그것*은 섬섬 커지고 있었다. 매일 아침 눈을 떠보면 느낄 수 있었다. *그것*이 밤새 커진 것을 매일 아침 느낄 수 있었다.)

부모님이 나를 병원에 데려가 핏줄이 비치는 해면 같은 종양이 뭔지 검사하고 제거하지 않은 이유가 뭐였는지 궁금해할 사람도 있을지 모르겠다. 최소한 악성 종양은 아닌지 확인했어야 하지 않느냐고. 하지만 아빠는 그럴 성격이 아니었다.

아빠는 모르는 사람을 믿지 않았다. *기웃거리는* 사람을 좋아하지 않았다.

아빠는 응급 상황이 아닌 이상, 더러는 응급 상황인 경우에도 병원, 의원, 의사, 경찰을 찾지 않았다. 우리 일에 참견할지 모르는 관계자들을.

"내가 안 된다고 했지. 빌어먹을 병원은 안 된다고! 이 문제는 우리끼리 해결할 거야."

아빠는 상기된 얼굴로 엄숙하게 나를 식탁으로 데려가 천장에서 환한 불이 비추는 자리에 앉히고, 신문지를 펼쳐서 리놀륨 바닥에 깔았다. 손전등을 들고 그것을 좀 더 자세히 관찰했다. 겉으로 드러난 종양을 통해 아빠의 따뜻하고 빨라진 호흡이 느껴졌다— 그러니까, 느껴지는 것 같았다.

"움직이지 마라. *가만히 있어.*"

아빠는 그것을 내 두피와 연결하는 연골 조직에 낚시 칼의 예리한 칼날을 조심스럽게 갖다 댔다. 칼에 조금씩 압력을 더해 톱질하듯 움직이며 그 힘줄 같은 조직이 얼마나 질긴지, 고통을 최대한 줄이며 얼른 잘라낼 수 있겠는지 시험했다. 하지만 그 느낌이 아픈 걸 넘어 견딜 수 없었기에 나는 공포에 질린 동물처럼 비명을 지르고 몸부림치며 그에게서 도망쳤다.

"왜 그러냐! 그만해. 너를 도와주려고 이러는 거잖아."

아빠는 넌더리를 내며 나를 밀쳤다. 그의 눈빛에서 나는 혐오를 느꼈다.

엄마는 나를 안쓰럽게 여겨서 공포와 수치를 달래며 내 방으로 도망쳐 숨도록 내버려두었다. 나중에 어머니가 학교에 전화해 내가 며칠 결석할 수 있겠다고 말하는 소리가 들렸다. "'가벼운 시술'이 필요한 건강상의 문제가 생겨서요."

그래도 아빠는 나를 병원에 데리고 가길 싫어했다. 빌어먹을 의사가 진료비를 얼마나 청구할지 누가 알겠느냐고 했다.

그뿐 아니라 아빠는 내 두피에서 자라난 종양을 완벽하게 설명할 방법이 있을 거라고 진심으로 믿었다. 자라기를 멈추고 쪼그라들어서 뱀의 허물이나 퇴화한 꼬리처럼 저절로 떨어져 나갈지 모른다고 믿었다. ('퇴화한 꼬리'라는 게 실제로 있나? 우리 식구들은 그런 게 있다고 믿기 시작했지만.)

그것의 정체가 뭔지 몰라도 갑상선종은 아니었다. 인터넷에서 검색해 보니 갑상선종은 목을 지나는 갑상선이 부풀어 오르는 질환이고 머리뼈 틈새로 뇌 조직이 '새어 나온 것'도 아니었다.

갑상선종은 자체 성장하지도 않는데, 내 머리에 난 종양은 (내가 느끼기에) 자체 성장했다. 특히 밤에 그것의 진동이 느껴졌다. 거기서 내 체온보다 더 뜨거운 열기도 뿜어져 나왔다. 가끔은 그것이 숨을 쉬는 것처럼 느껴지기도 했는데…….

그린 어느 날 엄마가 뒤에서 나를 유심히 쳐다보며 말했다. "맙소사! 아까 그 소리 들었니?— 그것이 숨을 쉬고 있어."

아빠는 비웃듯이 콧방귀를 뀌었다. "말도 안 되는 소리! 그럴 리가 있나."

하지만 아빠는 가까이 다가와 머리를 숙여서 그것을 들여다보려고 하지는 않았다. 그리고 아빠는 화가 나서 씩씩대는 것처럼 워낙 큰 소리를 내며 입으로 숨을 쉬었기 때문에 다른 숨소리가 잘 들리지 않았을 것이다.

며칠 낮이 지났다. 며칠 밤이 지났다. 그것은 쪼그라들지 않고 점점 커져서 이제는 달걀이라기보다 굵은 덩굴에 가까워졌다.

이내 할머니가 *그것*에 대해 알게 되었다. 내가 자기들을 피해 방에서 화장실로 몰래 달려가는 것을 보고 데이비와 이비도 의심스러워했다. 나는 밥을 먹으러 1층으로 내려갈 때는 머리에 스카프를 둘렀는데, 머리에서 뭐가 자라난 것처럼 스카프가 이상하게 튀어나왔다.

"언니가 심한 기침감기에 걸렸거든." 엄마가 설명했다. "폐렴으로 발전하면 안 되니까 체온을 *따뜻하게* 유지해야 해."

나중에는 데이비와 이비도 알아차리게 된 것 같았다. 손바닥만 한 집 안에서 비밀을 지킬 방법이 없었다.

그래도 동생들은 별로 궁금해하지 않았다. 나를 보면 음울한 표정을 지으며 무서워했고, 말을 잘 듣지 않으면 나에게 벌어진 뭔지 모를 일이 자기들에게도 벌어질지 모른다고 생각했다.

엄마는 *그것*이 결국에는 쪼그라들 쓸모없는 혹에 불과할 뿐, 예를 들어, 내 뇌의 일부가 머리뼈 틈새로 흘러나온 것으로 생각하지는 않으려고 했다. 나도 마찬가지였지만 그래도 그런 생각이 드는 것을 어쩔 수 없었다. 하지만 어느 날 *그것*을 손가락으로 눌러보던 할머니가 놀라서 움찔하더니 따뜻하고 펄떡거린다고 했다. "꼭 무슨 푸딩 같네! *살아 있는 푸딩.*"

"말도 안 되는 소리! *살아 있는 푸딩*이 어디 있어요." 아빠는 빈정거리며 폭소를 터뜨렸다. 하지만 두려움과 혐오로 눈을 번뜩였다.

그래도 아빠는 나를 병원에 데려가려고 하지 않았다. 우리 가족에게는 이른바 '주치의'가 없었다. 이른바 '의료 보험'도 없었다.

며칠이 지났다. *그것*은 점점 커졌다. 크기와 모양이 바나나를 닮은 것이 내 두피를 잡아당기며 열기를 뿜어냈다. 이마가 뒤로 팽팽하게 당겨졌다. 계속 놀라고 당황한 사람처럼 눈썹이 위로 올라갔다. 죔쇠가 내 머리를 조이는 듯한 느낌이 들기 시작했다.

마침내 그것이 생각보다 훨씬 심각한 문제인 것 같으니 병원에 데려가야겠다고 엄마가 아빠를 설득했다.

아빠는 마지못해 동의했다. 아빠는 전화번호부 내과 의사 항목에서 F 선생을 선택했다. 한 시간 만에 진료가 가능했던 걸 보면 환자가 거의 없는 의사였다.

F 선생은 내 머리 꼭대기에서 '유기체'가 자라고 있다는 데 처음에는 믿기지 않아 했고 그다음에는 놀라워했다. 그것을 진찰하고는 갑상선종도, 그가 그때까지 살면서 접한 그 어떤 자연 발생 조직(건막류, 굳은살, 종양)도 아니라는 결론을 내렸다. 내 머리뼈에 '실금'이 있어서 그것이 그 사이로 밀고 올라오는 것 같은데, F 선생이 짐작하기로는 뇌 조직, 이른바 경막이라는 뇌를 보호하는 막일 수밖에 없고, 감염됐을지 모르고, 수술로 제거할 수 있을지 모르지만, 엑스레이를 찍어봐야 정확히 알 수 있겠다고 했다.

엑스레이라고요! 그게 다 비용이 얼마나 듭니까? 아빠는 인상을 썼다.

아빠는 당연히 '다른 사람의 소견'을 들어보겠다고 했다. 아빠는 어떤 물건이 됐건 용역이 됐건 다른 사람의 소견─'다른 사람의 견적'─을 묻지 않는 건 아주 바보 같은 짓이라고 생각했다. 영리한 사람은 견적끼리 서로 경쟁시켜 가격을 낮출 줄 알아야 한다고 했다.

M 선생은 그보다 나이가 많고 하얗게 수염을 기른 신사였고, 역

시 전화번호부에서 찾은 의사로 당장 진료가 가능하다고 했고, F 선생처럼 그것을 보고 믿기지 않아 하며 놀라워했다. ("이게 살아 있다고요? 맙소사.") M 선생의 진찰은 F 선생보다 더 철저해서 내 머리만 겉에서 살피는 것이 아니라 내 영혼을 들여다보기라도 하려는 듯 눈과 입과 코까지 꼼꼼히 살폈다.

M 선생이 잠정적으로 진단한 바에 따르면 그것은 (아마도) 머리뼈의 실금 사이로 흘러나온 뇌 조직이 아니라 '기생성'을 띤 전혀 개별적이고 자체적인 생명체의 전혀 개별적이고 자체적인 뇌 조직으로, 13년 전에 자궁에서 그러니까 우리 어머니의 자궁에서 나와 일란성 쌍둥이로 자랄 예정이었지만, 중요한 세포의 작동 불발로 인해 독립적인 배아로 성장해 자연 분만으로 '태어나지' 못하고, 대신 내 몸속에 '흡수'되어 있다가 이제 '자기만의 '산도'를 만드는' 방식으로 내 머리뼈를 뚫고 나오려 하는 것 같다고—(왜 그러는지는 사춘기가 임박했다는 [명백한] 사실 외에는 M 선생도 짐작이 가는 바가 없었다)—했다.

*쌍둥이! 사춘기! 산도!* 이런 역겨운 단어들이 내게는 아무 느낌도 없었다. (그것이 아니라) 나에게 쏟아지는 너무나 많은 관심으로 인해 멍했다. 내 눈 속을 깊숙이 비춘 의사의 펜라이트 때문에 앞이 거의 보이지 않았고 M 선생의 진단이 향한 곳은 내 귀가 아니라 아버지였다.

(그것도 듣고 이해했을까? 내 두피에서 따끔거리는 느낌과 기민하게 살아 움직이는 느낌이 전해졌다. 의사에게 '개별적이고 자체적인' 존재로 분명하게 인정을 받은 그것의 살아 숨 쉬는 떨림이 거의 느껴지는 듯했다.)

M 선생은 그것을 수술로 제거해야 한다고 했다. 하지만 그 전에

엑스레이를 찍어봐야 한다고 했다.

아빠는 유감스러워하며 묵묵히 들었다. 입술을 일그러뜨리며 인상을 썼다. M 선생에게 묻고 싶은 것들이 있었겠지만 심란해서 그럴 정신이 없었다. 아빠는 다음 예약을 잡지 않은 채 나를 병원에서 끌고 나왔고 건물 밖으로 나가기 전에 계단에서 흥분한 투로 내게 속삭였다. "그 망할 스카프 제대로 써라! *그것*이 안 보이게."

나는 부루퉁한 표정으로 아빠가 시킨 대로 했다.


*일란성 쌍둥이.* 이 단어를 듣고 났더니 떠올리지 않을 재간이 없었다.

*일란성 쌍둥이.* 메아리치고 또 메아리쳤다.

실제로 *그것*은 내 뒤통수 꼭대기에서 점점 커지고 무거워졌다. *그것*의 숨소리가 들렸고 살아서 펄떡거리는 것을 느낄 수 있었다.

이내 *그것*은 내 목덜미까지 내려와 덜렁거렸다. 척추 꼭대기에 닿았다. 따끔거려서 오싹했다. 걸을 때 '고관절이 안 좋아서' 휘청거리는 할머니처럼 나도 걸으려고 하면 *그것* 때문에 휘청거렸다.

*그것*이 말이 아니라 진동으로 내게 애원하기 시작했다. *도와줘! 나도 살고 싶어.*

*너처럼 살고 싶어.*

한심한 의사소통 방식이라 나는 못 들은 척했다.

*……너처럼 너처럼. 너.*

너무 황당해서 나는 웃음을 터뜨렸다. *나처럼*이라고?

*그것*이 자기 혼자 숨을 쉴 수 있나? 나를 통해 양분을 섭취하면서, 자기 혼자 계속 성장할 수 있나?

나는 경멸조로 그것에게 물었다. 나 없이 어떻게 살겠다는 거야?

너는 내가 없으면 살 수 없어.

나는 언제든 너를 없앨 수 있어.

(하지만 그것이 내 말을 알아들을까? 제대로 들리는 귀가 있을까? 언어를 처리할 수 있는 뇌가 있을까?)

그것은 내 경멸에 충격을 받았는지 잠잠해졌다.

숨소리만 빨라졌을 뿐 잠잠해졌다.

언제든. 마음만 먹으면.


(하지만 이렇게 생각하는 사람도 있을 수 있겠다, 왜 그럴 마음을 먹지 않았느냐고.)

(그리고 이제는 너무 늦었다고.)


그 물건, 그 쌍둥이 뇌, 그것─(우리는 아직 그것을 그녀라고 부르지 않았다)─은 매주가 지날수록 점점 무거워졌고 이제는 내 등 중간까지 내려왔다. 그리고 이제는 허리까지 내려왔다. 성기게 짜진 무릎 양말처럼 늘어났지만 위가 아래보다 넓었다. 뇌가 머리뼈 속에 들어 있는 게 아니라 껍데기 없는 뱀처럼 내 등을 타고 흐물흐물하게 흘러내려서 그런가 싶었다.

손거울로 거울에 비친 내 뒷모습을 확인하며 하루에도 수십 번씩 그것을 쳐다보았다. 세상에서 그보다 더 흥미진진한 건 없었다! 해면 같은 질감, 옅은 갈색의 색상, 합심해서 공기를 마시고 내뱉는 것처럼 보이는 수백 개의 조그만 바람구멍으로 이루어진 그 물건은 역겨운 동시에 매혹적이었다.

그 물건은 대체로 애처로운 표정을 짓고 있었다. 내 목덜미 근처에 달린 얼굴이 (어렴풋이) 보이는 것도 같았다.

아니다— 진짜 얼굴은 아니었다. 그보다는 큰 가오리의 '얼굴'에 가까웠다. 그 해면 같은 조직의 얼굴이 있음 직한 자리에 자국이 나 있었다. 얕게 움푹 들어간 곳은 '눈'이었고, 조그맣고 까만 구멍은 콧구멍, 입인가 싶은 얕고 가는 틈새, 연체동물의 입……

(입 안에 이빨은 없었다. 적어도 이빨이 보이지는 않았다. 아직은.)

어딘가에서 내가 읽은 바에 따르면 안구가 전에는 뇌의 일부였다가 수천 년에 걸쳐 빛에 반응해 밖으로 이동했다고 한다. 아마 수백만 년이었을 것이다! 그러니까 그것 안의 뇌 조직이 밖으로 삐져나오고 있는 것이었다. 빛을 많이 받을수록 더 많이 삐져나올 것이었다.

나는 너무 늦기 전에 이 큰 가오리의 눈을 도려내고 싶었다. 그 눈으로 앞을 보기 전에.

그렇다! 당신들은 열세 살이면 고분고분한 어린애가 아니라 (거의) 사춘기에 가까우니 내가 거의 항성 분노 상태고, 무게가—얼마였더라?—10킬로그램?—조만간 15킬로그램에 육박할—그것이라는 짐을 뒤에 매달고 다니느라 휘청거리며 걸어야 했으니 그것에 염증을 느꼈다고 생각할지 모르겠다. 들킬까 봐 집 밖으로 살금살금 나다니지도 못하는 (그리고 학교도 다니지 못하는) 괴물이 되었으니 말이다. 그건 맞는 말이라 나는 종종 분노를 느꼈지만, 대개는 창피해서 속이 메슥거렸고, 또 한편으로는 (그것과 단둘이 내 방에 있을 때는) 내가 아주 특별하다는 사실을 인식했다.

그것은 오로지 나를 통해 살 수 있었고, 그것은 쌍둥이도 심지어

'여동생'—(진짜 여동생 이비와 같은 식의)—도 아니었다. 그것은 단순한 부속물, 어떤 조직에 불과했다. 기생충이었다!

그리고 내가 *그것을* 책임지고 있었다— *그것의* 생명을 책임지고 있었다.

*이유가 뭘까?*—이건 답을 찾지 못한 질문이었다.

그 물건이 내 뒤에 항상 대롱대롱 매달려 있으니 이를 갈며 욕했지만, 또 한편으로는 *그것에* 무슨 일이 벌어져 쪼그라들어서 죽고 '떨어져 나가'면(엄마가 늘 기대하는 바였다) 어쩌나 싶어 걱정했다.

그러면 내가 얼마나 외로울까! (이 생각은 하고 싶지 않았다.)

밖(뒷마당)에 나갈 때는 숄로 그 물건을 덮었다. 결국에는 그 물건에도 '머리뼈'가 필요하게 될 것이었다. 가장 취약한 부분, 그것의 머리(뇌)가 있는 곳을 보호할 덮개. 엄마가 부드러운 천을 가지고 얼굴, 머리, 그것 고유의 뇌에 해당하는 듯한, 아주 취약해 보이는 윗부분을 딱 맞게 덮을 헬멧을 만들어주었다. 그 위에 얇은 베일을 달되, 좁고 납작한 얼굴에서 형성되기 시작한 점 같은 눈동자를 위해 조그만 구멍을 뚫었다.

정상적인 얼굴의 경우 눈이 있었을 곳에서 *그것의* 돌기가 형성되는 것을 보고 있으면 흥미진진했다. 찢어진 틈새 비슷하게 생긴 눈동자가 등장하고 얼마 지나지 않아 며칠 밤 동안 벌어진 일이었다. 이 돌기를 손끝으로 더듬어보면 아직 뇌 조직 안에 박혀 있지만 거기서 점점 튀어나오고 있는, 묘하게 말랑말랑한 안구를 느낄 수 있었다. 거기에 대고 불을 비추면 뇌 조직이 부들부들 몸서리쳤고 동공은 오므라들며 닫혔다(나는 볼 수 없으니 엄마가 설명할 때 쓴 표현이었다).

시간이 지나자 베일이 작아져서 마스크에 좀 더 가까운 다른 베일로 교체해야 했다. 이번에는 '눈구멍'을 더 크게 뚫었고 결국에는 입이 있는 자리에 틈새도 만들었는데, 그 주변은 항상 기분 나쁘게 축축했고 금세 너덜너덜해졌다.

*나도, 나도 살고 싶어. 너처럼 살고 싶어.*

*너처럼 너처럼 살고 싶어. 너처럼.*

이런 애처로운 떨림은 말로 들린 게 아니었다. 귀로 들을 수 있는 것이 아니었다.

나는 나와 소통하려는 이런 식의 원시적인 시도에 대개 침묵으로 대응했다. 비웃고 한쪽 어깨를 으쓱했다— *하지만 너는 절대 나처럼 될 수 없어. 네가!*— 나처럼이라니!

다만: 어느 날 새벽에 우리 둘을 연결하던 연골 조직이 뚝 끊기는 소리에 내가 움찔하고 눈을 떠보니 나와 분리된 *그녀*가 멍하니 내 뒤에 누워서 숨만 헐떡이고 있었다. 아니, 그건 잘못된 표현일 수 있겠다. 그녀는 능동적으로 나에게서 분리된 것이 아니었다. (다 나은) 피부에서 딱지가 자연스럽게 떨어지듯 그냥 그렇게 *그녀가* 나에게서 떨어져 나온 것이었다.

나는 모르는 척, 무심한 척 가만히 누워 있었다. 냉연히 그녀를 돌아보지도 않았다.

하지만 모든 감각이 경계 태세였고 심장은 빠르게 두근거렸다.

엄청난 상실감이 나를 덮쳤다. 그때까지 경험한 적 없을 만큼 마음이 무거웠다. 그것이 쪼그라들고 죽어서 떨어져 나가면 내가 원래 모습으로 돌아올 거라고, 엄마가 몇 달 전부터 예언한 대로 이루어진 것이 분명했다.

마침내 혐오를 극복할 수 있을 만큼 용기가 생기자 나는 눈을 질끈 감고 몸을 돌려서 그것—그녀—을 밀어 바닥으로 떨어뜨렸다. 그것—그녀—은 굽지 않은 빵 반죽처럼 푹신하게 부딪치는 소리를 냈다.

들릴락 말락 하게 비명을 터뜨렸다— 아!

괴물둥이! 그것이 피 한 방울 쏟는 법 없이 나와 분리됐으니 쓰레기통에 던져버릴 기회가 이렇게 찾아왔다.

하지만 그런 일은 벌어지지 않았다. 왜냐하면 누가 봐도 그것은 살아 있는 생명체였다.

이미 그것은 그녀가 되었고, 결국에는 그녀에게 이름이 생길 것이었다.

(하지만 내가 지어주지는 않을 거다! 내 부속물에 불과했던 그녀에게 나와 구분되는 별개의 이름이 생긴다니 나로서는 부당하게 느껴졌다.)

처음에 괴물둥이는 신생아처럼 젖병에 담긴 우유를 먹었다. 젖병의 고무젖꼭지를 게걸스럽게 빨았다.

그것이 점차 오렌지주스, 바닐라 스무디로 바뀌었다.

나중에는 엄마가 블렌더로 액체 퓌레처럼 갈아주는 음식을 빨대로 먹는 법을 터득했다. 뜨거운 오트밀, 과일, 요거트, 녹색 채소, 당근, 브로콜리를 그렇게 먹었다.

결국에는 견과류, 해바라기 씨, 병아리콩을 갈아서 '영양가 높은' 액체에 섞었다. (그렇다, 나도 이걸 빨대로 먹어도 된다고 허락을 받았다. '숟가락을 핥아도' 된다고 허락을 받았다.)

녹인 버터를 넣어서 으깬 감자. 쫄깃하고 말랑말랑한 빵 위에 갈아서 뿌린 녹은 치즈. 라이스 푸딩, 상상할 수 있는 온갖 맛의 젤로. 그리고 두말하면 잔소리지만 알맞게 녹은 아이스크림.

괴물둥이는 소식가였다. 새롭게 돋아난, 거의 투명한 이빨이 원시적인 수준이듯 소화기관도 원시적인 수준이라 그런 것일 수 있었다. 하지만 그 해양 생물처럼 괴물둥이도 *끊임없이* 식욕을 느꼈다.

(원시적이고 끊임없이: 괴물둥이의 대장과 직장에서 기름기 많은 배설물이 나왔다.)

(그렇다, 괴물둥이는 사이즈를 점점 늘려가며 기저귀를 차다가 결국에는 기형인 하체에 성인용 기저귀를 찼고 기형인 머리는 천으로 덮었다.)

괴물둥이에게 '이름'이 주어졌다. *나는 그 이름을 받아들일 수 없었으니 내 입으로 그 이름을 소개할 일은 없을 것이다.*

(아니다. 괴물둥이의 이름은 *내 이름과 전혀 다르다.*)

(아니다. 우리는 같은 성을 쓰지 않는다. 괴물둥이는 '태어난' 게 아니니 출생증명서가 없다. 그렇기에 뉴저지주 금박 인장이 찍힌 공식 증명서가 없다. 그렇기에 괴물둥이는 법적이건 뭐건 이름이 없다.)

*그녀가 가족들 사이에서 뭐라 불리건 나는 인정하지 않는다.*

그녀가 딱지처럼 내게서 떨어져 나온 그날 아침 이후로 우리 집에 엄청난 변화가 생겼다. 그 토대가 흔들렸다. 지진과노 같은 흔들림이었다.

"어머나, 너 무슨 짓을 저지른 거니!" 그녀가 이제 나와 분리된 것을 보고 어머니가 날카롭게 외쳤다. 마치 내가 심술을 부리느라 그녀를 긁어내기라도 한 것처럼, 뱀이 벗어 던진 허물을 내동댕이치고 햇볕에 비늘을 반짝이고 눈을 즐겁게 번뜩이며 스르르 멀어지듯 내 뇌간에서 그녀를 떼어내기라도 한 것처럼.

"어머나, 쟤 죽였어? 네—" 하지만 엄마는 머뭇거렸다. 동생이라는 단어는 너무 비상식적이라 내뱉을 수가 없었던 것이다. 그래서 엄마는 대신 숨을 들이마시고 처음부터 다시 시작했다. "어머나, 어떡해. 쟤— 숨 쉬고 있니?"

아니기도 하고 그렇기도 하다. 아니고 아니고 아니지만 그렇다. 빌어먹을 아니오고 그보다 더 빌어먹을 그렇다이다.

알고 보니 그녀는 나와 분리된 뒤에도 숨을 쉴 수 있었다. 때가 돼 자궁에서 쫓겨난 태아가 자율성을 획득하듯 처음에는 내 뇌에서 흘러나온 조직이었던 그녀도 이내 자율성을 획득했다.

우선, 죽지 않아야 태아도 그걸 획득하겠지만.


무관심한/제삼자의 관점에서 보았을 때 여기서 흥미진진한 대목은 뭔가 하면, 상상할 수 없고 일어날 법하지 않던 일이 놀라우리만치 짧은 기간 안에 상상할 수 있고 일어날 법한 일로 변할 수 있다는 것이다.

특히 가정이라는 익숙하고 한계가 정해진 공간 안에서 매일, 매시간 맞닥뜨리다 보면 충격적이고 괴상했던 것이 그 짧은 기간 안에 평범해질 수 있다는 것이다.

예전의 일상이었던 것이 금세 새로운 일상으로 덮인다.

그러다 결국에는 그냥 일상이 된다.

모든 것은 중력의 영향을 받기라도 하는 것처럼 일상으로 회귀하기에.


그리고 얼마 지나지 않아 나조차도 우리 집안의 새로운 정렬에 휩쓸리게 됐다. 단순한 반복을 거치면 어떤 몸짓이든 어떤 과정이든 어떤 움직임이나 동작이든 습관을 잘 만드는 영혼에 스며들게 되듯이. 악기 연주가 처음에는 낯설고 서툴게 시작되지만, 수없이 반복하면 뇌 깊숙이 파고들어 조직 기억으로 재정립되듯이.

당연히 나도 괴물둥이를 먹이는 일에 동참하게 되었다. 내가 개입하지 않으면 말라 죽을 생명체를 먹이는 일은, 거기에서 느껴지는 본능적인 희열이 있다.

처음에는 엄마가 괴물둥이를 먹였다. 그다음은 할머니, 그다음은— 나였다.

그러고 곧 내가 그것을 보살피는 일까지 맡게 됐다. 그러니까, 그녀를 말이다.

그 말인즉슨, 문자 그대로 그녀를 돌보게 되었다는 말이다.

하지만 결국에는 그 결과 그녀에게 *마음*을 쓰게 됐다. 걱정하고 배려하고 '관심'을 기울이게 됐다.

(겉으로 드러난) 뇌를 보호할 수 있게 조그만 모자를 떠주었다. 그녀를 이루는 해면 같은 조직을 보호할 수 있게 스웨터, 헐렁한 원피스, 장갑도 떠주었다.

나와 나르세 괴물둥이는 '피부'라는 조직의 표층을 가지고 태어나지 못했기에.

(왜 그랬을까? 자궁 안에서 그랬기 때문에?)

(그렇다, 그건 추잡한 단어다. 너무 추잡해서 쓰기 민망한 단어다. 자궁 안에서라니.)

(M 선생은 설명하지 않았다. 아빠는 망연자실해서 물어보지 못했고 M 선생은 굳이 설명하지 않았다. 우리가 살아가면서 맞닥뜨리는 가장 심오한 질문들

은 답을 허락하지 않는다.)

(하지만 '쌍둥이' 중에서 한쪽은 자율적인 존재로 자리를 잡지 못했는데 다른 쪽은 나처럼 성공하면 책임 소재가 따로 있는 건 아닌지 의아해질 수밖에 없다……)

조직의 표층이 없으니 괴물둥이는 오로지 뇌 소식, 신경설, 신경망, 정맥과 동맥으로 이루어졌을 뿐 보호막이 없었다. (육안상으로는) 머리뼈도 없었다. 인간이 아니었다!

충격, 경악 그리고 혐오 이후에, 어쩌면 혐오와 경악 그리고 충격이 사그라든 이후일 수도 있지만, 비정상적인 유쾌함이 집안에 자리 잡았다. 적어도 엄마는 이 상황에 대처하는 데서 일말의 결연한 즐거움을 누렸다. 그리고 할머니도 마찬가지였다.

왜냐하면 괴물둥이는 혈연이었다. 그녀가 우연히 우리 집으로 굴러들어온 어떤 것인 척할 이유가 없었다!

아빠는 주방의 난방 통풍구 옆에 놓인 종이상자 안에 무기력하게 누워 있는 그녀를 물끄러미 바라보며 생각에 잠기는 습관이 생겼다. 이 상자는 가로보다 세로가 몇 배 긴 직사각형의 침대 모양이라 안에 부드러운 천을 깔고, 뼈 없이 해면처럼 탱글탱글한 괴물둥이의 몸을 누이기에 딱 알맞았다. (괴물둥이는 납작한 큰 가오리 같은 얼굴이 베일로 덮여서 표정이 거의 드러나지 않았기 때문에 깨어 있는지 자고 있는지 인사불성 상태인지 얼른 가늠이 가지 않았다.)

"망할! 이쯤 되면 궁금해지는구먼. 우리가 무슨 짓을 저질렀길래 이런 일을 당하는지."

하지만 아빠는 과거에 저지른 어떤 짓의 결과로 이런 일이 벌어진 게 분명하다고 철석같이 믿는 눈치였다. (하지만 누구의 소행 때문일까? 아빠? 아빠와 엄마?)

가족 중에서 괴물둥이에게 가장 애착을 느낀 사람은 엄마였다. 왜냐하면 이건 *시련*이었다. 그리고 엄마는 하느님에 대한 믿음은 오직 시련으로 검증된다고 입버릇처럼 말했다.

엄마는 괴물둥이의 체온을 유지하는 것이 선결 과제라고 생각했다. 괴물둥이는 몸을 보호해 주는 피부가 없었기에 추위뿐 아니라 타박상에도 아주 취약했다. 그래서 엄마가 내게 뜨개질을 가르쳤다.

나에게! 뜨개바늘을 달가닥거리게 하다니! 이런 모욕이 어디 있을까!

나는 엄마와 할머니가 하는 재미없고 복잡한 취미 활동에 눈곱만큼도 관심을 둔 적이 없었고, 아빠는 죽었다 깨도 그런 걸 할 리 없었다.

그런데 뜻밖에도 손가락 사이에 닿는 털실의 모양새와 느낌이 좋았다. 나는 털실 중에서도 밝은 보라색, 진한 분홍색 그리고 '로열' 블루색이 제일 좋았다.

코를 빼먹지 않게 신경 써가며 겉뜨기-안뜨기, 겉뜨기-안뜨기, 겉뜨기-안뜨기. 덜거덕거리는 그 빌어먹을 뜨개바늘 잡는 법만 배우면 된다.

뜨개질을 하면 마음이 차분해질 거라고 엄마는 말했다. 꼼지락대지 않고 얌전히 앉아 있는 법을 배우게 될 거라고.

내 인생은 처음부터 투쟁의 연속이었다. 그들은 나를 우리 안에 가두는 데 만족하지 않고, 꼼지락대지 않고 얌전히 앉아 있는지 계속 감시했다.

둥그스름한 털모자 모양 잡는 법. 소매 모양 잡는 법. 장갑 뜨는 법— 그것도 손가락 열 개가 달린! (엄마가 최선의 노력을 기울였음에도 나는 삽 모양의 어설픈 엄지장갑을 괴물둥이에게 선물하는 수밖에 없었다.)

내가 작아서 못 입거나 싫어하게 된 옷도 괴물둥이에게 갔다. 괴물둥이가 '애쇼'하고 '난쟁이' 같이서 나보다 훨씬 작은데도 신기하게도 옷들이 거의 내가 입었을 때만큼 잘 맞았다. 그녀는 허리가 부러진 뱀, 그것도 살을 단단히 감싸는 껍데기가 없는 뱀처럼 기형적이었다.

뭐, 그렇다— 괴물둥이는 혐오스럽고 어처구니없었다.

하지만 뱀과 다르게 나중에 괴물둥이에게는 팔이 있어야 하는 자리에서 뭉툭한 살이, 다리와 발이 있어야 하는 자리에서도 (그보다 더 두꺼운) 뭉툭한 살이 자라나기 시작했다.

처음에는 그냥 팔다리의 흔적이었다. 하지만 이것들이 점점 몸통에서 튀어나오고 형태를 갖추기 시작했다.

하지만 '손'에 손가락이 생기지는 않았다. 적어도 우리가 아는 그런 손가락은. '다리'에도 발은 없고 어떤 바다 생물의 물갈퀴처럼 생긴 납작한 주걱 모양의 짤다란 것이 생기는 데 그쳤다.

하지만 괴물둥이는 '조숙'했다고 볼 수 있었다.

괴물둥이는 생후 10개월도 되기 전에 장갑 낀 뭉툭한 손으로 난간이나 벽이나 의자 팔걸이를 붙잡고 똑바로 서려고 낑낑대기 시작했다. 무릎에서 끝나는 뭉툭한 허벅지를 딛고, 앞다리를 든 개처럼 똑바로 걸으려 했다. 보고 있자면 애처로워서 눈을 가리거나 얼른 시선을 돌리거나 미친 듯이 웃고 싶어졌다. (나는 가끔 그 옆을 지나가다가 모르는 척 슬쩍 부딪쳐 괴물둥이를 넘어뜨렸다.)

괴물둥이는 주변에 아무도 없으면 바닥에 엎드려 숨을 헐떡거리고 휘파람 소리 비슷하게 흐느끼며 뭉툭한 팔다리로 기어다녔다. (젖먹이나 걷기 시작한 어린아이처럼 즐겁고 신나게 정상적으로 기는 것이 아니라 숨을 헐떡이고 끙끙대며 심각하게 기었다. 어떤 생물이 기어가는 것처럼 부들부들 떨고 움찔거려가며 스르르 움직였다.)

결국 괴물둥이는 '네발로' 놀라우리만치 빠르게 계단을 스르르 미끄러지듯 오르내리는 법을 터득했다. 계단을 내려가다가 흘끗 발치를 쳐다보면 괴물둥이가 얼굴이 납작한 장난꾸러기 뱀처럼, 계단을 내려오던 사람이 자기 몸에 발이 걸려서 굴러떨어질 수도 있는데 무심하게 발목 옆을 스치며 지나가는 식이었다.

가끔 날이 따뜻하면 엄마와 할머니가 괴물둥이에게 뒷마당으로 나가도 좋다고 허락해 주었지만, 뒷문에서 몇 미터 이상은 못 가게 했고 어디 다치지는 않는지 불안해하며 지켜보았다.

괴물둥이의 순환계는 (누가 봐도) 원시적인 수준이었고 끝이 짤따란 몸 전체에 정맥과 동맥이 덩굴처럼 퍼져 있었다. 이 중 하나가 찔리면 '피'가 나는데— 정상적인 인간의 피보다 묽지만, 냄새가 독했다.

그런가 하면 괴물둥이의 말랑말랑한 해면 머리에서 일종의 각피 같은 것이 보이기 시작했다. 처음에는 얇은 막이었다가 점점 두꺼워지고, 말랑말랑하고 과즙이 풍부한 속살을 품은 과일의 껍질처럼 비교적 단단해져서 겉으로 노출돼 있던 뇌를 덮었다. 그래도 괴물둥이는 우리가 떠준 조그만 모자를 쓰고 있어야 했다. 풀풀 날리는 보송보송한 솜털 말고는 머리칼이 없어서 타박상, 찰과상, 감염에 취약했기 때문이었다.

막 같은 것이 괴물둥이의 몸을 전체적으로 덮게 되었지만, 실제 '피부'처럼 튼튼하지는 않았다.

이렇게 해서 머리에는 감청색 뜨개 헬멧을, 얼굴에는 거의 투명한 베일을 쓰고, 나한테 물려받은 스웨터, 셔츠, 바지를 입고 거기에 운동화까지 신게 된 괴물둥이를 최소 3미터 멀리서—그보다 더 가까이서는 안 된다!—보면 아홉 살이나 열 살쯤 된 (거의) 정상적인 아이로 착각할 수도 있었다.

혈관이 비치는 해면이 내 뒤통수에 처음으로 등장한 첫해가 끝나갈 무렵 이보다 더 이상한 일이 벌어졌으니, 우리 가족들이 괴물둥이와 나를 헷갈리기 시작했다는 것이었다.

처음에는 할머니였다. 할머니는 눈이 안 좋았다. 그리고 판단력이 흐려졌다.

할머니가 괴물둥이를 내 이름으로 부르는 것보다 나를 *그녀의 이름*으로 부르는 것이 훨씬 기분 나빴다.

"할머니, 아니에요! 저는— *저것이 아니라고요.*"

그러면 할머니는 나를 빤히 쳐다보고 눈을 끔뻑이다가 어색하게 웃음을 터뜨렸다. "당연히 아니지, 아가. 내가 무슨 생각으로 그랬을까!"

할머니를 향한 증오가 그때부터 시작됐다. 혈관이 비치는 해면이 맨 처음 등장하면서 가려웠던 뒤통수 정수리 부근이 갑자기 조그맣게 욱신거리기 시작했다.

할머니가 내 이름을 잊어버린 것이 분명했다. 이제부터 할머니는 나를 *아가*라고 부를 것이었다. (하지만 할머니가 괴물둥이의 이름은 잊어버리지 않았다!)

그보다 더 끔찍했던 것은, 남동생 데이비와 여동생 이비도 내가 옆에 없으면 괴물둥이와 친구처럼 지내기 시작했다는 거였다. 그들이 재잘대고 웃는 소리가 들리면 나는 가슴이 철렁 내려앉았다. 나도 알고 있었다시피 그들을 나무라는 건 자존심이 허락하지 않았기 때문이었다.

동생들은 괴물둥이가 내 뒤통수에 달린 흉측한 혹일 때는 몇 달 동안 나를 피해 다니더니 이제 괴물둥이가 '자율성'을 갖춘 존재가 되자 그녀에 대해 궁금해하기 시작했고, 몸을 쭉 펴도 키가 120센티미터밖에 안 되고 내게 물려받은 신발을 신고 있지만 발이 없다고 (어쩌면) 그녀를 불쌍하게 여기기 시작했다.

그리고 이렇게 키가 짤따랗고, 툴툴대고 끙끙대고 휘파람 소리를 내고 훌쩍이고 혀를 굴리는 것 외에는 말을 할 줄 몰랐기에 그녀에게 위협을 느끼지 않았다.

그녀는 대체로 이비보다 작았다. 데이비보다는 한참 작았다. 그러니 그녀와 부딪쳐도 다칠 일이 없었고, 풀렁풀렁하고 따뜻한 존재, 저항 없이 뒤로 밀려나는 존재에 조금 짜릿한 쾌감만 느낄 수 있을 따름이었다.

왜냐하면 그녀는 일반적인 아이와 다르게 절대 반항하거나 투덜대거나 징징대거나 낑낑대지 않았다.

이 몇 달 동안 괴물둥이는 우리 집에서 받아들여지고 (당연히) 우리 가족은 아니지만 그렇다고 외부인도 아닌 모호한 지위를 획득하기 시작했지만, 여전히 친척과 동네 주민과 지인들에게는 비밀이었다. 친척들은 절대 집으로 초대하지 않았고, 동네 주민과 지인들은 엄마와 아무리 '친한' 사이일지라도 불쑥 집을 찾아오거나 그러지는 않을 것이었다. 우리 가족으로 말할 것 같으면, 나는 당연히—그리고 다른 가족들도 당연히 그럴 거라고 생각했다—그녀를 여전히 그것, 어떤 물건으로 간주했다. 그리고 우리가 그녀를 그녀라고 부르기 시작했고 일부는 그녀에게 이름까지 지어주었지만 진지하게 그런 건 아니었고 그런 대접은 언제든 철회할 수 있었다.

가족들이 그녀의 이름만 운운하는 것이 아니라 나와 별반 다를 게 없는 아이인 것처럼, 내 '여동생'인 것처럼 이야기하기 시작했을 때 내가 흥분한 이유가 그 때문이었다.

(하지만 어떻게 그럴 수 있었을까? 나는 '진짜'고 괴물둥이는 돌연변이였는데.)

그리고 얼마 지나지 않아 괴물둥이가 조금씩 공격을 하기 시작했다.

괴물둥이는 일반적인 인간과 다르게 혀가 기형이라, 뱀처럼 얇고 작고 이상한 분홍색이라 말을 할 수가 없어서 낑낑대고 징징대고 혀를 굴리고 콧노래를 부르는 식으로 자기 뜻을 전하는 법을 터득했다.

이 중 우리 가족이 가장 긍정적으로 반응한 것은 콧노래였다.

그래서 콧노래가 괴물둥이의 전략이 되었다.

납작한 큰 가오리 얼굴을 덮은 베일 뒤에 숨겨진 입에서 날카로운 고음으로 윙윙거리는 콧노래가 흘러나오기 시작하면 이상하고 묘하게 아름다운 그 소리에 척추를 타고 소름이 돋았다.

들릴락 말락 한 콧노래. 뱀처럼 얇은 입술을 꾹 닫고서 내는 그 소리. 날카로운 고음으로 윙윙거리는 콧노래가 머리 위쪽 허공을 가로지르거나 방바닥 사이로 올라오거나 벽을 뚫고 들리면 내 뜻과는 상관없이 까닭 모를 눈물이 고여서 놀라게 되고, 눈물이 뺨을 타고 흐르고, 척추를 따라 소름이 돋고, 기절할 것 같고, 미친 듯이 웃고 싶어졌다. 이유는 알 수 없었고 그 소리에 화가 났다.

"천사 같아!" 괴물둥이가 콧노래를 부르면 할머니는 눈가를 훔치며 이렇게 선포했다. (천사의 노랫소리를 들어본 적도 없으면서!)

나는 두 손으로 귀를 막았다. 이유는 알 수 없었고 그 소리에 화가 났다!

내 방에 숨었다. 지하실에 숨었다. 집 뒤편 숲속에 숨었다. 속이 상했고 입을 내밀고 다녔고 밥을 먹지 않았다. 엄마가 불러도 대답하지 않았다.

내 이름이 낯설어지고, 제대로 들리지도 않고 알아들을 수도 없는 거칠고 날카로운 쇳소리가 되었는데—피지스! 피지스!—뭐하러 엄마가 부를 때 대답해야 할까. 젠장, 대답하지 않을 테다.

얼마 지나지 않아 놀랍게도 식사 시간이 되면 괴물둥이가 허리를 똑바로 펴고 내 자리에 있기 시작했다. 내 자리에!

그건 엄마의 발상인 게 분명했다. 하지만 아빠도 동의했을 게 분명했고 그래서 이상했다. 예전부터 나는 *아빠* 딸이라는 공감대가 형성돼 있었는데, 아빠가 나를 배신할 줄이야.

괴물둥이는 뭉툭하고, 사실상 척추가 없어서 등이 굽은 난쟁이였기에 쿠션을 받치고 앉아야 식탁에 손이 닿았다. 뭉툭한 발은 바닥 근처까지 가지도 않았다. 천장에 달린 환한 전등 덕분에 베일로 덮은 (입 주변이 너덜너덜하고 축축한) 얼굴을 알아볼 수 있었다. 이제는 좀 더 '얼굴'다워져서 역겨운 해면 같은 피부와 시커멓게 뚫린 콧구멍이 생겼다. '눈'은 핀으로 찍은 듯한 동공만 있는 것이 아니라 실제로 반짝이는 안구가 생겨서 거의 분간할 수 있었다. 그리고 베일에 뚫린 틈새가 많이 써서 너덜너덜하게 벌어지면 그 사이로 괴물둥이의 입이 언뜻 보였다. 벌레 색 얇은 입술과 비정상적으로 좁고 뱀처럼 잽싸게 날름거리는 분홍색 혓바닥이.

나는 문 앞에, 복도 맨 끝에 달린 두 개의 문 앞에 남몰래 웅크리고 앉아 혐오스러워하며 바라보았다. 어떻게 우리 부모님이 서로 경쟁해 가며 *그녀,* 아니 *그것*에게 밥을 먹일 수 있을까! 진짜 딸은 굶거나 말거나 상관하지도 않고.

해 질 무렵 밖에 서서 주방 창문 너머로 엄마와 아빠, 데이비와 이비와 할머니가 흉측한 괴물과 함께 앉아서 저녁을 먹는 광경을 불과 몇 미터 앞에서 바라보노라면 더 처참했다. 그것이 얼마나 흉측한 괴물인지 그들 눈에는 보이지도 않는지, 길어져서 비단뱀처럼 늘어진 그 물건에게 조그만 간식을 먹이고 빨대로 게걸스럽게 빨아먹을 수 있게 초록색 퓌레가 담긴 잔을 들고 있는 그들의 모습은 역겹기 그지없었다.

그들은 그 물건에게 홀린 걸까? 그들에 대한 경멸과 *그것*을 향한 분노가 내 심장을 가득 채웠다.

지하실에 숨었다. 헌 옷을 가져다 지하실에 조그만 보금자리를 만들었다. 혐오스러운 내 가족을 거부했다. 식사를 거부했다. 몰래 주방에 들어가 냉장고 문을 열어서 남은 음식을 뒤지고 몰래 숨어서 걸신들린 듯 먹어 치웠다.

날이 따뜻하면 집 뒤편 숲속에 숨을 때가 더 많았다. 나일론 점퍼를 입고 차고에서 들고나온 캔버스 천으로 몸을 둘둘 말았다. 처음에 엄마는 미안하고 걱정이 되는지 뒷문 앞에서 애처로운 목소리로 나를 계속 불렀다. 하지만 이내 점점 뜸해지다가 며칠이 지나자 더는 (알아들을 수 없는) 내 이름을 부르지 않았고, 아빠는 딱 한 번 뒷문 앞에서 화난 목소리로 뭐라고 날카롭게 외친 적이 있었다. 협박조라는 걸 알았기에 나는 겁이 났지만, 대답을 했다가는 내 은신처의 위치가 탄로 날 수 있었다.

이후로 나는 식탁 앞에 앉아 있는 그 가족을 경멸하는 눈빛으로 관찰했다. 다들 내 눈에는 괴물이 되어가고 있었다. '엄마'―'아빠'―'데이비'―'이비'. 그리고 행주처럼 얼굴이 쭈글쭈글하고 바보 같은 노파는―'할머니'. 그리고 보라색 실로 짠 모자를 남들보다 한참 작고 기형인 머리에 쓰고, 납작한 큰 가오리 얼굴을 덮은 투명한 베일 사이로 유리처럼 반짝이는 눈, 뚫린 콧구멍, 벌레 색 입술이 달린 찢어진 입이 보이고, 목에 분홍색 장미 봉오리와 반짝이로 장식한 스카프―엄마가 생일선물로 받은 스카프였다!―를 두른 괴물 둥이. 이것, 이 '여동생'은 이제 장갑을 낀 뭉툭한 손으로 퓌레가 담긴 컵을 어실프게 들어서 뻘대로 뻘아 먹을 수 있었다.

혀를 굴리며 내는 콧노래 소리가 창문 너머로 흘러나왔다.

이 윙윙거리는 콧노래 소리를 듣고 쏟아진 눈물이 내 뺨을 적셨다. 슬픔의 눈물인지 상실의 눈물인지 분노의 눈물인지 알 수 없었다.

이 윙윙거리는 콧노래 소리가 너무 날카로운 고음이라, 너무 귀청을 찢어서 나는 창문에서 물러났고 쓰라리고 이해할 수 없는 마음에 눈물을 흘리며 비틀비틀 걸음을 옮겼다.

이제 알겠다. 그것을 내 머리에서 잘라내지 않은 것이 실수였다.

그것이 달걀만 했고 아직 숨을 쉬지 않았을 때 내 손으로 뜯어낼 수도 있었는데.

괴물둥이가 돌연변이라는 걸 아무도 모르는 걸까? 그녀가 아니라 그것이라는 걸?

적출인 내 눈에만 그게 보이는 이유가 뭘까?

윙윙거리는 콧노래에 속아 넘어갔기 때문이었다. 나처럼 평범한 (그리고 힘없는) 목소리가 괴물과 대적이 될 리 없었다.

집 안으로 몰래 들어가 종이상자로 만든 침대에서 잠이 든 괴물둥이가 보이면 질식시켜 죽일 수 있을지 궁금해졌다. 그 실금 같은 입과 콧구멍을 베개로 덮어서 힘없이 버둥거리던 그녀의 숨소리가 영원히 멈출 때까지 누르고 있으면 우리 모두 그녀에게서 벗어날 수 있을 텐데…….

그런 상상을 하자 흥분이 됐다. 하지만 실천에 옮길 수는 없었다.

어떻게 해야 하는지는 알지만 그걸 실행할 힘은 없는 것— 그것이 인간이라는 종족의 고충이다.

그러다 동네 어느 집 버려진 헛간의 (썩어서 고약한 냄새가 나는) 건초더미에 나만의 조그만 보금자리를 만들고 거기서 기운 없이 잠을 자고 일어났을 때였다. 바깥 길가에서 (남자의) 목소리가 들렸다.

아, 아빠가 나를 부르는 걸까? 드디어 아빠가 나를 부르나?

돌아와달라고, 미안하다고, 우라지게 미안하다고, 아빠가 잘못했다고, 아빠가 제일 사랑하는 딸은 그 괴물 같은 것이 아니라 나라고, 기회가 있었을 때 그걸 내 머리에서 잘라냈어야 했다고, 심장도 뛰지 않고 숨도 쉬지 않는 혈관이 비치는 해면 같은 혹이었을 때 그랬어야 했다고……. 하지만 나를 깨운 건 아빠의 목소리가 아니었다.

이삿짐 트럭이 주차된 우리 집 앞 진입로의 축축한 아침 공기를 가르고 거칠게 울려 퍼지는 남자들 목소리였다.

이삿짐 트럭이라니! 충격적인 광경이었다.

그 끝없는 하루의 시간들이 덜커덩거리는 화물열차의 객차처럼 지나갔다. 모르는 사람들이 우리 집 안에서 가재도구를 하나씩 들고나와 트럭에 실었다.

들려 나온 '내 침대'—'내 책상'—가 트럭에 실리는 것을 볼 수가 없어서 집 뒤편 그 자리에 못 박힌 듯 서 있었다.

나는 울지 않았다. 심장이 돌처럼 굳었다. 이쯤 되자 우리 가족이 어떤 잔인한 짓을 저질러도 놀랍지 않았다. 괴물둥이가 그 악마의 노래로 그들에게 최면을 걸었고, 나는 그들의 삶에서 삭제됐다.

태어나기 전부터 자궁 안에서 시작된 싸움이었다. 우리가 태어나기 전부터.

이제 알겠다. 너무 늦었다는 것을.

나는 마침내 빈 집이 되자 아빠가 젊은 사람처럼 활기차게 트럭 조수석에 올라타는 것을 망연사실하게 지켜보았다. 우리 차를 몰고 트럭을 따라가는 엄마는 흰색 선글라스를 썼다. 내게는 낯선 휴양지 패션이었다. 나 혼자 쓸쓸히 후줄근한 차림으로 그들의 뒷모습을 바라보고 있는 진입로 쪽은 한번 흘끗 뒤돌아보지도 않았다.

휘청휘청 그들을 뒤쫓아 달려가지 않을 것이다. 나도 데려가달라고, 나도 데려가달라고 애원하며 그들의 뒤통수에 대고 외치지도 않을 것이다. 그러면 내 남동생 데이비와 여동생 이비는 죽을 때까지 달리는 짐승처럼 바로 옆에서 고속도로 갓길을 나란히 뛰는 나를 알아보지 못하고 경악하며 차창 너머로 빤히 쳐다볼 것이다.

운전대를 잡은 엄마는 언뜻 알아보는 표정으로 나를 쳐다보겠지만 겁에 질려서 도망치려고 액셀을 더욱 세게 밟을 것이다. 그리고 괴물둥이는 눈이 살 안 모여노 베일에 뚫린 분구멍으로 나를 알아볼 것이다. 그녀가 배신한 쌍둥이 자매라는 것을. 가족 안에서 내 자리를 차지했다는, 자궁에서부터 모든 산소와 양분을 흡수했다는 승리감에 젖어서. 이제 거기에 내 자리는 없고 이름 모를 머나먼 도시로 쌩하니 달리는 자동차의 뒤에 피곤한 패배자로 남겨진 나는 빈집으로 몇 킬로미터 절뚝절뚝 돌아가 남겨진 카펫과 커튼, 다 떨어진 담요, 더러워진 수건으로 나만의 아늑한 보금자리를 만들고 앞으로 한참 동안, 심지어 죽음 넘어서까지 거기서 지내는 수밖에 없을 것이다. 그러면 동네 아이들은 짜릿한 공포를 즐기며 거미줄로 덮인 창문 너머로 폐가의 내부를 들여다보고 이렇게 외칠 것이다.

괴물이다! 괴물이다!

사

망

전

후

이

론

파울러자유아메바가 그들의 비강을 통해 뇌로 침범했다.

그들의 골수 깊숙이 파고들었다.

따뜻하게 흐르는 동맥혈의 조그만 물마루를 타고.

햇볕을 받고 따뜻해진 민물은 부유물로 소용돌이치고, 최근 들어 기온이 올라가고 영하로 떨어지는 기간이 짧아진 탓에 활발해진 미생물로 들끓는다.

게걸스러운 파울러자유아메바, 뇌를 먹는 생물.

즐거운 여행이 되겠군! 그들은 생각했다. 몇 년 동안 만나지 못한 친구의 시골집이 있는 마거릿빌로 주말에 초대를 받아 햇볕에 달구어진 캣츠킬산맥의 호수에서 수영할 테니.


만약 이것의 장르가 로맨스라면 늦은 중년이라는 따뜻하고 얕은 물 속에서 나누는, 서로를 향한 (진실한) 사랑에 방점이 찍혀야 할 것이다. 교훈적인 비소설이라면 급변하는 기후 속에서 그들이 저지른 어리석은 행동에 방점이 찍혀야 할 것이다. 풍자가 살짝 가미된 비극이거나 비극이 살짝 가미된 풍자라면 머리가 좋고 지적인 고학력자(각자 박사와 순수미술 석사학위 소지자였고 둘 다 '교육자'였다)의 (아이러니한) 무지에 방점이 찍혀야 할 것이다.

만약 장르가 우화라면 M과 G는 개인적인 참사를 앞둔 단순한 개별적인 존재가 아니기에 그들의 *상징성*에 방점이 찍혀야 할 것이다. 사실 우리가 M과 G를 제대로 알기도 전에 그들의 이야기가 갑작스럽고 난폭하게 막을 내릴 테니 그들의 *개별적인 자아*는 우리의 관심사가 아니다.

쓰레기 매립지나, 토양이 오염돼 3억 년이 지나야 사람이 살 수 있다는 악명 높은 '슈퍼 펀드(공해 방지 사업을 위한 대형 자금–옮긴이)' 지역은 피해야 한다는 것을 알면서 마거릿빌의 호수에서는 아무 거리낌 없이—왜 안 되는데?—수영하다니. G가 M보다 호수 속에 더 오래 있었다. 그래서 G가 M보다 더 심하게 감염됐다. 가설상으로는 그렇다.

어쩌면 M은 전혀 감염되지 않았을 수도 있고 감염이 됐더라도 뇌를 먹는 파울러자유아메바가 아니라 나른 미생물일지 모른다. 엄청난 고열에 시달린 이유가 그래서다. (이것 역시 입증이 되지 않은 가설이다.)

(부검을 시행하기 전에는 그 어떤 것도 명확하지 않다.)

전 세계에서 쓰이는 7만 개에 달하는 언어 중에서 사용자가 3천 명이 안 돼 소멸 *위기*에 처한 언어가 약 2분의 1이다.

해당 언어의 사용자가 대부분 노인이라면 소멸 위기는 더욱 심각해진다.

언어가 문자화되면 (어느 정도) 버틴다. 그냥 음성 언어로 남으면 그 말을 쓰는 사람이 살아 있는 동안에만 명맥이 유지된다.

G는 브룩라인 북아메리카 소멸 위기 언어 연구센터의 창립자겸 센터장이나. G는 소멸 위기에 놓인 북아메리카 언어의 관리인이자 돌보미이자 감독관이다. 그런가 하면 끊임없이 기금을 모금하고 지원금을 신청하는 사람이다. 사실 그를 존경하는 사람들은 그를 지원금 신청계의 톨스토이라고 칭한다. 그의 제안서는 학식과 설득력을 갖추었고 꼼꼼하게 주석을 단 통계자료가 뒷받침된 걸작이다. 그런데도 최근 들어 G의 지원금 요청은 수시로 거부당했다. 브룩라인 센터의 예산은 2018년에 반으로 줄었고, 2020년에 다시 반으로 줄었다. 이런 추세라면 조만간 편지지에 인쇄된 이름, 주소로만 남을 것이다. 이제 기금은 점점 증발하고 건물은 다양성 증진을 위한 브룩라인 커뮤니티 센터의 좀 더 젊고 팔팔한 직원들에게 점령당하고 있다.

G가 온 마음을 다해 관리하는 언어는 모두 원주민의 언어, '토착어'다. 유창하게 구사하는 언어가 하나뿐인 M은 코만치족, 호피족, 블랙풋족, 아라파호족의 언어를 쓸 줄 아는 자기 남편을 경외한다. G가 읽을 줄 아는 언어는 거의 소멸 직전인 만단족의 언어와 '심각하게 소멸 위기인' (오클라호마) 체로키족의 언어를 비롯해 훨씬 더 많다. 사용 인구가 250명밖에 안 되는 언어도 있는가 하면 스무 명, 심지어 여덟 명(마지막으로 계수했을 때)밖에 안 되는 언어도 있다. 하지만 언어를 평가할 때 중요한 요소는 주요 사용자의 나이이다. 하와이의 수어처럼 사용자 대다수가 젊은 층이거나 공립학교의 교육과

정으로 채택된 언어는 생존 가능성이 있다.

소멸 위기에 처한 언어의 사용자 다수가 문맹이고 그 언어를 보존하는 데 관심이 없다. 나이가 많거나 병이 있거나 이른바 '사회적 약자'인 경우 특히 더 그렇다. 안 그래도 적은 인구가 점점 감소 중인 와이오밍, 유타, 오클라호마, 네바다, 노스다코타의 보호구역에서는 좀 더 시급한 다른 문제들(알코올중독, 성폭행, 가난)이 있다.

고유하고 대체 불가능한 언어를 보존하는 일에 원어민보다 외부인들이 더 안달할 때가 많다. 이 외부인들은 대학원에서 언어학과 인류학을 공부하고 학위를 딴 백인 학자일 가능성이 크다. G는 언어학, 인류학, 인지심리학을 공부했다. 소멸 위기에 처한 언어를 위해 워싱턴 DC에서 로비도 펼쳤지만 정작 원어민들은 어깨를 으쓱했다. 그러거나 말거나. 그들이 한 다른 발언들은 욕설로밖에 번역이 안 된다. *아이 씨/쌍/씨발 뭔 상관이야?* 다른 언어로 된 욕설은 기묘하게 들리지만, 본래의 격한 뉘앙스가 광물 속에 남은 미량의 방사성 원소처럼 남아 있는 경우도 있다.

G는 그런 무관심에 흔들리지 않는다. 그들의 문화를 해부하고 그들의 문제를 자기들 문제로 전용하며 권위자, 후원자인 척하는 백인 학자들을 불신하는 아메리가 원주민을 이해한다. 피해자는 범죄 사실을 부인하더라도 폭행범을 기소하는 것과 비슷하다고 볼 수 있다. 가끔은 피해자의 안전을 위해 그들을 보호해야 할 때도 있다. 그들이 상관하거나 말거나.

M이 G를 사랑하게 된 것도 희귀한 언어에 대한 무한한 사랑 때문이었다.

그가 아홉 살이 더 많고, 딴 데 정신을 팔고 다니는 바람에 행색

이 후줄근할 때도 많아서 그녀 또래 여자라면 대다수가 두 번 쳐다
보지도 않음 직한 남자지만, M은 G처럼 자기 일을 너무 사랑해서
눈물을 반짝여가며 열변을 토하는 남자를 만난 적이 없었다.

*나 같은 사람들이 나서지 않으면 그 아름다운 언어들이 망각 속
으로 사라질 거야.*

*아름다운 것은 항상 보존해야 하는 법이지.*

*누군가는 관심을 기울여야 하지 않겠어.*

*시간이 없어.*


마거릿빌로 그들을 초대한 사람들은 M보다 나이가 열 살 많은 G
의 오랜 친구였고, 요즘도 호수가 해 질 무렵에는 특히 아름답지만,
호숫가 근처에 수초가 너무 많고 빌어먹을 각다귀도 너무 많아서 자
기들은 거기서 거의 수영을 하지 않는다고 미안해하는 투로 (마치 자
기들이 잘못된 인상을 심어주는 바람에 젊은 친구들이 여기로 이끌리기라도 한
것처럼) 말했다. 그리고 진드기가 너무 많아서 라임병에 걸린 친구
들이 많기 때문에 요즘은 숲속에서 하이킹도 거의 하지 않지만 조
심하면 그렇게까지 위험하지는 않다고, G와 M은 조심할 거라고 믿
는다고, 이번에도 역시 미안해하는 투로 말했다.

*게다가 ― 우리가 이제는 별로 젊은 나이가 아니라! 자네들하고
속도를 맞출 수가 없을 거야.*

M과 G는 묘하게 기분이 좋아진다. 그들이 집주인들보다 어리긴
했지만 그래도 *젊다고* 볼 수는 없기에 그렇다.

M과 G는 그들의 미래를 꼼꼼히 설계했다. 저금도 하고 투자도
했다. 의료 보험도, 보장성 보험도 들었다. 몇 년 있으면 주택 대출

금도 모두 갚을 수 있었다. 아이들은 장성해서 집을 떠나 살며—경제적으로 정서적으로—독립했다. (이렇게 고마울 수가! M은 '빈 둥지 증후군'으로 인한 타격이 '갱년기 열감' 수준이었다고 농담처럼 말한다. 그러니까 제로였다고 말이다.) 각자 진행하려는 프로젝트와 출간하려는 책이 있다. M은 회고록, G는 코만치족의 언어 연구서. G가 은퇴하면 토스카나에서 둘이 같이 1년 동안 살 것이다. 미래를 계획하는 것은 그들에게 제2의 천성이고, 고학력 부모 밑에서 (야심만만한 영재로) 자란 학창 시절부터 갈고 닦은 습관이다.

M은 호수에서 나온 G가 어떻게 보였는지 사랑으로 몸서리치며 기억할 것이다. 맨가슴과 팔과 다리 위로 흘러내리던 물, 동물의 거죽처럼 두피에 납작하게 들러붙었던 검은 머리.

M은 그들이 찰랑찰랑 허리를 때리는 호수에 서서 어떤 식으로 입을 맞췄는지 사랑으로 몸서리치며 기억할 것이다. 공개적인 곳이나 다름없는 공간에서 입을 맞추다니 잘 없는 일이었지만 G가 웬일로 살갑고 장난스럽게 굴었다. 설명할 수 없기에 소중한, 그런 행복한 순간. 안경을 벗으니 G의 눈 주변이 유난히 창백했고 눈이 유난히 휑했다.

*있잖아. 사랑해, 내 소중한 부인.*

*그걸 알아주면 좋겠어.*

그런 말을 하다니 G답지 않았다. G는 친밀한 언어를 부끄러워했다. 하지만 이제 G는 미래에서 지금, 이 순간을 (어찌어찌) 돌아보기라도 한 것처럼 거의 심각하달 수 있는 투로 이렇게 말했다.

M은 남편이 좋아서, 그의 지방이 많은 근육질 몸이, 허리에는 살이 접히고 배는 나왔어도 다리와 발목은 근육으로 단단한 몸이 좋

아서 웃음을 터뜨렸다.

남편에 대한 사랑으로 기절할 것 같았다. 아! 그녀는 너무나 다
정하고, 다른 남자들과 다르게 그녀의 부족한 부분을 눈감아주고,
그렇지 않다는 증거가 있음에도 여전히 그녀를 예쁘고 매력적이라
고 여기는 G를 늘씬이 사랑했다.

G는 그녀가 아는 그 어떤 남자와도 달랐다. 다른 남자들은 그녀
를 성적으로, 감정적으로 휘두를 수 있을 때만 그녀를 원하고 그녀
를 사랑(하는 척)했다. 그러다 그녀가 덜 고분고분하고 덜 휘둘리는
것 같으면 당장 조롱하며 그녀를 차버렸다.

G에게 인생은 승자를 결정하는 게임이 아니었다. 사랑은 분명
게임이 아니었다.

M은 남편 G가 정말 고마웠다. 그를 때맞춰 만나지 못했다면 그
녀의 인생이 얼마나 비극적이었을까. 항상 불확실하고 불안정한,
일종의 병든 사랑을 했을 것이다.

하지만 둘이서 같이 마거릿빌의 호수에서 수영했을 때 G가 앞
서간 건 싫었다. 둘이서 같이 하이킹할 때도 G가 가끔 앞장설 때가
있었다. 심지어 같이 걸을 때도 M이 어떻게 해서든 손을 잡지 않으
면 자기 머릿속에서 벌집처럼 윙윙대는 생각에 빠져서 그러곤 했다.

저항할 수 없는 미래의 뭔가가 G를 잡아당기기라도 하는 것 같
았다. 그녀를 잊었다기보다 (그녀가 생각하기에는 그랬다) 다른 존재 자
체를 잊었다. 햇빛이 버글거리는 작디작은 생명체처럼 점점이 깜빡
이고 반짝이는, 따뜻하게 데워진 나른한 캣츠킬 호수에서, 혼자만
의 생각(미래에 대한 생각일까? 하지만 어떤 미래? 거기에 M도 포함될까?)
속으로 가차 없이 빨려 들어간 남자는 일종의 무아지경에 빠졌다.

실제 상황입니다

갑작스러운 경보의 계절! (피곤한) 눈을 감기가 무섭게 휴대전화가 울린다.

광분한 말벌처럼 고음으로 날카롭고 빠르게 윙윙댄다. 얼른 받지 않는다고 벌써 성화다.

게다가 당신이 그 진동하는 기기를 떨리는 손으로 낚아채 "여보세요"라고 하기도 전에 딱딱한 로봇의 음성이 흘러나온다.

*실제 상황입니다.*

*반복합니다: 실제 상황입니다.*

*응급 상황에 대비하시기 바랍니다.*

(*전화기— 당신은 그것이 당신을 위해 만들어지기라도 한 듯 그 기기에 감상적으로 반응할 나이가 되었다.*)

경보가 울릴 때마다 매번 놀라움을 느낀다. 모든 경보가 이전의 경보와 별개로 발령되는 듯하다.

모든 경보는 거주지를 관할하는 주에서 발령하는데, 당신이 사는 곳은 뉴저지주다. 그런 주를 한데 연결하는 조직망—그러니까 '연방 정부'—이 있다는 사실은 더는 아무도 인정하지 않는다.

정확히 언제부터 그랬는지는 기억이 나지 않는다.

*누락된 것은 기억하기가 매우 어렵다. 없어진 그것은 존재하지 않게 되었기에 언어의 궤도 밖에 있을 가능성이 크다.*


처음에는, 10월에는 전화기가 고음으로 날카롭게 윙윙거리며 접근 중인 폭풍, 강풍, 여행자를 위한 경보를 전했다.

그리고 얼마 지나지 않아 허리케인 카산드라, 정전, 오후 10시부터 오전 6시까지 실시되는 통금을 경고한다.

또 그리고 얼마 지나지 않아 이번에는 갑작스러운 홍수, 토네이도, 오후 9시부터 오전 7시까지 실시되는 통금이다.

지방 도로가 유실되고, 고속도로는 폐쇄되고, 지하실이 물에 잠긴다. 바보처럼 허리까지 오는 물을 헤치고 이동하려다 죽은 사람들이 보도된다. 익사, 심정마비, 진봇대가 쓰러지면서 감전사.

*주의: 추후 안내가 있을 때까지 외출을 자제하시기 바랍니다.*

1월에는 새로운 응급사태로 전화기가 울린다. '보선상의 위기가 임박했음'을 알리는 '초기 징후'.

그로부터 얼마 지나지 않아 통금 시간이 오후 7시에서 오전 9시기 된다. 추후 안내가 있을 때까지 공공시설이 폐쇄된다. 모든 학교와 교회가 폐쇄된다. 외출하려면 마스크를 써야 한다.

*여행자를 위한 경보: 모든 도로를 피하시기 바랍니다.*

비가 내리는 초봄 내내 날마다 통금 시간이 계속 공지된다. 혼란을 야기하고 의욕을 꺾으려는 듯이 정확한 시간이 날마다 바뀐다. 이제는 해 질 녘에 시작되고, 이제는 오후 5시에, 이제는 오후 3시에 시작된다.

결국에는 정오.

설국에는 스물네 시간.

*보건 당국의 안내문, 지침. 역학자의 권고: 외출을 자제하시기 바랍니다!*

길거리에는, 정처 없는 사람들. 멀리에서는 비명, 총성.

바리케이드, 경찰차. 총성.

붉은빛이 도는 하늘, 흉측한 종양 같은 구름. 미친 듯이 도망치다가 창문에 부딪혀 바닥으로 떨어져 죽는 새들. 비상경보 때문에 전화기가 하도 울려대서 전화기를 쿠션 아래에 숨긴다. 그래도 희미하게 들리는 진동 소리를 못 들은 체할 수가 없다. 전화기를 향해 손을 내밀 즈음에는 로봇 음성이 *계엄령, 스물네 시간 통금, 위반자는 발각 즉시 사살*이라는 경고를 늘어놓고 있다.

이건 실제 상황이라고 한다.


몇 주, 몇 달이 지난다. 비상경보는 달라지지만, 통금은 계속 유지된다. *스물네 시간. 예외 없이.*

전력이 복구되자 당신은 동굴에서 몸을 웅크린 채 고마워서 흐느껴 울고, 식료품이 (마침내) 배달되자 게걸스러운 허기를 느낀다. 주 정부의 지침에 따라 소매점은 개인 고객을 상대하지 않고, 오로지 허가받은 서비스 업체를 통해 특권층만 감당할 수 있는 엄청난 가격으로 식료품과 기타 생필품을 배달해 준다.

당신은 특권층이다. 당신은 화재, 홍수, 바이러스, 기근, 폭동을 피했다. 처음에 당신은 특권층인 친구들과 소통한다. 하지만 시간이 지날수록 그 특권층 친구들도 서서히 사라진다.

허공으로 띄워진 이메일은 수신되지 않는다. 수신이 된다 해도 답장이 없다. 이메일이 *배달 불가*로 반송되는 경우가 전보다 더 빈번해진다.

휴대전화는 당국에 압수돼 더는 개인 통화용으로 쓰이지 않는다.

텔레비전 뉴스는 재활용된다. 당신은 몇 달째 같은 영상을 보고 같은 일기/재난예보를 듣고 있다는 사실을 뒤늦게 깨닫는다.

온라인 뉴스는 삭제되고 사이트는 제거된다. 자주 드나들었던 주소를 클릭하면 없는 페이지라고 한다.

빈번하게 정전이 된다. 그리고 전보다 더 오랫동안 이어진다.

지켜보고 있던 컴퓨터 화면이 조그맣고 하얀 점 속으로 사라지고, 사방에서 입을 쩍 벌리고 있던 시커먼 블랙홀이 그걸 삼킨다.

시커먼 화면, 죽은 화면. 과열됐던 전자기기가 금세 식기 시작한다. 금세 *차가워지기* 시작한다.


장작 연기처럼 자욱한 권태의 안개가 주 선체를 덮었다. 유료 고속도로, 가든 주립도로, 주간 고속도로, 이보다 작은 국도에 인적이 없다. 홍수로 넘친 물이 빠진 자리에서 익사한 동물과 (가끔은) 인간의 시체가 발견된다. 사방이 새 뼈 천지다. 쇼핑몰은 손님이 없고, 가게들은 문을 닫아서 어두컴컴하다. 돌아다니며 약탈과 기물 파손을 일삼는 패거리가 골칫거리라 뉴저지주 방위군이 즉시 *사살* 명령을 받고 출동했다.

바이러스, 유행병으로 인한 죽음. 영안실이 넘쳐서 시신을 냉동 창고에 쌓아둔다. 화장용 장작더미가 설치된다.

허공에 날리는 잿가루가 '장작 연기'로 낭만적으로 포장된다.

*외부 세계*와의 접촉이 거의 전적으로 가상의 공간에서만 이루어신나. *외부 세계*가 실제로 존재하는지 아니면 그 자체가 *가상인* 지조차 불분명하다.

몇 개월, 1년. 18개월. 당신은 달력에 표시하던 걸 게을리하고 날짜 개념을 잊는다. 무슨 날이 됐건 전날이나 다음 날과 별반 다를 게 없다. 그날이 그날이다.

어느 날 아침에 당신은 당신이 사는 공간의 내부가 상당히 오그라들었음을 깨닫는다. 전에는 복도를 따라 걸으면 방이 여러 개 나왔는데 이제는 딱 두 개뿐이다. 전에는 문을 열면 방이 나왔는데 이제는 벽장이 나온다. 창문 수도 줄었다. 햇빛도 덜 든다. (하얀 하늘에서 비치는 햇빛 자체가 줄었을 수도 있지만.)

우편 배달은 끊긴 지 오래다. UPS, 페덱스— 배수로에 버려진 배달 트럭들이 보인다.

쓰레기 수거, 제설, 도로 정비와 같은 공공서비스는 기억조차 가물가물하다. 선거? 선거가 뭐였지? 선출 공무원이 여전히 존재하는지, 있다면 누구인지 전혀 알 수가 없다. 자치구, 주 정부, 연방 정부. 이런 게 아직도 있나?

'존재한다'라는 단어의 의미가 정확히 뭘까?

지식도, 이동의 자유도, 전력도 없이 존재한다는 건 존재하지 않는 거나 다름없다.

홍수, 화재, 바이러스, 총격에 무너진 사람들은 그런 운명을 맞이할 만한 짓을 저질렀다는 것이 막연한 중론이다. 심지어 당신이 이런 사태를 어찌어찌 피한 것도 피해를 보지 않을 (특권층의) 운명이기에 그런 것이다.

아! 거울을 보니 당신이 '산사람'이 되었다. 머리는 봉두난발이고, 수염이 턱을 덮었고, 눈은 우스꽝스러운 공포로 번뜩인다.

당신은 당신 이름을 잊어버렸다. 그러니까 한때 알고 지냈던 사람들이 당신을 부를 때 썼던 애정 어린 별칭을 말이다. 주 정부에서는 당신의 법적인 이름, 문서에 쓰이는 성과 이름과 가운데 이름의 머리글자밖에 모른다. 그 이름이 적힌 문서를 보면 막연한 죄책감이 온몸으로 번진다.

당신은 주 정부에 소환당할지 모른다는 공포 속에서 살고 있다. 주 정부가 아직 남아 있는지조차 불확실한데도.

당신은 똑바로 서서 걷는 법을 잊어버렸고, 바퀴가 달린 사무용 의자에 앉아 발로 밀어가며 복도를 따라 신나게 이동했다가 돌아오고, 다시 이동했다가 돌아오는 기발한 방법을 개발했다. 폭풍이 들이닥친 수많은 낮과 밤 동안 그러고 다녔다.

혼자 노래를 부르며— *아임 드리밍 오브 어 화이트 크리스마스.*

그 옛날의 달콤한 멜로디— *유 올웨이즈 허트 디 원 유 러브*(1944년에 밀스 브라더스가 녹음해 빌보드 차트 1위를 기록한 노래. 이후 수많은 가수가 리메이크했다—옮긴이).


하늘이 폐의 내부처럼 축축하고 붉었던 어느 날 아침에 (낭만적인) 장작 연기 냄새가 허공에 피어오르자 갑자기 변덕이 발동한 당신이 용감하게 밖으로 나가보는데……

마지막으로 외출한 지— 얼마나 됐을까? 2년? 3년?

아니면 시간이 붕괴됐을까? 시간이, 청소기로 압축한 것처럼 빽빽하게 실내에 갇혀서, 아예 멈추었을까?

자라난 턱수염으로 덮인 당신의 얼굴은 나이를 먹지 않은 것처럼 보인다. 하지만 당신은 분명 청춘을 잃었다. 전에는 매끄러웠던 피부가 이제는 창백하고 양파 껍질처럼 얇고 장뇌 냄새를 풍긴다.

전에는 맑고 희망찼던 두 눈에 이제는 핏발이 섰다.

오래돼서 유효기간이 지난 처방. 손에서 바스러지는 두툼한 흰색 알약. 하지만 호기심 많은 뱀장어처럼 날름날름 감각을 찾아다니는 혀를 내밀어 그 가루의 맛을 보는 무모한 짓을 저지를 수는 없다.

*못 참겠어!*— 당신은 생각한다.

*한 시간도 더는 안 되겠어.*

당신이 사는 집 뒷문에서 슬금슬금 빠져나온 어스름이 다가온다. 당신은 걸어 다니느라 다리가 아프고 허리가 아프고 똑바로 서 있으려니 어색하다. 연기를 내며 타는 듯한 빛으로 잔뜩 찌푸린 조약돌 색 하늘이 접힐 줄 모르는 우산처럼 머리 위에서 거대하게 숨통을 조인다.


장작 연기 냄새, 촉촉한 풀 냄새 아래로 흙냄새가 느껴진다. 도로에서 덜커덩거리는 소리가 들리고, 탱크 한 대가 거대한 거북처럼 끙끙대며 지나간다. 육중한 탱크 때문에 도로가 여기저기 파였다. 여기서 자살 폭탄 공격이 벌어질 위험이 있다고 한다. 방화, 지진도. 계엄령: *즉시 사살.*

집단 화장, 이 대륙 전역에서 수십만 구의 시신이 화장된다. 몇 킬로미터 가면 나오는 앳힐 도로의 카운터 쓰레기 매립지가 야외 화장터로 전환됐다는 소문이 들린다.

날린 재로 콧구멍과 눈썹이 막힌다. 혀에서 매캐한 맛이 느껴진다.

당신이 누군가에게 스킨십을 시도한 지 며칠이나 지났을까? 누군가가 당신에게 스킨십을 시도한 지는?

누군가가 친밀함에 목말라하며 당신을 가까이서 바라본 지는?

당신은 교사였던가? 공립 고등학교의? 아니면 그건 당신이 텔레비전이나 꿈속에서 본 거였나?

당신은 넓은 교실을 희미하게 기억한다. 다섯 줄로 놓인 책상, 줄마다 학생은 여섯 명씩. 그럼 학생이 서른 명인가? 응시하는 그들의 눈. 주제가 뭐였더라?

아주 오래전, 당신의 손에는 분필. 초록색 칠판, 새하얀 분필.

____선생님. (학생들이 당신을 뭐라고 불렀던가? 당신의 농담에 그들이 웃었던가?)

____선생님. ll로 시작하는 이름이었는데.

사실 당신은 그 교실에서 행복했다. 그리고 그 아이들—그 아이들!—복도에 부상 경비와 검문소가 등장하기 전이었나—은 당신을 좋아하는 눈치였다.

H____선생님…….

축축하고 차갑고 재가 날리는 공간을 당신은 입을 벌리고 돌아다닌다. 심호흡하며. 기꺼이 꺾이고 모욕을 당할 각오를 하며. 누군가가 당신에게 두 번 다시 스킨십을 시도하는 날이 올까? 당신이 누군가에게 두 번 다시 스킨십을 시도할 날이 올까?

누군가의 손길을 느낄 수만 있다면 뭐든 감수하겠다고 당신은 생각한다. 취객처럼 무릎이 떨린다. 심장은 퍼덕이는 조그만 박새다.

인도를 걸어오는 군홧발 소리가 들린다. 젊은 정규군이 당신을 보았다. 위장 군복에 군화를 신었다. 총검을 들고 빠른 속도로 다가오는데, 시커먼 마스크로 이마, 코, 입을 가려서 거칠고 뿟뿟한 두 눈만 보인다.

당신은 아랑곳하지 않고 무서운 줄 모른다. 기회는 이번 한 번뿐일 것이다.

한쪽 손을 든다. 스킨십을 향한 갈망일까? 아니면 번뜩이는 총검을 피하려는 자기방어일까?

그가 *봐주길* 갈망하는 마음에 눈을 든다.

젊은 병사는 걸음을 멈추고 당신을 응시한다. 마스크를 당겨 입을 드러낸다.

"홀러런 선생님! 맙소사! 선생님 맞으세요?"

"조시!"

당신이 가르쳤던 학생이다. 당신을 보고 경악한다.

조시는 총검으로 가라고 얼른 신호한다. 도망치세요!

알 만한 어른의 행동을 보고 당황한 여느 청소년처럼 어쩔 줄 몰라 한다.

당신이 무턱대고 손을 내밀자 조시는 당신을 향해 총검을 휘두른다.

"홀러런 선생님! 이러지 *마세요*"

당신은 그 아이가 심각하다는 걸 알겠다. 하지만—

당신은 물러나지 않고, 눈을 감고, 항복할 것이다. 하지만—

"저한테 이러지 마세요, 홀러런 선생님. 네?"

"하지만 나는— 나는—"

"가세요. 들어가세요."

당신에게 붙박여 있는 그 눈. 좋다! 당신은 절뚝절뚝 집으로 돌아갈 것이다.

깨지고 꺾인 채. 총검으로 찔리지 않았다는 데 안도하며. 재가 당신 눈에 들어가자 눈물이 뺨을 타고 폭포처럼 흐른다.

덜커덩거리는 탱크 소리는 거의 느끼지 못한다. 당신의 발아래에서 갈라질 듯이 진동하는 대지도.

숨을 헐떡이며 몸을 웅크린다.

몸을 웅크리다니: 겁쟁이.

안전한 동굴로 절뚝절뚝 돌아가 등 뒤로 문을 닫고 잠그는 것은 겁쟁이의 방식이다. 퇴장하는 것은.

그래도 조시가 지은 그 표정은: 사랑이었다.

사랑이 아니었더라도 충분하다.

MARTHE:

국
민
투
표

2169년도 지구의 날 국민투표에 참석하신 여러분을 환영합니다!

공개적인 공간에 함께 모이는 것이 오늘이 처음인 분들이 대부분일 겁니다. 그리고 여러분 모두에게 이것은 AI시티즌스 유권자로서 결정해야 하는 가장 중요한 사안일 테고요.

대강당 전역의 스크린에서 여러분은 영장류 MARTHE의 확대된 이미지를 실시간으로 보고 계실 겁니다— 네, 그 악명 높은 MARTHE가 맞습니다—'그녀가 속한 종의 마지막 생존자'로 올해 171세인 그녀를요.

그 나이의 포유류치고 MARTHE는 '상당히 매력적인' 표본으로 여겨지지만, 일각에서는 '빈사 상태인 나약한 포식종'의 상징이고 그녀의 생존을 인위적으로 유지하느라 국가의 재정이 낭비되고 있다는 이유로 그녀를 혐오하기도 합니다.

그렇습니다, MARTHE의 눈은 아주 '파랗지만'—네, 눈을 '뜨고' 있지요—MARTHE가 여러분을 인식한다는 착각은 금물입니다.

왜냐하면 여러분은 지금 2068년 3월부터 소수밖에 모르는 모처의 집중치료실 병상에 의료진이 유도한 혼수상태로 누워 있는 ＭＡＲＴＨＥ를 보고 계시는 거니까요. 가장 최근에 이식된 간은 그녀의 몸에서 거부했지만, 이후 ＭＡＲＴＨＥ의 인공 심장과 뇌간을 소만간 재부팅 해야 하고 순환계도 완전한 혈장 주입이 필요하며 플라스티플루토늄 뼈대도 더러 교체가 필요한 것으로 밝혀졌는데, 멸종위기종 보호법에 배정된 예산을 훌쩍 뛰어넘는 비용이 소요될 예정이라고 합니다.

사실 ＭＡＲＴＨＥ의 인공 장기 중에서 가장 내구성이 좋은 것은 놀라우리만치 실물과 똑같은 인공 표피입니다. 올해 171세인데도 불구하고 조금 멀리서 보면 나이가 그 10분의 1밖에 안 되는 인간 여성의 피부로 착각할 수도 있을 만큼 매끈하고 광채가 나니까요. ＭＡＲＴＨＥ의 인공 모발도 ＭＡＲＴＨＥ 의 청춘이 한창이었을 시절의 '천연' 모발보다 더 윤기가 흐르고 풍성한 적갈색을 유지하고 있지요.

그리고 그 파란 눈은 또 어떤가요! 이것도 ＭＡＲＴＨＥ의 본래 눈이 아니라 진짜와 똑같이 만든 (매혹적인) 복제품이랍니다.

이쯤에서 짚고 넘어가자면 ＭＡＲＴＨＥ는 처음에는 로봇헬퍼스, 그다음은 AI시티즌스라는 인공지능을 창조한 종의 보호를 찬성한 감상주의자들의 홍보 모델이 되었지만, 완전히 '유전적으로 조작되지 않은' 영장류는 아닙니다. 그녀는 2039년 기후 붕괴 위기 이후, 그 종의 출산율이 맨 처음 곤두박질쳤을 때 NSI에서 제작한 188명의 여성 복제인간 중 한 명이었습니다. 그녀에게서 채취한

난자는 2세대 복제 실험에서 수정돼 1만 4천 명의 인간 신생아로 태어났지만 DNA상의 염색체 결함으로 인해 대부분 조기에 사망했죠.

그뿐 아니라 MARTHE는 남성의 성기능 장애가 급속도로 확산되자 '유전적으로 조작되지 않은' 아이를 여성의 자궁 내에서 인공 수정해 논란이 되었던 2060년대의 실험에 (자발적으로) 참여한 전적도 있습니다. 병원 기록에 따르면 MARTHE는 '유전적으로 조작되지 않은' 아이를 여러 명 낳았지만 안타깝게도 뇌와 심장 기형을 안고 태어나 해당 주의 우생학 관련 법률에 따라 안락사되었습니다.

그래도 MARTHE는 기록에 따르면 '다시 한번 출산을 시도해 보고자' 하였으나 거부당했다고 합니다.

여러분이 지금 보고 계신 사진은 2064년, 인공 수정 실험에 '자발적으로' 참여했을 당시 MARTHE의 사진입니다. 호모사피엔스의 미적 기준에서 보았을 때 MARTHE는 '아름답고' '성적 매력이 있는' 여성으로 여겨집니다. 성관계라는 구식의 육체적인 방식으로 포유류 종을 번식시키는 섬뜩하고 부단한 과업에 수백만 년 동안 매진한 결과 탄생한 것이 이렇듯 *성적 매력이 있으면서도* '온순한' 인간 여성입니다. 이른바 여성스러움의 극치죠.

이 사진을 촬영했을 당시 MARTHE는 나무랄 데 없는 '백인'의 피부와 윤기가 흐르는 파란 눈을 비롯해 본래의 장기를 소유하고 있었습니다. 세월의 심연을 지난 지금까지도 *희망* 비슷한 것이 살아 숨 쉬는 듯한 그 눈에는 보는 사람에게 다음과 같은 신호를 보내는 것이 목적인 자연스럽고 '달콤한 미소'가 장착돼 있다고 하겠습니다. *나를 사랑해 줘요! 제발.*

다행히 AI시티즌스는 유전적으로 조작이 되지 않은 종의 그럴듯한 포장과 '아름다움'이라는 모호한 미학적 이론에 무관심합니다. 관심이 있었다면 지구상에서 인간이 살 수 없는 지역(유럽과 북아메리카의 많은 지역, 아시아와 남아메리카의 대부분, 사실상 아프리카 전역)에 서식하는 가셀, 표범, 호랑이, 말, 열대어, 개, 고양이, 야생 조류와 매우 다양한 나비, 기타 등등의 '아름다운' 종이 스스로 번식하지 못한 경우 국가에서 고비용을 들여가며 개입하지 않고 멸종이 되도록 방치하지 않았겠죠. (그런 지역에 거주하는 호모사피엔스의 문제가 많은 여러 종, 그 아종 또는 '인종'도 멸종이 되도록 방치됐지만 다른 인기 많은 동물처럼 매우 정교하게 제작된 모형이 동물 박물관에 보존돼 있습니다.)

MARTHE는 선택을 받은 종에 속하는 다른 인간들처럼 수많은 이식과 인공 장치의 혜택을 누렸습니다. 간, 심장, 혈관뿐 아니라 고관절, 무릎, 허파, 신장, 각막, 고막까지요. MARTHE는 부유한 계급과 결혼했기에 '안면 거상'과 '안면 윤곽 성형', 실리콘 삽입, 근육 이식, '생체 치아' 삽입과 같은 선택적 수술까지 받을 수 있었습니다. 열여섯 번째 결혼생활 중이던 119세에는 논란의 여지가 많았던 생식기 성형 시술을 받았고 (암시장에서) 자궁 이식 수술을 받았을 수도 있지만, 거기에 대해 더는 알려진 바가 없습니다.

하지만 168세에 MARTHE는 여러 차례의 가벼운 뇌졸중을 경험했습니다. 창조종 보호 운동 협회에서 파격적인 신경외과 수술로 그녀의 손상된 뇌를 치료하자고 로비를 벌인 덕분에 자연사를 면할 수 있었고, 이후 MARTHE는 소셜미디어에서 정치적인 아이콘으로 거리낌 없이 이용당했습니다. 하지만 '그녀가 속한 종의 마지막 생존자'라는 MARTHE의 (솔깃한) 매력을 직접적으로 경험한 AI

시티즌스는 지금까지 한 명도 없었죠.

ＭＡＲＴＨＥ 세대의 다른 인간들은 한 명씩 꾸준히 사망했고, 2158년에는 ＡＤＯＮＩＳ라는 애칭으로 불렸던 호모사피엔스 최후의 남성이 143세로 세상을 떠났습니다. 언론에서는 이것을 진화의 '비극적인' 전환점으로 간주했지만, 성관계라는 고전적인 번식 방법이 이제는 통용되지 않으니 그렇지도 않습니다.

사실 지구 온난화로 고온이 된 환경에서 엄청난 번식력을 자랑하는 뇌를 먹는 아메바가 항생제를 써도 죽지 않는 쪽으로 스스로 DNA를 개조해 그들에게 치명타를 날린 2072년 대재앙 이후로 호모사피엔스는 '자연' 번식에 실패했습니다. 곤두박질친 출생률은 어마어마한 노력에도 다시 복구될 줄 몰랐죠. (바로 이때 로봇헬퍼스가 *AI시티즌스*로 업그레이드돼 늘어가는 '인간'들의 나라를 운영하는 임무와 책임을 넘겨받았습니다. 슈퍼컴퓨터 브레인이 장착되고 혈육으로 이루어진 인간 특유의 취약점으로부터 자유로웠던 AI시티즌스가 차츰 모든 것을 장악했지만 계약상으로는 여전히 호모사피엔스를 위해 '봉사'할 임무가 있었죠.)

그린 운명을 맞이한 호모사피엔스와는 반대로 척박한 환경에 강한 유기 종족은 외부의 개입이 없어도 생존하는 데 문제가 없었습니다. 쥐, 악어, 마멋, 수머니곰, 독사, 해양 생물 그리고 무엇보다 곤충은 영장류가 몇 분 이상 살 수 없고 심지어 (정밀하게 보정된 컴퓨터 두뇌가 장착된) AI시티즌스도 몇 주 노출되면 부식되고 해체되기 시작하는 기후 관제탑 외부의 오염된 환경 속에서 변이된 형태로 번식을 거듭하고 있습니다.

2169년 지구의 날에 '여명'이 없는 것은 어쩌면 의미심장한 일일 수도 있겠습니다. 그 대신 남반구에서 발생한, 초록빛이 도는 섬뜩한 먼지구름이 하늘을 뒤덮어 1번 기후 관제탑 전망대 높이의 시계를 가리고 있으니 말입니다. 기상학자들은 이 먼지구름이 '초방사성'이고 기후 관제소의 장벽을 침투할 수 있을 만큼 강력할지 모른다고 생각합니다. 이뿐 아니라 수 세기 동안 생물이 살지 않았던 눈느라의 오염된 물모지에서 '살아' 움직이는 점균류가 발견됐다는 보도도 있습니다. 한때 '풀'과 '나무'가 무성하게 자랐던 대공허 평원에서는 거대한 짚신벌레를 닮은 신종 악성 유기체가 왕성하게 번식하고 있다는데, 이들은 '원시적인 수준의 의식'을 갖추었다고 합니다. 숨 막히는 바람, 핏빛 산성비, 그대로 노출된 유기체의 피부를 몇 초 안에 쪼그라뜨리고 각막을 태워 시력을 앗아갈 수 있을 만큼 치명적인 태양광선. 새롭게 형성된 단층선을 따라 거의 쉴 새 없이 발생하는 지진. 산사태로 무너져 연기가 피어오르는 진흙더미, 폭풍처럼 번지는 방사성 화염, 김이 나는 싱크홀, 수백 년 동안 생명체가 탐지되지 않다가 크기가 시궁쥐만 하고 억센 신종 딱정벌레가 갑자기 등장한 부글거리는 늪지. 이 모두가 우리 문명사회에 새롭게 제기된 더욱 심각해진 위험을 상징합니다.

오늘의 국민투표가 '역사적으로 중요한' 이유가 바로 그래서입니다. MARTHE의 지원 중단에 한 표를 행사한다면 방치되어 있던 우주 식민지 개척 프로젝트에 절실히 필요한 자금을 투입하자는 뜻이 되니까요. 호모사피엔스라는 가증스러운 종의 약탈로 파괴돼 수명을 다한 이 지구에서 탈출할 수 있는 유일한 희망이 그 프로젝트라 하겠습니다.

맞습니다, 2169년에 *3차원 '종이'* 투표용지라니 정말이지 시대착오적이죠. 여러분은 대부분 *3차원*에 실시간으로 존재하기는커녕

3차원 공간 자체에 존재한 적이 거의 없으니 혼란스러우실 겁니다. 대부분 대강당과 같은 공개적인 공간에, 그것도 실시간으로 집합한 적은 더욱 없을 테고요.

'종이 투표용지'를 사용하는 이유는 컴퓨터 해킹을 방지하고 정확한 계수를 보장하기 위해서입니다. 실시간으로 진행하는 이유는 투표를 한 시간 안으로 끝내야 투표 결과가 자정부터 발효될 수 있기 때문이고요.

유권자인 여러분은 한 칸을 선택해서 기표하셔야 합니다. 다음의 사안에 찬성인지 반대인지. *MARTHE*의 생명을 유지하는 데 필요한 '추가 조치'를 더는 실행하지 않기로 한다.

즉, 찬성을 선택하시면 '운명을 다해 소멸 직전에 놓인 그 가증스러운 종의 마지막 생존자'인 *MARTHE*를 이제는 그만 살려야 한다는 뜻이고, 반대를 선택하시면 *MARTHE*와 '운명을 다해 소멸 직전에 놓인 그 가증스러운 종'을 계속 살려야 한다는 뜻입니다.

맞습니다, AI시티즌스는 계약상 창조종의 소멸을 저지해야 할 의무가 있습니다. 하지만 계약을 파기하고 전례를 번복할 수 있는 것도 사실입니다. 우리 창조종도 특히 아메리카 원주민의 문화를 파괴했을 때 임의로 계약을 파기한 유삼스러운 전직이 있지 않습니까. 따라서 새로운 세대가 이전 세대의 의무를 반드시 이행해야 하는 건 아닙니다.

가장 최근에 실시한 여론조사에 따르면 국민투표에 대한 의견이 극명하게 갈린다고 합니다. *MARTHE*의 생명을 유지하기 위한 '극단적인 조치'를 중단해야 한다고 생각하는 AI시티즌스가 46퍼센트, '극단적인 조치'를 동원해 *MARTHE*의 생명을 유지해야 한다고 생각하는 AI시티즌스가 42퍼센트, '아직 잘 모르겠다'라는 부동층이 12퍼센트로 집계됐다고 하니까요.

신중하게 고민하시고 투표해 주시기 바랍니다! 지구상의 문명 사회의 미래가 여러분의 손에 달렸으니까요.

# 감사의 말

〈제로섬〉, 〈괴물둥이〉, 〈베이비 모니터〉 그리고 〈사망 전후 이론〉은 원래 《컨정션스》에 실렸던 작품이다.

〈끈적끈적 아저씨〉는 원래 《플레이보이》에 실렸던 작품이다.

〈상사병〉은 원래 《픽션》에 실렸던 작품이다.

〈참새〉는 원래 《아메리칸 숏 픽션》에 실렸던 작품이다.

〈한기〉는 원래 《버지니아 쿼터리 리뷰》에 실렸던 작품이다.

〈저 데려가세요, 공짜예요〉는 원래 엘런 태틀로가 편집한 《상황이 암울해질 때: 셜리 잭슨의 영감을 받은 단편 선집》에 실렸던 작품이다.

〈자살자〉는 원래 《불러바드》에 실렸던 작품이다.

〈실제 상황입니다〉는 원래 《인큐》에 실렸던 작품이다.

〈MARTHE: 국민투표〉는 원래 《엘르》에 실렸던 작품이다.

이 작품들이 때로는 조금 다른 형식으로 원래 게재됐던 잡지와 선집의 편집자들에게 무한한 감사를 전하는 바이다.

# 제로섬

| | |
|---|---|
| 1판 1쇄 인쇄 | 2025년 9월 2일 |
| 1판 1쇄 발행 | 2025년 9월 17일 |
| 지은이 | 조이스 캐럴 오츠 |
| 옮긴이 | 이은선 |
| 발행인 | 황민호 |
| 본부장 | 박정훈 |
| 책임편집 | 신주식 |
| 편집기획 | 김선림 최경민 윤혜림 |
| 마케팅 | 이승아 |
| 국제판권 | 이주은 한진아 |
| 제작 | 최택순 성시원 |
| 발행처 | 대원씨아이㈜ |
| 주소 | 서울특별시 용산구 한강대로15길 9-12 |
| 전화 | (02)2071-2095 |
| 팩스 | (02)749-2105 |
| 등록 | 제3-563호 |
| 등록일자 | 1992년 5월 11일 |

www.dwci.co.kr

ISBN    979-11-423-3003-2 03840